2017년의 여름을 함께 해주셔서 감사합니다.
비밀의 숲이란 세상 속에서 살면서 참으로 행복한
여름이 있습니다. 여러분들도 각자의 삶에서 제가
느꼈던 행복감을 느끼시기를 바랍니다.
2017. 08.

이 수연 드림.

비밀의 숲

2

이수연 대본집
비밀의 숲 2

초판 1쇄 발행 2017년 8월 11일
초판 13쇄 발행 2024년 11월 1일

지은이 | 이수연
펴낸이 | 金滇珉
펴낸곳 | 북로그컴퍼니
주소 | 서울시 마포구 와우산로 44(상수동), 3층
전화 | 02-738-0214
팩스 | 02-738-1030
등록 | 제2010-000174호

ISBN 979-11-87292-69-2 04810
ISBN 979-11-87292-67-8 04810(세트)

· 잘못된 책은 구입하신 곳에서 바꿔드립니다.
· 이 책은 북로그컴퍼니가 저작권자와의 계약에 따라 발행한 책입니다. 저작권법에 의해 보호받는 저작물이므로,
  출판사와 저자의 허락 없이는 어떠한 형태로도 이 책의 내용을 이용할 수 없습니다.
· 이 도서의 국립중앙도서관 출판예정도서목록(CIP)은 서지정보유통지원시스템 홈페이지
  (http://seoji.nl.go.kr)와 국가자료공동목록시스템(http://www.nl.go.kr/kolisnet)에서
  이용하실 수 있습니다.(CIP제어번호: CIP2017019062)

이수연 대본집

비밀의 숲

2

북로그컴퍼니

이 극이 만들어지기까지 고생하신 모든 분들께 감사하지만, 〈비밀의 숲〉을 봐주신 시청자분들께 가장 감사드립니다.

그냥 스쳐가도 모를 TV 드라마를 자기 식구 챙기듯 관심 가져주신 시청자분들이야말로 가장 큰 조력자이자 주연입니다.

극을 쓴 저조차도 감탄하며 볼 수밖에 없는 팽팽한 연기도, 감각적이고 아름다운 연출도, 시청해주신 분들이 있었기에 생명을 얻었습니다.

그런 고마운 분들인 만큼, 감정 없이 혼자 흘러와야 했던 주인공의 시간에 아파하지 마시기를 바랍니다.

그런 아픔이 있다는 것조차 모르고 사시길, 삶의 고달픔과 인간관계의 중압감에 나도 차라리 아무것도 못 느꼈으면, 한숨짓는 분이 없길 바랍니다.

그런 것은 모두 주인공의 몫으로 남겨두고 모두 격렬히 울고 웃으며 사시길.

2017. 8

일러두기

1. 이 책의 편집은 이수연 작가의 드라마 대본 집필 형식을 최대한 따랐습니다.

2. 드라마 대사는 글말이 아닌 입말임을 감안하여, 한글맞춤법과 다른 부분이라 해
   도 그 표현을 살렸습니다.

3. 말줄임표는 두 개, 세 개, 네 개 등으로 다양하게 표현되어 있습니다. 이는 대사 시
   호흡의 양을 다양하게 표현하고자 한 작가의 의도를 반영한 결과입니다.

4. 쉼표, 느낌표, 마침표 등과 같은 구두점도 작가의 의도를 따랐습니다. 마침표가 없
   는 것 역시 작가의 의도입니다.

5. 이 책은 작가의 최종 대본으로, 방송되지 않은 부분이 포함되어 있습니다.

차례

〈비밀의 숲〉은, 형사부 검사 황시목 앞에 시체 한 구가 던져지면서 시작되는 드라마이다. 어릴 적 받은 뇌수술의 부작용으로 감정을 거의 잃고 이성에만 의존해 살아가던 시목은 차가운 이성으로 사건을 해결하려 하지만 사건은 점점 더 예상치 못한 방향으로 전개된다. 수사가 진행될수록 살인 동기를 가진 새로운 용의자가 계속 등장하는데… 이 중 과연 누가 살인자일까?

시목과 한여진 경위가 함께, 많은 용의자들 중에서 진범을 가려내고 추적하는 게 〈비밀의 숲〉의 메인 줄거리이다. 이에 못지않게 중요한 비중을 차지하는 것이 극 중 사건이 갖는 의미이다. 범인이 누구인가도 중요하지만 범인은 왜 이런 일을 벌였나, 피가 흘려진 배경에는 무엇이 있는가, 그리고 이러한 것들이 등장인물들에게 미치는 영향은 어떠한가, 더불어 현 시대를 살아가면서 이 드라마를 보시는 분들껜 그것이 어떤 의미로 받아들여질 것인가….

처음엔 인간미라곤 없어 보이던 시목이 쿨하면서도 마음 따뜻한 한여진 경위와 교류하면서 보여주는 변화도 관전 포인트가 되리라 믿는다. 둘의 관계는 처음엔 철저히 수사 중심이었다가 두 사람의 교류 형성으로 중심축이 조금씩 이동한다. 혼란한 범죄수사 속에서 시목이 조금씩이나마 꾸준하게 범인을 향해 나아가는 것처럼, 시목의 심리상태도 느리지만 조금씩 변화를 보이는 것이다. 범죄의 전개는 거칠지만 그 밑에 깔린 주인공의 색깔은 차가운 파랑에서 극의 진행에 따라 노랑과 초록이 한 방울씩 곁들여진달까.

정의롭지만 외롭고 메마르던 시목의 곁에 하나둘 사람이 모이고 조력자도 생긴다. 이 드라마가 끝나고 이어질 시목의 삶은 전처럼 철저히 혼자는 아닐 것이다.

감정이 없다는 건 인간으로선 커다란 결격 사유다. 그럼에도 주인공이 감정 결여인 것은, 요즘 세상에 감정은 너무 쉽게 욕심과 갈등으로 둔갑하기 때문이다. 사람의 감정엔 온정, 배려, 공감 등등 긍정적인 것이 참 많은데, 어째서 부정적인 것들의 기운이 훨씬 더 세져버린 느낌일까.

가장 정의로워야 할 주인공이 감정이 없다는 건 아이러니다. 아이러니이지만 그렇게 해서라도 옳은 길과 쉬운 길 중에 가시밭이 예상되는 옳은 길로 뚜벅뚜벅 나아가는 사람을 보여드릴 수 있기를 바란다.

아무도 대놓고 나쁜 길을 선택하진 않는다. 다만 옳은 길이 너무 어려워 보이고 너무 험해 보이니까 그 옆의 쉬운 길로 한 발 살짝 빼게 되는 것이다. 시작은 비슷했더라도 그 길의 끝은 완전히 다른 갈래로, 아주 멀리 갈라져 있을 것이다.

첫발에서 많이 하는 실수, 그 실수에서 처음부터 배제된 사람이 필요했다. 흐르는 대로 살다 보니 어느새 자기도 모르는 곳에 닿아버리고는 나도 어쩔 수 없었다는 변명 대신, 생각하고 행동하는, 책임지는 사람이.

그의 행보에 함께 동참해주시길.

황시목 (35세, 남, 서부지검 형사3부 검사)
"감정의 구애 없는 성문법이 내 삶의 가이드라인이야."

오직 이성으로만 세상을 보는, 감정을 잃은 검사. 감정을 전혀 못 느끼는 건 아니지만 남보다 훨씬 옅고 흐린 탓에 무감동 무감정으로 일관하다 보니 찔러도 피 한 방울 안 나올 인간이란 소릴 자주 듣고 인간관계도 메마르기 그지없다. 하지만 그 능력만은 누구나 인정하는 유능한 검사. 시목이 검사가 된 것은 '이것이야말로 나의 천직이다!' 판단했기 때문이다. 예술가도 운동선수도, 아이들을 사랑으로 대해야 하는 선생님도 될 수 없었던 그에겐, 잃어버린 감정 대신 명문화된 법 같은, 삶의 가이드라인이 필요했다. 누군가에겐 사랑하는 연인, 피를 나눈 가족이 있겠지만 14살 이후 사랑도 할 수 없는 시목은 본능적으로 결핍을 채우려 했고, 따르고 지키기만 하면 되는 법이라는 가이드라인을 찾은 것이다. 그러니 이성을 앞세워 법을 수호하는 검찰직이야말로 그에겐 최상이자 최적이었다.

하지만 몸소 겪은 검찰 집단이란… 법을 가장 많이 어기는 게 검사들이 아닐까 싶을 정도의 현실을 목도한 시목은, 초보 검사 시절엔 원리 원칙대로 간부, 동료를 막론하고 위법 실태를 고발했다. 하지만 고발된 이들은 어떻게든 빠져나가 살아남았고, 내부고발자인 시목에게 남은 건 한직으로의 좌천, 최악의 인사고과와 왕따의 기억뿐. 그런데 어느 날 검찰 간부들에게 전방위적 뇌물을 뿌려대고 협박하던 사업가가 죽었다. 시목은 이 죽음이, 판을 갈아엎을 터닝포인트가 될 것임을 직감했다. 죽음의 배후가 누구냐에 따라. 그래서 더욱 살인범 검거에 매달렸는데, 이것이 시목의 인생을 완전히 뒤흔들 전환점이 될 줄은 그땐 몰랐다.

한여진 (30세, 여, 용산경찰서 강력계 경위)
"경찰 존심이 있지. 난 타협 안 해요!"

타협 제로에 무대포지만 따뜻한 심성의 경찰. 한 해 12~16명 정도의 여경만을 선발

하는 바늘구멍을 재수 끝에 통과했다. 졸업 후 절차대로 2년여의 파출소 근무를 거쳐 용산경찰서 교통계에서 다시 2년 정도 근무하다가 올해 강력계에 옮겨온 지 2개월 정도 된 중고신참이다. 살인사건이 일어났을 때 제일 먼저 현장에 출동하면서 서부지검 형사부 검사 시목과 처음으로 조우한 뒤 사건의 중심에 있는 시목과 공조해나가면서 시목이 조금씩 믿고 신뢰하는 수사 파트너 같은 존재가 된다. 힘든 일 많이 겪고 세상의 어두운 면, 추한 면을 많이 보지만 긍정적이고 따뜻한 심성의 소유자다. 더러운 세상에 절망하고 불평할 시간에 나부터 나아지고 좋은 사람이 되면 세상은 결국 좋은 사람으로 가득 찰 거란 신념이 있다.

이창준 (40대 중반, 남, 서부지검 차장검사)

"공직자는 너무 더러워도, 너무 깨끗할 필요도 없어!"

검사장에 이어 서부지검의 2인자이자 실세다. 서부지검의 인간관계를 장악, 편의에 따라 주무르는 인물. 후배 서검사를 오른팔로 부리는 동시에 제거하려 한다. 차장의 비밀을 너무 속속들이 아는 서검사를 오래 두면 언젠가 화근이 될 것이기 때문. 검사로서 능력과 통찰력은 시목 못지않지만 처세술은 압도적으로 윗수. 인간성과는 별개로 시목의 능력을 높이 평가해주는 상관이었지만, 살인사건 후부터는 시목과 첨예하게 대립한다. 시목을 이용하기도 하고, 띄워주는 것 같으면서 위험에 빠뜨리기도 하는, 속을 알 수 없는 인물이다.

서동재 검사 (40대 초반, 남, 서부지검 형사3부)

"붙어서 살 수 있다면, 내 간이라도 떼어주지!"

열등감과 자격지심으로 똘똘 뭉친 비리 검사. 재벌 2세 같은 외모와 달리 바닥서부터 헤쳐 올라온 인물로 제 배경에 자격지심이 많다. 전액장학금 받고 지방대 법대 진학 후 악착같이 노력해서 사시에 합격했는데 S대 출신이 장악한 검찰청에서 살아남으려 발버둥 치다 안 좋은 쪽으로 빠지게 된다. 학연도 지연도 없는지라 어차피 어느 정도 이상의 진급을 기대할 수 없다면 현직에 있을 때 많이 벌어두자는 생각에 피의자들로부터 적극적으로 뒷돈을 챙긴다.

영은수 검사 (20대 중반, 여, 서부지검 형사3부)

"이날만을 기다렸어요. 내가 왜 검사가 됐는데요!"

명문가 출신의 자존심 세고 도도한 수습 검사. 아직은 수습인지라 도도한 것과는 별개로 배울 게 많은 것이 당연한데, 그걸 인정 못하고 어떻게든 능력을 펼치고 싶어 하는 조급함이 엿보인다. 차장의 모함에 걸려들어 법무부장관에서 물러난 이가 바로 은수의 아버지. 청렴결백하던 아버지는 하루아침에 범죄자가 되어 후배 검사들에게 끌려다니며 조사받은 충격을 아직도 극복 못해 알코올 의존증이 되었다. 은수는 그런 아버지를 위해 모함의 증거를 찾기 위해, 차장을 끌어내리기 위해 남몰래 사건의 배후를 캐는데⋯.

〈그 외〉

윤세원 과장 (30대, 남, 서부지검 사건과 소속)

사건과 중에서도 내사 담당. 3부장과 친하지만 차장과도 뒤로 긴밀히 연결돼 있는, 라인이 불분명한 사람이다. 시목에게도 겉으론 친절하지만 그의 뒤를 캐기도 하고 시목 주변에 스파이를 심어놓기도 하는 등, 적인지 친구인지 구분키 어렵다.

강원철 형사3부장 (40대, 남, 서부지검 부장검사)

차장 이창준이 재벌 장인 등에 업고 기수 문화 파괴해가며 승승장구하는 것을 경계하지만 창준의 능력을 인정하고 존경하기도 한다. 시목과도 동부지검에서 같이 일한 바 있어 시목의 성격이나 스타일을 잘 안다. 현실적인 면도 있고 박무성과 밥도 몇 번 먹었지만 강직한 스타일. 시목에게 힘을 실어주고 도와주려 하지만 현실과 타협하는 면도 있다.

김호섭 계장 (50대 초반, 남, 서부지검 소속 공무원)

시목 검사실의 수사계장. 말 많고 탈 많은 검찰청에서 시목을 믿고 조력하는 인물. 하지만 동재로부터 돈 봉투를 받은 전력이 있는 계장. 시목이 이 장면을 목격하게 되고 같은 사무실에서 일하는 계장마저 시목에게 완전히 믿을 수 없는 사람이 된다.

최영 실무관 (30대 초반, 여, 서부지검 소속 공무원)

시목의 검사실에서 일하는 여직원. 계장과 함께 몇 안 되는, 검찰청 내 시목의 조력자다.

김우균 서장 (40대 중반, 남, 용산경찰서)

서부지검 차장검사 이창준의 고향 친구. 차장으로부터 소개받은 박사장한테서 역시 술 많이 얻어먹은 전력이 있지만 많은 이들이 그렇듯 스스로를 비리경찰로 여기지 않는다.

김수찬 경사 (40대 중반, 남, 용산경찰서 강력계 형사)

막냇동생뻘도 안 되는 '여자애' 한여진이 경찰대 나와서 상사랍시고 강력반에 온 것을 가장 싫어하는 형사. 아이와 아내를 필리핀에 보낸 기러기 아빠인지라 늘 돈이 궁하다.

장건 형사 (30대 후반, 남, 용산경찰서 강력반 경찰)

용산경찰서 강력반에서 여진과 가장 죽이 잘 맞는 베테랑. 실제 업무능력도 뛰어나다. 여진과 함께 특임팀에 들어가 업무를 충실히 이행해나가며 특임팀 사람들과 우정을 쌓게 된다.

박무성 사장 (50대 초반, 남, 건설사 운영)

연쇄 살인사건의 첫 번째 피해자. 권력에 기대 편법으로 키운 사업이나마 제대로 유지 못하고 쫄딱 망해 빚더미에 오른 뒤 제집 마루에서 살해당한다. 돈, 여자 가리지 않고 권력자들, 고위 공무원들에게 상납해서 사업 키우고 권력자들 많이 안다는 걸 내세워 브로커 짓도 많이 했다.

권민아 (20세, 여, 룸살롱 종업원)

상당한 글래머 미인. 본명 김가영. 스폰서 계약을 맺은 박사장의 요청이 있으면 로비가 필요한 이들을 만나 성접대한다. 박사장이 죽은 다음엔 독자적으로 일하다 연쇄 살인사건의 피해자가 된다.

이윤범 (60대 후반, 남, 한조그룹 회장)

창준의 장인. 재벌그룹 회장. 무소불위의 파워로 불법을 많이 저지르지만 늘 애국을 입에 달고 산다.

이연재 (30대 후반, 여)

창준의 아내이자 윤범의 딸. 겉으론 쿨하고 유유자적한 것 같지만 남편을 바라보는 눈길엔 묘한 기운이 흐른다.

이 외, 용산경찰서 사람들, 검찰청 사람들, 피해자 가족 등. 그리고
.
.
.

未知의 살인마.

용어정리

Flashcut	화면과 화면 사이에 들어가는 순간적인 장면. 극적인 인상이나 충격 효과를 주기 위해 삽입되는 매우 짧은 화면을 지칭한다.
C.U.	클로즈업(Close Up). 배경이나 인물의 일부를 화면에 크게 나타내는 것.
Flashback	회상을 나타내는 장면. 지금 일어나고 있는 사건의 인과를 설명할 때 쓰이기도 하고, 인물의 성격을 설명하기 위해 쓰이기도 한다.
O.L	오버랩(Overlap). 현재의 화면이 사라지면서 뒤의 화면으로 바뀌는 기법이다. 대사에서 O. L은 앞 사람의 말을 끊고 틈 없이 말을 할 때 쓰인다.
Insert	화면의 특정 동작이나 상황을 강조하기 위해 삽입한 화면. 인서트 화면이 없어도 장면을 이해하는 데에는 별다른 지장이 없으나 인서트를 삽입함으로써 상황이 명확해지는 한편 스토리가 강조된다. 인서트 화면으로는 대개 클로즈업을 사용한다.
E	대사와 음악을 제외한 효과음(Effect)을 뜻하며, 보통 등장인물은 보이지 않고 소리만 나는 경우에 사용한다.
cut to.	가까운 공간 안에서의 각도 전환.
F	필터(Filter)의 약자로 전화기 너머의(필터를 거쳐 들려오는) 목소리나 마음속으로 하는 얘기 등을 표현할 때 쓴다.
N	내레이션을 지칭하는 용어로, 장면 밖에서 들려오는 목소리를 나타낸다.
#S	장면(Scene)을 표시하는 것으로, S 뒤에 장면 번호를 적어 표기한다.
몽타주	따로따로 편집된 장면들을 짧게 끊어서 붙인 화면.

9회

지검장 취임식도 안 했습니다.

그 자리가 그리 쉽습니까?

책임을 지려면 온전히 그 자리에서 지십쇼.

1. 서부지검/강당 - 아침

강당을 가득 채운 검사들, 여기저기서 한꺼번에 밀어닥치는 파도처럼 돌아본다.
그 모든 시선이 꽂히는 시목은 오로지 연단 위 창준만 바라보는데,

창준   더불어,

주문에 걸린 듯 일제히 앞을 보는 사람들.

창준   내 지휘를 받은 기관이 연이은 사건 사고와 추문의 진원지가 된 데
책임을 통감하고 나 이창준은, 검사장직에서 사임한다.

좌중 놀란다. 방금 들은 걸 믿을 수 없다. 시목조차 이건 의외다.

창준   나는 서부지검이지만, 서부지검은 내가 아니다.
내 뒤에도 여러분은 결코 흔들림 없이 수사와 공판에서 국민 여러분께
한 점 의혹이 없도록 업무에 철저해야 할 것이다.

누구도 쉽게 입 열지 못하는데, 묵직하게 울려 나오는 일성.

3부장 E 지검장 취임식도 안 했습니다.
모두 (보면)
3부장 (작금의 상황이 개탄스럽다)
창준 (자조적인. 혼잣말 같은) 그래, 깔끔하지.
3부장 그 자리가 그리 쉽습니까? 책임을 지려면 온전히 그 자리에서 지십쇼.
1부장 (옆에서 말리느라 잡는데)
3부장 (치운다) 사죄를 해도 맡은 자리에서 하십쇼.
　　　　오고 싶다고 오고 가고 싶다고 가는 자리였습니까, 우리 지검이?
창준 ...

내려다보는 창준. 그 시선 그대로 돌려주는 3부장.
팽팽한 긴장감에 다들 눈치 보느라 숨을 고르는데, 이 위로 울리는 침착한
목소리.

시목 (담담하게) 특임의 공식 수사권한은 지금부턴가요?

모두 쳐다본다. 차라리 놀랐다.
물끄러미 창준 바라보는 시목은 답변 기다리고 있다.
3부장, 고개 흔든다. 창준에게인지 시목에게인지. 발소리 울리며 자리 떠버
린다.
이를 신호로 한둘 그러다 전체가 문을 향한다.
무거운 분위기 속에 유독 창백한 동재, 허나 곧 전투적 눈빛으로 돌변, 서둘
러 간다.
강당을 떠나는 인파 속에 홀로 선 시목,
넓은 강당에 이제 오직 창준과 시목뿐.

창준 공식 활동은 임명장 받으면서이지만 맞아, 실무는 지금부터.
　　　　특임 사무실은 중앙지검에 갖춰질 거야. 수사팀부터 편성해. (가는데)
시목 (즉시 전화 꺼낸다. 통화목록에서 '계장님' 누르려다 멈추더니)

서동재 검사 재산 보유내역이 필요합니다.

검사실, 자택 압수도요. 증거 인멸을 막기 위해 영장 들어가겠습니다.

창준 또 없나? 기다렸단 듯이 파헤치고 후려칠 사람, 또 없어?

시목 아직은요.

창준 (더는 보지 않고 가버리며) 임명장은 총장님 스케줄에 따를 거야.

시목 네.

2. 동/강당 복도 - 아침

시목 (나오는데)

은수 선배님! 당장 시작이래죠? 어떡해요 바빠서서? 전 뭐부터 할까요?

시목 하지 마.

은수 넷. (기죽지 않는다. 입은 꼭 다물어도 계속 따라온다)

3. 동/동재 집무실 - 아침

부리나케 들어오는 동시에 문 잠그는 동재, 서랍과 캐비닛 뒤진다.

발각될 시 불리한 서류, 신용카드 빼내고 세금 지로용지도 찾아내 틀어쥐고,

놓친 게 없을까, 불안하고 다급해서 여기저기 보는데,

4. 동/형사3부 복도 - 아침

1부장 오면, 삼삼오오 모여 심각하게 얘기하던 검사들, 1부장에게 인사한다.

그러다 어! 하는 검사들. 1부장, 그 시선 따라 돌아보면,

시목이 코너를 돌아 나타난다. 그런데,

시목 뒤로 줄지어 나타나는 직원들, 압수 수색용 상자 들고 일제히 따른다.

동재 방으로 직행, 문 두드리고 할 것 없이 바로 들어가고.

동료 방을 동료가 압수 수색하는 현장을 지켜보는 1부장과 검사들.

5. 동/동재 집무실 - 아침

동재   (추린 서류 등을 분쇄기에 넣으려다 아니다, 가방에 쑤셔 넣는데)

실무관1 E 어머 왜 이러세요?

동재   !!

시목 E 시작해요.

동재   (증거 보관용 밀봉비닐 낚아챈다)

집무실 문 두드리는 소리. 가방에 넣었던 서류를 비닐에 쑤셔 넣는 동재 손
이 떨린다.

직원 E 검사님? 서검사님!

6. 동/동재 검사실 - 아침

시목   (실무관1에게 집무실 열라는 고갯짓)

실무관 (어쩔 수 없다. 열쇠 가지고 집무실로 오는데)

동재   (벌컥 열고 나오는) 죽고 싶어? 누굴 상대로 수작질이야!

시목   (집무실 문 밀어서 활짝 연다)

직원들 몇 명, 동재 밀치고 들어간다. 그 즉시 집무실도 압수 시작.
발칵 뒤집히는 현장을 망연자실 보던 동재, 문밖에 선 동료들과 눈 마주친다.
동재와 눈 마주치자 외면하고 흩어지는 동료들.
시목, 더 볼 것 없다는 듯 나간다.
동재, 치욕이 올라온다.

7. 동/3부장실 - 아침

책상에 걸쳐 선 3부장. 소파에 앉은 1부장.

3부장   책임을 지는 게 아니라 회피할 생각부터 하다니.

1부장   (다른 생각에 빠진...) 서동재 방 털리더라.

3부장   벌써?

1부장   (불현듯) 총장이 황시목을 알까? 어떻게 특임에 앉혔지?

3부장   알 리가 없나. (소파로 와 앉는다) 추천받았겠지,

1부장   추천이야 검사장이 하는 건데? 수습은 못할망정 얼마나 발칵

        뒤집어놓으라고 재를 임명해?

3부장   그러니까 자긴 발랐잖아, 니들끼리 잘해봐라, 나는 간다. (1부장 보면)

        1부장, 고개 돌리는데 얼굴에 수심이 가득하다. 이상해서 보는 3부장.

8. 동/시목의 집무실 - 낮

〈모니터〉 - '파견 수사관 요청 명단' 글자가 빠르게 입력되더니,

커서가 위로 올라간다. 오른쪽 상단에 결재란, 부장 차장 검사장 순으로 돼

있는데,

검사장에 가서 찍히는 커서. 깜빡깜빡.

손을 깍지 끼는 시목, 모니터 바라본다. 그러다 다시 키보드에 손 올리는.

검사장 세 글자가 탁, 탁, 탁, 지워진다.

9. 동/화장실 - 낮

양변기 칸 안. 동재, 허리 뒤춤에 꽂았던 밀봉비닐을 꺼내 변기 물탱크에 빠

뜨린다.

각종 서류, 시계 등이 든 비닐, 가라앉는 위로 닫히는 뚜껑.

cut to. 화장실.

원래 칸에서 성큼 나온 동재, 바로 옆 칸으로 들어가 문 잠근다.

거의 동시에 압수 수색 직원들 두엇 들어온다.

직원1 (닫힌 칸 두드리는) 안에 계세요?

동재 … (물 내리는 소리. 나온다) 밥 먹고 할 일이 그렇게 없냐?

직원1 (팔을 그저 가벼이만 잡는데)

동재 (어딜! 쳐내는. 세면대로 간다)

직원2, 방금 동재가 나온 칸을 검사한다. 휴지통도 흔들어보고 물탱크도 열어보고.

직원1 옆에 세워놓고 당당히 손 씻고 머리 만지는 동재, 거울로 안 보는 듯다 본다.

10. 동/시목의 검사실 – 낮

실무관, 짐 싸는데 상기된 얼굴의 계장, 카메라 액정 들여다보며 서둘러 들어온다.

실무관 뭘 가져가야 되나? 특임은 처음이라

계장 (듣지도 않고 곧장 집무실로 들어가는) 검사님! (문 닫는)

실무관 ? (유선전화 울린다) 황시목 검사실입니다. (사이) 아 벌써 됐나요?

시목과 계장이 나온다. 시목도 가방 쌌다.

실무관 검사님 중앙지검에서 준비 다 됐다고요.

시목 갑시다.

실무관/계장 네!

11. 동/주차장 - 낮

계장과 시목, 각자 차에 짐 싣는데 시목, 문자 받는다. 보면,
발신자 - 〈2과 박병호 부장〉 '해보자. 묻고 싶은 거 언제든 물어라'
시목, 트렁크 닫고 운전석으로 가는데 이번엔 톡 울린다. 보면,
커피 기프트콘 뜬다. 그 밑에 이어지는 내용은,
발신자 - 〈공판부 최민우〉 '저희 대신 밤새워주세요!'
시목, 검찰청 건물 돌아본다.
우뚝 솟은 건물에 검사들이 가득 들어차 있을 수많은 창문들.
그중에 특히 6층 맨 끝 창문 줄을 바라보는 시목. 유독 블라인드 모두 내려진...
시목, 시선 거두고 차에 오른다. 서부지검을 떠난다.

12. 동/검사장 비서실 - 낮

비서   (전화) 아까부터 혼자 계시는데요, (사이) 아뇨 괜찮아 보이셨는데..

비서, 검사장실 본다. 안에서 아무 소리 들리지 않는 굳게 닫힌 문....

13. 용산서/서장실 - 낮

핸드폰으로 인터넷 기사 읽는 서장, 기막히고 황당한 탄식 내뱉는다.
〈인터넷 기사〉 제목 - '스폰서 루머 서부지검장 돌연 사임'
소제목은 '특임 검사도 내부에서 인선. 실효성 의문'
그 밑에 창준과 시목 사진이 나란히 붙었다.
노크소리. 기사 읽느라 대충 대답하면 팀장 들어온다.

팀장   서장님 검찰에서 요청 명단이 왔는데요. (가져온 서류 두 손으로 준다)
서장   뭘 또 요청해? (읽다가) 파견 수사관? 근데 얘도 파견해달래?

팀장	그러게요, 그쪽에서 어떻게 아는지, 불러서 물어볼까요?
서장	... 아냐, 흔쾌히 협조한다고 해.

14. 서울중앙지검/외경 - 낮

서부지검보다 크고 훨씬 짙은 건물.
대로를 사이에 두고 대검찰청과 마주하고 있다.

15. 동/특임 사무실 - 낮

특임에 필요한 모든 시설이 갖춰졌다. 사람만 없는데,
캐리어 가방 끌고 제일 먼저 들어오는 이, 윤과장이다.

윤과장	(아무도 없자 들기도 그렇고 나기도 그렇고 어정쩡한데)
계장 E	일착이시네요?
윤과장	(반가워 얼른) 오셨어요?
시목	(가볍게 목례. 둘러볼 것도 없이 화이트보드 앞 책상에 바로 짐 푼다)
장형사 E	경위님 여기네요! (소리에 이어 들어온다)
여진	(함께 들어오는. 어색하지만 씩씩하게) 안녕하세요?
장형사	(특임이라는 흔치 않은 경험에 의욕 과다 상태)
	서울시 용산경찰서 강력반 장!건!입니다. 잘 부탁드립니다! (꾸벅)
시목	(허리 펴기도 전에) 소개는 다 오면 하죠.
장형사	(버름해서 자라목이 되고)
여진	(이젠 뭐 그러려니 싶다. 가까운 자리에 짐 놓는)
계장	누가 더 오시려나?
정본	황시목 검사니임!
계장	아 깜짝이야.
정본	(때 빼고 광낸) 안녕하세요? (하다 여진에게 꽂히는 시선, 환해진다!)

장형사, 그 시선 느꼈다. 경계의 눈빛으로 뒤에 선 여진을 가리듯 막아선다.

여진, 툭 치는. 비켜, 하는 표정.

민망한 장형사, 비켜나지만 그래도 정본에게 강한 눈빛 쏴주는 것 잊지 않는다.

시목	통성명하고 시작하죠. 황시목입니다. (옆을 보는) 김호섭 수사관님.
계장	반갑습니다. 2년째 검사님을 모시고 있습니다. (인사하는데)

Flashback〉- 4회 S#57. 서부지검 형사부 복도에서 동재한테 돈봉투 받던 계장.

시목	(계장에서 시선 떼고) 최영 실무관님.
실무관	잘 부탁드립니다.
시목	서부지검 사건과 윤세원 과장님.
윤과장	처음 뵙습니다.

Insert〉- 시목, 전화 통화 중이다.

시목母 F	**니 직장 사람이라면서 그이 회사로 찾아왔다는데?** **수술 얘기도 알고 있고. 너 그 얘길 여기저기 하고 다녔니?**

시목	.. 김정본 님.
정본	(소개 더 기다리다 아무 말 없자) 전 오랫동안 사무장으로 일했고..
장형사	(혼잣말) 김정본?.. (들어본 이름인데, 갸웃하는)
정본	암튼 불러주셔서 영광입니다. 잘 부탁드립니다!

Insert〉- 시목, 전화 통화 중이다.

시목	**재판 후로 계속 나타납니다. 우연치곤 너무 절묘하게. 경위님께서 좀** **알아봐주시죠. (사이) 친구는 가까이, 적은 더 가까이 두라 했습니다.**

여진	(시목 보는)

시목   (여진의 눈빛 알지만 태연히 소개) 용산서 강력반 한여진 경위님.

여진   좋은 성과 내도록 최선을 다하겠습니다.

정본   (박수!)

시목   .. 장건 형사님.

장형사   발바닥에 땀나도록 뛰겠습니다! 잘 부탁드립니다! (허리 굽혀 인사)

시목   (이 사람은 아무 뒤꿍꿍이 없을까?...)

장형사   (시목이 길게 쳐다보자) 왜

시목   (쓱 몸 돌린다. 화이트보드로 간다)

장형사   ?

화이트보드 앞에 서는 시목, 핸드폰 꺼내 전원 끈다. 엎은 상태로 책상 먼 데
놓는다.
모두, 그 행동을 따르게 된다. 전원 끄고 가방이든 어디든 깊숙이 넣고 자리
에 앉는.

시목   스폰서 검사란 말이 언제 처음 대중화됐죠, 윤과장님?

윤과장   예? 아, 부산의 무슨 사업가가 자기한테 뇌물 받은 검사 백 명 정도를
          직접 고발한 때로 기억하는데요.

시목   그때하고 지금 우리 케이스가 확연히 다른 점은.

여진   그땐 뇌물 제공자가 멀쩡히 살아 있었죠. 우린 박무성이 죽었고요.

시목   예, 뇌물 준 사람이 직접 백 명을 고발한 케이스도 최종 결과는
          형사권고, 한 명으로 끝났습니다.
          이게 고작 7년 전이죠. 7년 동안 우린 얼마나 변했을까요?

정본   .. 변하기야 했겠죠, 어느 쪽인지가 문제지.

시목   아직 임명장 받기 전이에요. 핵심인물이 죽었으니 특임도 다 헛일이겠다
          싶은 분은 지금 나가셔도 됩니다.

모두   ...

시목   (동재 사진을 보드에 붙인다) 시작점입니다. 2013년, 당시 상화건설
          대표 박무성의 음주 뺑소니를 무혐의 처리해준 서동재 검사.

시목, 사진을 손마디로 강하게 친다.

커다란 동재 사진, 자신만만한 얼굴이 펄럭인다.

16. 서부지검/동재의 집무실 - 낮

텅 빈 집무실, 컴퓨터도 서류도 하나도 없다.
계장 침 튀기며 전화하면 동재 옆에서 더 하라, 더 하라며 바람 넣는다.

계장1   아니 내 말은요 김기자님, 우리가 그날 낮에 박경완일 조사할 때부터
        있었다니까요, 멍이. 그때 벌써 등이며 이런 데가 퍼랬다구요. 그래
        당장 경찰한테 물었더니 글쎄 걔가 체포될 때 별 난리를 다 쳤대요.
동재   (잘한다, 더 해요, 손짓)
계장1   내 말이요! 수갑 안 차려고 발광하고! 반항하고! 근데 그걸 하루나
        지나서 경찰한테 맞은 상처라고 발표 해버리니 황당한 거라, 내가.
        (사이) 그니까 거짓말이죠, 진짜 고문당한 거면 날짤 왜 바꿔치기해?
실무관1 (문 벌컥 열고 고개 디미는) 검사님!
동재   (승질내며 쉿!! 손짓)
실무관1 검사님 구속영장 기각됐대요! (말만 하고 쏙 사라지는)
동재   (십년감수!! 예쓰! 하다 계장 전화 뺏어 든다) 아 여보세요, 내가 옆에서
        우리 계장 하는 말을 들었는데 (듣다) 나요? 아 나, 서동재 검삽니다.

17. 용산서/강력반 - 낮

김경사 (전화 중) 에? 에?... (이게 무슨 소린가 하면서도 신나서) 아 예!
        맞아요! 수갑 안 찰려구 진짜 쌩쇼를, (안도의 한숨!) 그렇다니까요!
        (유선전화도 울린다) 네! 그럼 기사 잘 부탁드립니다.
        (허공에 인사하며 핸드폰 끊고 유선전화 받는) 여보세요?.. 맞습니다!

18. 동/서장실 복도 - 낮

급히 와서 서장실 노크하는 팀장.

19. 동/서장실 - 낮

팀장 저한테도 일언반구 없었고요, 서검사 측에서 일방적으로 제보한
　　　모양입니다요. 당연히 우리랑 먼저 상의를 해야 할 걸.
서장 우리가 빡 돌아서 같이 죽잘까 봐 선수 친 거야.
　　　이 판국에 지가 전화 빼돌린 거까지 들통나면 완전 좋나는 거니까.
　　　협상카드 내밀어봤자 내가 안 받아줄 거 뻔하고. 하여튼 그 자식.
팀장 사실상 우리한테 유일한 탈출군데 굳이 안 받아줄 것도 없구만 왜요?
서장 특임 시작하면 제일 먼저 쇠고랑 찰 거야, 서동재.
팀장 ... 그렇다고 마냥 반박할 수만도 없는 일 아니겠습니까?
서장 (난처하다, 고민하는) 아 갠 안 엮이는 게 좋은데...

20. 서부지검/화장실 - 낮

동재, 양변기 물탱크에서 밀봉비닐 건진다. 십년감수!...

21. 중앙지검/특임 사무실 - 낮

재킷 벗고 셔츠 걷어 올린 시목, 팀원들에게 각각 다른 서류봉투들 건넨다.

시목 (여진에게) 마포서요. 박무성 뺑소니를 처리했던 곳.
여진 (받는다)

**Insert〉- 마포서 교통계. 여진, 오래된 서류파일 펼친다. 날리는 먼지 때문에 휴!
여진, 마포서에서 나오는데 뷰파인더 화면으로 바뀌면서 찰칵. 스틸 컷1**

시목   (윤과장에게) 박무성의 자금 배달책입니다.
윤과장 (봉투 열고 남자(김태균) 사진 꺼내보는데)

Insert〉 - 김태균, 도망치고 윤과장, 거의 다 따라잡았는데 핸드폰 보던 아저씨와 부딪힌다.
넘어지는 순간 뷰파인더 화면으로 바뀌면서, 찰칵. 스틸 컷2

시목   (장형사에게) 박무성이 단골로 가던 접대 장소.

Insert〉 - 고풍스런 한옥을 개조한 한정식집.
장형사, 닫힌 문 두드리는 장면에서 뷰파인더로 바뀌면서, 찰칵. 스틸 컷3

정본   나는 뭐해요?
시목   내일 기자회견 때 발표할 성명서 준비하세요.
정본   성명서를 내가요? 그럼 혹시 대변인? 내가?! (기쁜!)
계장   어 검사님, (핸드폰 보는) 서검사 사전구속 기각됐는데요?
        (문자 읽는) 주요 범죄 혐의에 대한 소명의 여지 등에 비추어 구속의
        사유와 필요성을 인정하기 어렵다.
정본   아유, 맨날 저 소리.
윤과장 컨트롤 C 컨트롤 V.
시목   (USB 2개를 실무관과 계장에게 주며) 박무성 계좌내역입니다. 4년치.
계장   (벌써 다크서클 내려온 듯) 어후 4년...
시목   시작합시다.

우르르! 일어서는데 노크소리. 모두 문 쳐다본다. 문에 가장 가깝던 윤과장
이 여는데,
검사장실 비서가 들어오더니 비켜선다. 그 뒤로 나타나는 창준.

윤과장 검사장님!

즉시 인사하는 실무관, 계장. 나머지 사람들도 얼결에 인사한다.
창준, 둘러본다. 화이트보드에 동재 사진은 마치 못 본 듯 스친다.

창준   수고들 많아요. (윤과장에겐 끄덕이기만. 다음 장형사 보는)
장형사   용산서 강력반 장건, 검사장님께 인사드립니다!
창준   (악수, 다음 여진에게 시선)
여진   한여진입니다.
창준   음, 얘기 들었어요. (남자들에게와는 달리 손 안 내미는)
여진   (먼저 손 내미는) 좋은 말씀이셨길 바랍니다.
창준   (악수. 조금 뒤에 선 실무관과 계장에겐 눈짓만)
정본   김정본입니다. 만나 봬서 영광이에요, 검사장님.
창준   (악수하다) 김정본?.. (악수한 손 풀지 않는)
정본   (세게 잡힌 건 아니지만 놓지 않자 당황스러운데)
창준   김정본. 박경완 고문 수사를 발표한 시민운동가.
장형사   (맞다!! 정본 보는 눈에 힘 들어가는)

여진을 제외한 나머지 사람들, 이제야 알았다. 새삼 정본 쳐다본다.
창준, 그래도 정본만 바라보며 잡은 손도 그대로.
특임팀, 긴장감이 감돌기 시작하는데,

창준   (돌연 손 놓는) 그 밥에 그 나물일 뻔했는데, 공정성에 있어선
         누구도 반기 못 들겠어? 신의 한 수야.
정본   아아? (시목에게) 그래서 내가 대변인이구나? 얼굴마담 (아차!)
창준   (그나마 옅던 웃음기 사라지는... 시목에게) 총장님. (가자는 턱짓)
시목   (재킷 집는)
창준   셔츠 내리고.
시목   (셔츠 소매 내리고 재킷 입고)
창준   (시목 넥타이 바로 해준다. 목을 조이듯 끝까지 올리는)
시목   (목을 들게 되지만 그러도록 두는)
창준   (손 떼자마자 나간다)
특임팀   (창준 뒤에 대고 목례들만 하는데)

시목	(따라가며 특임팀에게 눈짓으로만 인사하면)

특임팀, '다녀오세요!' '화이팅' '잘 하고 오세요!' 등 다양한 배웅이 잇따른다. 시목 뒤로 비서가 문 닫고 사라진다.

계장	우리 검사님이랑 아는 사이였어요?
정본	아 이놈에 입, 가만있을걸!..
여진	... 우리도 갑시다!

나도 나도! 움직이는 특임팀. 정본도 준비하는데 전화 온다. 발신자 보더니 어? 하는.

22. 동/복도 - 낮

여진	(특임 사무실에서 나오는데)
장형사	(바로 따라와 잡는) 경위님 알았죠, 김정본? 우리 물 먹인 그 쉑끼
정본	(급히 나오며 전화) 내가 지금 갈게요 경완씨, 일단 아무 말 말아요.
여진	무슨 일 있어요?
정본	(받던 전화 가리고) 경완인데, 고문당한 게 자작극이라고 했대요,
여진	(설마!) 우리가요? 용산서에서?
정본	거짓말쟁이로 몰렸나 봐요, 경완이 지금. 전 이쪽부터 좀. (장형사에게 계면쩍게) 언짢은 거 이해해요. 미안하게 됐습니다. (목례하고 먼저 간다)
장형사	아니 나는 뭐냐 저기...
여진	우리가 물을 먹은 거 같아요, 멕인 거 같아요? (열 받아서 가버리고)
장형사	왜 나만 갖고 그래...

23. 중앙지검/정문 계단 - 낮

계단 아래 대기하고 있는 차에 오르는 창준, 시목, 비서.

24. 창준의 차 안 - 낮

각자의 방향만 바라보며 한동안 침묵하는 시목, 창준.

창준   (불쑥) 시민운동가, 언제부터 알았어?
시목   중학교 동창입니다.
창준   음.

또 한참 침묵.

시목   서검사 사전구속, 기각이던데요.
창준   특임에서 실적을 내면 구속되겠지.

... 각자 앉은 방향으로 고개 돌리는 두 사람.

25. 대검찰청/외경 - 낮

대검찰청이 위풍당당히 행인들을 내려다보고 있다.

26. 동/총장실 - 낮

창준 보는 앞에서 임명장 받는 시목, 총장과 악수한다.

시목   감사합니다.
총장   아니지, 원망해야지. 같은 식구 베라고 칼자루 쥐어주는 거니까.
시목   ...

총장	황특임, 본인이 왜 이 자리에 있는지 알고 있나?
시목	왜 제가, 인진 모릅니다만 무엇을 제가 해야 하는진 알고 있습니다.
총장	... (잔잔하게 번지는 미소. 어깨 가볍게 쳐준다) 장가는 아직이던데? (창준에게) 사위로 어때? 번듯하잖아? 직업이 좀 별론가?
창준	(의례적 미소)
총장	.. 흔히들 검사나 의사나 다 같은 사자로 알지만, 의사는 스승 사자를 쓰고 변호사는 선비 사인데, 유독 검사만 일 사자야? 우린 사람이 아닌가 했는데, 깃발을 높이 든 모양이라 하더군, 일 사자가 원래. .. 우린 그래야 돼, 황검사, 방향을 제시해주는 사람, 선봉에서 기준이 돼주는 사람. 황검사, 그게 우리의 본모습이란 걸 국민들께 보여줘.
시목	예.
총장	(고개 돌려 책상 보면 사직서 놓였다) 이게 능사가 아니잖나?
창준	죄송합니다 총장님.
총장	.. ... (시목에게만) 시작해.

시목과 창준, 각자 자리에서 총장에게 인사하고 문으로 몸 돌린다.
먼저 창준이 이어서 시목이 방을 나가는 걸 지켜보는 총장... 우려와 기대...

27. 동/복도 - 낮

좌우로 서서, 앞만 보며 복도를 걸어오는 창준과 시목.

창준	내 마지막 소임이 너였어.
시목	그러네요.
창준	저녁 같이 하지.
시목	들어가야죠.
창준	가도 없어. 그쪽들도 전부 갔어.
시목	?

28. 창준의 차 안 - 저녁

창준   (통화 중) 다 왔어. 한 10분? 그냥 밥 한 긴데, 편하게 해...
시목   (바닥 어딘가만 보고 가는)

29. 한남동 집/다이닝 홀 - 밤

긴 식탁에 차려진 산해진미. 특임팀 사람들이 전부 둘러앉았고,
주방에서 음식하는 아주머니 둘이 들락이며 음식 나른다.

창준妻   (머리부터 발끝까지 세심히 꾸민) 소수정예인가 보다,
너무 대규모보다 팀웍은 좋겠어요.

어색해하면서 네, 예, 정도 대답하는 특임팀. 아직 수저는 아무도 안 들었다.

창준妻   강력반 여형사는 처음이네? 어때요? 잘 해줘요?
여진   잘 해줄 이유는 없으니까요.. 똑같습니다.
창준妻   그렇구나, 좋겠다.
여진   (뭐가?)

현관문 열리는 소리.

창준妻   어머 오셨나 보다. (일어나는)
특임팀   (주섬주섬 일어난다)
창준   (들어온다)
창준妻   차 안 막히셨나 보네요?
창준   음.
시목   (슥 들어서는. 목례) 황시목입니다.
창준妻   어머 TV보다 훨씬 예쁘시다? 소년 같네? 그죠 여보?
창준   (웃어 보이면)

창준妻	앉아요, 당신도.
시목	(특임팀 향하는 눈길)
특임팀	(뭐라고 할지 좀 걱정되는 기색들인데)
시목	(뭐라긴커녕 천연덕스레 끼어 앉는)
창준	(데려오긴 했지만 이 녀석 봐라? 하는 표정인데)

창준, 상석은 비워놓고 앉으면 아줌마들이 딱 맞춰서 따뜻한 반찬들 내온다.
창준, 권하고 뭐고 없다. 수저 들고 식사 시작.
다들 먹어도 되나? 싶어 서로 보면서 수저 든다.

창준妻	(역시 드세요 한마디 없이 자기 남편만 쳐다보며)
	비행기표 끊었어요, 당신 인수인계 끝나는 대로 수정이 보러 가요.
창준	가면 뭐 좋아하나 그 녀석. 품 안에 자식도 옛날 얘기지.
창준妻	(웃는) 결혼들은 하셨어요? (옆에 앉은 윤과장에게) 아이는 있으신가?

그 말에 실무관과 계장, 윤과장을 보게 된다. 둘 다 당혹스런 기색이다.
정작 윤과장은 얌전히 눈만 내리깔고 있다. (낮에 꼈던 안경, 없다. 안경 안
낀 얼굴)
여진, 이들 반응 눈치채고 뭐지? 싶다. 윤과장 살피는.

장형사	(대답 없자 대신 나서며) 전 세 살이에요, 아들이요.
창준妻	어머 세 살 때가 제일 예쁜데. 지금 많이 봐두세요.
장형사	예 진짜 이뻐요, 근데 집엘 제가 잘 못 들어가서.
창준妻	특임 땜에 바쁘시구나. 벌써 시작하셨나 봐요?
윤과장	아닙니다.

시목, 짧게 윤과장 본다. 다들 갑자기 입 다문다.

창준妻	(싹 웃는) 황검사는요, 누구 있어요?
시목	누구요?
창준妻	(그게 뭐라고 호호! 웃는) 없구나, 내가 소개시켜줄까?

	나 예쁜 아가씨들 많이 아는데, (돌연 여진에게) 괜찮죠?
여진	?... 저도 예쁜 아가씨들 좋아합니다?
창준妻	어머 무슨! 호호, 여자의 적은 여자라는데?
여진	여자의 적은 여자란 말에 맞장구치는 사람은 자기가 지금까지
	다른 여잘 적으로 대해온 거 아닐까요?

창준妻, 갑자기 미소 사라진다.
사람들, 뾰족한 기류 탐지, 조마조마. 심지어 창준조차 아내 기색 살핀다.
시목, 그런 창준 보는.
창준妻, 언제 그랬냐는 듯 다시 웃는데 그러나 눈은 전혀 안 웃는다.
사람들, 얽힐 것 같은데, 현관문 열리고 사람 들어오는 소리.
창준, 벌떡 일어난다. 바로 현관으로 가는.

창준妻	(그에 비해 한결 여유로운) 아버지세요? (일어나 나가는)
정본	(거의 입모양만) 이윤범? 한조 회장?!

특임팀도 신기해하며 일어난다. 머뭇대면서도 구경 가듯 현관으로 가고,
이를 보면서도 삼킬 거 다 삼키고 나서 일어나는 시목.

30. 동/현관 앞 + 거실 - 밤

창준	오셨습니까.
윤범	음. (제대로도 안 보고 답하지만 뒤에 사람들 나오자 의례적 미소)
창준妻	(창준보다 먼저) 이이 직장 사람들이요. 밥 한 끼 같이 하려고요.

다들 인사하느라 바쁘다. 윤범, 이런 데 이력이 난 어르신답게 여유로운데,
여진이 인사하자 윤범, 무심히 지나치려다 한 번 더 보는 눈빛이 책망하는 듯?

여진	(눈치채는) ?
시목	(맨 뒤에서 다른 이들처럼 목례하는데)

윤범	(손 내미는. 따로 말은 없지만 오장육부까지 꿰뚫 듯한 눈빛)
시목	(덤덤히 악수)
윤범	(처음엔 보통으로, 그러다 갑자기 힘줘서 꽉 쥐는데)
시목	(그런가 보다.. 손을 살짝만 굽힌 상태 그대로, 같이 세게 쥐지 않는다)
창준	(두 사람 교류에 민감한)
윤범	(뭐지? 이 반응은? 싶다가 돌연 핏 웃는다)
시목	?
윤범	(반쯤 창준 보며) 최후의 만찬인가? (그 말만 남기고 안방으로 가는)
창준	(이마가 살짝 붉어진다)
정본	회장님은 식사 같이 안 하시
창준妻	(말도 끝나기 전에 정본 쳐다보는데, 별 해괴한 소릴 다 듣는단 표정)

창준妻 반응이 너무 노골적이어서 말한 정본뿐 아니라 다른 이들도 민망할
지경.

창준妻	(정색하고 쳐다보다 다시 다이닝 홀로 몸 돌리는데)
시목	저흰 그만 가보겠습니다.
특임팀	(듣던 중 반가운 소리다. 얼른 나갈 채비)
창준妻	아직 안 끝났는데?
시목	끝났습니다. (목례) 실례 많았습니다.
창준	실롄 줄 알면 일부러 마음 써서 준비한 사람 앞에서 이게 무슨
창준妻	(O.L) 아녜요.
창준	(아내 본다)
창준妻	안녕히 가세요.

미소 잃지 않고 특임팀 배웅하는 창준妻, 그러나 선 자리에서 한 발도 안 움
직인다.
얼굴이 상기돼서도 아내 한마디에 입 닫은 창준.
두 사람 번갈아 보는 시목, 특임팀이 모두 나가자 정중히 인사하고 자리 뜬다.

창준妻	(주방에 대고) 그거 다 버려요. (2층으로 가는데)

창준	(잡는) 원래 저런 애야. 무시해.
창준妻	달랑 한 끝 차이긴 하잖아요? 검사장, 검사.
창준	.. (잡았던 손이 놓아지는)
창준妻	건진 건 있네, 별것들 아니었어, 특임. (간다)
창준	.. ...

31. 동/대문 앞 - 밤

집에서 나와 터덜터덜 가는 특임팀.

계장	... 이건 먹은 것도 아니고 안 먹은 것도 아녀.
장형사	어디 가서 뜨끈뜨끈한 거랑 (꺾는 시늉)

다들 얼굴 펴지고 어디 갈까, 뭐 먹을까, 마음 바빠지는데

시목	내일 봅시다. (먼저 가버리는)
정본	.. 저 자식은 나이를 혼자만 안 처먹나. 변하질 않어.
여진	(정본 보는데)
장형사	배고픈 중생끼리 뭉칩시다!

그러자며 앞서거니 뒤서거니 가는 사람들. 여진, 자연스레 정본 옆에서 걷는다.

여진	경완인 어쩌고 있어요?
정본	난리 났죠. 근데 인권위에서도 그러는데, 반박할 방법이 없대요.
여진	...
정본	혹시 누구 또 증명해줄 사람 없어요?
장형사	(앞서 걷지만 여진과 정본 대화에 잔뜩 촉을 세우고 있다)
여진	(눈치챈. 자연스레 말 바꾸는) 황검사랑은 오래되셨나 봐요?
정본	그럭저럭, 한 20년이네요.
여진	저 성질 어떻게 받아주셨대요, 20년 내내?

정본	내내라기보단, 뭐. (빙글 웃는 위로)
소리 E〉	(서툰 피아노 소리 시끄럽게 뚱땅대다가 갑자기 쾅! 내리찧는 소리)

32. 중학교 음악실/(정본의 기억. 20년 전)

중학교 2학년 음악시간.
피아노 앞에 앉은 정본, 힘은 좋아 피아노를 거의 두들기는데 자꾸 틀린다.
음악교사는 점수 매기고, 다른 아이들은 각자 연습에 바쁘다. 실기 시험시간.
이 와중에 같은 데서 계속 틀리는 정본, 본인도 땀 흘리는데,
갑자기 앞에 나타나는 검은 그림자.
정본 뭐지? 올려다보면 정본을 죽일 듯 노려보는 시목 서 있다.
정본이 왜? 하기도 전에 느닷없이 피아노 뚜껑을 힘껏 닫아버리는 시목.

정본	(아직 건반 위에 있는 손가락 위로 떨어진 뚜껑) 아악!!
음악교사	(기겁한다! 달려와 정본부터 잡고) 너 미쳤니!
아이들	(놀라 모두 굳었는데)
시목	(경멸적인 눈으로 교사 일별하지만, 쌩하니 자리로 돌아간다)
음악교사	황시목! (하지만 일단 아파서 어쩔 줄 몰라 하는 정본 살피고)
시목	(이제 좀 살겠군, 하는 듯한 표정. 눈 감고 길게 호흡)

괴물 보듯 보는 아이들, 교사. 시목 옆에 앉은 여자아이, 뒷걸음질.. 옆자리 피
한다.

33. 길 - 밤 (현재)

정본, 제 손을 내려다보다 눈을 드는데 여진이 보고 있다.

정본	(여진에게 웃어 보이고 옆에 있는 계장에게) 저기 혹시 윤과장님,
	집안에 무슨 문제 있어요? 아이가 안 생긴다거나.

여진   아 나도 아까, (앞서가는 윤과장 보는) 애기 얘기 나올 때 뭔가
         싶었는데..
계장   .. 안 생기는 게 아니라.. 죽었어요, 아이가.
정본/여진 네에?!

두 사람 소리에 앞서가던 사람들이 돌아본다.

여진   (목소리 낮춰) 어쩌다가요?
계장   교통사고요. 유치원에서 소풍 갔다가.
정본   아이고... 언젠데요 그게?
계장   한 2년 됐나? 그 일 나고 오래 휴직하셨어요, 윤과장님.
         복귀한 지 얼마 안 돼요.
여진   (안됐어서 윤과장 보는데)
계장   (걱정스런 한숨) 아이 안 생기는 사람은 조오기 있네요.
여진   (시선 따라 보고는) 실무관님이요??
계장   별수를 써도 (고개 젓는) 자식이 뭐라고 있어도 고생 없어도 고생..

정본과 여진, 이번엔 실무관 본다. 뭐라 말해야 할지 모르겠는데.

장형사   저기 좋네! (저 앞 식당 가리키는) 가까운데 절루 가죠.
         (앞장서 가는데 뭔가 이상해서 돌아보면)

쭈뼛대고 있는 특임 팀원들. 어떻게 할까, 서로들 쳐다본다.

34. 중앙지검/특임 사무실 - 밤

창밖 불빛만 비치는 불 꺼진 사무실. 남자 구두소리 나더니 문 열리고 불 켜
진다.
시목, 들어오자마자 핸드폰으로 블루투스 작동시켜 인쇄 누르면,
인쇄 시작하는 프린터. 그사이 재킷 벗는 시목, 화이트보드 앞에 서더니,

단번에 화이트보드를 뒤집으면 뒷면에서 드러나는 사건 관계도.
박무성을 중심으로 살인사건 관련자들, 관련 사진이 총망라돼 있다.
박무성과 가영 주위에 창준, 동재, 용산서장, 윤범과 영일재, 은수까지 붙어 있는데,
인쇄 끝난 사진 가져와 창준 옆에 붙이는 것, 다름 아닌 창준妻다.
(인터넷에서 찾은 사진 인쇄한 것)
뚫어져라 화이트보드를 쳐다보는 시목, 보드 다시 돌리고 자리에 앉는다. 일 시작.
오른쪽에 높이 쌓인 파일을 맨 위의 것부터 검토 시작.

cut to. 시간 경과. 노크소리.
조심스레 열리는 문. 반쯤만 몸을 들이는 은수.
책상에 엎드린 시목. (방금 전 오른쪽에 높던 파일이 지금은 왼쪽으로 많이 옮겨졌다)
은수, 망설이다 조심스레 다가온다. 시목 들여다보면,
팔 베고 얼굴 묻은 시목, 고른 숨소리. 아직 손에 붙어 있는 펜은 많이 기울었다.

은수   (펜을 빼주려다.. 손 거둔다)

은수, 손에 들었던 종이봉투에서 스웨터 꺼낸다. 시목이 빌려줬던 스웨터.
스웨터로 시목 어깨를 살포시 덮어준다. 한쪽 팔만 길게 늘어나 달랑달랑...
종이봉투를 바닥에 내려놓고 사무실 돌아보는 은수,
그냥 천천히, 가까운 책상으로 가 어떤 내용인지 서류철 들어보는데,
고정 안 시키고 안에 끼워만 뒀던 서류들이 후드득 떨어진다. 은수, 얼른 집는데,
떨어지는 소리에 몸 일으키는 시목, 스웨터는 뒤로 힘없이 떨어진다.

은수   (당황해서 얼른 올려놓으려는데)
시목   (일어나는) 놔.
은수   (놓는)

시목   나가.

은수   (망설이지만 시목 앞에 똑바로 온다) 왜 전 안 돼요 특임에?

시목   왜 너여야 되는데.

은수   꼭 하고 싶어요, 열심히 할게요, 저 잘 할게요, 선배님.

시목   알아 누구보다 열심히 할 거란 걸, 검사장을 잡으려고 최선을 다할
        거란 걸.

은수   없는 죄를 뒤집어씌우잔 게 아니잖아요? 사실이잖아요,
        선배 입으로 그랬어요. 박무성이 검사장한테 미성년자를 보냈다고.
        그것보다 더한 스폰이 어딨어요?

시목   여긴 네 원한을 풀어주는 데가 아냐. 돌아가.

은수   ... 아직도 날 의심하는 거죠?

시목   ...

은수   정말 내가 그렇게 보여요, 선배 눈엔? 내가 칼로 사람을 찌를 수
        있다고?.. 어떻게, (눈물 핑 도는) 도대체 내가 어떻게 해야 이 의심을
        풀어요? (결국 뺨을 타고 흐르는 눈물)

여진   (불쑥 들어오며) 여깄을 줄 알았

은수 보고 뚝 멈추는 여진, 지금 이게 무슨?..
눈물 어린 은수와 그 바로 앞에 선 시목.
얼른 손 내리는 은수. 두 사람 번갈아 보는 여진.

여진   어, (문으로 몸 돌린다) 뭘 놓고 왔네? (나가려는데)

계장   (들어오는) 영검사님?!

은수   !

우르르 들어오는 사람들, 은수 보고 다들 무슨 일이지? 싶다.
눈물 자국 선명한 은수, 인사하는 둥 마는 둥 빠져나간다.
사람들도 어정쩡하게 쳐다보다 은수가 나가자 일제히 고개 꺾어 시목 쳐다
본다.
마냥 남의 일 같은 얼굴의 시목, 자리에 앉는다.
... 실무관, 계장 손에 음식봉투 가져가 아무 일 없었다는 듯 테이블에 펼친다.

사람들도 모른 척 테이블에 모이지만 그래도 시목을 흘끔댄다.

35. 동/복도 - 밤

은수, 당황스럽고 창피하다. 빨라지는 발걸음.

36. 동/특임 사무실 - 밤

실무관 (음식을 따로 담아 시목에게 주다가) 뒤에 그거 뭐예요?

시목 (뒤를 보면 스웨터가 떨어져 있다)

집어 드는 시목, 스웨터 알아본다. 길게 늘어져버린 팔도.
책상에 놓으려다 발치에 은수가 놓고 간 종이봉투 발견한다.
그 안에 넣으려는데 안에 또 뭔가 있다.
들어보면, 아직 태그도 안 뗀 새 스웨터. 빌려준 것과 최대한 비슷하다.
시목, 한 손에 빌려준 스웨터, 종이봉투 속 또 한 손엔 새 스웨터.
하지만 무심히 둘 다 봉투에 툭 넣는다.
여진, 말없이 그 모습 보다 눈길 돌리는데, 다들 왕성한 호기심으로 지켜보고 있다.

여진 ... 첫날부터 고생하셨습니다! 윤과장님 다친 덴 어떠세요?

시목 (고개 들어 쳐다본다)

윤과장 (쑥스러워하며 손 문지르는데, 긁힌 상처가 짙다)

계장 해병대 나오셨다면서요? 귀신은 어떻게 잡으셨대요?

윤과장 귀신은 핸드폰 안 봅니다. 담엔 꼭 잡을 거고요!

장형사 박무성이 접대 많이 했단 식당은 세무조사를 급살로 맞았다던데요?
양주 박스 내놓은 걸 공무원들이 몰래 세서는 빈 박스가 이만큼인데
매출 신고는 겨우 이거냐고 완전 뒤집어놨대요.

윤과장 우연이려나...

여진   뺑소니는 목격자가 하루아침에 진술을 뒤집었어요.

            첨엔 박무성을 지목했는데. 내일 직접 만나보려고요.

정본   (여러 장의 종이만 만지작)

계장   근데요...

여진   왜요, 계장님도 무슨 문제 있었어요?

계장   (헤벌쪽) 검사장님 사모님이요, 완전 미스코리아시더라..

정본   그쵸? 그거 받고, 재벌 딸.

장형사   받고, 집에 가면 맨날 이윤범 있고.

미스코리아, 재벌 딸까진 좋아라 하던 남자들, 마지막 한마디에 일제히 부르르 떤다.

여자들은 풋.

윤과장   검사장님 사퇴하고 한조그룹으로 가시려나, 처가 회산데.

장형사   처가 회산데가 아니라 처가 회사니까죠? 초대형 낙하산으로 똑!

계장   .. 그런 분이었나.

시목   (윤과장에게 와 파일 준다) 차명 재산이 있는 거 같습니다.

윤과장   (파일 보더니) 어, 1부장님 거네.. (찌푸리고 들여다보는)

정본   (또 종이 만지작)

실무관   아까부터? (종이 쑥 뺏어서 보면 엄청 썼다 지운 여러 장) 우와.

정본   (얼른 가져가는) 내일, 내일요.

여진   왜요, 예행연습도 할 겸 들려주세요.

정본   (여진 요청에 계면쩍어하면서도 도로 꺼내는) 이게 짧은 거 같아도

            엄청 길어서.. (목 가다듬고) 2017년 4월 21일, 검사 등의 향응 수수

            사건 진상규명을 위한 특임 첫 브리핑을 시작하겠습니다.

            먼저 수사 진행에 있어 1차 소환은 서동재 서부지검

시목   (O.L) 대상 특정하지 말고 수사 준비과정이라고 해줘.

정본   어? 어. (고치는)

시목   참고인 조사 내일 10십니다. 반드시 그 시간에 데려오세요, 장형사님.

장형사   네! 그런데 참고인 주소를 제가 아직 못 받았는데요?

시목   내일 출발 때 드립니다.

장형사   예에…

정본   그럼, (읽는) 수사 준비 중입니다. 하여 먼저 특임의 업무분장에 관해..

         시목을 포함한 모두, 경청…

37. 복도식 아파트/전면 - 아침

정본 E   모든 가능성이 열려 있는 바, 신속히 범죄 구성요소를 파악하고,

         낡고 오래된 아파트. 1층 복도 거의 끝 집으로 장형사와 검찰 직원들이 몰려
         가고 있다.

38. 중앙지검/특임 사무실 - 아침

         중앙에 책상 붙여서 자리 만들고 관련 서류 쌓아 놓고, 만반의 준비하는 특
         임팀.

정본 E   철저한 진상규명을 위해 앞만 보고 갈 것이며 끝으로,

39. 동/특임 사무실 문 앞 - 아침

         '검사 등의 향응 수수 사건 진상규명을 위한 특임 검사 황시목' 나무 현판 아
         래,

정본   (새로 프린트한 원고가 바르르 떨리는) 끝으로 특임 수사에 많은 관심과
         지지를 보내주신 국민들께 깊은 감사의 말씀드립니다. (인사)

         녹음용 휴대폰 예닐곱 개를 아예 모아놓은 통을 정본 밑에 들고 있는 이도

있고, 의자에 올라가 사진 찍는 이도 많다. 낱낱이 찍어대는 카메라들.

40. 동/1층 로비 + 중앙지검 뒷문/주차장 – 아침

1층 로비도 기자들이 잔뜩 대기했다.
누군가 '온다!' 외치자 일제히 집중되는 카메라.
동재, 검찰 직원에게 팔꿈치 잡혀 들어온다.

cut to. 중앙지검 뒷문으로 들어오는 검은 차. 지하주차장으로 들어간다.

cut to. 1층 로비.
입 앙다물고 선 동재 앞에 수십 개의 핸드폰이 디밀어졌다. 쏟아지는 질문.
"금품 수수했나요?" "올라가서 무슨 말씀할 건가요!"
"동료 검사한테 조사받는 기분이요!" "박무성씰 언제부터 아셨죠!"
동재, 그 어떤 말도 들리지 않는 듯 입 꼭 다물고 눈도 약간 위에다 딱 고정.
어쩜 저렇게 모른 척할 수 있을까 싶을 정도다.

cut to. 지하주차장. 검은 차에서 먼저 내리는 장형사, 주변 살핀다. 여긴 조용하다.
장형사, 차 뒷문 열면 차에서 내려지는 인물, 은수母다.

41. 동/회의실 – 아침

정말 아무것도 없는 회의실. 가운데 빈 탁자와 의자 하나뿐, 서류 한 장이 없다.
탁자에 혼자 앉혀진 동재. 문 지키는 계장은 동재랑 눈 안 마주치려고 천장만 본다.

동재 물이라도 갖다 놔 새끼들아!
계장 (소심한 손길로 뒤에 정수기 가리킨다)

동재   (분이 머리끝까지 치솟는)

42. 동/정문 앞 - 아침

은수, 택시에서 급히 내린다. 안으로 뛰어 들어간다.

43. 동/특임 사무실 - 아침

동재가 있는 회의실과는 180도 다른 풍경, 많은 자료들.
은수母와 마주 앉은 시목.

은수母   명절이라 선물이 많이 들어왔어요. 받으면 받은 만큼 줘야 하는 양반이라
부담만 되는 걸.. 상하는 게 아니고 그냥 과일 상자길래 베란다에
받아둔 게 잘못이었죠, 그 밤에 그이가 온 담에야 풀어봤다가
돈다발을 보고 어찌나 놀랬든지, 상자에 붙은 명함으로 전화를 했고
준 사람이 도로 와서 가져갔어요. 그게 다예요.

44. 동/회의실 - 낮

여전히 혼자인 동재, 이젠 의자에 길게 앉아 머리에 손 괴었다.
문 열린다. 동재, 눈만 들어 보면 윤과장이 파일 끼고 다가온다.

동재   (손 풀지 않고 그대로면)
윤과장   (앉지 않고 책상 맞은편에 서서 파일 펼친다) 2013년 서검사님의
매형 김재원씨가 이사로 등재된 회사 신축건물을 짓는 과정에서
건축비 축소 계약, 공사 계약 당사자는 고 박무성씨였고
동재   듣도 보도 못한 개소리야.
윤과장   뺑소니 사건으로 두 분이 알게 된 직후였죠. 검사님께서 축소분 차액

4억을 챙기셨고, 제3자 뇌물공여죄입니다, 아시겠지만.

동재 허위사실 유포죄에 명예훼손. 알겠지만.

윤과장 (사진 한 장 놓는다)

동재 (아연실색한다. 양변기 물탱크에 감췄던 밀봉비닐을 꺼내 그 자리에서 찍은 사진이다. 이게 어떻게!!)

계장 (모르는 척하지만)

Insert〉- 계장, 양변기 물탱크 연다. 세금계산서 등이 가득한 비닐 꺼낸다.

계장 **(비닐째로 사진 찍고서 내용물 꺼내며) 오오! 대박! 검사님이 숨길 시간을 주길 정말 잘하셨네. (내용물 사진 찍는)**

계장 (스스로가 자랑스러워 콧방울이 벌름대고 발꿈치가 들썩인다)

윤과장 (다음 사진 놓는데 자동차세 고지서다) 78러 9257. 독일 B사 신형 차량. 남산 소재 크라운호텔 지하주차장에서 찾았습니다. 7개월 동안 주차비 한 번을 안 내셨다고요.

동재 ....

윤과장 호텔 체인 소유주 차영호가 저지른 폭행 사건을 담당하셨죠? 직후에 크라운호텔 주식 7만 주가 검사님 조카 명의로 올라갔고요. 조카가 몇 살이죠?

동재 황프로 오라고 해.

윤과장 유치원은 들어갔나요?

동재 황시목이 오라고!

윤과장 바쁘신데요.

동재 (의자 차버리며 일어나는)

윤과장 말씀 전해달라 하셨습니다. 구속은 이걸로도 충분조건이다. 특임은 길다, 여죄는 남기지 않겠다, 라고.

동재 내가 알고 있는 걸

윤과장 아, 거래는 없다라고도 하셨는데.

동재 1부장도 받았어!

윤과장 댁에 가 계시면 구속영장 나올 거라고요. 외출은 삼가시고.

계장   (말 끝나자마자 문 연다)

동재, 뭐라도 해보고 싶지만 윤과장, 동재 안 보고 늘어놨던 파일 자료만 추린다.
쉽사리 발 못 떼던 동재... 혼을 반쯤 놓고 문으로 향하면,
윤과장, 바로 문자 보낸다. 동재 데려가며 문 닫는 계장.

윤과장 E   지금 나갑니다.

45. 동/특임 사무실 – 낮

시목   (윤과장이 보낸 문자 보더니 파일 정리하며) 그만 가셔도 됩니다.
은수母   (그렁그렁한 눈, 시목 손 잡는데 손 떨린다) 고마워요. 정말 고마워요.
시목   (손 보지만) 고마우실 것 없습니다. 나가시죠.

46. 동/복도 – 낮

계장   (승강기로 동재 데려가는데) 이쪽으로 가시죠.
동재   아래, 기자들 아직도지?
계장   에?
동재   계단으로 갑시다. 나 그 정돈 되잖아? (먼저 계단으로 트는)
계장   어? (승강기 쪽 돌아보며 난처한 듯 쫓아가는) 봐야 되는데..
동재   (비상계단 문을 여는 찰나)
은수 E   엄마!
은수母 E   은수야, 언제 왔어?
동재   ? (돌아본다. 모퉁이 안쪽에서 들리는 소리, 혼잣말) 은수?
은수 E   엄마 괜찮아?
계장   (동재가 들은 것 같자 안도하며) 가시죠! (비상계단으로 들어간다)

47. 동/계단 - 낮

한 발 한 발 내려갈 때마다 동재, 식은땀이 배어나온다. 어찌 할까, 어찌해야 할까...

윤과장 E 구속은 이걸로도 충분조건이다. 특임은 길다,
시목 E (윤과장 목소리와 겹치며) 길다, 여죄는 남기지 않겠다.
동재 (계단이 너울댄다. 토가 나올 것 같은데) 악! (발 헛디딘)

비명 지르는 동재, 계단 아래로 미끄러진다.
놀란 계장 손 뻗지만! 동재에게 닿을 듯 스쳐버리고 마는 손.
동재, 계단을 미끄러진 것도 모자라 떨어지는 힘에 계단 맨 아래에선 벽까지 밀린다.
놀라 달려 내려가는 계장. 등을 보이며 웅크린 형상의 동재, 움직임 없다.

48. 동/특임 사무실 앞 복도 - 낮

은수 (은수母 끌어안은) 아빠는 같이 오지도 못하게 했다며? 괜찮아?
은수母 (떨리는데 희망 때문이다) 밝혀주려나 봐 은수야, 저분이 해주려나 봐.
은수 !
윤과장 검사님! (달려온다. 은수 보지만 사무실 문부터 열고) 나와보세요!

문 열리자 고개 빼는 은수, 문 안에 시목이 고개 드는 것 보인다.
곧 밖으로 나오는 시목, 윤과장과 함께 가는데,

은수 선배님,

보지만 그대로 가는 시목. 시목을 바라보는 은수. 그런 은수를 보는 은수母.

49. 동/1층 정문 앞 - 낮

응급차에 실리는 동재, 의식 없다. 기자들에겐 더할 나위 없는 그림이다.
계장도 허둥지둥 응급차에 함께 오르고, 막 출발하는 응급차.
시목과 윤과장, 건물에서 나와 지켜본다.

50. 응급차 안 - 낮

동공 반응 검사하고 바이탈 체크하는 응급대원.
동재, 전혀 반응 없다. 흔드는 대로 흔들리는.

계장   (전화 중) 의식이 없대요, 죄송합니다...

51. 유흥가/차 안 - 저녁

콜 운전사 (차 몰고 온다. 차 세우고 전화하는) 어디예요? 왔는데?
            예, 앞에 있어요. (끊고 머리 만지는) 얼마 만에 뛰는 거야, 젠장...
여진   (불쑥 보조석에 올라탄다)
콜 운전사 뒤로 (예상했던 분위기가 아니라 이상한) 콜 부른 거 맞아요?
여진   왜요 오빠, 난 콜 부르면 안 돼?

            뒷문 벌컥 열리고 장형사가 탄다.
            콜 운전사, 뭐지? 돌아보는 코앞에다 여진, 경찰 신분증 디민다.
            콜 운전사, 죽을상이 되는데 뒤에서 어깨 잡는 장형사.

여진   선생님, 룸살롱 말고 권민아 또 어디 데려다줬습니까.
콜 운전사 아 또 개
장형사   (어깨 더 세게 잡는다)

여진	출퇴근시켜준 거 말고 다른 데도 픽업 다녔죠.
	모텔이든 펜션이든 정기적으로 데려다준 데, 댑시다.
콜 운전사	저 업소 다 짤렸어요, 제보한 거 들통나서, 누가 나불대는 통에.
여진	어 되게 미안하네? 어떡할까?
콜 운전사	(너였나?!)
장형사	(손이 스윽 더 앞으로 온다)
여진	선생님, 마지막으로 묻습니다?
콜 운전사	(어후...)

52. 호텔/로비 - 밤

여진과 장형사, 데스크로 간다. 데스크에 신분증 보여주고 질문하는 여진.

**Insert〉 - 콜 기사, 로비 가로지르는데 민아, 프런트 데스크에서 전화하고 있다.
콜 기사, 뒤가 급해 오래는 못 보고 얼른 간다. (여름 복장)**

콜 운전사 E 전에 여름이었나, 걔 내려주고 나도 화장실엘 들렀는데 민아가 로비
전화를 붙들고 있더라고요. 상대가 끗발 있는 놈인가 보다, 했죠.
전에 어떤 여자애 폰에 있던 기록 땜에 남자들이 싹 다 걸려든 뒤로
애들이랑 통화기록 남는 거 되게 싫어하거든요. 한다하는 사낼수록.

데스크 매니저, 곤란한 얼굴 하지만 장형사 데리고 데스크 안으로 들어가는
여진.
매니저, 컴퓨터 두드리고 뒤에서 이를 지켜보는 여진과 장형사.

cut to. 프린터에서 나오고 있는 숙박기록. 예약자 이름이 온통 권민아다.

53. 은수의 집/안방 - 밤

모로 누운 은수母 어깨며 등 주물러주는 일재.

은수母   (피곤하다. 잠에 빠지는) 고만해요, 힘들어.. (흐뭇한 미소)
          누구 하나 돌아보지 않던 걸.. 해결해주려고 날 부른 거예요..
          고마워서.. (잠든다) 앤 또 늦네..
일재   (계속 주물러주지만 얼굴이 말할 수 없이 어둡다)

54. 상가 대로변(을지로 조명상가 같은 분위기) - 밤

복잡한 상가 대로변에 트럭 선다. 한 남자(김태균)가 내려 인근 상가 길로 사라진다.
간발의 차로 나타나는 은수, 주차된 차들 번호 일일이 살피다 트럭 발견!
트럭 주인 찾아 사방 살피는 은수,

55. 서부지검/검사장실 - 밤

창준, 짐 정리하는데 문 열린다. 일재가 지팡이 짚고 들어선다.

창준   (놀라는 것도 잠시, 앞으로 와서 인사하는데)
일재   (고개 숙인 창준 위로) 내 식구들 건드리지 마.
창준   .. (허리 펴는)
일재   3년을 두문불출해줬으면 내 뜻을 알겠지, 무덤까지 가져갈 테니
        니들도 뱉은 걸 지켜, 내 안사람, 내 딸 은수, 놔둬.
창준   죄송하지만 무슨 말씀이신지요.
일재   황시목이가 은수 엄마를 데려갔어.
창준   !!
일재   나한테 시위한 거야. 들추겠다고, 검사 몇 명이나 잡고 특임을 끝낼
        생각 없다고. 아는 걸 토해내라고 일부러 안사람을 끌어냈어.
        시목인 이제부터 시작이야.

창준	...
일재	그놈이 어떤 난릴 치든 난 입도 뻥긋 안 해.
	그러니 니들도 움직이지 마. 니 장인한테 똑똑히 전해!
창준	.. 알겠습니다. 말씀드리죠.
일재	... (짐 싸놓은 검사장실 보는) 기어이 니가 널 버리는구나.
	어리석은 놈, 스스로를 못 믿고. 제 쓰임이 어디인 줄 모르고.
창준	많이 썼습니다. 다른 것도 쓰려고요.
일재	(확연히 번지는 실망과 경멸... 더 보지 않고 절뚝이며 나간다)

창준, 짐 챙긴다. 망설임 없이 검사장실 나간다. 불 끈다.

56. 한조그룹/회장실 - 밤

책상에 앉은 윤범, 우실장이 건넨 파일 보고 있다.
파일 안 사진, 특임팀 사람들 스틸컷들이다.
마포서에서 나오던 여진의 스틸컷, 아저씨와 부딪혀 나동그라진 윤과장의 스틸컷, 한정식집 닫힌 문 두드리는 장형사의 스틸컷도 보이고.
창준과 함께 중앙지검을 나서는 시목의 스틸컷도 있다.

윤범	(여진 사진 손가락으로만 끌어당겨서 보는)
우실장	마포서입니다. 박무성 음주 뺑소니를 재조사한 것 같습니다.
윤범	갈 길로 가네.. (시목 사진) 이놈 묘한데? (악수하는 손 모양 해보는)

Flashback〉- S#30 한남동 집/거실
윤범이 시목과 악수할 때 처음엔 그냥 그러다 갑자기 힘 꽉 주던 손.

윤범	놀라든가, 꼴에 같이 세게 나오든가.. 이도저도 아냐?
우실장	.....

57. 중앙지검/복도 - 밤

시목   (오는데)

윤과장   검사님! (뒤에서 온다. 손에 빵 봉지 든. 웃는) 출출하다고들 해서요.

시목   예. (특임 사무실로 들어가려는데)

윤과장   저, 드릴 말씀이..

시목   (보는)

윤과장   진작 말씀드렸어야 했는데 제가 실은, 검사님 뒷조사를 했습니다.

시목   왜요.

윤과장   회사에서 요청이 있어서요.

시목   그래서요?

윤과장   .. 검사장님께 보고했습니다. 그땐 뭐랄까, 검사장님이 저희 지검을
버리실지 모르고. 암튼 죄송합니다. 것도 모르고 절 여기 뽑으셨으니.

시목母 F 니 직장 사람이라면서 그이 회사로 찾아왔다는데?

시목   (물끄러미 쳐다보는)

윤과장   (눈길 오해하고) 혹시 제가 특임팀에 있을 자격이 없다고 생각되시면

시목   집에서 얘기하더군요.

윤과장   댁에서 들으셨다고요? .. 그럼 다 아시고...

시목   예. (들어간다)

윤과장   (입장 애매한.. 들어간다)

58. 동/특임 사무실 - 밤

탁자를 모아 가운데 큰 자리를 만들어놓고 삥 둘러앉아 일하는 특임팀.
시목이 들어오자 다들 반갑게 인사한다.
윤과장, 빵 봉지 내려놓으면 다들 손 뻗는데 유독 여진만 움직임 없이 시목
본다.

장형사   이야, 빵 풍년이네?

정본   너무 무리하신 거 아녜요?

윤과장	맛있게 드세요. 듣는 귀 무서워서 회식도 맘대로 못하는데.
	하는 김에 제가 커피까지 풀 서비스 하죠. (커피 타서 주는)
여진	(마시며) 음, 카페서 사 온 것 같네.
정본	윤과장님, 커피 좀 타시네.
실무관	(커피 돌린다)
정본	시목아, 아니 검사님, (손 뻗어서 빵 이것저것 내미는) 뭐?
시목	(와서 그냥 아무거나 받아 한 입 무는)
실무관	(빵 두어 개 챙기는)
장형사	계장님이요? 아직도 병원 계세요?
실무관	(한숨) 하필 서검사님 땜에.
정본	왜 하필 서검산데요? 사이 안 좋아요?
실무관	안 좋을 거까지야, .. (시목 의식되는) 서검사님이 얼마 전에 용돈 조라고
	봉투를 주셔서 곤란했었나 봐요, 계장님이.
시목	(처다보는)
실무관	(그 눈길에) 아뇨! 계장님 그거 다 저 주셨어요, 수사비 메꾸라고.
	근데 서검사님은 계장님이 돈만 먹었다고 막 먹튀라고 쪼더라고요.
시목	...
장형사	초딩도 안 그러겠다, 하여튼 하나만 봤는데도 백을 알겠네.
정본	(자기가 먹으려다 시목 빵이 지금 쥔 것과 같자) 그거 맛있어?
시목	별로.
윤과장	(처다본다. 사 온 장본인이라 은근 상처받는데)
정본	(눈치 없이) 진짜? (얼른 시목의 빵 조금 뜯어 맛본다) 그러네?
	그럼 난 딴 거. (다른 걸로 바꾸는)
시목	(별생각 없다가 문득 떠오르는 게 있다)

Flashback〉- 8회 S#71. 마포서 옆 골목/포장마차 - 밤

여진	**저희 소주 한 병이랑 우동**
시목	**라면 먹어요.**
여진	**? 말고 라면이요! (그러고 나서 시목의 우동 국물 맛보는)**

시목   .. (여진 돌아보면 화난 듯한 눈과 마주치는데, 잠깐 왜? 하다)
            다녀온 일은 어떻게 됐습니까?

여진   (대답 대신 앞에 펼쳐놓은 호텔 숙박기록에만 시선 준다)

장형사   (여진이 말이 없자, 서둘러 꿀꺽 삼키고 숙박기록 가져와 짚으며)
            김가영이 한 달에 두세 번 월요일마다 호텔에 예약했더라고요.

정본   월요일마다요?

장형사   에, 권민아 이름으로. 근데 남자를 당최 모르겠네?

윤과장   호텔비 남자 카드로 결제했을 거 아녜요?

여진   (겨우 입 여는) 현금으로 했어요. 김가영이 직접.

정본   와 치사하다, 여자한테 돈 쥐어주고 지는 지하주차장 그런 데로 쏙
            빠진 거잖아요?

장형사   CCTV 요청해놨는데 이게 너무 시간이 지나서 없을 거 같다네요?..

정본   으응... 난 성문일보에 있는 친구랑 얘길 해봤는데 걔네도 아직
            제보자를 모른대요.

장형사   뻥끼 쓰는 건 아녜요?

정본   그건 아닌 거 같은 게 자기들도 좀 이상한 게 있대요.

            둘러앉은 모두, 본다.

정본   서부지검 검사장이 한조그룹 사위라는 거 뻔히 알면서 스폰서 제보를
            데스크에서 단번에 통과시켰다는 거죠. 아시다시피 성문일보가 원래
            보수고, 자기들도 다 같은 재벌인데 충분히 한 번은 거를 만한
            내용을 갖다. 평소 행태를 보자면 아주 이례적이라고 하대요?

윤과장   라이벌 의식이 있나?

장형사   원한을 샀던가?

윤과장   성문이랑 한조랑 둘이 붙은 적이 있나?

정본   그런 거 못 본 거 같은데요?

여진   ... (수첩 탁 접더니 뚜벅뚜벅 사무실 나간다)

시목   (진동에 핸드폰 본다. 여진 문자)

여진 E   잠깐 좀 보죠.

59. 동/회의실 - 밤

시목 들어오면, 여진 서 있다.

시목   무슨 일이죠?
여진   영일재 장관 부인이요, 그분 소환도 특임이랑 상관있는 거예요?
시목   예.
여진   그럼 말을 해줬어야죠, 같은 팀인데. 우리 아무도 몰랐잖아요.
시목   보안상 필요했습니다.
여진   무슨 보안이요? 누가 알면 안 되는데요?
시목   검사장. 그리고 한조그룹.
여진   검사장은 그렇다 치고 한조는 왜요?
시목   박무성이 보유한 한조그룹 주식이 한때 수백억입니다.
여진   !
시목   그 수백억에 영일재, 검사장, 이윤범, 다 들어 있어요.
여진   이윤범까지 엮어 넣자는 거예요 지금?
시목   박무성 선에서 마무리되는 특임은 구색 맞추기에 불과합니다.
        뿌리를 놔두면 잔가지가 계속 뻗어나갈 겁니다. 제2, 제3의 박무성이요.
여진   (시목 빤히 보다가) 정말로 그 뿌리, 검사님 손으로 뽑을 작정이에요?
시목   언젠간 누군가 해야 되죠. 특임이 기점이 될 수 있습니다.
여진   (머릿속 복잡한) ... 만만치 않을 텐데. .. 하긴 뭐, 우린 만만한가?

60. 동/특임 사무실 - 밤

저마다 열심히 일하는 특임팀 사람들.
정본, 서류로 책상이 너무 복잡하자 남의 것까지 정리한다.

여진 E 김정본씨 알아봐달라고 한 거요, 무료 법률 조언도 하고
        NGO 활동도 아주 열심이에요

좀 가라앉아 보이지만 윤과장, 서류 두 개 놓고 번갈아 비교하고,
실무관, 보약 먹으면서도 일한다. 장형사도 하도 모니터를 들여다봐서 눈이
시리다.

여진 E 다른 분들은 여전히 못 미더워요?
시목 E 계장님도 서동재하고 내통 없이 증거물 잘 찾아주셨고,
        윤과장님도 본인이 먼저 뒷조사 얘길 꺼냈고요.
여진   난요?

61. 동/회의실 - 밤

여진   난 믿고 갈 수 있겠어요?
시목   (여진 보는)
여진   아님 내 뒷조산 다른 사람이 하고 있나?
시목   그런 일은 없습니다.
여진   ... (시목 어깨 한 번 툭 치는) 한조 깔려면 깝시다. 뭐 별거라고.
        (문으로 가며) 계장님은 어쩌고 계시려나?

62. 병원/응급실 - 밤

의사가 동재 상태 살핀다. 전혀 반응 없이 누운 동재.

cut to. 응급실 복도 의자에 웅크리고 누운 계장, 졸다가 떨어질 뻔! 화들짝
깬다.
응급실부터 들여다보고 다시 끄응! 앉는다. 반나절 사이 반쪽이 됐다. 다시
조는...

63. 서부지검/형사3부 복도 - 낮

1부장, 잔뜩 초조한 기색으로 서둘러 온다.

64. 동/3부장실 - 낮

3부장, 코트 입고 단추 채우는데 1부장이 노크도 않고 들어선다.

1부장   진짜 가려구?
3부장   진짜 가지 가짜로 가?
1부장   (왔다 갔다) 새끼 죽으려고 어디 지 소속 부장을 오라 가라야?
3부장   왜 죽어, 그런 거 하라고 특임 시켜준 건데.
1부장   (문득 멈춰) 왜 불렀는지 몰라??
3부장   (왜 저래? 보는)

65. 병원/응급실 - 낮

계장, 피곤한 눈 비비며 동재 침상으로 오는데 어? 없다! 계장, 급히 나간다.

66. 한조그룹/회장실 - 낮

좀 황당한 얼굴로 책상에 앉은 윤범. 동재가 그 앞에 무릎 꿇었다.

동재   회장님 살려주십쇼!
윤범   (황당함은 이내 못마땅함으로 바뀌고 다시 서류 본다)
우실장   (알아듣고 동재 끌어낸다. 힘이 어마어마하다)
동재   뭐든지 하겠습니다! (끌려 나가서 밖에서 들리는 소리) 회장님!
윤범   뭐든지 할 사람은 많아요..

동재 E 　검사장이 말씀 안 드린 게 있습니다아!
윤범 　　(동작 멈춘다. 소리 나는 쪽 보는)

67. 중앙지검/특임 사무실 – 낮

시목, 특임 준비하는데 전화 울린다. 받으면,

계장 F 　어떡해요! 서검사가 없어졌어요!
시목 　　(즉시 외투 낚아채며 문으로 오는)
여진 　　검사님! (뛰어 들어온다) 병원에서
시목 　　(문으로 가며) 들었어요.
여진 　　(같이 가며) 기적이 정말 있나 봐요!
시목 　　(멈춘다. 무슨 기적?)

68. 병원/복도 – 낮

시목과 여진, 뛰어온다.

69. 동/중환자실 – 낮

팀장은 침대에 누운 사람 위로 허리 굽혔고, 박순경은 침상 옆에서 내려다보고 있다.
두 남자에 가려서 침상에 누운 사람은 안 보이는데,
시목과 여진, 온다. 두 사람 들어오자 박순경이 비켜주는 침상엔,
가영이다. 눈 떴다.
눈빛 흐리지만 분명히 살아난 가영과, 그녀를 바라보는 시목과 여진에서 엔딩.

10회

그니까 넌 내가 필요한 거야,

넌 기능만 하잖냐, 굴러가기만 한다고.

그러다 나사 빠져요. 내가 기름 쳐줄게, 뭐 필요해? 뭐 해줄까?

1. 몽타주

- 중앙지검. 건물 앞 계단. 시목과 여진, 계단 아래로 내달린다.
- 용산서. 복도 뛰어오는 김경사, 전화에 대고 외친다. "언제 깨났대?!"
- 서장실. 서장, 책상에서 고개 들며 묻는다. "상태는?"

2. 병원/중환자실 - 낮

몽롱한 화면. 군데군데 어두운 곳도 있고 밝은 곳도 있다. (가영의 의식)
커졌다 작아졌다 하는 사람 말소리, 내용은 뭉개졌다.
김가영씨, 김가영씨, 하는 소리가 점점 또렷이 들리기는 한다.

cut to. 가영의 침상을 둘러싼 팀장, 박순경.

팀장   (가영 눈앞에 얼굴 들이밀고) 김가영씨 내 말 들려요? 들려요?

시목과 여진, 급히 들어선다. 곧장 가영 침상으로 오면,
박순경, 두 사람 보고 비켜주면 팀장과 목례만 나눈 두 사람, 가영 본다.

여진	어떻대?
박순경	머리 다친 거 땜에 오락가락하나 봐요, 본인이 어떤 상태인지도 인식 못하는 단계고 이대로 몇 달이 갈 수도 있다고요.
팀장	(두 사람 잠깐 봤지만 다시) 김가영씨?
가영	(뻣뻣한 고개 틀려고 애쓴다. 피하는 동작)
팀장	(눈치 못 채고 정신이 있는 건가? 더 가까이 들여다보는데)
여진	(팀장 어깨에 손 얹는) 잠깐만요.
팀장	(돌아보다.. 여진에게 자리 내준다)

여진이 침상 옆에 서면 좀 뒤로 물러서는 시목, 팀장, 박순경.
여진, 침상에 두 팔을 얹고 다리는 완전히 굽혀서 몸을 낮춘다.
서서 가영을 내려다보는 게 아니라 가영보다 몸을 낮게 하고서,

여진	괜찮아요 가영씨, 이제 다 괜찮아요.
가영	(여전히 초점 없지만 차츰 차분해지는 눈동자. 이윽고 뭔가 말하려는 듯 벙긋대는 입)
여진	(산소호흡기를 살짝 든다) 말해요..
가영	... 으.. 으머..

뒤에 선 남자들은 아직 무슨 뜻인지 알아채지 못하는데,

여진	엄마요? 가영씨 엄마요?
가영	으머..

그때, 딸 깨어났단 소리에 옷도 제대로 못 걸치고 온 가영母가 한걸음에 들어선다.
그러자 소리 커지는 가영, 부정확한 발음으로 엄마 엄마 부른다.
가영母, 억장이 무너져 딸에게 엎드린다. 끌어안는데 울음도 막혀버린.
여진과 박순경 같이 뭉클해져서 눈시울 붉어지는데, 시목은 여전히 담담하다.

| 팀장 | (전화 울린다. 좀 자리 옮겨서 받는) 예 서장님. |
| 여진 | (서장 소리에 팀장 쳐다본다) |

Flashback〉– 6회. 국밥집에서 밥 먹다가 본 리조트 복도 CCTV 영상.
가영이 팔짱 낀 남자가 몸 돌리는 순간 드러난 용산서장 얼굴.

| 팀장 | (가영 쪽 보는) 아직 뭘 말하고 그러진 못하네요. |

여진, 시목 보는데 시목도 그녀를 보고 있다. 서로 같은 생각이다.

팀장	아 예 감사합니다. (끊고 박순경한테) 서장님이 김경사 보내신댄다. 우린 눈이라도 붙이고 오라니까 좀 쉬자. 아이고 눈이야.
여진	마실 거 뽑아 올게요. (나가며 시목에게) 잔돈 있어요?
시목	(따라 나가는)

3. 동/복도 – 낮

여진	(자판기로 가며) 가영이가 깨났으니 서장님 속이 탈 거예요.
시목	입 막을 생각뿐이겠죠.
여진	병원 옮겨야겠어요.
시목	조용한 델 알아보겠습니다.
여진	실무관님을 좀 (하는데)
시목	(전화 진동 울리는. 발신자 영은수다) 잠깐만요. (받는) 왜.
은수 F	(바람 스치는 소리 나는) 선배님 김태균이 도망가나 봐요!
시목	뭐?
여진	(시목 보는)
은수 F	우리 아빠한테 돈 전달한 사람이요, 김태균! 도망간다고요.

4. 국도 – 낮

달리는 트럭(9회 S#54 트럭)의 짐칸 파란 덮개 속에서 고개 내민 은수, 전화 중이다.

은수   (바람에 머리 휘날리는) 놓칠까 봐 일단 탔는데
시목 F 너 어디야?
은수   (획획 지나가는 도로의 이정표 보려 하지만 쉽지 않다)

트럭 바로 뒤에 따르는 차 운전자, 윤과장이다. 짐칸에 은수 보고 눈이 뚱그레졌다.

5. 윤과장 차 안 - 낮

따라가는 윤과장, 앞에 트럭에서 통화하는 은수를 이젠 기가 막혀서 쳐다본다. 은수가 전화 끊는 것 보이자 블루투스 이어폰 꽂는데, 전화하기 전에 바로 벨 울린다.

윤과장 (받는) 예 검사님, (사이) 뒤에 있어요, 보여요. 부평으로 오세요,

트럭, 좌회전해서 더 좁은 길로 들어간다. 윤과장도 따른다.

6. 병원/복도 - 낮

시목   위치 찍어 보내요. (전화 끊자)
여진   급한 거 같은데 빨리 가요. 병원 정해지면 문자하시고.
           옮기고 그런 건 내가 알아서 할 테니까.
시목   (잠깐 여진 쳐다보지만) 부탁합니다. (목례하고 돌아서는)
여진   (자판기로 가고)
시목   (굳은 얼굴로 빠르게 가는)

7. 좁은 국도 - 낮

트럭 뒤에서 빵빵대며 쫓아오는 윤과장 차.
김태균, 뒤를 보며 욕을 날리는데 뒤 유리로 짐칸에 은수가 보인다.
급히 서는 트럭. 윤과장도 얼른 세운다.
차에서 내린 김태균, 뒤로 뛰어와 당장 은수를 잡아 끌어내리려는데,

윤과장   야!! (내리는 동시에 달려오는)
태균   ! (그대로 튄다)

윤과장, 짐칸에서 내리는 은수를 잡아주는 것과 거의 동시에 태균 쫓는다.
금방 따라잡는 윤과장, 태균 덮친다. 윤과장 몸이 보통 날랜 게 아니다.
은수, 쫓아가는데 윤과장에게 팔 꺾여서 오는 태균.

8. 병원/중환자실 - 낮

팀장   (문가에서 음료수 마신다) 어때 장형사랑 다, 특임은 할 만해?
여진   맨날 하던 거랑 비슷하던데요?
팀장   응.. 박무성이가 스폰서였으면 (가영 눈짓하지만 가영母 때문에 작게)
           포주 같은 거였지? 그냥 손님이 아니라 아가씨들로 스폰하는.
여진   (혹시나 가영母가 눈치챌까 돌아보며) 그럴 수도요.
팀장   서부지검 애들이 (가영에게 턱짓) 알겠네?
여진   누가 얼마만큼 아는지 캐내야죠. 거기 말고 딴 데도 관련됐는지도.
           (서장이 관련된 걸 아는지 전혀 모르는지, 던지고 기색 살피는데)
팀장   야 한둘이 아니면 그것도 참... 범인 새끼도 똥줄 좀 타겠다 이?
           쟤 살아난 거 지도 금방 알 텐데.
여진   .. 박경완 건은 어떻게 되는 거예요?
팀장   응?!.. 몰라, 원래 인권위 넘어가고 그럼 아주 하안참 걸려. 신경 꺼.

여진	.. 예. (가영 침상으로 간다. 박순경에게 음료수 주고 가영母에게도 건네면서 어깨 감싼다. 위로하는 것 같지만 가영母 귀에 대고) 병원 옮겨야 돼요.
가영母	?
여진	저희가 알아보고 있으니까 아무한테도 말씀하심 안 돼요. (팀장 향하는 눈길) 절대.
가영母	(시선 따라서 팀장 보다 다시 여진 본다. 경찰인데도? 의문이 서린)
여진	누구한테도.
가영母	(두려움 속에 끄덕인다)
여진	(박순경에게) 잘 지키고 있어.
박순경	네!
여진	(어깨 툭 치고, 작고 낮게) 믿는다. (팀장에게) 저 가보겠습니다.
팀장	어 가! .. 서부지검에서 얘랑 누가 얽혔는지가 관건일세? (하다 가영母가 들었을까 봐 입 가리는)

9. 차 안 - 낮

창준妻와 나란히 앉아 가는 창준, 전화 받고 있다.

서장 F	개 깨났다. .. 듣고 있냐?

창준, 듣기만 할 뿐 아무 말 없다. 창준妻를 눈길로만 보면,
창밖에 시선 준 창준妻. 창준, 가벼운 응 소리 하나로 전화 끊으면,
표정이나 자세나 변함없던 창준妻가 싸악 돌아본다.

창준	(저도 모르게 침 삼킨다)
창준妻	우리 딸, 많이 예뻐졌겠네. 당신도 좋죠? 오랜만이라.
창준	(아내 손에 손 올리며 웃어 보인다)

창준妻 너머 창밖으로 나타나는 인천공항.

10. 한조그룹/회장실 – 낮

동재   제가 거기서 어제 글쎄 누굴 봤는지 아십니까, 회장님?

윤범   (심심풀이 상대한다는 듯 앉은) 글쎄 누굴까.

동재   사모님이요. (사이 됐다) 영일재 장관 사모님이요, 회장님.

윤범   ...

동재   전 얼마나 놀랐겠습니까, 회장님, 상상도 못할 일이죠.
분명히 검사 등의 향응 비리 조사 특임이라고 현판엔 떡하니 써
있는데 그 밑으로 왜 철 지난 장관 부인이 들어가는지요, 회장님.

윤범   (문가에 선 우실장 본다)

우실장   (눈빛만으로도 알아채고 나간다)

동재   (효과 있구나!) 황시목이라고 혹시 들어보셨나요? 이번에 특임 맡은
제 부한데요, 근데 얘가 저한테요 회장님, 거래를 제안하더란 겁니다.

윤범   거래.

동재   3년 전 어떤 사건을 캐려고 한다, 알고 있는 걸 말해주면 참작을
해주겠다고요. 제가 그게 너무 고민돼서, 이걸 받아들여야 되나
얼마나 고심했으면 계단에서 다 굴렀겠습니까, 회장님?

윤범   (여전히 별것 아닌 듯) 그랬어?

동재   어느 안전이라고 돌려 말하겠습니까, 회장님 저 좀 살려주십쇼.
구속만 피하게 해주십쇼.

윤범   내가 대통령이야?

동재   대통령이 해줄 거면 바쁘신 회장님 귀찮게 해드린 제가 나쁜 놈이죠,
대한민국 먹여 살리시는 회장님 1분 1초가 얼마나 귀한지 제가
모르겠습니까?

윤범   (아첨에 실소하지만) 난 장사하는 사람이야. 내가 사주면 뭘 팔 건데?

동재   어제 중앙지검에 저 3시간 넘게 있었습니다. 앞으로도, 자랑은
아닙니다만, 종종 갈 거 같고요, 특임에서 뭘 캐고 있는지 소상히
알아 오겠습니다, 회장님,

윤범   그쪽 얘기 나한테 무슨 쓸모라고. 특임에서 뭘 캐든 덮든?

동재	네? (그제야 깨달은 양) 죄송합니다 회장님! 죽을죄를 졌습니다!!
윤범	(입만 웃는) 뭘 또 죽어?
동재	제가 잘못 알았습니다. (90도 절)
윤범	... 검사장이 말 안 했단 건 뭐야.
동재	(당황하는 척) 죄송합니다, 제가 말이 급해서 헛나왔습니다.
윤범	그새 컨셉을 바꿨네? 이번엔 쉽게 배신 안 하는 놈으로 보이긴가?
동재	(그래도 입 꾹 다문다) 죄송합니다. (허리 굽힌다)

빗떠보는 윤범, 요놈 봐라 싶고 90도로 구부려서도 눈알만으로 윤범 보는 동재.

11. 동/비서실 - 낮

동재가 계속 인사하면서 회장실에서 나온다. 동재가 나오자마자 우실장이 들어간다.

동재	(빙긋 웃으며 가는) 산 하나 넘었고...

12. 동/회장실 - 낮

윤범	이서방 어딨어.
우실장	(시계 보더니) 곧 도쿄에서 트랜짓하실 겁니다.
윤범	턴하라고 해.
우실장	예. 영일재 사건 관련자들은 추적 중인데 운반책이었던 김태균이 소재만 파악이 안 됩니다.
윤범	(순간 짜증 치밀지만.. 무심한 듯 끄덕인다)
우실장	저, 그리고
윤범	(또 뭐! 보면)
우실장	그 여자가 깨어났다고 합니다.

윤범 　 ... .. 우실장 할 일이 또 늘었네?

우실장 　 알겠습니다, 회장님.

13. 병원/복도 - 낮

원내방송 E 　 2층 원무과에서 최윤수 팀장님을 찾습니다.

　　　　　 최윤수 팀장님은 2층 원무과로 와주시기 바랍니다.

팀장 　 (중환자실에서 나온다) 누가 나를 찾아? (가는)

14. 동/중환자실 - 낮

　　　　 박순경, 가영 침상에 딱 붙어 지키는데,

　　　　 여진이 응급요원을 데리고 들어온다. 가영을 옮기는데,

박순경 　 무슨 일이세요? 어디로 가시려고요? (이동식 침대 잡는) 한경위님!

여진 　 (시간 없다) 놔 빨리.

가영母 　 (얘기는 들었지만 혼동스러운)

박순경 　 어디 데려가는 건데요?

간호사 　 (데스크에서 온다) 조용히 해주세요, 무슨 일이죠?

여진 　 환자 트랜스퍼 할게요. (트랜스퍼 서류 주는)

　　　　 절대 비밀입니다. 환자 목숨이 선생님께 달렸어요.

간호사 　 저한테요?? (얼결에 트랜스퍼 서류 받는)

박순경 　 팀장님도 아세요?

여진 　 너 나 믿지? (박순경을 보는 결연한 눈빛)

박순경 　 !....

15. 동/복도 - 낮

팀장, 승강기에서 나와 중환자실로 가는데,
트랜스퍼 서류 들고 옆을 스치던 간호사, 팀장 보더니 서류 숨기고 얼른 간다.

16. 병원 밖 - 낮

여진, 시트로 얼굴 가린 이동식 침대 밀고 나오면 실무관, 차 대놓고 기다리
고 있다.
실무관, 얼른 차문 열고 여진은 침상을 차 옆으로 옮기는데,
하필 지금 이쪽으로 오는 김경사. 여진, 실무관을 확 끌어내려 차 아래로 몸
숨긴다.
이와 거의 동시에 차 너머로는 김경사가 스쳐가는 게 보이는데,
그때 시트 속 가영이 꿈틀하며 신음소리 낸다. 김경사, 이쪽 보지만 다행히
스친다.
여진과 실무관, 얼른 몸 일으켜 가영을 차 뒷좌석에 싣는데,

간호사　(뒤에서 쫓아오며, 여진에게) 형사님!
여진　　!!
김경사　? (돌아보는 그때)
박순경 E 경사님 여기요!

박순경이 출입구에서 손 흔든다. 김경사, 박순경에게 간다.

여진　　(십년감수!)
간호사　저기 이 환자요, (망설이지만) 그땐 그냥 발작인 줄 알았는데,
　　　　형사님이 환자 목숨이 위험하다고 하니까 생각나는 게 있어서요.
여진　　뭔데요?

cut to. 김경사 데리고 들어가는 박순경, 몰래 뒤돌아보면,
간호사에게서 얘기 듣는 여진 얼굴이 심각하다.

cut to. 이미 운전대 잡고 앉은 실무관, 여진이 아직 안 타서 밖을 돌아보면,

여진	먼저 가세요. 금방 따라갈게요.
가영母	왜요? (불안한 얼굴로 보면)
여진	걱정 마시고 저희 믿으세요. (실무관 보면)
실무관	(끄덕인다)

여진이 문 닫아주자, 바로 출발하는 실무관의 차.

여진	(병원으로 들어가며 간호사에게) 여기 CCTV 어디서 봐요?

17. 병원/관리실 – 낮

직원	방금 가져갔는데요? 김, 김 뭐랬더라, 암튼 그 경찰 줬어요.
여진	! 원본은 있죠?
직원	하도 급하다고 재촉해서 우리도 카피도 못 뜨고 하드째 드렸는데...
여진	그걸 통째로 주면 어떡해요!
직원	아니 경찰이 달라는데...
여진	(이런!.. 나가는)

18. 동/중환자실 복도 – 낮

팀장, 이리저리 허둥대고 있는데 여진 달려온다.

여진	김경사
팀장	(안 듣고) 김가영이 없어졌어! 너 못 봤니?
여진	김경사요! 김경사 어딨어요!
팀장	지금 김경사가 문제야! 목격자가 온데간데없는데!
여진	(에이, 팀장 밀치듯 스쳐서 중환자실로 들어간다)

팀장   거 없대도!

19. 동/중환자실 - 낮

핸드폰 액정 가득 찬 창준妻 사진. 앵글 넓어지면,
여진, 중환자실 간호사에게 인터넷에서 찾은 창준妻 사진 보여주고 있다.

여진   그날 여기서 봤다는 여자, 이 사람 맞아요?
간호사   (찬찬히 보다) 네, 맞아요. 그런데 유명한 사람이에요?
여진   (핸드폰 내리고) 그날 상황 다시 한 번 말해주래요?

Insert〉- 기지개 켜며 수건 들고 중환자실을 나가는 간호사.

간호사   아주 잠깐이었는데..

**Insert〉- 중환자실로 뛰어 들어온 간호사, 기계음이 나는 가영 침상으로 뛰어
간다. 호흡기는 벗겨져 있고 베개는 바닥에 뒹군다. 간호사, 호흡기부터 씌우다
돌아보면,
반쯤 돌아선 상태로 이쪽 보는 창준妻가 보인다.**

여진 E   **베개가 바닥에요?**

여진   전에도 그 정도로 발작한 적 있어요? 호흡기가 빠질 정도로?
간호사   (우물쭈물)
여진   병원에 보고 안 해요, 간호사님도 맘에 걸리니까 말씀하신 거잖아요.
간호사   .. 한 번도 (고개 젓는) ..

20. 동/복도 - 낮

여진	(서둘러 가며 전화) 검사장 와이프가 왔던 게 확실해요,
	지금 서로 가서 CCTV 확인할게요. 김경사가 통째로 가져갔다니까.
시목 F	김경사가 영상을 봤으면 누가 김가영을 빼갔는지 지금쯤 알 텐데요.
여진	할 수 없죠. (에이, 머리 터는) 가영이 없어진 거 알자마자 서장님이
	CCTV부터 뒤질 건 각오했으니까.

21. 국도/시목의 차 안 - 낮

여진 F	딱 잡아떼든 날 잡아잠수 하든, 영상 확인이 첫째니까.
시목	(블루투스 전화 중) 알겠습니다. (끊는)

더 좁은 국도로 핸들 꺾는 시목.

22. 좁은 국도/가게 앞 길 - 낮

국도변 가게 앞에 내놓은 평상에 태균을 둘러싸고 앉은 은수, 윤과장.

은수	저한테 박무성 찾아가라고 하셨잖아요,
	김태균씬 돈만 전달했다고 전엔 분명히 그러셨잖아요.
태균	글쎄 난 댁을 첨 본다니까요, 나는 몰라요 박무성이고 뭐고.
은수	정말 이러시기예요?
태균	이러시기고 저러시기고 길 가던 사람 잡고 왜 이래요 진짜!
	(벌떡 일어서는) 나 갑니다!
윤과장	(일어서서 말없이 막는다. 평소엔 순해 뵈던 얼굴이 무서운..)
태균	... (도로 앉는)

시목 차 와 선다. 일어서는 은수와 윤과장.
차에서 내려 곧장 오는 시목, 은수한테 정말 할 말 많아 뵈는 얼굴인데,

은수	(고개 못 들고)
윤과장	어제부터 쫓았대요, 영검사께선 도움 되려고 하신 거예요.
시목	... .. (은수에게서 시선 떼고) 김태균씨, 3년 전에 저 한 번 보셨죠?
태균	(시목 알아보는 눈치다. 곤란해 죽겠는) 난 그때 죄과 다 치렀고
시목	그땐 달러 빼돌리다 걸린 거고 모해위증죈 공소시효 아직입니다.
태균	처넣으려면 처넣어요! 칼 맞아 죽는 거보다 낫지!
은수	그니까 위증했단 거죠! 우리 아빠 모함한 거 맞죠!
시목	(쳐다본다)
은수	(입 다무는)
시목	모르쇠로 일관하면 칼 안 맞을 거 같아요?
태균	검사님 TV 나온 그 검사죠? 범인이 막 지가 무성이형인 척하고
	그랬다면서 내가 입 털면 그런 놈이 날 내비두겠어요?
시목	안 털면 죽습니다.
태균	에?
시목	범인은 박무성씨의 행적이 드러나길 원하고 있습니다.
	그 주변에 죄 지은 사람들이 탈 없이 묻히는 것도 싫어하죠.
	침묵하면 김태균씨도 대가를 치르게 될 수 있어요.
은수/윤과장	??
태균	무슨 그런
시목	못 믿겠으면 가세요. 댁이 어찌 될지 나도 확인하고 싶으니까.
태균	!
은수	(진짜 갈까 봐 조마조마) 김태균씨, 한 번만 도와주세요,
	위증죄는 특임에 기여한 바가 크면 지워드릴 수 있어요.
윤과장	달러 빼돌린 거 박무성이 봐준다고 했어요? 돈 배달 심부름해주면?
은수	한마디면 돼요, 우리 아빠가 돌려줬다고.
시목	(윤과장에게) 뭐합니까?
윤과장	(잡아끄는) 갑시다!
은수	과장님! (막아서며 태균에게) 제발요, 한마디만요, 네?
시목	(O.L) 박무성씨 집에서 발견된 여자 봤죠? 그렇게 되고 싶어요?
윤과장	(O.L) 기왕 이렇게 된 거 검찰청까지 갈 거 없이 에? (핸드폰 디미는)
태균	아 나 증말 미쳐버리겠네!...

cut to. 윤과장, 핸드폰의 녹취를 틀어 확인한다.

윤과장 E   당시 영일재 법무장관으로부터 8억을 돌려받았단 본인 진술이 사실임을
           인정하고 진술 과정에 어떠한 강제도 없었음 또한 인정합니까?
태균 E   .. 인정합니다.

           윤과장, 진술 녹취가 담긴 핸드폰을 꼭 쥐고 은수 본다.
           은수, 기쁨에 겨워 어쩔 줄 모른다. 감격의 눈물이 그렁그렁하다.
           시목, 할 일 끝났으니 차로 간다.

태균   (찜찜하기 이를 데 없는. 트럭으로 가는데)
시목   김태균씨, 이분(윤과장) 따라서 중앙지검으로 가세요.
         위증죄 조사받을 겁니다.
태균   말이 다르잖아요!
시목   그게 가장 안전합니다. 전면에 노출돼야 아무도 못 건드려요.
         무슨 뜻인지 알죠?
태균   .. (마지못해 끄덕. 차에 올라서 가고)
윤과장   (차문 열고) 영검사님도 제 차 (하며 돌아보는데)
은수   선배님, (시목 붙잡는) 감사합니다, 정말 감사합니다,
윤과장   (얼핏 웃는. 차에 올라 먼저 가는데)
시목   생각이 있는 거야 없는 거야? 무슨 짓이야 이게.
은수   저도 뭐든 해야죠? 선배가 이렇게 애써주는데 그럼 가만있어요?
시목   누가 누굴 위해서 애쓴다고.
은수   (들떠서 책망이 책망으로 안 들린다) 감사합니다, 정말 고맙습니다.
         선배가 우릴 살려줬어요,
시목   (잡고, 갑자기 큰 소리로) 널 살려준 게 아냐!
은수   (한 번도 보지 못한 시목 모습에 깜짝 놀란다)
시목   (평소의 톤으로 돌아와) 내 말 잘 들어. 지금 니 행동 정상 아냐.
은수   맞아요, 저 제정신 아녜요, 어떻게 제정신이에요? 우리가 이날을
         얼마나 바랐는데, 3년을 죄인으로 살았어요, 아무 잘못한 거 없는

내 엄마 아빠가! 내가 왜 검사가 됐는데요!

시목 ...

은수 근데 선배가 해줬어요, 처음 선배를 봤을 땐 구원자가 돼줄 거라곤
상상도 못했는데.. 고마워요.

시목 (지금 은수 귀에 아무 말도 안 들린다는 게 너무 보이는) ....
(전화 진동. 발신자 '3부장'이다. 은수에게 반쯤 등 돌리며 받자마자)

3부장 F 얼마나 더 기다려드릴까요, 특임 검사님?

시목 죄송합니다.

3부장 F 한자리하시니까 눈에 뵈는 게 없으세요? 당장 튀어와.

시목 예. (끊는다. 바로 차에 타서 시동 켜는데)

은수 (막 출발하려는 차에 재빨리 올라탄다)

시목 (급히 멈춘다. 처다보는)

은수 (얼른 안전벨트 매고는) 가다 내려주심 되잖아요.

시목 (처다보지만... 출발)

23. 용산서/서장실 - 낮

노트북에 꽂힌 외장하드. 서장, 숨죽인 채 모니터 영상에 시선 고정했는데,

서장 (놀라서 동공 확장되는) 이게 뭐야...

〈모니터〉 - 병원 중환자실 앞 복도 CCTV 영상. 창준妻가 병실에서 나오고
있다.
서장, 영상 일시 정지시켜서 한참을 본다. 아무리 봐도 창준妻다.

서장 여길 왜?... (하다가) 남편 여자를 보러 왔어.. 그럼 그때 나까지..
(무너질 듯 절망스러워하는)

어떡하든 정신 수습하는 서장, 영상 닫고 폴더 트리에서 방금 본 이 영상을
삭제한다.

다른 영상들 훑다가 가장 최근 영상 클릭해서 거의 맨 마지막 시간대를 찾으면,
〈모니터〉 - 복도 CCTV 영상. 병실에서 가영 침상 끌고 나오는 여진 모습.
박순경이 쫓아가는 모습까지 다 찍혔다.

서장   (당장 김경사에게 전화한다) 박순경이 알아, 걔도 한 패야!

24. 동/회의실 - 낮

김경사, 구석에 박순경 몰아놓고 쪼고 있다.

박순경   진짜예요, 트랜스퍼 됐다고 해서 팀장님도 다 아시는 줄 알았어요.
김경사   그게 얼마나 중요한 증인인데! 어딨어, 어디로 보냈어!
박순경   진짜 모른다니까요?
김경사   한여진이 그거 황시목인지 황시팔인지 검사 따까린 거 몰라?
여진 E   따까리 눈엔 따까리만 보이지.
김경사   !
여진   (들어온다)
김경사   어 딱 잘됐네, (팔 걷는데)
여진   넌 뭘 멀뚱히 보고 있어? 나가!
박순경   (쏜살같이 나간다)
여진   CCTV 줘요.
김경사   (아니꼬와서 훑는) 일이 순서가 있어야지, 김가영이 어디로 빼갔어요?
           어딨는지 말하면 CCTV 줄 테니까 서로 윈윈 합시다?
여진   카피 뜹시다?
김경사   내 눈에 흙을 뿌려봐요, 어딨는지 불기 전까지 내가 내놓나.
여진   백 번을 물어봐요, 내가 뺑끗이라도 하나. (돌연 회의실 나간다)
김경사   저 봐라 저, 불리하니까 튀는 거!

25. 동/강력팀 - 낮

여진, 성큼성큼 들어와 곧장 김경사 자리로 간다. 가족사진 놓인 김경사 자리 뒤진다. 서랍도 열어보고 컴퓨터도 뒤지는데,

서형사   (조서 쓰다 고개 드는) 언제 왔.. 뭐해요?
여진   (연필통도 뒤집어보고)
서형사   (다가와서) 뭘 찾아요, 남에 자리에서?
여진   증거요.
서형사   달라고 하지
여진   (O.L) 안 주니까!!
서형사   (깜짝!)
여진   (암만 봐도 없다. 허리에 손 올리고 씩씩대는. 왔을 때처럼 가버린다)
서형사   (불만스런 표정으로 흘깃하며 주섬주섬 정리한다)

26. 중앙지검/특임 사무실 - 낮

지리하게 늘어져 앉은 3부장이 파지를 구겨서 만든 종이공을 무료하게 차고 있다.

시목   (급히 들어와) 죄송합니다. (앉으려는데)
3부장   질의권자는 진술권자에게 지연 사유를 고지하였는가요.
시목   (멈추는. 선다) 아니요.
3부장   2시간 가까이 고의 지연시킨 타당한 요지를 설명하고
         요지가 허접할 시 특임 끝나고 오면 니 방 없어졌을 줄 알아.
시목   두 번째 희생자가 깨어났습니다.
3부장   ! 범인은?
시목   말을 못합니다.
3부장   글쎄 쓸 거 아냐?
시목   겨우 눈만 뜬 상탭니다.
3부장   어... 인정.

시목	(앉는)
3부장	나도 묻고 싶은 게 산더미지만 일단 박사장하고 나, 밥 몇 번 먹었다.
시목	(파일 내민다) 3년 전, 부장님이 동부지검 계실 때 만든 겁니다.
3부장	(파일 번호만 보고도 한동안 말을 잃었다가) 니가 이걸 하겠다고?
시목	준 놈 받아먹은 놈 모조리 잡자고 시작한 특임입니다.
	대한민국에서 최고로 많이 준 놈이 누구겠습니까?
3부장	.. 최고로 많이 받아 처먹은 놈이랑 같은 시키.
시목	(파일 펼치면 롱코트 입은 김태균이 찍힌 아파트 CCTV 사진 나온다)
3부장	(사진 집어 드는) 김태균이, 오랜만이네..
	이때 쟁점이 됐어야 했던 게 뭐라고 생각해?
시목	영장관님 댁이 1층이란 거요.
3부장	뭐 좀 아네?

27. 복도식 아파트/앞마당 - 밤 (시목의 가상)

긴 복도식 아파트를 전면에서 바라본 광경.
시목이 화단 인근에 서서 아파트를 바라보고 있다.

3부장 E	재건축을 바라보는 낡은 아파트였어, 복도엔 CCTV가 없고.

김태균이 복도에 나타난다. 긴 복도를 쭉 따라서 온다.

3부장 E	외환관리법 위반 때문에 구속 위기였던 김태균이 그날 낮에 8억이 든
	상자를 직접 장관님 댁으로 갖고 왔고,

김태균, 거의 끝에 있는 은수 집에 선다. 벨 누르고 잠시 후 들어간다.

3부장 E	밤늦게 들어온 장관님이 열어봤다가 놀라서 상자에 붙은 명함대로
	김태균일 다시 불렀고.

김태균, 집에서 나온다. 아무것도 들지 않았다. 간다.

3부장 E 받고서 10시간이나 지났으니 혹시 사모님이 의심받을까 봐 신고 안 하시고 직접 불러서 돌려보냈다는데, 정작 20분 뒤에 김태균이 집을 떠날 땐 빈손이었어.

사라지는 김태균. 시목이 이를 지켜본다.

3부장 E 나갈 때 찍힌 CCTV에도 분명 빈손, 본인도 돌려받은 거 없다 했으니.

아파트 입구에서 나오는 김태균, 시목이 확인하면 빈손 확실하다.

3부장 E 그치만 만약에.

시목, 은수 집 다시 보면, 김태균이 집에서 다시 나오는데 이번엔 과일상자를 들었다.
복도 걷는 태균, 그 밑 화단에서 태균과 보폭 맞춰 걷는 시목.
태균, 보는 눈 없는 것 확인하고 상자를 밖으로 떨어뜨린다.
시목, 화단에서 상자 받는다. 태균, 나는 모르오, 간다.
시목, 올렸다 내렸다 하며 상자 무게 가늠한다. 무겁지만 충분히 던지고 받을 무게다.

시목 E 만약 아닙니다. 김태균 진술도 부장님과 일치해요.

28. 중앙지검/특임 사무실 - 낮 (현재)

3부장 뭔 진술?
시목 김태균 만났습니다. 방금 전에.
3부장 야 첨부터 말하지! 그래서 뭐래 그 인간이?
시목 영장관님이 돈을 돌려주신 게 맞다고요.

3부장	!!... 야 이거 빨리 (엉덩이가 들썩하다가) 니네가 발표할 거지?
시목	예.
3부장	어 그래 잘했다.. (앉는) ... 얼마나 억울하셨을까? 그런 분을 갖다가 손가락질하고 욕을 하고.. 그럴 분이 절대 아니었는데.
시목	어떻게 절대라고 확신하시죠?
3부장	웬 태세 전환이야 갑자기? 니 입으로 방금 무죄라고 말해놓고선?
시목	저야 김태균의 진술을 오늘 들었지만 당시에 부장님은 모르셨잖습니까? 정말 돈이 오갔는지 아닌지.
3부장	결과가 말해주잖아?
시목	어떤 걸요?
3부장	현직 장관의 뇌물수수 혐의였어. 원랜 특검으로 갈 사항이라고, 우리 관할에서 일어났으니까 초기 수사야 우리가 맡았지만 난 당연히 특검팀이 꾸려질 거라 생각했는데, 근데 어땠니? 특검은커녕 고작 수사 개시 이틀 만에 종결.
시목	뇌물수수로 결론 내고 더 이상 수사를 못하게 만든 외압이 있었단 건가요?
3부장	아니면 왜 그때 수사팀이 다 뿔뿔이 흩어졌겠어, 난 갑자기 공판 전담이 됐고 심지어 넌 첫날 압수 수색 때만 갔는데도 저기 거기,
시목	청주요.
3부장	어 청주로 발령 났고, 나머지도 마찬가지야, 다들 외곽으로 밀려났어.
시목	현역 장관을 몰락시키고 수사팀을 단칼에 밀어버리는 건 아무나 못합니다. 부장님은 누가 이랬는지, 왜 이랬는지 전혀 모르십니까?
3부장	.... 니가 이걸 왜 까는데, 특임하고 무슨 상관이라고.
시목	박무성은 이때부터 서부지검을 맘대로 드나들었습니다. 당시 이창준 차장의 묵인하에. 영장관이 밀려난 직후, 이때부터가 시작입니다.
3부장	.. 3년 전만 해도 젊었지, 지금 다시 밀려나면 나 진짜 회복 못해.
시목	아는 게 있단 말씀이시네요? 보복을 걱정하신다는 건?
3부장	... 늦었다. (일어선다) 시간 까먹은 건 너야.
시목	(일어서지만) 팀은 이틀뿐이었어도 혼자선 계속 수사하셨죠?
3부장	...
시목	부장님 (하는데)

3부장	시간을 줘. 나도 정리 해야지.
시목	얼마면 될까요.
3부장	얼마 안 걸려. 얼마 없거든. (가방, 옷 챙겨서 가는)
	아, 서동잰 아직 병원? 그래도 내 새낀데 가봐야 되나?
시목	안 가셔도 곧 보시게 될 겁니다. (문까지 따라간다)
3부장	?... (더 묻지 않고) 희한하지? 너나 나나 동부지검에서 그렇게
	찢어질 땐 다른 데서 또 뭉칠지 몰랐는데. 그것도 하필
	(말하다 마는... 나간다)
시목	(목례하고) 희한한 건가. (생각..) 희한하네. ...

29. 호텔/외경 - 낮

여진, 차에서 내린다. 바로 도어맨에게 키 주고 들어가는 위로..

30. 동/전산실 - 낮

회의 테이블 가득 전표 따위 펼쳐져 있고, 심각한 얼굴로 마주 선 여진과 장
형사.

장형사	이상해요. 일치하는 게 없어요. (전표 가리키며) 이날, 이날,
	이날도 권민아 이름으로 투숙한 날이에요. 그런데 투숙한 날마다
	주차비 결제한 카드번호가 공통적으로 일치하는 게 하나도 없어요.
여진	주차비까지 현금으로 했을 린 없는데?
장형사	그 정도까지 신경 쓰려면 국정원 수준 아닌가?
여진	아님 남자가 차를 안 가져왔다면?
장형사	아님 올 때마다 다른 카드를 썼다면?
	카드가 그렇게 많아도 보통 놈은 확실히 아닌데?
여진	끗발 있는 사내라고 했지.. (콜 뛰기 말 떠올리는데)
콜 운전사 E	**전에 여름이었나, 민아가 로비 전화를 붙들고 있더라고요.**

여진	? (가방 뒤지며) 로비 전환 왜 했지?
장형사	로비? 콜 뛰기가 한 얘기요?
여진	(프런트에서 뽑아준 권민아 숙박기록 꺼내 펼친다) 가영이가 방 호수 지정해서 예약하고 나서 바로 상대한테도 전했겠죠? 몇 호실이라고. (방 호수 거의 510 아니면 610이다. 방 호수에 동그라미) 근데 군이 호텔에 도착한 다음에 전화할 건 뭐지?
장형사	(가끔 예외적으로 있는 다른 호수들 짚는다) 그 방이 안 될 때. 아니지, 잠깐만. 그럼 예약할 때 호텔에서 알려주잖아요? 그 방 말고 딴 방 하라고. 그때도 예약하고 남자한테 전달했겠지, 군이 호텔 와서 다시 할 필요 있나?
여진	(무의식중에 낙서하며 생각하는...)
장형사	권민아는 아니, 아우 헷갈려, 김가영인 어때요?
여진	응? 응.
장형사	어떠냐는데 응은?
여진	(뭔가 생각났는지 천장 보는가 싶더니 바로 나가는)
장형사	경위님!

31. 동/프런트 데스크 – 낮

여진	지난여름에 갑자기 510호를 못 쓰게 된 경우가 있나요? 5층 전체나?
매니저	갑자기 못 쓰게 된 경우요? (생각...)
여진	예약할 땐 됐는데 당일에 임박해서 묵으려고 하니까 안 됐던 때요.
매니저	어... 그땐가?
여진	(데스크 타고 넘어갈 기세) 언제요?!
매니저	에어컨이 안 돼서, 4층이랑 5층이요, 급히 막 바꿔드린 적 있었는데?
여진	언젠지 찾아봐주세요, 그날 로비 전화 기록도요!!

32. 동네 병원 – 밤

외경. 개인 병원 수준의 작은 병원이다.

33. 동네 병원/2인실 - 밤

머리끝까지 이불 뒤집어쓴 가영. 다른 침상은 환자복 입은 실무관이 지킨다.
가영母, 딸 토닥이는데 가영, 피하는 몸짓.

여진   (들어온다. 가영母 등에게 인사) 죄송하지만 자리 좀 잠깐만...

실무관, 가영母 데리고 나간다. 걱정되지만.. 나가는 가영母.

여진   ... 가영씨, 나 경찰이에요. 어떤 사람은 무서울 때 힘들 때 우릴
보면 안심이 되고 힘이 되겠지만 가영씨한텐 나.. 사과해야 돼요.

노크소리. 최대한 조용한 소린데도 이불 속 가영이 움찔하는 게 느껴진다.
시목 들어선다. 여진, 쉿 하는 신호.
시목, 가영母가 밖에서 넘겨다보는 문을 닫는다. 다가오지 않고 문가에 선다.

여진   가영씨 쉬는 날마다 불러낸 남자가 있었죠.
난 가영씨가 어떤 마음으로 그 자리에 갔는지 몰라요,
하지만 본인이 원해서든 아니든.. 미안해요.
가영   (숨소리도 안 내는)
여진   가영씨 혹시 범인 봤어요? 월요일에 만난 그 남자예요?
가영   ...
시목   (문가에 선 채) 김가영씨.
가영   (이불 속에서 놀라는 소리 난다)
여진   괜찮아요, 우리 편이에요. 믿어도 돼요.
시목   김가영씨, 제 직업은 검사입니다. 나도 사과해야 하니까,
범인, 우리 쪽입니까?
가영   (이불 속에서 좀 움직이는)

시목   듣거나 기억나는 거 있습니까?

34. 용산서/서장실 - 밤

서장, 망치로 외장하드 디스크 내려찍고 있다.
몇 번 두들기면 조각조각 부서지고, 그 안에서 칩 하나 찾아내는 서장.

35. 동네 병원/2인실 - 밤

시목   만나던 남자한테 돈을 요구했죠? 월요일마다 만난 남잔 누굽니까?
여진   .. 서장이요. 우리 서장.
시목   (여진 보는)
여진   우리 경찰이 해선 안 될 짓을 했어요.

36. 용산서/화장실 - 밤

서장, 칩을 변기에 넣고 물 내린다.

37. 동네 병원/2인실 - 밤

빈 침대 쪽에 기대선 시목, 마음이 진정 안 돼서 왔다 갔다 하는 여진.

여진   누가 요즘 로비 전화를 써요, 그날도 기록이 딱 3건이던데,
그중에 (가영에게 고갯짓) 체크인한 시간 바로 직후 게 있길래,

**Insert〉- S#31. 호텔 로비. 로비 전화 기록 받은 여진, 그중에 번호 하나 누르는
데, 액정 C.U. 번호 누르면 여진 핸드폰에 저장된 번호 중 같은 번호인 사람들이**

밑에 자동으로 뜨는데, 신경 안 쓰고 누르던 여진, 손이 멈춰진다.
밑에 뜬 서장님 번호와 명단 번호가 끝자리까지 모두 일치한다.

여진 딸뻘을 갖다가.. CCTV는 못 찾았어요. 근데 중환자실은 옷도 갈아입히고
용변도 받아내고 그래서 프라이버시 때문에 감시카메라가 없대요,
입구 복도에 하나 있는데 그걸론 안에서 벌어진 일은 안 보일 거고.
내가 아예 검사장 와이프를 만나야겠어요.

시목 예. (외투 집다가) 하나만 더요. 서장 운전기사가 월요일마다 서장을
호텔에 내려줬는지 확인될까요. 작년 말까지 예약 기록이 있으니까.

여진 ... (전화한다) .. 장형사님, 서장 운전병이랑 친하죠? (사이) 운전병한테
김가영이 남자 만났던 호텔 있잖아요, 거기 월요일마다 서장님
내려줬는지 물어봐줘요. 지금. (사이) 당연히 우리 서장이지, 그럼.

38. 호텔 앞 - 밤

기가 막힌 얼굴로 통화하며 호텔에서 나오는 장형사, 그러다 얼굴 확 펴진다.

장형사 스크린 골프장? 작년에 월요일마다 스크린 골프장 가셨구나?
그럼 그렇지! (사이) 어 아냐 최수경, 그래 고마워.
(안심하고 끊고 여진에게 전화 걸려는) 지금 누굴 의심해?
(고개 드는데 호텔 바로 앞에 보이는 스크린 골프장) !....
(통화목록에 '최수경' 다시 누르는) .... 최수경, 서장님 내려드린
스크린 그거.. 어디 있는 거야? (대답 듣는데 아 이럴 수가..)

전화 내리는 손이 축 처지는 장형사, 눈앞에 스크린 골프장과 호텔 돌아보
는...

39. 중앙지검/로비 - 밤

밤중에도 불이 훤하다. 벌써 바닥에 앉아 자리 잡은 기자들이 대기 중이다.

정본   늦은 시간에도 불구하고 이렇게 와주셔서 감사합니다.
계장   (회전문 밖을 지켜보다 정본에게 손짓한다)
정본   그럼, 검사 등의 향응 수수 진상규명을 위한 특임의 공식 브리핑을
         시작합니다.

         그사이 로비로 들어온 시목, 가영 병실에서 입고 있던 차림 그대로다.
         바빠지는 카메라, 일제히 노트북 끌어당기고 입력 태세 갖추는 기자들.
         파일 낀 시목, 외투 벗고 가방 놓고 앞으로 온다. 재빨리 외투 등 챙기는 계
         장.

시목   (파일 펼치고) 현재까지의 수사 결과를 말씀드리겠습니다.
         먼저, 2014년 2월 당시 영일재 법무장관에게 적용됐던
         뇌물수수죄는 성립요건을 갖추지 못한 것으로 확인됐습니다.
기자들   (노트북 안으로 들어갈 듯 입력하다 응? 뭔 소린가? 다들 고개 든다)
시목   이에 근거가 되는 뇌물 공여자의 번복 진술은 브리핑 후 자료로
         제공됩니다. (정본 보면)
정본   (준비됐다는 끄덕임)
시목   또한 검찰 특임 수사본부는 후암동 사건의 두 번째 피해자로 알려진
         김모양이 고 박무성씨를 통해 만난 대상은 용산경찰서 김우균 서장이라는
         증거를 확보했습니다. 관련 증거는 내일 김우균 서장의 소환 조사 후에
         공개하겠습니다.

         첫 번째 발표 내용보다 더 소요를 일으키는 두 번째 발언.

시목   서부지검 검찰관들을 대상으로 한 조사는 현재 구속영장 청구 단계의
         1인 외, 다수를 조사하고 있음을 알려드립니다. 이상.
         질문 받겠습니다.
기자들   (여기저기 중구난방으로 질문 쏟는다)
시목   (기자 한 명 가리키면)

기자1	경찰서장이 성접대를 받았다고 피해자가 직접 증언했나요?
시목	피해자는 아직 혼수상태로 알고 있습니다. (다음 기자 지목)
기자2	서부지검에 구속 단계인 검사들 실명 말해주시죠!
시목	아직 조사 중입니다. (다음 가리킨다)
기자3	영일재 장관은 어떻게 돼요?
시목	그건 그분께서 어떻게 대응하실지에 달렸습니다.
	관련 기관의 후속 조치도 그에 따라 달라지겠죠.
소리 E〉	(박수소리)

난데없는 박수소리, 동재다. 바닥에 앉은 기자들 맨 뒤에 우뚝 선 동재, 박수 친다.
시목 바라보면서 정말 장하다, 잘했다는 듯 박수 치는 동재.
시목, 동재를 그대로 쳐다보면서 파일 정리한다.
정본과 계장, 동재 보고 놀란다. 특히 계장, 삿대질하려다 겨우 참는.

40. 한조그룹/회장실 - 밤

창가에 서서 야경을 바라보는 윤범, 생각에 잠겼다가 픽 웃는다.

| 윤범 | 지저분하게 되겠네?... |

41. 용산서/건물 복도 + 정문 입구 - 밤

복도에서 본 입구가 밤인데도 환하다. 카메라 불빛이다.
이미 넋이 나간 서장이 입구로 온다.
용산서 경찰들, 서장 눈치 살피며 길 비켜준다.
서장, 문밖으로 나오면 터지는 카메라 플래시 세례. 기자들이 몰려든다.
경찰들, 기자들 접근 못하게 막으며 길 터주지만,
서장, 퀭한 얼굴, 초점 없는 눈동자. 파산 위기에 처한 사람 같다.

이리 밀리고 저리 밀리는 서장. 다가가지 못하고 이를 멀리서 바라보는 여진.

42. 중앙지검/복도 - 밤

동재   (시목 쫓아오며) 니가 암만 날고 겨봤자 검사장이 인제 어디서
        뭐하는지 무슨 수로 캘 건데?

시목   (특임 사무실로 들어가려 하면)

동재   야, (잡는) 검사장이 인생이 허무해서 머리 깎고 스님 되려고 나간 줄
        알아? 한조그룹에서 뭘 해도 할 텐데 너 혼잔 절대 못 뚫어.
        청와대보다 더 깜깜한 데가 재벌들 밀실인 거 몰라?

시목   ....

동재   나 췻값 치르겠단 거야. 내가 어미새가 돼서 그쪽 소식 물어다 줄게.

시목   법정 끌려가기 전까지 어느 쪽에 붙어야 살지 이리저리 간 보면서요?

동재   붙어서 살 수만 있으면 간만 봐? 내 간이라도 떼 주지?

시목   (쳐다보자)

동재   왜? 넌 살기 싫어? 야 개똥밭에서 굴러도 이승이야,
        그니까 넌 내가 필요한 거야, 넌 기능만 하잖냐, 굴러가기만 한다고.
        그러다 나사 빠져요. 내가 기름 쳐줄게, 뭐 필요해? 뭐 해줄까?

시목   (쳐다보는...)

동재   (그렇다니까?)

43. 은수의 집/안방 - 밤

일재, 장롱 서랍 열고 있다. 한지로 싼 한복 밑을 조심스레 들추면 박스 나타
난다.
열면 파일과 USB 등이 살짝 보이는데, 문 벌컥 열린다.
깜짝 놀라는 일재, 급히 서랍 닫지만,

은수   (벌써 본) 아빠?

일재	(장롱 등지고 앉아 책 읽는 척)
은수	... 아빠, 혹시 신문 인터뷰하실래요? 그냥 서면인데.
일재	(손사래)
은수	아니, 나도 딴 데면 싫은데 성문일보에서 얘기가 와서요.
일재	성문은 뭐 별난가.
은수	거기서 폭로해줘서 여기까지 온 거잖아요.
일재	그놈들이 뜻이 있어서 그랬겠어? 다 얽히고설킨 게 있어서지.
은수	성문일보가요? 성문이 뭐가 얽히고설켜요?
일재	암튼 서면이고 대면이고. (손사래) 느이 엄만 뭐하니?
은수	잠이 안 오신대요, 얼마나 좋으시겠어요, 아빠도 그렇죠?
일재	나는 피곤하네. (눕는다)
은수	.. 주무세요. (나가기 전 옷장을 한 번 돌아보는. 불 끄고 나간다)
일재	(어둠 속에 남겨져 고민이 깃드는 얼굴...)

44. 한남동 집/1층 거실 - 밤

창준 내외 들어온다, 우실장이 캐리어 끌고 뒤따른다.

창준	다녀왔습니다.

창준妻, 우실장에게 계단 턱짓하면 우실장, 캐리어 2층으로 옮긴다.
창준, 전화 울려서 보면 발신자 서장이다. 즉시 끊는 창준.

윤범	(안방에서 나온다) 왔어?
창준妻	예 왔어요, 수정인 얼굴도 못 보고.
윤범	(태연히 소파에 앉는) 누가 너까지 오래?
창준妻	애초에 돌리라고 하질 말았어야죠, 이이가 얼마 만에 나간 건데.
윤범	애초에 돌릴 일을 만들지 말았어야지.
창준	(더 일 커지기 전에) 피곤하지?
창준妻	(창준도 흘기지만 그 말에 2층으로 올라가버린다)

창준   (소파에 와 앉는) 죄송합니다.

우실장, 2층에서 내려오면 윤범, 가보라는 가벼운 손짓. 우실장, 목례하고 나
가면,

윤범   (창준 본다)
창준   죄송합니다. 황시목이 그때 일을 뒤질 줄은 예상 못했습니다.
윤범   ... 뺑소니에서 시작하길래 기껏 지네 회사나 파다 끝날 줄 알았지,
        이런 식으로 치고 들어올 줄은, 나도.
창준   (윤범 보는)
일재 E   **나한테 시위한 거야. 아는 걸 토해내라고 일부러 안사람을 끌어냈어.**
윤범   그럴 거면서 바로 전날 내 집 밥을 축내고 가?
창준   그래봤자 영일재가 현역 시절에도 못 잡아낸 걸 일개 평검사가
        어쩌겠습니까. 이미 3년이나 지나서 다 끝났고요.
윤범   (태연히) 그렇지.
창준   영일재가 혹시 뭘 쥐고 있다면 모를까, 걱정 놓으세요. (기색 보는데)
윤범   그 노인네 쥔 거야 지 손에 짜글짜글 주름밖에 더 있어?
        걱정이 아니라 되바라졌잖아, 쌔끼들..

45. 동/2층 거실 - 밤

그린 듯이 앉은 창준妻, 아래서 올라오는 소리를 고스란히 듣고 있다.

윤범 E   장기판 다 치워놨어. 내일 발표 나갈 거야.
창준 E   네.
윤범 E   나조차도 쉬운 일 아니었어, 일생일대 기횐 줄 알라고.
창준 E   감사합니다, 최선을 다해서

돌연 전화벨 울린다. 창준妻, 바로 통화 눌러 벨소리 *끄*지만 밑에 얘기소리
는 끊겼다.

전화 쥔 창준妻, 별로 당황하지도 않고 방으로 간다.

46. 동/1층 거실 - 밤

창준　(2층에서 나는 소리에 눈으로만 계단 쪽 보는데)
윤범　모양새가 무너졌어, 원랜 텀을 좀 주고 발표했어야 했는데.
　　　　왜 서두르는지 알지?
창준　예, 특임 종료시키겠습니다.

47. 동/2층 방 - 밤

창준妻　(전화 중) 깨어난 거 확실해? ... 일을 어떻게 하길래 어딨는질 몰라?
　　　　.. 됐어, 원래 거나 잘해. (끊는. 방문 쪽으로 돌리는 눈이 매섭다)

48. 검찰 차 안 - 낮

운전석에 장형사. 뒤에 퀭한 표정의 서장, 생수만 계속 들이켜고 있다.
장형사, 말 붙이기도 민망하다. 차는 어느새 지검 입구에 다다른다.
눈 천천히 껌뻑이는 서장, 이 모든 상황이 현실 같지가 않다.
계단부터 1층 입구까지 쫙 깔린 기자들과 검찰 직원들.
서장, 정신 나간 사람처럼 돌연 히죽 웃는데 그러나, 두 눈엔 공포가 가득하다.
차가 서기도 전에 창문에 붙은 수많은 대포 카메라들.
장형사가 돌아보며 뭐라 하는데 서장, 들리지 않는..
일어나는 법을 까먹은 사람처럼 멍하게 앉아 있는데, 검찰 직원이 차문 연다.
문이 열림과 동시에 차단되었던 아우성이 쏟아진다.
이리저리 쏠려 가던 서장, 누군가와 부딪히고 얼굴 확 일그러진다.

49. 중앙지검/특임 사무실 - 낮

여진, 시목, 정본, 윤과장, 계장, TV에 라이브로 나오는 서장 소환 장면 본다.

서장	(TV 화면. S#48과는 달리 흥분했다) 검사가 실적에 급급해서 부리는 행패지! 난 결단코 아네요! 절대 좌시하지 않을 겁
계장	(닥쳐라, 꺼버린다)
정본	(여진 보고) 괜찮겠어요? 아무리 그래도 직장 상산데.
계장	그냥 상산가요? 사원이 사장 터는 격이지.
시목	(여진 보는)
여진	일인데요. (웃어 보이지만 긴장된다. 노트북 챙기며 시목에게) 서장님 끝나고 전 바로 한남동 가요. 검사장 와이프.
시목	네.
윤과장	(시목에게 서류 준다) 1부장님 건데 수상한 금전 거래가 꽤 되네요. (마음 편친 않지만) 하던 대로 해야죠?
시목	조처하시고, 영장 신청 전까지 지검엔 함구해야 합니다.
윤과장	예.
계장	수상한 거랜 박무성도 꽤 되는데요? 뿌리기만 한 게 아니라 거두기도 했는지 아주 뭉탱이 돈을 여러 업체서 받았어요.
시목	업체별로 확인하죠.
계장	네.
시목	그럼 오늘도 부탁드립니다.
일동	예 수고하십쇼!

서로에게도 파이팅 하는 사람들. 시목 나가고 여진도 같이 나가려는데,

정본	경위님, 혹시 동료 중에 경완이 그 폭행, 직접 본 사람 없을까요?
여진	인권위에서 영 어렵대요?
정본	이대로 가단 경완이만 또라이 되게 생겼어요. 사진만으론 체포될 때 생긴 거란 주장을 꺾을 수가 없으니.
계장	이 와중에 거까지 해달라면 한경위님 나중에 복귀할 때 진짜

돌 맞으란 소리지, 특임이 천년만년이에요?

윤과장　그러네요.

정본　아.. 됐어요 그럼, 신경 쓰지 마세요.

여진　.. (나간다. 아무래도 곤란하다)

계장　근데 이상하네, 우리 실무관이 집안일로 자리 비울 사람이 아닌데?

윤과장　보고 싶으세요? (계장의 과장된 손사래에 웃는)

50. 동/회의실 문 앞 – 아침

조사실 문 앞에 선 여진, 깊게 심호흡. 배에 힘주고 문 연다.
안에 서장이 앉았다. 여진, 들어가면 지키던 검찰 직원 나온다. 문 닫고 그
앞 지킨다.

51. 동/회의실 – 아침

여진　(인사하고 앉는데)

서장　(너냐? 하는 표정과 자세)

여진　... 먼저 하실 말씀 있으면 하세요.

서장　(내리깔아 볼 뿐)

여진　박무성하곤 언제 어떻게 처음 아셨습니까.

서장　(눈썹만 살짝 꿈틀여질 뿐 큰 변화 없는)

여진　박무성을 마지막으로 본 게 언젭니까.

서장　할 말 있으면 하랬지, 권민아든 김가영이든 난 몰라, 본 적도 없어.
　　　(일어나는)

여진　앉으세요. 박무성한테 협박받은 사실 있습니까?

서장　왜 자꾸 죽은 인간을 들먹여?

여진　죽었으니까요. 앉으세요.

서장　(승질 같아선!... 승질 누르고 앉는다) 나 덤터기 씌우려고 불렀니?
　　　여자랑 엮을 증거가 없으니까 살인범으로 몰게? 알리바이 대줘?

여진	박무성 사망 시각엔 서에 계신 걸 장형사가 봤고 김가영 땐 댁에 모셔다드렸다고 운전병이 확인했습니다.
서장	내 알리바이를 왜 캐! 니들이 무슨 짓을 했는지 알아? 나 남편이고 아빠야! 내 집사람 내 자식한테 니들 땜에 난 죽은 거나 마찬가진데! 근데 나더러 사람을 죽였대? 인젠 살인범이래!

계속되는 고함에 밖에서 노크소리 난다.

여진	괜찮습니다!
서장	(다시 박차고 일어난다) 니가 나한테 들을 말은 이거뿐이야. 난 박무성 집에서 나온 여자, 몰라. 손끝 하나 댄 적 없어. (가려는데)

여진, 사진 한 장 내놓는다. 한성 리조트 CCTV에서 캡처한 사진.
그 속에 팔짱 낀 가영과 서장의 웃는 얼굴이 확연하다.
서장, 순식간에 백지장이 된다. 다른 반응은 아예 없다. 굳었다.

여진	계속 부정하시면 이걸 공개할 수밖에 없습니다. 인정하시고 사과해주세요. 그게 서장님께 제가 해드릴 수 있는 마지막 (.. 일어나 서장 향해 선다) 서장님께서 저희 민주경찰, 민생경찰, 용산서 동료들한테 (속상하다..) 해주실 수 있는 마지막 배렵입니다. (거의 목소리 안 나오는, 깊게 인사) 부탁드립니다.
서장	(그 어떤 말도.... ....)

cut to. 검찰 직원이 서장 데려가고 홀로 앉은 여진, 먹먹하다.

52. 동/복도 - 아침

문 앞에서 기다리던 장형사, 검찰 직원이 서장 데리고 나오자 함께 가는데,

서장	(허깨비처럼 걷다가) ..화장실.

장형사   네?
서장   ... 화장실.
장형사   예. 이쪽으로.

장형사와 서장만 화장실로 들어가고, 검찰 직원은 밖에서 지키고 선다.

53. 동/남자화장실 - 아침

장형사   요 앞에 있을게요, 끝나시면
서장   (장형사 확 끌어 귀를 가까이 대고) 부탁 하나만 하자.
장형사   왜, 왜 그러세요?

54. 동/회의실 - 아침

장형사   (한성 리조트 캡처 사진 보는...) 가짜죠 이거? 만든 거죠?
          황검사가 준 거죠!!
여진   (착잡하게 보다 노트북 켠다)
장형사   ....

          Insert〉 - 화장실. 방금 전 상황.

서장   **그거 분명히 CCTV서 나온 거야, 빼내라는 거 아냐, 지워달란 것도 아냐.**

          여진, 로그인 암호 입력하는데 그걸 입으로 되뇌어 외우는 장형사, 목젖이
          꿈틀한다.

          Insert〉 - 화장실. 방금 전 상황.

서장   **제발 복사만 해줘, 아무도 몰라!**

여진, 폴더 두 번 정도 클릭하면 마침내 영상 파일 나온다. 클릭하려는데,

장형사	됐어요! 안 봐요! (아예 고개 돌리고 일어서는)
여진	.. 그래, (끄는) 굳이 확인 사살할 거 있나. (일어선다)
	나 한남동 갔다 올게요. (나간다)
장형사	경!위.. .. (노트북 보는.... .....)

55. 서부지검/외경 - 낮

56. 동/3부장실 - 낮

중앙 소파에 모여 앉은 3부장, 시목, 동재.

3부장	(몇 년 묵어 뵈는 파일을 옆에 둔) 이 조합은 또 오랜만이네.
	우리 층 트러블 메이커만 모아놨어. 영은수만 있으면 3인방 딱인데.
동재	무슨 서운한 말씀, 부장님 포함 4인방이죠, 트러블 메이커.
3부장	너는 기도 안 죽냐, TV에 얼굴 다 팔리고서?
동재	부장님 얼굴도 나왔어요, TV, 같이 조사받은 동지끼리?
	그래도 전 얼굴로 검사 됐냔 리플이 얼마나 많았는데요?
3부장	조옿겠다. 아는 거나 풀어놔!
동재	저야 박사장한테 다이렉트로 들은 게 있는 사람인데요,
	그때 들어간 8억, 원래 박사장 돈이고.
3부장	뒷북.
동재	영장관은 돌려줬고,
3부장	뒷북.
동재	(열 받아) 이회장이 시킨 짓이라고 박사장이 직접 그랬습니다!

57. 고급 바/부스 안 (과거 회상)

커튼으로 가려진 부스. 창준, 동재가 따르는 술 받는데 커튼 걷으면서 무성 들어온다.

동재 E   박사장이 검사장한테 어떻게 들이댔는지 아세요?
      한조건설 하청은 받고 싶지, 돈은 안 통하지, 그러니까 글쎄,

무성이 90도 인사 올리면 달갑지 않은 창준, 술잔을 소리 내며 내려놓는데, 무성 뒤로 모델급 미녀 둘이 따라 들어온다. 동재는 이미 알았던지라 창준 눈치 본다,

3부장 E   됐고! 그래서?
동재 E   .. 이회장님 비서요. 우실장이라고 있는데 그쪽에서 호출이 왔답니다.

58. 차 안 – 낮

우실장, 운전 중이다. 뒤에는 정갈하게 차려입은 창준 내외 타 있는.
창준, 담담하게 창준妻 손 잡으면 창준妻도 그 손을 두 손에 포개 잡는다.

3부장 E   재벌 회장한테 8억은 껌값인데 왜 굳이 박사장을 썼을까.
동재 E   일부러 끌어들인 거죠, 당연하잖아요?

우실장이 운전하는 찻길 저 끝에 청와대 입구 길이 나온다.

동재 E   사위가 뭐하고 노는지 꿰고 있다가 아킬레스건을 확!

59. 한조그룹/회장실 (과거 회상)

윤범 앞에 머리 조아리고 있는 남자.
문 열리고 창준 들어온다. 창준, 남자 뒷모습 보고 누구지 싶은데,
남자, 몸 돌리면 다름 아닌 무성이다.

동재 E   검사장이 사모님 눈 피해서 놀게 해준 게 박사장이니까. 다 알고서.
               이회장이 뭣 때문인진 몰라도 영장관을 치기로 맘먹었는데 사위가
               들고 일어나면 안 되잖아요.

               저 인간이 여길 왜.. 창준, 당황한 내색 숨기려 하지만 어쩔 수 없이 드러나는.

동재 E   자기가 어떻게 놀아났는지 다 아는 인간이 호랭이 장인 옆에 있으니!
3부장 E   그걸로 약점 잡힌 검사장이 장인 시키는 대로 영장관을 쳤다고?

60. 서부지검/3부장실 - 낮

3부장   (쓸쓸한) 검사장한테 장관님은 아버지나 마찬가지였는데.
시목   검사장이 박무성 통해서 여자를 조달받은 게 확실합니까?
동재   척하면 척이지. 확실은 무슨, 그걸 꼭 뭐 봐야 돼?
시목   이윤범이 사위까지 이용하면서 장관 목을 쳐야 했던 이유,
               부장님은 아시는 거 있지 않으세요?
3부장   몰라, 부담 주지 마. (파일 펼친다) 음.. 한조물류, 들어봤지?
동재   (시목에게 한 수 가르쳐준다는 듯) 어 거기? 박사장이 그 회사 주식에
               완전 몰빵했었거든, 근데 나중에 그게 수백억이 됐어.
3부장   14억이야, 박사장이 이 회사 주식에 들인 돈. 근데 회사가 금방
               상장되면서 하루아침에 얼마가 되냐? 190억이 돼. 기분 째졌겠지?
               근데 금감원이 여기다 찬물을 확 뿌려. 너 이 시키 이거 불법이지,
               어떻게 금방 상장될 거 알고 대출까지 껴서 올인했어! 그러면서
               박사장 옥수수를 털려고 했어. 이땐 박사장이 한조 하청을 받을
               때니까 이건 뭐 백 퍼센트 내부자거래지 뭐, 그래서 털렸느냐?
동재   (3부장보다 빨리) 아뇨.

3부장	(쩨리는) 나 지금 되게 오랜만에 경제통 같으니까 껴들지 마.
동재	다 아는 스토린데요?
3부장	이것도 아냐? 그때 금감원 막아준 게 한조그룹인 거?
시목	(지금껏 관망 자세로 있다가 3부장 쳐다보는)
동재	에? 아닌데요? 공무원들 지가 구워삶았다고 했는데요, 박사장이?
3부장	야 금감원이 무슨 동네 양아치냐? 박사장 같은 공구리업자한테 삶아지게? 이것도 모르지? 이윤범이 자식들이 이 회사 주식 엄청 갖고 있던 거.
시목	검사장님 사모님 투자 규모도 나와 있습니까?
3부장	나와 있는 게 아니라 내가 뽑았지! (파일 보는) 사모님은 15억. 그 위에 배 다른 오빠는 35억.
시목	...

Flashback〉- 9회. 눈은 싸늘하고 입으로만 웃던 창준妻.

시목	이게 어떻게 영장관 뇌물 사건으로 이어지는 겁니까?
동재	나도 몰라 그건. 박사장이 이상하게 그 얘긴 절대 안 하더라고? 부장님은 영장관님한테 얘기 들으신 거 없어요?
시목	그분도 아시는 게 있으니 모함을 당했을 텐데요?
3부장	전혀 말씀 없으셨어.
동재	.. 근데 대한민국 1등 재벌 자식들이 35억 15억이면 되게 쪼잔하네?
3부장	합치면 50억인데 쪼잔해? 서검사님 통도 크셔? (전화 온다. 받는) 음... 어디를 인사 가? ... (자리에서 일어나 급히 TV 가리키며 리모컨 누르는 시늉)

동재가 몸에 밴 빠른 동작으로 리모컨 찾아 켜면 속보 나온다.
뉴스 시작 알리는 음악 나오며 헤드라인 뜨는데, 강당에서 연설하던 창준(4회 S#24) 자료화면으로 나오며 - '이창준 前검사장 청와대 수석비서관 임명' 자리에서 일어나는 시목, 허리에 손 없는 3부장, 황당해하는 동재.

3부장	야, 이건 생각 못했네. (실소) 튀어도 저기로 튀나?

동재	(헤드라인 다른 걸로 바뀌자 TV 끄는데 벌써 머릿속이 돌아가는)
3부장	(외투 집으며 전화에다 대고) 지금 나가. (끊는)
	형사부 전체에서 인사 간단다. 니들도 가자.
동재	전 나중에요.
3부장	왜?
동재	아닙니다. 일이 있어서. (인사하지만 부리나케 나간다)
3부장	어 가 그럼!... (동재 나가자 시목 보는)

61. 동/복도 - 낮

기사 검색하며 서둘러 가는 동재.

62. 동/3부장실 - 낮

3부장	쟤 믿을 수 있겠냐.
시목	선택권이 없습니다. 박무성 같은 꼬리나 잡고 끝낼 생각 없어요. 전 재벌가 사위가 아니라서 서검사 말곤 아무리 둘러봐도 한조 쪽에 붙일 사람이 없네요.
3부장	말로만 이회장 만났다는 거 아냐? 둘이 통한 건 확실해?
시목	병원에서 곧장 한조그룹으로 갔는데 꽤 있다 나온 걸로 봐서는요.
3부장	이회장은 대통령도 못 잡는데... 널 말려야 되냐 밀어야 되냐.
시목	서검사 해고 일단 보류해주시죠.
3부장	해고 아냐, 파면감이야.
시목	구속합니다. 그때까지만요.
3부장	... (끄덕인다) 가자, 벌써 다들 주차장에 모였다는데.
시목	(나가며) 이회장이 박무성이란 존재를 처음 알게 된 게 그 주식 투자 때 아닐까요, 자기 자식들을 제외하면 최대 주주였는데.

63. 동/복도 - 낮

3부장 내 더 알아볼게. 후배가 뛰겠다는데 내가 그 정돈 해줘야지.
    윤과장은 잘하지?

시목 예.

3부장 잘해줘. 좋은 놈이야.

시목 어떻게 뭘 하면 잘해주는 건데요?

3부장 (멈춰서 쳐다보다 갑자기 와하하! 웃는다. 다시 가는)

시목 ?

3부장 야 딴 놈이 그랬으면 이게 나한테 개기나 그랬을 텐데 니가 그러니까
    진짜 막 잘해주려는 거 같다 야.

시목 …

3부장 그 맘으로 대해. 어떻게 뭘 하면 잘해주나, 그 맘으로.

시목 예.

3부장 나한테도 쫌! 쯧, 시키야.

시목 …

3부장 인간들 빠르기도 하네, 임명장에 잉크도 안 말랐는데 벌써 뭔 인사야.

64. 한남동 집/2층 방 - 낮

창준 취임식 끝내고 막 돌아온 길이라 기분 썩 괜찮은 창준妻,
콧노래가 절로 나오며 화장대 앞에 앉아 귀걸이 빼는데 노크소리 들린다.
거울에 비치는 창준妻, 눈동자만 돌려 보는데 조심스럽게 문 열고 가정부 들
어온다.

가정부 저 사모님.. 경찰에서 왔다는데 어떻게 할까요?

경찰? 가정부 보던 눈동자 천천히 거울로 옮겨지는 창준妻, 다시 귀걸이 한다.
거울에 비친 미간 사이에 신경질과 동시에 불안의 주름이 곤두선다.

65. 동/2층 거실 - 낮

여진, 계단 올라오면 창준妻, 소파에 다리 꼬고 앉았다.
선 채 인사하는 여진, 고고하게 쳐다보는 창준妻. 팽팽한 두 여자의 시선.

66. 청와대/수석비서실 - 낮

책상에 놓여 있는 꽃다발과 임명장. 창준, 새로운 집무실 돌아보는데 전화 온다.
발신자, 서장이다. 창준, 조금의 망설임 없이 끊고 서장을 수신거부해버린다.
비서(검사장 시절과 같은 인물), 리본 묶인 작은 상자와 샴페인 들고 들어온
다.

비서   축하드립니다, 수석님, 다시 모시게 되어 영광입니다.
창준   고마워요, 날 믿고 여기까지 따라와줘서.
비서   제가 감사드리죠. (샴페인 놓으면) 정무수석실에서 보내셨고요,
        (상자 놓으며) 김우균 용산서장님께서 보내신 축하선물입니다.
창준   !
비서   서부지검 형사부에선 정문에 도착했다고 연락 왔습니다.
창준   (끄덕이면)
비서   (나가고)
창준   (상자를 미심쩍게 바라보다... 리본 끌러내고 열면 덩그러니 사진만)

사진, 한성 리조트 맨 끝 방에서 나오는 가영을 CCTV에서 캡처한 것이다.

창준   (사진 쳐다보다 뒤집어보면 뭐라 써 있다. 읽는데...)

노크소리. 창준, 사진은 주머니에 구기듯 넣고 상자 대충 닫고서 대답하면,

비서 E   서부지검에서 도착했습니다.

창준   (상자를 흘낏 보지만 문으로 간다) 들어와요.

비서, 문 연다. 부장들 얼굴들부터 나타난다.

3부장   수석님 축하드립니다.
창준   고마워요. (일일이 악수하는) 어서 와요.

검사들과 악수하는 창준. '영광입니다.' '고마워요.' 등의 인사 오간다.
은수와 악수하는 창준, 다음으로 시목 들어서는데,

시목   (악수) 축하드립니다.
창준   (대답 없이 짧게 스치는. 다음 사람으로 금방 이동한다)

둘레둘레 선 사람들 중에 시목, 급히 닫느라 뚜껑이 대충 얹힌 상자에 눈길
가는데,
악수 마친 창준도 시목 시선이 책상 위 상자에 닿는 것 느껴진다.

서장 E   이거 원래 동영상이야, 여자가 나온 방에 누가 있었는지 숙박기록이랑
        같이 뿌릴까요? 수석비서관님?

자연스레 몸을 움직여 상자가 보이는 걸 차단하는 창준.
그걸 느낀 시목과 창준의 시선이 공중에서 부딪힌다.
조금도 밀리지 않고 서로 응시하는 창준과 시목,
여기에 못지않게 서로를 바라보는 창준妻와 여진이 더해지며,
네 사람에서 엔딩.

11 회

어차피 방산비리는 누가 와도 못 끊어,

그렇다면 그 안에서 최고의 결과를 뽑는 게 애국이야,

자네하고 내가 이 나라 방어체계를 진일보시킨 거야.

1. 수석비서실 – 낮

검사들 중에 선 시목, 선물상자에 눈길 가는데 시야가 막힌다.
창준이 책상과 시목 사이에 자연스레 서서 상자가 더 이상 보이지 않는 것.
그걸 느낀 시목과 창준의 시선이 공중에서 부딪히는데...

비서   (샴페인 잔 여러 개 놓인 트레이 가져오는)

창준   (자연스레 몸 돌려 상자 옆에 샴페인 집어 든다)

비서   (트레이는 책상에 놓고 샴페인 병 받아 가려 하자)

창준   (괜찮다는 손짓. 직접 따고) 자, 근무 중이라 헤비하게는 안 되고,
                (사람들 훑다가) 요즘 제일 수고 많은 사람이 대표로 하지.

창준, 잔까지 2개 챙겨서 뚜벅뚜벅 검사들 사이로 온다.
4명의 부장검사들과 6명 평검사들, 저 잔을 누가 받을까 내심 기대하며 주목하는데,
창준의 발걸음이 멈춘 곳, 맨 뒤에 있는 시목 앞이다.
검사들 시선, 일제히 창준과 시목에게 쏠리는.

창준   (잔 주며) 브리핑 잘 봤어, 다른 영역까지 활보 잘 하던데?

(샴페인 채워준다) 그러다 여기도 오겠어?

검사들　(창준의 뼈 있는 농담에 크게 웃지는 못한다)

창준　(주위에다) 다들 조심해, 우리 황검사께서 불시에 찾아갈지도 몰라.
　　　그렇지? (시목 보면)

시목　(채워지는 잔이 아닌 창준 눈을 보는) 죄지은 사람은 조심해야죠.

시목의 대답에 분위기 싸해진다. 지켜보는 동료 검사들만 서로 눈치 보는데.
한 손에 잔을 쥔 시목, 창준이 샴페인 다 따르자 다른 한 손으로 창준에게서
샴페인 병을 받는다.

시목　(한 손으로 병 잡고 창준 잔 채워주는) 손이 두 개뿐이라 죄송합니다.

곁에 있던 검사가 얼른 시목 잔 받아주려 하는데도 그대로 따르는 시목.

시목　(다 채우고) 승진 하례를 자주 드리게 되네요.

창준　(눈빛 차가워지지만) 더 좋은 세상을 위하여.

시목　(잔 들고) 좋은 세상, 위하여.

창준　(마시는데)

시목　(들고만 있다가 잔을 놓는다) 차를 가져와서요.

창준　(크게 드러내진 않지만 불쾌하다. 몸 돌려 소파로 간다) 앉지.

부장들, 분위기 살얼음판으로 만든 시목에게 책망의 눈길 보내며 소파에 앉
는다.
부장들만 앉고 평검사들은 소파 향해 선다.
시목도 아무 일도 없었던 양 소파 쪽으로 몸 돌린다.

3부장　1부장은 본가에 일이 있어서 못 왔습니다. 죄송합니다.

시목　(그 말에 3부장 짧게 보는)

은수　(어느새 시목 뒤로 와서, 작게) 끝나고 잠깐만 봬요.

시목　…

2. 한남동 집/2층 거실 - 낮

미소 짓는 가면을 쓴 것 같은 창준妻, 팔짱 끼고 앉았다. 맞은편에 여진.

여진 병원 간호사가 정확히 기억하고 있더라고요.
      굉장히 이쁜 아줌마가 그날 병실에 있었다고.
창준妻 (어이없다) 아줌마?
여진 김가영한테 왜 가셨죠?
창준妻 그게 누군데요?
여진 호흡기 손 대셨나요? 베개론 뭘 하셨고요?
창준妻 (고개 까딱) 음?
여진 (가영 사진 내미는데, 아주 예쁘게 나온 사진이다)
      병원에서 보신 거랑 많이 다르죠? 참 젊고 예뻐요?
창준妻 .... 요즘엔 이런 스타일을 예쁘다고 하나 봐요?
      근데 여자의 적은 여자란 말이 어떻고 한 사람 치곤 수법이 치졸해?
여진 궁금해하실 것 같아서 가져왔는데 실례였나요?
창준妻 (가까스로 유지하던 미소 사라진다) 놀랍네, 대한민국 경찰,
      병원 CCTV도 안 보고 오나?
여진 (아주 잠깐 망설이지만) 봤습니다.
창준妻 (빤히 보다가) 못 봤지?
여진 !...
창준妻 그냥 놔뒀을 리가 없지. 아마추어도 아니고.
여진 ... .. 따님 보러 가신다길래 오래 계실 줄 알았는데 금방 오셨네요?
창준妻 그쪽도 남편이 대통령한테 임명장을 받으면 그 자릴 지켜야한단 걸
      알 텐데, 하긴... 바로 다시 갈 거예요. 취임식 봤으니까.
여진 영전 축하드립니다. 근데 대통령 임명장 때문이 아니라 김가영이
      있는 한국에 남편 혼자 보내기 싫었다면요? 가까스로 살아남은 여잘
      남편분께서 가엾어할까 봐 부랴부랴 같이 오신 거라면?
창준妻 우리 남편 자선사업가 아녜요, 모르는 여자 아무나 안 가여워해.
      (일어난다) 시간 남아서 내준 거니까 고마워할 거 없고. (방으로 가는)

여진   (일어난다) 당분간 해외 못 나가십니다.

        강력사건 관련자로 출국금지 조치 들어갔습니다.

창준妻   .. (정말 재미있다는 듯 웃음 터뜨린다) 해봐요! (호호호!)

여진, 자리 뜬다. 창준妻에겐 안 보이는 얼굴이 실은 꽤나 긴장했던 듯 휴! 심호흡.

하지만 여진을 잡아먹을 듯 노려보는 창준妻 역시, 완전히 신경 곤두섰다.

3. 수석비서실 - 낮

2부장   저희 지검 검사장으론 혹시 염두에 두신 사람이 있으신지..

창준   임명권이 나한테 있습니까? 대통령께서 정하시겠죠.

2부장   아 예.

비서   (조용히 다가와 창준에게) 다음 회의 10분 전입니다, 수석님.

창준   벌써 그런가? (일어난다)

3부장   (일어난다) 첫날부터 바쁘시네요.

창준   그러네.

3부장   인사드렸으니 저흰 그만 물러가겠습니다.

창준   곧 자리 한번 만들지.

모두   네. (목례)

4. 동/참모실- 낮

수석실에서 나오는 검사들. 닫히는 문 사이로 창준은 이미 책상에 앉는 게 보인다.

3부장   (시목에게 낮게) 적당히 해. (바로 이어서 원래 목소리로)

        넌 곧장 들어갈 거지? (은수에게) 넌 내 차로 가면 되고.

은수   에? 에.. (시목 보지만 말은 못하고.. 할 수 없이 3부장 따라간다)

3부장   (인사하는 비서에게) 잘 있어요.

나가는 검사들, 시목이 마지막으로 나가다 수석실 문 쳐다본다.
시목, 나가면 비서, 문 닫는다.

5. 수석비서실 - 낮

일하는 듯 보였던 창준, 밖이 조용해지자 멈춘다.
전화에 수신거부로 돼 있는 서장을 착신으로 바꾸면, 2~3초도 안 돼 울리는 전화.

창준   (... 받는)
서장 F   이제야 받네. 역시 선물이 약발 최고야.
창준   무슨 짓이야.
서장 F   그러니까 전활 받았어야지, 어떻게, 지금 주차장인데 내가 올라가?
창준   여기가 어디라고.
서장 F   그럼 니가 내려와야지, 얼굴을 봐야 내 선물이 우리 사이에서 끝나지.

노트북에 메신저 뜬다. '국세청장 들어오고 있습니다.'

창준   (메시지 보고) 있어. (끊는다)

잠시 눈 누르는 창준, 주머니에 넣었던 사진 꺼낸다.
뒤집어서 뒤에 내용 다시 보면,
'이거 원래 동영상이야, 여자가 나온 방에 누가 있었는지 숙박기록이랑 같이
뿌릴까요? 수석비서관님?'이라고 급히 갈겨쓴 글씨.
휴지통에 당장 처박고 싶지만.. 주머니에 우겨넣고 일어나는 창준.

6. 동/참모실- 낮

창준   (빠른 걸음으로 수석실에서 나와 그대로 문으로 가면)

비서   ? (일어서며) 국세청장

창준   (안 쳐다보고) 기다리라고 해. (나간다)

7. 동/지하주차장 + 차 안 - 낮

차에 탄 시목, 출발하려는데 유리창 두드리는 소리, 은수다.

시목   (유리창 내리자마자)

은수   왜 서장이에요? (뒤돌아보는 게 급한가 보다) 이창준이잖아요,
            선배가 원래 김가영 상대로 지목한 건. 근데 왜 서장이에요?

시목   증거가 그래.

은수   이창준은요?

시목   (고개 젓는)

은수   (실망이 바로 스친다) 김가영 깨어났죠? 그래서 옮겼죠?

시목   병원 갔었니?

은수   어떻게 안 가요? 그 여자 말 한마디면

뒤에서 경적소리 난다.

은수   (몸은 벌써 가는) 전화드릴게요! (3부장 차로 가 탄다)

검사들 차량이 차례로 떠난다. 시목, 문자 보낸다.
수신인 윤과장으로 하고 '1부장 본가에'까지 입력했는데,
조용해진 주차장에 나타나는 창준, 다소 서두르는 걸음.

Flashback〉- S#3. 조용히 다가와 창준에게 말하던 비서.

시목   다음 회의 10분 전입니다... (창준 살피면)

창준, 차에 탄다. 차 운전석에 앉은 남자, 시목이 집중해서 보면 서장이다.

8. 동/서장의 차 안 - 낮

서장   내가 전염병 환자야? 사람 무시해도 분수가 있지, 너랑 나 40년이야!
창준   이런 짓을 해놓고 40년을 운운해?
서장   오죽하면! 니가 어떻게 나한테 이래? 내가 누구 땜에 걜 알게 됐는데!
창준   니가 싫다는 거 내가 목 잡아끌었니?
서장   나 살려내. 지금 나 살릴 수 있는 사람 너밖에 없어.
창준   니가 한 짓을 (전화 온다. 창준妻다. 받을까 말까 하지만 서장에게
         조용히 하란 신호하고 받는다) 음. .. 어디긴? 집무실이지.
서장   (바라보는데..)

**Flashback〉- 10회 S#23. 용산서 서장실에서 본 병원 CCTV 영상,
중환자실에서 나오는 창준妻 모습.**

서장   ...
창준   알았어. (끊는)
서장   수정이 엄마?
창준   입에 올리지 마!
서장   야... 누가 뭐래?
창준   조용히 사표 내. 잠잠해지면 처리할 테니까. (바로 내려버린다)

9. 동/시목의 차 안 - 낮

앞 유리창 너머, 창준이 차에서 내리자 서장이 얼른 따라 내리는 것 보인다.
시목, 밖에서 안 보이게 몸 낮추며 창문 내리면 들려오는 목소리.

서장	고맙다 창준아! 나도 이렇게까지 하기
창준	(O.L, 낮게) 입단속이나 시켜. (주변 살피며)
	개 입으로 떠들면 나 아냐 누가 와도 안 돼.
서장	어어, 알았어. 알았어.

서장 말이 끝나기도 전에 누가 볼세라 빠르게 가버리는 창준.
안도의 한숨 뱉는 서장, 다시 차로 가 탄다.
시목, 서장에게 눈 떼지 않고 여진에게 전화한다.

시목	(전화) 어딥니까.
여진 F	서에서 호출이요, 서장 일로 장렬히 깨질 거 같으니까 살아남으면
	전화할게요.

차에 탄 서장은 이제야 숨을 쉬겠는지 자리에서 축 처지는 것 보인다.

시목	서에 가시면 할 일이 있습니다. (사이)
	지금 안 잡으면 서장 놓칩니다.

몸 추스른 서장, 출발하자 시목도 쫓아간다.

10. 한남동 집/2층 방 – 낮

수납장 앞에 선 창준妻, 수납장 안에 약병이 약국 진열대보다 많다.
4가지 정도의 약을 연달아 삼킨다. 머리 지끈대는...

11. 병원/중환자실 – 밤 (창준妻의 회상)

중환자실로 또각또각 들어서는 하이힐, 창준妻다. (7회 S#47 상황)
침상 이름 확인하며 하나하나 지나쳐가는데 완전히 커튼 쳐진 침상이 있다.

커튼을 살짝 젖혀보는데, 할머니가 누웠다. 그때 데스크에 전화 울린다.
데스크 쪽 본 창준妻, 입 막으며 놀란다. 용산서장이 수화기를 들어 내려놓고 있다.
얼른 할머니 침상 커튼 속으로 들어가는 창준妻, 떨리는 가슴 누르고 밖을 엿보면.
커튼 틈새로 보이는 서장, 처음이 아닌 듯 안쪽에 침상으로 곧장 간다.
커튼이 반쯤 쳐진 침상이라 거기 누운 사람은 창준妻에겐 보이지 않는데,
커튼을 완전히 쳐서 가리는 서장, 이젠 커튼에 비친 희미한 그림자로만 어른댄다.
그런데 그쪽 침상에서 삐익! 울리는 기계음. 눈 커지는 창준妻.
서장의 그림자, 환자에게 손을 뻗은 형상으로 보이는데,
그런데 또 다른 삐 소리 나자 멈추는 그림자, 커튼 젖히며 서장이 뒷걸음친다.
제풀에 하얗게 질리고 땀이 비 오듯 하는 서장이 겁을 먹고 중환자실을 뛰쳐나가면,
거의 동시에 간호사가 뛰어 들어온다. 곧장 서장이 있었던 침상으로 가는데,

창준妻, 커튼 안에서 나온다. 또각또각 구두소리 내며 그리로 가는.
젖혀진 커튼 아래 드러난 침상에 붙은 이름은 김가영. 가영을 보는 창준妻.
간호사가 벗겨진 호흡기를 씌우고 바닥에 베개 줍지만 그런 건 보이지 않는다.
핏기 하나 없는 가영을 보는 창준妻의 눈빛이 새파랗게 번쩍인다.
질투보다는 경멸의 빛이 더 강렬한, 그러다 겨우 시선 거두고 돌아서는데,

간호사   (창준妻 발견하고) 보호자분? (전화 울린다)

창준妻, 구두소리 울리며 나가는데 뒤로 들리는 소리.

간호사   네, 별일 아니고요, 어.. 환자가 오늘따라 움직임이 좀 심하네요.
         제가 쭉 지켜봤거든요?.. 선생님. 괜찮아요.

창준妻, 중환자실을 나간다.

12. 한남동 집/2층 방 - 낮 (현재)

창준妻   아무도 모를 걸 머저리 같은 인간 하나 때문에...
(전화한다. 골치는 여전히 지끈대고) 뭐해? (사이) 뭔진 알아? (사이)
근처에 얼씬만 해도 바로 보고해.

13. 한조그룹/회장실 - 낮

우실장   (종이 한 장 꽂은 결재판 내민다)
윤범   (읽다가) 출국금지? 지금 내 딸 말하는 거 맞아?
우실장   특임에서 요청이 들어왔다고 법무부에서 먼저 회장님께 확인을
윤범   확인은 무슨 확인, 꿈도 꾸지 말라고 해!
우실장   그쪽에서도 그냥 아셔야 할 것 같아서 말씀 올린다 했습니다.
윤범   (곱씹을수록 기분 나쁜) 황가놈 쌔끼 정말 안 되겠네...
(그러다 뭔가 다른 생각..) 서동재 놈 연락해.
우실장   예.

14. 용산서/강력팀 - 낮

여진과 장형사, 죄인 마냥 고개 숙인 채 섰고,
그 주변을 여진의 팀뿐 아니라 다른 팀 형사들까지 둘러싸고 있다.
다들 범죄자 취조할 때보다 더 괘씸한 눈빛으로 여진과 장형사를 쳐다본다.

팀장   너무하는 거 아니냐?
여진   ...
팀장   미리 언질을 주던가. 우리가 서장님 빼돌리기라도 할까 봐서?
여진   아닙니다.
팀장   여태 같이 고생해온 식구들 귀머거리에 봉사 만드니까 속이 시원해?

장형사	죄송합니다.
팀장	내가 이 짓거리 30년에 이번처럼 기막히고 이번처럼 뭐 팔린 적이 없어, 어떻게 서장님을 갖다가 응? 니가 왜 나서서 취조를 해, 니가, 남들이 어떻게 보겠니? 저것들은 전부 의리고 나발이고 응? 개새끼들도 지 주인 손은 안 무는 법이야!
여진	(시계 보더니) 죄송하지만 먼저 가봐야겠습니다.
팀장	뭐??
장형사	(가뜩이나 눈치 보이는데) 왜 그래요 진짜.
여진	죄송합니다. (목례하고 억지로 장형사 끌고 나가는)

팀장을 비롯한 형사들, 기도 안 차서 헛웃음 나오고,

팀장	가세요 그래. 가서 또 누구 잡을지 대가리 짜!
여진	(나가면서 김경사에게) 나 좀 봅시다.
김경사	나? 허, 보자고! 거 되게 무섭네? (분위기 타고 기세등등하게 가는)

15. 동/2층 복도 - 낮

계단 통로 근처로 가는 여진과 장형사. 김경사가 뒤에 온다.

장형사	경위님 왜 이래요, 진짜?
여진	(신경 안 쓰고 김경사가 오는 것만 본다)
김경사	뭐요?
여진	(장형사에게) CCTV 받아내요. 줄 때까지 놔주지 마. (가는)
장형사	경위님! (김경사에게) 잠깐만요. (여진 쫓아가는)
여진	(모퉁이 돌아 계단 통로로 사라진다)
김경사	이것들이...
장형사 E	왜 이래요 진짜. 하려면 경위님이 직접 하든가.
여진 E	(속삭이는, 그러나 들린다) 난 병원 가야 된다고, 가영이 다쳤대!
김경사	!

김경사, 모퉁이 쪽으로 오는데 장형사, 혼자 올라온다.

장형사   CCT
김경사   (제끼고 계단으로 가는)

16. 동/계단 - 낮

김경사, 내려다보면 1층으로 가는 여진 보인다.

장형사   (쫓아온) 경사님,
김경사   내 서랍, 서랍에 있어, 다 가져가.
장형사   진짜요? (반신반의하지만 일단 가는) 진짜죠?
김경사   (계단 내려가며 전화한다. 전화기 가리고 소리 죽여)
               서장님 한여진이 지금 병원 가요! 김가영이요! 가면서 연락드릴게요!

17. 한조그룹/회장실 앞 복도 - 낮

동재   (복도 따라가며 전화 중이다. 신호만 울리고 안 받자 초조한데)
시목 F   네.
동재   (죽다 살아난 표정, 반갑게) 어 황프로! 인산 잘 올렸어?
시목 F   바빠서 끊습니다. (전화 너머로 희미하게 차소리 들린다)
동재   야야!.. (아무도 없는 복도 살피고 작게) 우리 수석님 사모님 있잖아,

18. 길/시목의 차 안 - 낮

블루투스로 전화 받는 시목. 바로 앞에 서장 차가 가고 있다.

동재 F   뭐 때문에 출금한 거야?

시목   한조에서 내린 첫 미션입니까.

동재 F   (작게) 이거 하나면 나 완전 이쪽에 붙을 수 있어.

시목   살인사건 용의잡니다.

동재 F   살인???

시목   끊습니다. (바로 뚝 끊는)

일정한 거리 유지한 채 서장 차 놓치지 않고 가는 시목.

19. 한조그룹/회장실 앞 복도 – 낮

동재   (전화 속에 시목이 들어 있는 양 쩨려보지만)
            살인이라?.. 이렇게 날 또 도와주시나?

20. 동/회장실 – 낮

윤범, 알 수 없는 표정으로 책상에 앉았고 그 앞에 동재 서 있다.

동재   개가 원래 좀 또라입니다, 회장님. (얼른 덧붙이는) 많이요.

윤범   (웃는) 살인이라.

동재   근데요 회장님, 저도 첨엔 웃었는데요, 또라이들 특징이 가늠이 안
            된다는 거잖습니까? 얘가 장난이 아니더라고요? 미친놈이 이래서
            무서운 거구나. 소름 끼쳤다니까요, 저.

윤범   ...

동재   아무래도 제가 계속 알아봐야 할 것 같습니다.
            사모님을 용의자로 본 근거가 뭔지 (노크소리에 입 다물고 돌아보면)

창준   (들어온다. 예상치 못한 인물 조합에 미간에 주름 선다)

동재   (90도 인사) 오셨습니까. 수석님.

창준   (니가 왜..)

윤범	내가 불렀어. 옛날 부하 보니까 반갑나 봐?
창준	예.
동재	그럼요, 회장님, 제가 지검에서부터 모신 게 몇 년인데요,
	(창준 보며 씩 웃는) 저도 뵈니까 이렇게 좋은데요.
창준	(이 자식이 지금?)
윤범	(창준 들으란 듯) 수고 많았어. 또 보자고.
동재	옙! 언제든 불러주십쇼. (90도 인사. 문 쪽으로 가면)
창준	(문 열어주는 척하면서, 낮은 목소리) 밑에서 대기하고 있어.

동재, 인사하며 나가고 창준 오면 윤범, 결재판 하나 들고 소파로 와 앉는다.

윤범	국세청장 만난 건 어떻게 됐어.
창준	세무조사는 없는 걸로 합의했습니다.
윤범	잘했어, 자리가 자리니까 역시 일사천리네. 큰애가 한턱 쏘겠대.
창준	감사합니다.
윤범	(결재판 가볍게 놔준다)
창준	(읽다가) 출국금지라뇨? 그 사람을 왜요?
윤범	자넨 와이프가 한 대여섯 되나? 하나뿐인 자기 사람 어떤 수모를
	당하는지도 모르면서 나라 일을 주무르겠대?
창준	이유가 뭐라고 합니까.
윤범	... 사쯔진. (자막: 살인)
창준	(놀란다, 그러나 곧 괘씸함이 차오르는..)
윤범	어린놈이 추진력이 있어? 황시목이.
창준	추진력이 아니라 물불 못 가리는 겁니다. (얼굴 상기됐다)
윤범	(보는...) 내 자네 취임 기념으로 준비한 거사가 줄줄이야.
	이따가만 해도 돈 1조가 걸린 일이야. 그놈이 냄새 맡는 일 없게 해.
창준	.. 전화 좀 하고 오겠습니다. (일어나 나가면)
윤범	.. 안사람이 살인 혐의라는데 누군지 왜인지.. 묻지 않는다.. 흐음..

21. 동/복도 - 낮

창준, 전화 꺼내지만 걸진 않는다. 쥐고 고민하는.

22. 동/1층 로비 정문 앞 - 낮

창준 나온다. 좌우 보는데, 그 뒤로 나타나는 동재.

창준   (뒤에 온 것 알고 있다. 돌아선다) .... 내 밑으로 와.
동재   (해냈다!..) 감사합니다.
창준   단, 한조그룹에서 내 장인 근처에서, 너 다신 볼 일 없어.
동재   감사합니다.

두 사람 옆으로 윤범의 차가 와서 대기한다.

창준   (급해진 표정, 윤범이 나오나 로비 안 살피며) 가. (시계 보는)
동재   예. (인사하는데)
창준   가 어서!

얼른 자리 뜨는 동재, 건물 모퉁이 정도에 이르러 살피면,
윤범 나온다. 우실장 따르고. 기사가 차문 열면 같이 타는 윤범, 창준. 출발
한다.
그 뒤로 수행원들 차도 따른다.

동재   어딜 가는데 저렇게 행차야?... (번뜩, 택시로 달려가는)

23. 길 - 낮

달리는 윤범 일행의 차. 저 뒤에 따라오는 택시.

24. 동네 병원/2층 복도 - 낮

여진, 복도 따라오다 203호 안으로 들어간다.
모퉁이 벽 뒤에 몸 숨기고 전화 귀에 댄 김경사, 여진이 들어가는 것 보며,

김경사 2층이요. 바로 데리고 내려갈게요. (전화 끊는)

모퉁이에서 나온 김경사, 203호로 발소리 죽이고 오는데, 병실 안에서 들리는 소리.

여진 E 가영씨, 우리 병원 다시 옮겨야 돼요. 버틸 수 있죠?
김경사 (그 소리에 즉시 병실로 뛰어든다)

25. 동/2인실 - 낮

김경사 여기다 숨겼구만!

휠체어 탄 가영(비니를 거의 눈까지 쓰고, 마스크로 가린)에게 이불 덮어주던 여진, 김경사가 들어오자 놀란다.

여진 어떻게 여길!
김경사 애 좀 빌립시다. (가영에게 오는데 핸드폰 울려 멈칫)
여진 (그 틈에 휠체어 끌고 나가려 하자)
김경사 어딜! (막는)

김경사가 못 건드리게 가영 앞을 막아서는 여진. 대치하는 여진과 김경사.
그사이 김경사 주머니에서 계속 울리는 전화.

26. 동/지하주차장 - 낮

서장, 차에서 김경사에게 계속 전화하지만 받지 않는다.
초조한 서장, 차에서 내린다. 주차장 가로질러 병원 올라가는 승강기로 뛰듯
이 간다.

27. 동/2인실 - 낮

가영을 지키려는 여진과 김경사, 몸싸움 벌인다. 김경사가 월등히 우세하다.

김경사	(휠체어 낚아채면)

김경사   (휠체어 낚아채면)

여진   안 돼!

김경사   얘가 니 거야?!

드르륵! 병실 문 열린다. 성큼 들어서는 서장. 여진 놀라 눈 커진다.

여진   서장님!!

서장   (여진 보는 눈 무섭지만 바로 휠체어 탄 가영에게 돌려지는 시선)
          잠깐 얘기만 할 테니까 둘 다 나가 있어. (가영에게 허리 굽히는)

가영   (얼굴을 이불에 처박고 두려움의 신음 지른다)

여진   (큰 소리로) 가영이 놔둬요!

김경사   (여진 입 막고 벽 쪽으로 끄는) 얼른 데려가세요! 어서요!

여진   (김경사에 막혀 버둥대는)

서장   (순간 당황해서 갈등하지만 휠체어 낚아채 나가버린다)

서장, 나가는 뒤로 여진 팽개치고 문으로 와 쾅 닫는 김경사.

김경사   내가 너랑 언젠간 한따까리 할 줄 알았어. (하며 돌아서는 순간)

픽! 날아온 여진의 주먹에 나가떨어지는 김경사.

28. 동/관리실 - 낮

여러 대의 CCTV 모니터를 체크하는 시목. 모니터에 차례로 나타나는 서장 모습.
2층 복도 CCTV에 휠체어 끌고 가는 모습. 다음, 승강기 CCTV에 나타나고. 어느 하나 놓치지 않는 시목. 옥상에 휠체어 미는 서장 모습 나타난다.

시목   (전화하며 나간다) 옥상이요.

29. 동/2인실 복도 - 낮

병실에서 뛰어나오는 여진, 그녀 뒤론 침상에 수갑으로 한쪽 팔 묶인 김경사 보인다.

30. 동/옥상 - 낮

서장, 휠체어 밀며 급히 온다. 숨차다.

서장   해치려는 거 아냐. 니가 달란 돈도 다 줄게. 나 모른다고만 해.
          민아야, 그동안 우리 쌓인 정이 있잖아,

옥상 구조물 뒤로 온 서장, 멈춘다. 휠체어 앞에 몸 숙이고 가영 들여다보지만, 가영, 머리까지 이불 뒤집어쓰고 이리저리 피하며 절대 고개 들지 않는다.

서장   (이불 잡아당기며) 너만 입 다물면 돼.
가영   (있는 힘 다해 이불 잡지만 놓치는, 얼른 얼굴 가린다)
서장   너?! (하는데)

뒤에서 발소리 난다. 서장, 놀라서 보면 시목이 온다.
당황한 서장, 가영은 놔두고 반대쪽으로 뛰는데,
그쪽에선 여진이 온다. 여진, 수갑 꺼내는.

서장   너 제정신이야? 죽고 싶어?

시목과 여진, 서장 양쪽에서 다가오는데, 그때 옥상 문 열리는 소리.
팀장과 장형사 비롯한 형사들 몰려 들어온다.
서장, 시목, 여진을 에워싸는 형사들.

팀장   서장님! (달려오지만 가영 보고는 상황이 짐작되는)
서장   니들이 놓친 피해자 내가 찾았다!
        이런 거 하나 처리 못해서 내가 나서게 만들어?!
시목   (가영 휠체어 꽉 잡는. 형사들 보는데)
여진   (같이 꽉 잡는. 시목에게) 내가 불렀어요. 이분들도 사실을 알아야죠.
팀장   사실이 뭔데?
시목   청소년보호법 위반, 피해자 납치 혐의.

시목의 말에 형사들 술렁인다.

시목   긴급 체포하세요.
서형사   .. 어떡해요 팀장님? .. 에?

팀장, 돌아보면 형사들이 전부 팀장만 보고 있다.
심지어 서장까지도 팀장 보는... 팀장, 시목과 서장 사이에 가서 선다.
그러자 다른 형사들도 서장을 감싸고 선다. 이제 형사들 사이에 가려진 서장.

팀장   서장님 모시고 가, 증인도 데려가고.
시목   (휠체어 막아선다) 아무도, 아무 데도, 안 갑니다.

주춤하는 형사들, 하지만 곧 반은 서장 둘러싸고 반은 월체어로 다가온다.
월체어를 잡은 채 물러서지 않는 시목, 여진.
그런데 형사들 몇몇의 고개가 뒤로 돌아간다.
한둘이 돌아보다 이젠 전체가 돌아보는 곳엔,
윤과장이 가영이 탄 월체어를 밀고 온다. 뒤에는 두려움 속에서도 따르는 가영母.
모두 놀라 눈을 떼지 못하는데 윤과장, 밀던 월체어 멈추고 서면.

시목 (윤과장 쪽 아닌 지금껏 잡고 있던 월체어에 대고) 일어나세요.

시목이 잡고 있던 월체어에 앉았던 가영 일어난다. 모자와 마스크 벗으면 실무관이다.
손에는 테이저건까지 꼭 쥐었다. 테이저건을 여진에게 돌려주는 실무관.

실무관 아 답답해, (환자복 벗으면 속에 나타나는 방탄조끼. 방탄조끼 푼다)

서장은 물론 용산서 형사들 모두 놀라는데,

시목 (진짜 가영에게 간다. 허리 굽혀 가영에게) 김가영씨 내 말 들리죠?
모두 (가영 보게 되는)
시목 김가영씨가 월요일마다 만난 남자 있었죠?
서장 ! (형사들 뒤에 가려진 채 뒷걸음치는)
여진 (서장 봤다. 가영 앞에 무릎 굽히는) 괜찮아요. 이분들 다 가영씨 지켜주러 왔어요. (동료들 보는) 좋은 분들이에요.
형사들 (그 말에 서로를 보기도 하고 주춤하게 되는)
여진 그러니까 말해도 돼요. 여기 있어요 그 남자?.. 있으면 말해줄래요?
서장 (설마!..)
가영 (처음엔 여진도 피하다가 천천히 눈만 굴려서 사람들 보는)
서장 뭐하는 거야! 니들 왜 안 움직여?! 애 데려가서 살인범 잡아!
시목 누굽니까.

가영....... 천천히 손을 든다. 모두의 시선, 그 손에 쏠린다.
천천히 올라오다가 마침내 멈춰지는 손. 손가락이 펴지고...
손가락이 가리키는 곳엔 팀장이 있고.. 팀장, 비켜난다. 그 뒤 형사들도 하나
둘 비켜나면, 형사들 사이에 가려졌던, 하얗게 질린 서장이 있다.

팀장   .... (서장 향해 서는) 청소년보호법 위반, 납치 혐의 등으로
서장   최윤수!
팀장   체포합니다. 묵비권을 행사할 수 있으며 변호사 선임 권리가 있고,
지금부터 하는 모든 말은 법정에서 불리하게 작용할 수 있습니다.
서장   (너마저.. 힘 다 빠진) 야...
팀장   서장님 그만...

여진, 서장 앞에 다가선다. 잠시 보지만 수갑 채운다. 철컥하는 소리.
최고책임자가 부하에 의해 수갑 채워지는 걸 지켜보는 형사들.

시목   한여진 경위께서 용산경찰서장을 서내 유치장에 수감하는 것만은
피해달라 했습니다. 서부지검으로 바로 송치, 동의하십니까?
서장   ... (여진 본다)
여진   ...
서장   (고개... 끄덕인다)

시목과 여진, 서장 데려간다. 하나둘, 길 터주는 형사들.
장형사도 안 떨어지는 걸음 옮겨 여진 쪽 따라가고. 지켜보는 형사들.

31. 한옥 레스토랑/별관 앞 – 저녁 (삼청각 일화당 출입문 같은 곳)

차에서 내리는 우실장, 문 열어주면 윤범 내리고 기사는 반대편 문 열면 창
준 내린다.
뒤에 선 수행 차량에선 직원들 내려 윤범과 창준이 내리고 이동하는 것 지
켜본다.

우실장, 윤범, 창준이 한옥 별관으로 들어가면,
기사와 수행원들은 다시 차에 타고 차는 주차장으로 이동한다.
잠시 후, 택시가 와 선다.

cut to. 조명 환한 별관 잔디밭에서 창준, 윤범, 조회장, 국방장관이 인사 나
눈다.
네 사람, 별관 안으로 들어간다. 좀 떨어져서 가며 날카롭게 주변 살피는 우
실장.
잠시 후, 남자2가 수행원을 대동하고 들어와 별관으로 들어간다.

32. 동/내실 – 밤

술판 벌어졌다. 창준, 윤범, 조회장, 국방장관에 방금 전 남자2까지.

윤범　　(술잔 들고) 하나와 사쿠라기! (자막: 꽃은 벚꽃!)

국방장관을 제외한 창준, 조회장, 남자2까지 세 남자가 윤범에 이어 동시에
외친다.

세 남자　(술잔 들고) 히또와 부시! (자막: 사람은 무사!)

호기롭게 마시는 다섯 남자. 기분 좋게 순배 돌린다.
일어 복창에 국방장관은 순간 불편해 보였는데, 창준이 그 모습 지켜보자
웃어 보인다.
창준도 웃어주지만 눈가는 싸늘한.

윤범　　(국방장관에게) 방위청장은 꽤 바쁜가 봅니다?
국방장관　곧 온답니다, 차가 많이 막혀서요.
윤범　　서우루와 고레가 몬다이다. 쿠루마가 도떼모 오오이데스.
　　　　　　(자막: 서울은 이게 문제야, 차가 너무 많아요)

남자2   가이쬬오가 아마리 우레딴자 나이데스까?

       (자막: 회장님이 차를 너무 팔아서 아닙니까?)

윤범   아 소오데스까?

세상 최고의 농담을 들은 양 웃어젖히는 남자들.

33. 은수네 집/거실 - 밤

일재   (책 읽고 있으면)

은수   (곁에 앉는. 살짝 들뜬) 아빠, 저 오늘 원심치리회에 재심 청구했어요.

일재   (책 덮는..)

은수   취지, 사유 전부 구체적이고 명확하게 기재해서 무죄 증거 자료까지.
       3년 전에 대한민국 사법부가 아빠한테 저지른 만행,
       내가 다 뒤집을 거예요.

일재   (기대 않는, 쓸쓸하다) 재심이란 건 재판부에서 무죄 등을 인정할
       명백한 증거로 보기 어렵다, 한마디면 끝. 자기 얼굴에 침 뱉긴데
       자기들 오심 그리 쉽게 인정하겠어? 재심 청구는 열에 아홉은
       기각이라고 봐야 돼.

은수   아빠 케이스는 달라요. 여론이 형성됐잖아요. 김태균이 진술한 것도
       있고, 특임팀 브리핑에서 무죄 선고받은 거나 마찬가진데.
       아빤 걱정 마세요, 이 기회에 밀고 나가야죠. 저 믿죠?
       (웃는, 일어나 일재 꼭 안아주고) 좋은 꿈꾸세요, 아빠. (방으로)

일재   믿지, 너무 믿어서 혹시나 니가 상처받을까 봐.. (걱정이고...)

34. 용산서/강력계 - 밤

장형사, CCTV 외장하드 찾느라 김경사 책상 뒤지고 있다.

35. 동/서장실 - 밤

여진, 서장의 컴퓨터를 봐도 파일 없고 서랍에 쓰레기통까지 뒤져도 외장하드 없다.

서형사 (열린 문에서 감시하듯 그 모습 지켜보다) 경위님 감찰반이에요?
여진 (무시하고 계속 찾는데)
서형사 너무하는 거 아네요 진짜?
팀장 (서형사 뒤에서 나타나) 니 일이나 똑바로 해.
  (서형사 손짓으로 보내버리고 들어와 문 닫는다) 찾는 게 뭔데.
여진 (망설이다) 외장하드요. 병원 CCTV.
팀장 없어? 이상하네. 거기 너나 찍혔겠지 뭐 없을 텐데? (같이 찾기 시작)
여진 (팀장 보는데)
팀장 쫏, 미안하다. 나도 서장님이 그 정도일 줄은..
여진 .. 누군들 알았겠어요. (계속 찾는)
팀장 (여진 보는데, 말투와는 달리 눈길은 곱지 않다)
여진 아, 벌써 버렸나? (허리 펴는)
팀장 (얼른 눈 돌린다)

36. 서부지검/조사실 - 밤

홀로 앉은 서장, 퀭한 눈에 넋이 나간 표정. 벽면 유리 보면, 자기 몰골만 보이는..

37. 동/3부장실 - 밤

3부장 현역 서장인데 꼭 이렇게 했어야 했냐.
시목 현장에서 안 잡았으면 놓쳤습니다. 구속은커녕 기소도 중지시켜줄 배후가 있잖습니까.

3부장	.. 암만 그래도 경찰한테서 목격자를 빼내갖고 숨겨?
	경찰도 엄연히 수사권이 있는데 그런 식으로 하면 서로 척만 져.
시목	부장님께서 피해자와 부적절한 관계를 맺고 경찰이 그 증거를 확보했다면
	그쪽에선 저희한테 피해자를 내주겠습니까? 마찬가집니다.
3부장	내가 누구랑 뭘 해? 이게 예시를 들어도 지 상사를.
	나한테 보고했어야지!
시목	(전화 울린다. 3부장 보면)
3부장	타이밍 하고... 뭘 쳐다봐, 받어!
시목	(전화 받는) 네 경위님. (사이) 병원에서 봅시다. (끊는)
3부장	서장은 애들 안 주고 내가 맡을게. 그리고 너무 송사리 엮듯 하지 마.
	1부장까지 영장 청구했다며. 내가 그 애길 판사한테 들어야겠어?
시목	친구시니까요.
3부장	(시목 흘기다) 구속 말곤 방법 없는 거야?
시목	여기저기서 많이 받았습니다. 1부장님.
3부장	(한숨) 쉬엄쉬엄해.
시목	(목례하고 나간다)
3부장	(파일 챙긴다) 부담스럽게 서장을 데려와...

38. 동/조사실 - 밤

서장. 불안하고 초조한데, 3부장 들어온다.

서장	전화 한 통 씁시다.
3부장	(딱하고 한심한. 지키던 직원에게) 내드려.
직원	(압수해서 옆에 놨던 서장 전화를 준다)
서장	(얼른 받아 들고 창준에게 거는)
3부장	(누구에게 거는지 액정 지켜보지만 말리지 않는다)
서장	(통화 연결음이 천년처럼 느껴지는데)
창준 F	(받자마자 서장이 입을 떼기도 전에) 너 지금 어딨는지 알아.
서장	!

창준 F 내 말 잘 들어, 넌 이미 끝이야. 입 닥치고 혼자 가.

아니면 니 가족이 다쳐. (전화 끊긴다)

서장   (눈앞이 캄캄하다)

3부장 .. (서장에게서 핸드폰 가져온다. 창준이 뭐라 했을지 안 봐도 알겠다)

39. 동네 병원/2인실 - 밤

침대에 누운 가영, 잠에서 깨 뒤척이면 주변에 여진, 윤과장, 실무관 섰다.

가영   (불편하고 무서운..) 엄마..

여진   어머님 의사선생님이랑 얘기 중이세요.

가영   ... (손 뻗어서 물 마시려는)

여진   (얼른 집어준다)

병실 문 열리고 시목과 가영母가 같이 들어온다.

여진   의사가 뭐래요?

가영母 맨날 똑같은 소리네요..

윤과장 서장은요?

시목   구속이요. (가영 상태 눈으로 확인한다)

가영   (마시다 기침하면 실무관이 입 닦아주고)

윤과장 (실무관에게) 고생 많으셨겠네요. 알았으면 교대라도 해드릴걸.

실무관 아녜요.

시목   교대자 곧 옵니다. 오늘 밤만 버티세요.

실무관 (아니라고 해놓고 얼굴 확 밝아지는) 네!

여진   이만 가죠. 보호자나 환자나 많이 시달렸는데.

시목   (핸드폰에서 뭔가 찾더니 가영에게 가서는) 오늘 힘드셨죠? 무섭고?

사람들, 웬일로 시목이? 해서 쳐다보는데,

시목	오늘 같은 일 없으려면 빨리 기억해내야 합니다. (핸드폰 보여주는) 이 사람 압니까? 서장 알아봤으니까 이 사람도 기억할 수 있죠?

가영母 비롯한 주변 사람들 핸드폰 들여다보면,
〈핸드폰 액정〉 - 시목 핸드폰에 저장된(3회 S#70), 단체사진에서 확대한 창준이다.

가영	(잠이 덜 깼는지 멍하니 보기만)
시목	떠올려보세요. 그래야 하루라도 빨리 안전해집니다.
가영	(가물가물..)
시목	뭐라도 기억해요. 뭐든 됩니다.
가영母	그만 좀, 아까도 이분(윤과장) 차에서 애가 경기를 심하게 해서..
여진	경기를 해요? (윤과장 보면)
윤과장	지하주차장에 숨어 있을 때, 병실 밖은 첨이라 그랬는지 좀, 예.
여진	(시목 잡는. 가영母에게) 쉬세요. 고생 많으셨어요. (가자는 신호)

윤과장도 여진 따라 문으로 향하고 시목도 이젠 갈 태세인데,

가영	공..
모두	(돌아본다)
여진	(가영에게 온다) 뭐라고요?
시목	(가영에게 시선 고정된) 공.
가영	... 공. 칠...
여진	공, 칠?.. 공칠이요? 숫자? (가영 손에 펜 쥐어주는) 써봐요, 네?

여진, 얼른 수첩 펼치고 가영 손에서 펜이 떨어지지 않게 잡아주면,
가영, 힘없는 손이지만 숫자 0과 7 비슷하게 쓴다.
이것만으로도 힘들었는지 손에서 힘 빠지는 가영, 눈 감는다. 더 이상은 반응 없는.
사람들, 그래도 그냥 갈 순 없는데,

실무관	어차피 전 계속 있을 거니까 제가 살짝살짝 물어볼게요.
윤과장	그러시죠. 너무 다그치면 오히려 안 좋을 것도 같고..

시목,.. 문으로 몸 돌린다. 여진과 윤과장도 나가고,

가영	추워..
실무관	추워요? (목까지 이불 덮어주자)
가영	(힘없는 동작이지만 이불을 막듯이 잡는다)
시목	.. (병실 나가면서 문 옆에 난방 작동기 온도 체크하면 28도다)

40. 동네 병원/복도 – 밤

여진	공, 칠.. 뭐지..
시목	(역시 생각에 빠져서 가는)
윤과장	번호인가? 주소? (시목 보는데)
시목	.. (마음의 소리) 공, 칠... 왜 숫자를 봤을까.. 무슨 의미일까...

41. 한남동 집/거실 – 밤

창준妻, 2층 계단에서 내려온다.
곧 윤범 들어오고, 그 뒤로 술 취한 창준 부축한 우실장 들어온다.

우실장	(창준妻에게 목례하고 창준 안다시피 해 2층으로 오른다)
윤범	(방으로 가는데)
창준妻	좋은 일 있었나 봐요?
윤범	좋은 일? 남자들 술은 반이 근심이란 말 몰라?
창준妻	무슨 일 있었어요? 왜요?
윤범	(쳐다보다 소파에 가 앉는다)
창준妻	(따라 앉는)

윤범	너 나 모르게 벌린 일 있으면 지금 말해. 내가 알아야 수습을 하지.
창준妻	(눈동자 살짝 흔들리지만 태연하다) 뭘 그런 일로 정색을 하세요.
윤범	단숨에 알아듣는 거 보니까 마음에 걸리긴 걸렸나 보네?
창준妻	저이한테도 얘기했어요? 출국금지 이유가 뭔지?
	아빠가 모를 린 없을 텐데.
윤범	질투에 미쳐서 여자앨 죽이려고 했다고?
창준妻	(싸늘히 웃는) 제가 보고 자란 게 있는데 질투는요.

우실장 내려온다. 윤범 부녀에게 목례만 하고 나간다.

창준妻	누가 들으면 진짜 내가 뭐라도 한 줄 알겠다. 아빠 괜찮으신 거죠?
윤범	나아?
창준妻	그 여자애한테 아빠도 만만치 않게 신경 쓰고 계시잖아요.
윤범	당연하지, 그런 애 하나 때문에 니 남편 지금 무너지면 손해가
	얼만데? 감투 씌워준 값 하려면 아직 멀었어.
창준妻	(쳐다보다... 비단 스치듯 일어나 계단으로 간다)
윤범	이서방도 바라는 바야, 넌 니 남편이 야망도 없는 사람 같니?
창준妻	주무세요. (올라가는)
윤범	(혀를 차는) 지 남편을 저렇게 몰라, 그러니 바깥으로
	(하다 찌푸린다. 골치 아프다)

42. 동/2층 방 - 밤

화려한 침구 속에 술에 취해 잠든 창준. 와이셔츠에 넥타이 맨 채다.
창준妻, 방금 전 윤범과 얘기할 때완 달리 창준 보는 얼굴은 원망이 서렸다.
그래도 옆에 앉아 넥타이 풀어주는데, 돌연 멈추는 손.

Flashback〉 - 여진이 내민 사진 속 민아, 젊음의 상징 같은 초록빛 미소.

창준妻, 생각난 거 자체가 끔찍하다. 고개 내젓다 남편 쏘아보는데 눈이 무섭다.

내 옆에 누운 이 남자가, 딴 여자랑 놀아났을지도 모른다...

창준   연재야..

창준妻   !...

창준   (뒤척이다 눈 뜬다..) 연재야 미안하다..

         ... ... (창준妻 품에 고개 떨군다. 눈 감는다. 다시 잠드는 듯한데)

창준妻   .. 말을 해 뭐가 미안한지, 나한테 뭘 잘못했는지.... ... ... 하지 마.

43. 중앙지검/특임 사무실 - 밤

실무관 빼고 모두 모인 특임팀. 화이트보드에 크게 쓴 0, 7을 윤과장이 지우고 있다.

여진   간호사도 관리 소홀로 몰릴까 봐 쉬쉬하다가 그냥 넘길 수가

         없었나 봐요, 상식적으로 호흡기가 저절로 떨어질 린 없잖아요.

         이연재 진술하고 비교해도 일치하는 면도 있고.

장형사   이 와중에 살인미수까지 있었단 거예요?

계장   누군데요? 미스코리아 사모님 말고 병원에 있었단 사람이?

여진   이연재가 분명히 중환자실에서 누굴 본 거 같긴 한데...

정본   물어보죠? 누굴 봤냐고?

여진   댁이 가영이 호흡기 뗐지? 하면서 막 몰아가고 있는데

         갑자기 혹 치고 들어오니까 누굴 봤어? 그럴 수가 없더라고요.

장형사   말리는 거죠 그럼 검사장 아니 그 뭐냐 수석 와이프한테,

         내가 아니라 딴사람이 그랬다, 그 여잔 그 의도로 말한 건데.

여진   예, 나부터 용의자를 갑자기 목격자로 인정해버리는 게 되니까.

윤과장   없는 사람 봤다고 할 수도 있잖아요?

         CCTV 체크 못 한 거 눈치챈 거 같다면서요.

여진   ...

시목   마음에 걸리는 게 있습니까?

여진   .. (고개 들어 사람들 본다)

Flashback〉- S#2. 한남동 집/2층 거실 - 낮

창준妻   (빤히 보다가) 못 봤지?

그 말에 창준妻를 바라보던 여진 얼굴 위로,

여진 E   누가 CCTV를 없앴는지 알고서 하는 말이었어요.

창준妻   그냥 놔뒀을 리가 없지. 아마추어도 아니고.

계장   아마추어가 아니다??
여진   김경사가 하드를 통째로 떼간 게 가영이 찾으려는 걸로만 알았는데.
장형사   ?? 검사장 와이프가 봤단 사람이 김경사라고요?
시목   현재로선 서장입니다.

여진은 곤란하긴 하지만 어느 정도 짐작한 얼굴인데, 장형사는 놀란다.

장형사   아무리 서장님이 죽이려고까지야,
계장   확실히 아마추어는 아니네요? 없앨 수 있는 위치에도 있고.
윤과장   그니까 하드째로 가져간 게 김가영을 누가 빼갔는지 보려던 게
          아니고 중환자실에서 자기가 찍힌 걸 없애려고 한 거라고요?
여진   중환자실은 카메라가 없어서 거기서 뭘 했는진 안 찍히지만 거길
          출입하는 건 찍혔으니까 서장으로선 그것도 없애야죠.
정본   김가영이 없어진 거 때문이었으면 카피만 봐도 충분하잖아요 진짜?
장형사   그건 검사장 와이프도 마찬가지죠?
시목   그랬다면 김경사가 원본을 가져갔을까요?
장형사   !... ... (갑자기 버럭!) 너무들 하네 진짜!
일동   ??
장형사   왜 우리만 못 잡아먹어 안달이래요! 범인으로 치면 서동재부터

까보는 게 순서지, 피해자 전화 숨긴 게 더 수상한데!

받아먹을 거 다 처먹은 검사들은 왜 안 건들고!

정본　　아니 오늘만 봐도 서장님이

장형사　그게 죽으려고 했단 뜻은 아니잖아요! 처음부터 우리 서에서 고문을

　　　　했네 뭐네 찌른 것도 둘이(시목, 정본 싸잡아) 짜고 그런 거고!

여진　　내가 했어요, 내가 찔렀어!

장형사　!... ... 야, 경위님 진짜 대단하시네. (외투 낚아채며)

　　　　나중에 제 뒤도 한번 캐시죠! 뭐가 나오나! (나가버리는)

정본　　장형사님!

계장　　납치하면서까지 입 막으려고 한 사람 의심할 수도 있지, 왜 저런대?

시목　　.... (장형사 나간 쪽 보는 눈에 의혹 스치는)

44. 중앙지검/복도 - 밤

복도를 픽픽 걸어오는 장형사, 뭐가 뭔지 모르겠다.

Insert〉- 10회 S#54 중앙지검 회의실 이후의 상황.

전화 중인 장형사, 여진 노트북으로 동영상 첨부해서 서장 메일로 보낸다.

장형사　**(전화) 메일로 보냈습니다.**

　　　　(하며 다른 메일 창 여는데, 똑같은 파일이 이미 첨부된 메일 화면)

서장 F　**잘했어, 이걸론 아무한테도 피해 안 가. 고맙다 장건.**

장형사　**(얘기 들으며 '내게 쓰기'로 눌러 자기 메일 주소로도 보내는) 네.**

장형사　내가 무슨 짓을.. (한 건가 싶다. 혼자 화를 내며 가버린다)

45. 여진의 옥탑방/옥상 - 밤

달이 휘영청한 옥탑방.

46. 여진의 옥탑방/마루 - 밤

수첩에 0, 7을 반복해서 쓰는 여진, 정자로도 써보고 흘림체로도 써보고
장식도 해보고. 들여다보며 고민...

47. 중앙지검/특임 사무실 - 밤

윤과장　(텅 빈 사무실에서 홀로 생각) 공, 칠...

48. 시목의 아파트/안방 - 밤

시목　(전화 중) 우리 가고 나서 무슨 말이든 한 거 없습니까?
실무관 F　가시고 나서 바로 잠들어서요, 땀을 많이 흘려서 그런지 축축하다고
　　　　그 한마디 했나? 전혀 얘기 없었어요.
시목　알겠습니다. (끊는..) 축축하다... 춥고, 축축하다...

Flashback〉- S#39. 동네 병원/2인실 - 밤
가영이 춥다고 하자 이불을 끝까지 덮어주는 실무관, 이불을 막듯이 잡는 가영.
그때 냉난방기에 표시됐던 온도, 28도.

시목　(전화 온다. 발신자 서동재. 받는) 네. .. 내일 회사에서 뵙죠. (끊는)
　　　(마음의 소리) 추운데 왜 이불을 거부했을까. 28도가 추웠을까..

창가로 가는 시목, 창밖 바라보며 생각에 빠진다.
카메라, 그 모습에서 천천히 뒤로 빠진다.

49. 서부지검/앞마당 - 아침

동재, 새 차 세워놓고 직원과 얘기한다.

직원 저희 차량 교환 프로그램을 이용해주셔서 감사합니다, 서동재님.

동재 (직원이 가져온 다른 새 차 보며) 타던 찬데 정말 교환 맞죠?

직원 그럼요. 교환 맞습니다. (키 주면)

동재 (원래 차 키 주고 새 차 살핀다) 아니 뭐 하자가 있어서 바꿔달란 건
　　　아니고.. 이 정도는 돼야지. 오케이!

50. 동/식당 - 아침

시목 TV 근처 자리에서 혼자 식사 중인데, 식판 놓고 앞자리에 앉는 동재.

동재 어젯밤에 한 건 했더라? 여잔 완전 깨어난 거야? 범인 누구래?

시목 (동재 쳐다보고 다시 밥 먹으며) 소식 빠르시네요.

동재 나 서부지검 서동재 검사야. 회사에서 일어나는 일을 내가 모를까 봐?
　　　오늘이 마지막이긴 하지만.

시목 어디 가십니까? 멀리는 안 되는데요.

동재 어쩌냐, 나 제일 멀고도 높은 데로 가는데? 블루하우스로 가거든.
　　　수석님이 나 직접 뽑았어.

시목 만나시자 한 용건은요?

동재 (주위 살피고 낮은 목소리로) 이회장 일 벌렸다.
　　　구중궁궐에서 4자회담. (밥 먹으며 뜸 들이다) 확 땡기지?

Flashback〉- S#31. 한옥 레스토랑/별관 앞
**잔디밭에서 인사하는 창준, 윤범, 조회장, 남자1을 동재가 문 너머로 살피는 모
습.**

시목 E **검사장, 이윤범. 나머지 둘은요.**

동재 E   **하난 더반그룹 조회장. 또 하난,**

동재   이야... 난 상상도 못했다?
시목   (보는)
동재   일단 내 영장부터 철회해. 절대 밑지는 장사 아냐 너.
시목   갑자기 철회하면 한조에서 의심할 텐데요.
동재   (생각해보니 그런 것 같기도 하지만) 그러다 진짜
시목   구속 정돈 막아주겠죠, 정말 필요하면. (일어설 준비)
동재   가려고? 후회할 텐데.
시목   (보면)

Insert〉- S#31. 한옥 레스토랑. 동재, 문가에 몸 숨기고 휴대폰 검색 중이다.

동재   **('국방부장관' 치고 검색하는데 사진 뜨면, 눈앞에 남자1이다) 맞네!**
        (하다) 웬 국방부?

동재 E   **한조랑 국방장관이야. 거기다 더반 조회장까지. 신선하지?**

시목   한조에 더반그룹이면, 저건데요?
동재   (옆을 보면)

TV에서 '마라톤 협상으로 약탈 문화재 반환 이끌어내' 자막과 함께,
〈화면〉- 커다란 옛 그림 앞에서 손잡은 이윤범, 조회장, 그리고 남자2(마츠
야마).
자막, '마츠야마 그룹, 이창준 수석비서관 중재로 반환 결정'으로 바뀐다.
동재, 마츠야마를 어디서 봤더라?? 하다가,

Insert〉- S#31. 한옥 레스토랑. 마당 안으로까지 들어온 동재,
이리저리 한옥 살피지만 창준 일행이 어디 있는지 알 수 없는데.
남자2가 수행원을 대동하고 들어온다. 별생각 없이 스치는 남자2와 동재.

동재	(생각나는!)
시목	(동재 표정 변화가 보이는. 동재 시선 따라 TV 화면 다시 보는..) 마츠야마까지 5자회담인가요?
동재	!... 내가 핵심만 골라 봤네, 이제 보니.
시목	다른 핵심도 부탁드립니다. 수석님과 박무성에 관한 걸로요.
동재	내 입으로 어떻게 먼저 박무성을 꺼내?
시목	이제 그 생각은 완전히 버리신 건가요?
동재	?
시목	전에 모시던 분을, 살인범으로 의심하셨죠.
동재	...
시목	그분을 다시 모시게 됐는데요, 궁금하지 않으십니까? (일어난다. 목례. 식판 들고 나가는)
동재	....

51. 수석비서관실 – 아침

창준, 자리에 앉았고 파일 든 동재, 인사한다.

동재	계속 모시게 돼서 영광입니다.
창준	음. (나가보란 손짓)
시목 E	**전에 모시던 분을, 살인범으로 의심하셨죠.**
동재	... (창준 보는)
시목 E	**그분을 다시 모시게 됐는데요.**
동재	저 그런데, (다가와서 작게) 김가영이 깨어났습니다. 죄송합니다, 제가 먼저 알아보고 말씀 올렸어야 했는데. (떠보는) 어떻게 할까요?
창준	괜찮겠어?
동재	예?
창준	전에 내가 해코지할까 봐 걔 보호해주려고 했다며. 나한테 알려주면 기껏 깨어난 사람 위험한 거 아냐?
동재	무슨 말씀을, 그거 황프로가 지어낸 말이에요, 물론 그런 말 자체가

수석님 귀에 들어가게 한 건 제 불찰입니다, 송구합니다.

창준　(고개 돌린다)

52. 동/참모실 – 아침

동재　(수석실에서 나와 문 닫고. 혼잣말) 본전도 못 건졌네..

비서　(유선전화 잡고, 동재에게) 정문에 영은수 검사가 와 있다는데요?
서비서님 만나기로 했다고.

동재　영은수가요? .. 예, 로비에서 기다리라고 하세요.

비서　(전화) 들여보내주시고요, 로비로 가라고 하세요.

동재　무슨 일이지? (파일도 놓고 머리도 만지고 옷매무새도 만지는데)

벌컥 문 열고 들어오는 은수.

동재　어? 기다리라고

은수, 곧장 수석비서실로 간다. 비서, 놀라고 동재, 놀라서 잡지만,
은수, 뿌리치고 문 밀어버린다.

53. 동/수석실 – 아침

창준　(책장에서 서적 꺼내다 쳐다보는)

은수　(성큼 들어선다) 검사장님이죠? 검사장님이 그랬죠!

동재, 비서, '야, 영은수!' '영검사님!' 하며 은수 끌어내려 하지만,

창준　(낮고 여유롭게) 수석님.

그 말에 동재와 비서, 창준 본다.

은수, 뚫어져라 창준 노려보고 섰으면 동재와 비서, 은수에게서 살짝 떨어져 선다.

은수   재심 청구 기각시키신 거, 수석님 맞죠?
동재   !
창준   (표정 변화 없는)
은수   영일재 전 장관 뇌물수수 사건 재심 청구 기각됐습니다.
동재   (눈치 살피며) 넌 그걸 왜 여기 와서 이러니? 사법부로 가야지!
창준   그런 일이 있었나. (책장으로 몸 돌린다. 찾던 서적 찾는)
은수   전, 3년 전 대한민국 사법부가 한 나라의 법무장관이자 모두의 존경을
          받는 법조인에게 저지른 잘못을 사죄할 기회를 버렸다고 생각합니다.
          권력의 힘에 의해.
창준   (태연하게 책장 넘기는)
은수   (눈물 그렁한 채) 이 자리에서 말 몇 마디로 사람 인생 좌지우지하니까
          신이 된 줄 착각하시나 본데... 어림없습니다.
창준   내가?
은수   (너무 분해서 눈물이 넘친다)
창준   (세상 귀찮은 얼굴로 데리고 나가라 고갯짓하면)
비서   (은수 잡는데)
동재   (비서 제지한다) 영은수 검사, ...니 발로 나가.

은수, 너무 속상하고 분하지만... 입 꽉 다물고 고개 쳐든 다음 창준에게 90
도 인사.
허리 바로 펴고 180도 돌아서 제 발로 나간다.

54. 동/참모실 – 아침

수석실을 나온 은수, 눈물이 봇물 터지듯 터진다.
여기가 어디든 누가 듣든, 소리 내어 가슴속 울분을 토해내며 운다.
이렇게 우는 후배를 혼낼 수도 없어 막막히 그 앞에 선 동재,

비서가 뽑아준 휴지를 건네받아 은수에게 준다.
은수, 어떻게든 눈물을 막으려 하지만 소용없는데,

비서   (내선전화 울리자 받는) 네. ... (전화 끊고) .. 시끄러우시다고..
동재   !...
은수   (이 악물고 소리 죽인다. 손등으로 거칠게 닦고 나가버린다)
동재   (쫓아 나가는)

두 사람 나가면, 비서 옷매무새 단정히 하고 자리에 앉는다. 업무 복귀.
잠시 후 들어오는 동재, 수석실 문 봤다가 양비서 봤다가..

동재   (꼬는) 양비서도 신임이 대단했나 보네. 여기까지 데려오시고.
비서   (간단히) 감사합니다.
동재   .. (제 자리로 간다. 기분 좋을 리 없는. 앉아서도 수석실 꼬나보는데)
비서   (인터폰 울린다. 받더니) .예. (가서 문 열고 정자세로 대기한다)
        이회장님 오십니다.
동재   (빠르게 비서 옆에 와 서는)

곧바로 들어오는 윤범, 그 뒤로 우실장도 들어선다.
창준도 수석실에서 나오고, 비서와 동재 고개 숙여 인사한다.
곧장 수석실로 들어가는 윤범, 따르는 창준.
우실장, 수석실 문 닫고 그 앞에 선다. 비서는 찻잔 챙기는데,
책상에 앉은 동재, 노트북 켜다가 잠깐... 노트북 위로 재빠르게 굴리는 눈.
우실장과 비서 사이를 가늠하다가.. 책상 밑으로 핸드폰 꺼낸다.
무음으로 바꾸고 녹음 버튼 누른다.
비서, 트레이 들고 오면 동재, 핸드폰을 양복 옷소매 안에 넣어 감추고 일어
난다.

동재   (트레이 뺏듯이 가져가는) 내가. (수석실로 가는)
우실장   (동재 살피는 눈길. 노크하고 문 열어준다)

55. 동/수석실 – 아침

윤범   (서서 수석실 둘러보는) 괜찮네.
창준   전에도 와보셨잖습니까?
윤범   남에 집하고 내 집하고 같나? 이 방 차지하려고 뿌려온 거름만 얼만데.
        (힐끗) 자네 집이지?

        동재, 들어선다. 뒤에 우실장이 안을 못 보게 문 꼭 닫는데, 다시 문 여는 우
        실장.
        정중히 인사한 동재, 소파로 가 찻잔 놓지만 머릿속은 핸드폰을 어디에 둘까
        바쁘다.

윤범   (알면서 놀리는) 이 친구가 왜 여기 있어?
동재   아 저 그게,

        하지만 말만 던져놓고 눈길 거두는 윤범, 창준도 동재 안 쳐다본다.
        동재, 뒤에서 우실장만 안 보면 핸드폰 심어놓긴 식은 죽 먹기겠는데..
        찻잔 다 놓고 넙죽 인사하다 트레이 놓친다. 이때 트레이 밑에 깔려 함께 바
        닥에 떨어진 핸드폰을 재빨리 소파 밑으로 차 넣고 트레이만 주워 일어난다.

동재   죄송합니다, 이런 일은 처음이라. (도망치듯 나간다)

        우실장, 동재 나가는 뒤로 문 꼭 닫으면 윤범, 본인 핸드폰을 창준에게 준다.
        받아 든 창준, 오디오로 가 음악 틀고 제 것과 윤범 핸드폰을 스피커 앞에
        놓는다.

윤범   (핸드폰에서 최대한 멀리로 가며) 방 점검은 하고 들어왔지?
창준   (윤범에게 가) 예.
윤범   요즘은 도청 앱이니 뭐니 쥐새끼들이 많아서, 여기도 수시로 점검해.
창준   예.

윤범   자 그럼, 무기선진화를 이뤘으니 이제 대한민국 금융선진화를 이뤄볼까
          하는데. (창준 보며 빙긋 웃는)

cut to. 소파 밑 녹음 중인 동재 핸드폰. 그 위로 흐르는 클래식 음악은 더
고조되고.

창준 E   유크레인 쪽은 벌써 끝내셨군요?
윤범 E   내가 말만 하는 거 봤나, 수입만 하면 다 끝나.

cut to. 윤범과 얘기하는 창준.

윤범   유크레인공화국에서 만든 걸로 서류만 갈아 끼우면 돼.
          입찰만 하면 국방부에서 그 업체로 선정하기로 다 해놨으니까.
창준   무기 도입이 군사기밀이란 게 이럴 땐 축복이네요.
          비밀유지가 절로 되니.
윤범   진짜 축복은 따로 있지, 이 나라가 분단국가라는 거. 어떻게 된 게
          물건이고 무기고 무조건 비싸고 첨단인 것만 찾아. 값싸고 튼튼한 건
          판대도 싫대. 마츠야마만 해도 봐, 우리나라 무기 시장을 지 손금 보듯
          들여다보고 있는 거야, 일본이 무기시장 빗장 풀린 게 현 정권 들어선
          다음인데 대체 언제부터 준빌 하고 있었단 거야? 야 일본놈들 역시
          스바라시이!
창준   그런 데서 가장 먼저 접촉한 상대가 장인어른이란 것 역시 장인어른의
          레벨을 입증하는 거 아니겠습니까.
윤범   흠, 내 레벨만 그럼 뭘 해, 한 나라에 저 방사청장이란 인간부터도,
          메이드 인 저팬을 메이드 인 유럽으로 둔갑시켜주겠다는데 아무도 막는
          인간이 없어, 맨날 수십조 원 주고 사온 게 버튼이 안 눌러지네,
          그런 게 다 이래서야. 그런 면에서 이서방 자네가 이번에 큰일 했어.
창준   저야 앉아만 있었는데요.
윤범   수석이 앉아만 있어도 국방부나 방위사업청엔 큰 압박이지.
          마츠야마는 일본에서도 최고야, 어차피 방산비리는 누가 와도 못 끊어,
          그렇다면 그 안에서 최고의 결과를 뽑는 게 애국이야,

자네하고 내가 이 나라 방어체계를 진일보시킨 거야.

창준 기회를 주셔서 감사합니다, 장인어른. (자랑스러움이 빛난다)

56. 중앙지검/특임 사무실 - 낮

며칠 만에 출근한 실무관을 둘러싼 특임팀, 다들 인사한다. 장형사만 없다.
병원에만 있었다더니 살쪘다는 정본의 얼척없는 소리에 실무관, 화내기도 하고
다들 둘러서서 화기애애한데,

시목 (혼자 일감 정리하다 정본에게) 아침 뉴스에 나온 약탈 문화재,
반환 경로를 아는 NGO들이 있는지 체크해줘.

정본 문화재도 특임이랑 상관있어?

시목이 일 얘기하자 주섬주섬 각자 자리로 가는 사람들.

시목 마츠야마 기업에 대해서도 나와 있는 정보들 전부 모으고.
실무관님, 자료 번역 부탁드립니다.

실무관 예.

정본 아하, 실무관님 일어 잘하시는구나?

계장 (파일 시목에게 주며) 박무성이 브로커 노릇 해서 공무원들하고 연줄
이어준 업체들인데요, 전 오늘 이 업체들 쭉 돌고 오려구요.

시목 예.

윤과장 전 오늘 영장 집행합니다.

시목 그럼 부탁드립니다.

모두들 수고하십쇼, 이따 봐요, 하고 나간다. 실무관과 여진, 시목만 남는데,

시목 전 후암동 들렀다가 한남동 갑니다.

여진 후암동 박무성씨 댁이요? 왜요?

시목 어제 범인에 대해서 뭐든 생각해내라고 했을 때 김가영이 춥다고

한 거 기억나요?

실무관/여진   (떠올리는데)

Flashback〉– S#39. 동네 병원/2인실 – 밤
가영이 춥다고 하자 이불을 끝까지 덮어주는 실무관, 이불을 막듯이 잡는 가영.

시목   춥다는 사람이 이불을 덮어주니까 내리려고 했어요.
         말하던 당시가 추웠단 얘기가 아닐 수 있어요.
         실무관님, 우리가 간 다음엔 축축하다 했다고도 했죠?

실무관   예.

시목   실제로 축축했습니까? 시트가?

실무관   그래서 갈아주려고 만져봤는데 그렇지는.. 아뇨.

여진   춥고, 축축하다...

시목   (나간다)

57. 동네 병원/2인실 – 낮

블라인드 내려진 병실, 가습기의 뿌연 수증기 잠든 가영의 얼굴 쪽으로 날리는 위로.
가영, 악몽을 꾸는 듯 힘겨워 보이는 얼굴.

58. 중앙지검/복도 – 낮

여진   (쫓아 나와) 그래서 지금 가는 데가

시목   춥고 축축한 데요.

여진   ... (걸음 빨라진다)

59. 동네 병원/2인실 – 낮

잠에서 깨어나지 못하는 가영, 감긴 눈꺼풀 속에서 눈동자 쉼 없이 움직이며 꿈속에 갇혀 이리저리 고개 돌리며 괴로워한다.

cut to. 가영의 꿈
어둡다. 어딘지 알 수 없다. 다만 희미하게 들려오는 쿵쿵거리는 비트소리.
금세라도 덮쳐올 듯한 어둠의 공포.
찰나의 순간 검은색으로 뭔가가 쓰여 있는 허여멀건한 것이 눈앞으로 확 들어왔다 사라진다.
(허여멀건한 것은 사람의 어깨. 그러나 분간이 안 가게 순식간에 스쳐간다)

60. 동/2인실 - 낮

가영, 괴로워한다.

61. 무성의 집/지하실 - 낮

지하실에 들어서는 시목과 여진.
음악소리도 사라진 지하실, 쿵쿵 소리가 울렸던 천장에서 시선 돌리는 시목과,
그 옆에 여진, 사방을 360도 둘러보는 데서 엔딩.

12회

넌 못해. 넌 나를 여기 세울 수 없어, 죽어도.

내 생전에, 니 앞에 내가 피고로 서는 일은 없어.

1. 무성의 집/마당 - 낮

조용한 마당. 서늘했던 겨울 느낌이 아직 있지만 여기저기 가지엔 새순 돋는다.
대문 열린다. 여진과 시목이 들어온다.

경완   (현관에서 신발 끌며 나온다)
여진   (반쯤 손 올리며 익숙한 인사)
경완   (여진에겐 낯익은, 시목에겐 어색한 인사)
시목   (짧은 눈인사 후 지하실로 돌려지는 시선)

낡은 지하실 문. 무겁게 닫혔다.

2. 동/지하실 - 낮

낮인데도 어둡고 음습한 지하실. 시목과 여진 들어온다.
두 사람, 어둠이 익숙해질 때까지 기다렸다가 주위를 쭉 돌아보는.

여진   (찬 기운에 팔 문지르게 되는) 써늘해..

시목	(바닥에 손 대보는) 축축하고.
여진	현장점검 때 뭘 놓쳤나?...

갑자기 불 탁 켜진다. 입구에 경완이가 불 켜버렸다.
갑작스런 빛에 설핏 찡그리는 시목, 둘러보면 여기저기 버려진 살림살이들.

경완	(들어온다. 지하실을 새삼 둘러보는데)
시목	집에 올라가서 시끄러운 음악 좀 틀어볼래요. 핸드폰으로.
경완	음악이요? (시목 보다가.. 돌아서 나간다)
여진	(지하실 바닥을 보며) 여기 어디쯤 있었을까요, 가영이가..
시목	(같이 보는데)
소리 E)	쿵쿵. (위에서 들리는 음악소리)

시목, 여진, 천장 올려다본다. 시목, 그러다 시선 내리면,

**Insert〉 - 밤낮 구분 안 되는 어두운 지하실. 의식 없는 가영이 입엔 재갈,
눈도 가려졌고 손발 묶여 쓰러졌다. 그 위로 쿵쿵 울리는 음악소리.**

시목	...
소리 E)	(대문 벨 울린다. 위에서 나던 음악 끊어진다)
여진	어머님 벌써 오셨나? 이건 모르시는 게 난데.
팀장 E	계십니까?
여진	어어? (나가는)

혼자 남은 시목, 쌓인 물건들이며 주변을 쭉 훑는다.
그 뒤로 마당에서 들리는 대문 여는 소리, 여진이 '팀장님?' 하는 소리.
시목, 팀장 소리에 잠깐 돌아봤다 고개 돌리다가 멈춘다. 뭔가에 고정된 시
선.

3. 동/마당 - 낮

팀장, 문 열어준 게 여진이라 당황스럽다.

여진　웬일이세요?
팀장　(여진 뒤로 마당 중간에 굳은 얼굴로 선 경완 보지만) 넌??

4. 동/지하실 - 낮

팀장　(여진과 들어오는) 여기 납치돼 있던 거 같다고?
　　　지하실 다 훑었었는데 암것도 안 나왔었.. (시목 보는)

지하실 한가운데 바닥에 무릎을 대고 앉아 머리를 거의 바닥에 닿게 기울인
시목, 문 쪽을 주시하고 있다.

팀장　(저 자세는 뭔가.. 같이 머리 기울이는데)
여진　(이젠 별로 이상해하지 않는) 왜요?
시목　(허리 펴고) 거기요. (입구 쪽에 쌓인, 버려진 살림살이 가리키는)

여진 보면, 살림살이 중간에 한 장씩 뜯어 쓰는 일력이 삐져나와 있는데,
숫자 7이 제일 윗장에 선명하다. (문 쪽이 아닌 벽을 향해 삐져나온 일력)

여진　어 7!
팀장　(일력 봤지만 뭔지 모르는) 왜? 뭐?
여진　거기 쓰러져 있을 때 봤나?
시목　(다시 머리를 바닥으로 기울이지만) 여기선 안 보이는데요. (일어난다)
팀장　뭐가?
여진　(문으로 드나들 때 봤을까? 싶어 문을 들락날락하며 일력 보는)
　　　가영이가 공, 칠이라고 했어요. 범인에 대해서 물으니까.
팀장　공칠? 숫자? 이거 7? 공은 어딨어? (둘러보다) 그런 게 있음 진작
　　　말했어야지! (바로 전화 꺼내 단톡방에 올리는)
여진　저희도 어젯밤에 알았어요. 문에서도 일부러 봐야나 보이네?

(지하실 문 앞에 쪼그려 앉아서 보지만) 이래도 안 보이고..

갸웃하는 여진, 무릎 짚으며 일어나려다 주춤!... 도로 앉는다.
휴대폰에 플래시 켜서 계단 턱을 비춰보는.

팀장　왜 뭐 있어?

시목　(옆에 와서 들여다보면)

계단 턱 부분에 아래가 선명하고 위가 흐려지는 긁힌 자국이 일정한 간격으로 세 줄 나 있다. 여진, 긁힌 자국을 만져보는.

여진　뭐에 긁혔지.. 아래서 위로 끈 자국인데..

시목　쇠가 달린 걸로.. (긁힌 자국 난 계단 위에 올라선다. 뭔가 무거운 걸 계단 아래에서 위로 잡아끄는 시늉) 쇠장식? 바퀴 달린 가방?

팀장　바퀴? 저런 거요? (버려진 살림살이들 사이에서 아줌마들이 마트에 끌고 다니는 바퀴 2개짜리 녹슨 카트 가리키는)

여진　(카트 봤다 긁힌 자국 본다) 이건 자국이 세 갠데..

시목　(계단 내려오며 핸드폰에 '바퀴 여섯 개 가방' 입력하고 이미지 검색한다) 이 정도로 긁히려면 무게도 꽤 됐겠네요.

Insert〉 - 휴대폰 화면. 포털 사이트 이미지 창에 바퀴 6개짜리 커다란 이민가방 사진이 쭉 뜬다. 사람도 들어갈 수 있을 정도로 큰 가방들.

여진　(일어나 시목의 휴대폰 같이 들여다보다) 이민가방?

시목과 여진, 둘 다 뒤돌아보는 곳은,
S#2 Insert에서 가영이 손발 묶여 있던 그 자리다. 하지만 가영은 없고 이번엔,

Insert〉 - 지하실 한가운데 놓인 커다란 이민가방. 천으로 된 가방 표면이 안에 든 것(사람)에 닿아 울퉁불퉁하다.

시목   (긁힌 자국 있는 계단 본다)

Insert〉- 밤. 계단 아래 둔 커다란 이민가방 C.U. 누군가 문을 여는 소리.
이민가방이 들리는데, 무게 때문에 바퀴 부분 쇠가 시멘트 계단을 긁는 소리
난다. 가방이 들려지고 난 다음 계단 턱엔 세 줄짜리 자국이 생겼다.

여진 E   밤이라도 사람을 그냥 끌고 다닐 순 없으니까...

여진   가방에 넣어서 옮겼겠구나..
팀장   아니 이게 그때 게 아닐 수도 있잖아요, 감식반이랑 다 봤는데?
시목   사건 조서엔 지하실에 대한 내용은 반 페이지도 안 됐습니다.
팀장   그땐 워낙 (구시렁) 위가 난리도 아녀서, 여기 들어온 것만 알았음
        자세히 봤을 것을..
시목   ...
팀장   근데 이상하네요? 가방에 넣든 아니든 왜 여기다 하루를 뒀을까?
시목   조서에 이 집을 들락대던 중학생들이 그날따라 일찍 왔다고 쓰셨죠?
팀장   여 위에 난장판 쳐놓은 양아치들이요? 에, 그랬죠,

Insert〉- 밤. 마당. 집 안에 불이 켜졌고 희미하지만 쿵쿵 음악소리, 애들 소리
난다.
화면 - 마당에 선 사람이 집을 바라보는 시선이다.
그 시선, 집을 바라보다 지하실 문으로 이동한다.

팀장 E   김가영이 납치된 날이 양아치 놈 중에 한 놈 생일이라 그날 이 집서
         파티를 했다고 했거든요. 딴 날은 보통 자정 다 돼서 뭉쳤는데
         그날만 두어 시간 빨리 왔다고요.

팀장   살인 난 집서 파티는, 겁대가리를 상실해도 유분수지.
시목   범인이 김가영을 납치해서 왔을 땐 이미 위에 애들이 있었겠죠.

Insert〉- 밤. 마당. 음악소리 울리는 집을 바라보던 시선이 지하실로 가느라 화

면 흔들린다.

팀장 E   **그럼 집 안은 벌써 양아치들이 해를 치고 있으니까 범인이 일단**
                 지하실에 여자앨 갖다 놓고 담 날 끌고 올라가서

경완 E   **찔렀나요.**

어느새 문가에 선 경완, 들어온다. 팀장 근처론 가지 않는다.

경완   그런데 왜 여기서.. 안 하고요. 그런 장소론 여기가 더 날 텐데요.

팀장   그것도 그거지만 왜 납치한 당일에 안 해치웠을까요? 양아치 놈들이야
        어차피 밑에서 전쟁이 나도 몰랐을 거고 꼭 집 안에다 묶어야 되면 쫌
        기다렸다 새벽에 그놈들 간 담에 끌고 올라갔음 됐을 것을 뭘 굳이
        담 날까지 기다렸을까?

시목   그러면 김가영이 죽으니까요.

팀장   그게 뭔 소리래요, 죽으라고 찔러놓고?

경완   (이해가 안 가서 여진 보는) 무슨..

여진   지하실에서 해쳤다간 가영이가 한참 후에 사람들 눈에 띌 수 있어,
        운 좋게 하루나 이틀 안에 발견된다 해도 과다출혈로 사망한 뒤겠지.

경완   (여전히 이해 안 가는)

시목   납치 당일에 찔러도 역시 사망입니다. 다음 날 밤에나 발견될 테니까.

팀장   .. 양아치들 간 다음에 찌르면 다음 날 밤에야 그놈들이 볼 테니까
        그동안 내내 피를 흘려서 또 사망. 거참..

경완   그니까 살려주려고 그랬다고요?

여진   음.

경완   근데 왜요? 우리 아빠한텐 왜 그랬대요?

분노 섞인 경완 목소리에 모두 경완을 본다.

경완   걘 살려주고 왜 우리 아빠 죽였대요? 왜요! 뭘 그렇게 잘못했다고!!
        (눈물이 날 것 같다. 들키기 싫어 뛰쳐나간다)

여진   (따라 나가는)

팀장	(따라 나가는데)
시목	팀장님.
팀장	네?
시목	그 애들이 파티하면서 들은 음악, 알아봐주시죠.
팀장	음악은 왜요?
시목	김가영한테 들려주면 기억이 더 빨리 살아날 겁니다.
팀장	어후 애가 놀랄 텐데?.. 뭐, 그럽시다.. (나가며)
	근데 진짜루 왜 그렇게 살려주려고 했나?
시목	...

5. 동/마루 – 낮

팀장, 조심스레 들어선다. 소파에 앉아 얘기하던 경완과 여진, 팀장 쳐다본다.

팀장	(그들 곁으로 꾸물꾸물 간다)
여진	팀장님 근데 여기 왜 오신 거예요?
팀장	(우물쭈물하다) 경완이한테 좀....
경완	(아직 팀장에 대한 두려움, 미움이 남아 고개 돌려버린다)
팀장	저기 경완아.. (무릎 꿇는다)
경완	!
여진	팀장님!
팀장	.. 지금 널 거짓말쟁이로 몰고 가는 건 서동재랑 김경사야.
	둘이서 짜고 언론에 흘렸어. 믿을진 모르지만 너한테 그리고..
	경찰로서 아니 사람으로서 내가 나 자신이 너무 부끄러웠다.
	정말 미안하다.
경완	(보지 않는...)
시목	(들어온다. 팀장 꿇어앉은 것 보고 멈춘다)
팀장	그날 내가 김경살 말렸어야 했는데.. 폭력은 아니라고...
경완	(김경사와 구분 짓는 팀장을 황당한 얼굴이 돼서 쳐다보고)
여진	(황당해하는 표정이 눈에 보이는)

팀장   니 입장에선 때린 놈이나 보고 있던 놈이나 그게 그거겠지마는..
        내가 진짜 할 말이 없어서.. 미안하다..

경완   (안방으로 들어가버린다)

팀장   경완아..

여진   팀장님 지금은 그만 가시는 게 좋겠네요. (안방으로 가는)

팀장   (기운 없이 자리 뜨는.. 푹 고개 숙인 채 시목을 스쳐서 나간다)

시목   .. (열린 안방 문 사이로 보이는 여진과 경완 보면)

여진   진짜니? 팀장님은 너한테 안 그랬어?

6. 동/안방 - 낮

경완   됐어요.

여진   그렇단 거야 아니란 거야?

경완   우리 아빤 칼 맞아 죽었어요, 나 몇 대 맞은 게 뭐가 대수예요.

여진   그 얘기가 왜 나와, 니 잘못도 아닌데.

경완   난 아빠가 싫었어요, 이해가 안 갔어요, 왜 그러고 사는지.
        죽었다는 말 들었을 땐 (울컥) 죽는 것도 미웠어요, 왜 그런 식으로,
        (눈물 참으려 하지만) 딱 하루만 아빠랑 얘기할 수 있었음 좋겠어요,
        소리 지르고 나한테 욕해도.. 좋으니까 딱 한 번만...

여진   (다독인다. 이렇게 달래주는 것밖엔...)

7. 동/마루 - 낮

마루 창가에 그날의 범인처럼 서서 밖을 보는 시목.

경완 E   인젠 안 미워한다고, 아빠가 없다는 게 어떤 건지 몰랐다고..
        혼자 그렇게.. 끝이 너무... 불쌍해요...

시목, 무성이 죽어 있던 곳을 돌아본다. 이젠 흔적도 거의 없는. 시선 거두는데,

박무성과 경완, 父子가 함께 찍은 사진 보인다. 나란히 서서 웃는 두 사람.
그 위로 퍼지는 경완의 울음....

8. 동/마당 - 낮

마당으로 내려서는 시목. 빨개진 눈으로 계단 위 현관 앞에 선 여진.

여진　(바닥을 신발코로 찍으며) ... 사실 나도 첨엔 경완이 의심했어요.
시목　(보면)
여진　지 아버지 장례식에 눈물 한 방울 안 흘리고 핸드폰만 만져대는 게...
시목　박무성은 채권자들 때문에 입을 옷도 못 챙겨 나왔다고 했죠.
여진　그게 왜요?
시목　그런데도 경완이 방엔 책이며 옷이며 웬만한 건 다 갖춰져 있었어요.
　　　　아버지랑 안 맞아서 전부터 할머니한테 와서 많이 살았을 겁니다.
여진　... (끄덕인다) 그것도 모르고 애를 무작정 의심부터 했으니..
시목　몰랐으니까요. 전 한남동 갑니다.
여진　난 어머님 오시면 좀 뵙고 갈게요.
시목　(끄덕인다. 대문으로 나가는)

9. 동/대문 앞 - 낮

시목, 차에 탄다. 그대로 잠시 앉은... 그러다 휴대폰에서 사진 하나 찾아서 보
는데,
지금 나이 대의 시목과 시목을 닮은 한 초로의 남자 사진이다. 사진 배경은
미국.
시목은 뻣뻣이 섰고 초로의 남자는 시목 어깨에 손 올렸지만 어색해 뵌다.
시목, 초로의 남자 얼굴을 확대해서 보지만 별 감흥이 전해지진 않고...
그래도 액정이 꺼져 사진이 안 보이는데도 잠깐 더 쥐고 있다가 내려놓는다.

시목	(안전벨트 매는데 전화 온다. 정본이다. 받는) 응.
정본 F	야 시목아 여기 마츠야마라는 데, 중공업 계열은 완전 군수업첸데?
시목	군수업체? 무기 만든다고?
정본 F	얼마 전에 유럽에서 되게 큰 무기박람회가 있었는데 거기도 나갔어?
시목	(시계 보는) 더 알아보고 나오는 대로 전화 줘. (끊고 출발한다)

10. 수석비서실/참모실 - 낮

우실장, 문 앞에서 꼼짝 안 하고 동재와 비서, 각자 제 할 일 하는데,
우실장, 안에서 나오는 소릴 들었는지 문 연다. 과연 창준과 윤범이 금방 나
온다.
일어나 인사하는 비서와 동재. 창준과 윤범, 우실장은 밖으로 나간다.

동재	(기지개 켜는) 우리도 식사해야지? 아차 찻잔. 먼저 가요.
	(수석비서실로 트레이 들고 들어가는. 일부러 문 열어놓고 들어간다)
비서	(넘겨보지만 지갑 들고 나가는)

11. 수석비서실 - 낮

비서 나가는 것 확인한 동재, 서둘러 소파 밑에 손을 넣는다.

동재	(생각보다 깊이 들어갔다. 더듬더듬 깊이 손 넣는)
창준 E	(벼락같은) 뭐야!
동재	!!
창준	(열린 문가에 섰다. 무서운 눈으로 다가오는)
동재	스푼이요! 아까 떨어뜨려서, (일어선다. 그새 정신 차린) 죄송합니다.
	나가신 다음에 줍는 게 예의인 것 같아서 공실일 때 들어왔습니다.
창준	들어.
동재	예?

| 창준 | (소파 가리키는) |
| 동재 | .. 예! |

바닥에 트레이 내려놓고 소파를 그야말로 밀고 드는 동재.
마침내 바닥 드러나는데 아무것도 없다.

| 동재 | 없네? 스푼이 어디로 굴러갔지? |
| 창준 | ... (책상으로 간다. 명함을 꽤 집어서 명함지갑에 채우는) |

동재, 소파를 제자리로 하는데 본 체도 않고 다시 나가는 창준.
동재, 트레이 들고 따라 나간다.

12. 동/참모실 - 낮

창준 나가는 뒤로 인사하는 동재, 문 닫자마자 숨 토한다. 트레이 뒤집어서 보면,
트레이 뒤에 딱 붙어서 엄지손가락만으로 놓치지 않았던 핸드폰.
십년감수한 동재, 의자에 털썩 앉는데... 핸드폰에 눈이 가는. 궁금하다.

동재	재벌은 무슨 얘길 하려나?.. (핸드폰에 이어폰 꽂아 녹음 들으면)
윤범 E	이 친구가 왜 여기 와 있어?
동재 E	아 저 그게,

좀 감은 멀어도 깨끗하게 들린다. 동재, 그렇지, 하다가 어??

동재	뭐야?? (조금 더 뒤로 돌려 들어보는데)
소리 E)	(클래식 음악 밑으로 들릴 듯 말 듯 창준과 윤범의 대화가 묻혔다)
동재	(낭패다! 볼륨 최고치로 다시 듣지만) 뭐라는 거야.. 크레인? .. 홍콩?

13. 창준의 차 안 - 낮

창준, 차 뒷좌석에서 서류 본다.

윤범 E   홍콩 통해서 대대적으로 투자할 거야. 신용도 올려놓고 주가 부풀린
         다음 바로 투자금 회수하면 아무리 튼튼한 은행도 흔들리게 돼 있어.
         그때 매각하면 자산 규모만 7조야. 자넨 금감원장 만나는 자리에
         앉아만 있으면 돼.

         횡단보도 신호에 서는 차. 창준, 고개 드는데 창밖에 리어카가 눈에 들어온다.
         고물 리어카 가득 폐지 실은 할아버지, 길 건너려 인도에서 찻길로 내려오는데
         할아버지는 너무 마르고 폐지는 가득이라 버겁다. 행인들은 쳐다보지도 않고.

창준   (리어카에 층층이 쌓인 폐지, 신문지 보는..) 저게 다 얼마 같아.
기사   어떤 거 말씀이신지?..
창준   요즘 애들 커피 한 잔 값도 안 돼.
기사   (뭔지 모르지만) 예에..
창준   ... (손에 쥔 서류 보는)
윤범 E   자산 규모만 7조야. 7조.
창준   .. 7조. (서류 굳게 잡는다. 집중해서 읽는)

14. 용산서/강력팀 사무실 - 낮

장형사   (자리에 앉아 괜히 조서만 관심 없는 눈으로 넘겨보고 있는데)
서형사   (지나가다) 너 왜 여깄냐?
장형사   내 자리 내가 있겠다는데 왜! 에이. (보던 조서 덮는)
서형사   (왜 저래.. 그냥 간다)
장형사   (카톡 소리 울리자 핸드폰 보는데)

         특임팀 단체 채팅방에 실무관이 메시지와 함께 사진까지 올렸다.

액정) - 단체 채팅방에 올라온 사진. 실무관을 중심으로 특임 팀원들 셀카 찍은.

그 밑에 달린 메시지들.

실무관 E 저 오늘부터 출근이에요, 언제 와요?

정본 E 낼은 볼 수 있죠? 형님이 빵 사줄게!

계장 E 언능 와요! 와서 내 일 쫌 가즈가!

장형사 (피식 웃는다)

15. 한남동 집/1층 거실 - 낮

테이블 위에 놓인 고급 찻잔. 창준妻와 시목, 천천히 차 마신다.

창준妻 (찻잔 내려놓을 때 아주 잠깐 딸깍하는 소리. 하지만 표정 여유롭다)

시목 전에 두 분이 처음 어떻게 만나셨는지 들은 적 있습니다.

창준妻 (예상 못한 얘기) 우리 그이랑 나요?

시목 사모님이 먼저 좋아하셨다고요, 검사장님이 그때 좀 취하셨을 때라

창준妻 취중진담 맞아요, 내가 먼저였어요.

시목 십여 년을 함께 산 부부란 어떤 걸까요. 전 상상이 안 가서요.

창준妻 수법을 바꿨나? 그 여자경찰이 빙빙 돌리래요?

시목 늦은 밤에 김가영양이 누워 있는 병원으로 달려가셔야 했던 사모님 마음도 저는 모릅니다.

창준妻 ...

시목 중환자실에서 마주친 분과 약속했나요, 우리 서로 안 본 걸로 하자.

창준妻 (경멸의 코웃음) 난 딜이란 거 자체가 필요 없는 사람인데.

시목 그날 거기서 무슨 일이 있었습니까?

창준妻 갔어야 뭘 알지.

시목 어쩔 수 없네요. (일어선다) 사모님을 용의자로 소환하겠습니다.

창준妻 또 시작이야?!

시목	4월 7일 22시경 사모님을 중환자실에서 본 목격자가 분명하고, 김가영양이 호흡기가 벗겨진 채로 질식증상을 보인 그 자리에 환자와 의료진 외에는 사모님뿐이었습니다. 소환장 기다리시죠. (나가려는데)
창준妻	어떤 앤지 낯짝 한번 보려던 거였어! 그게 뭐가 잘못인데! 아무도 모를 걸 바보 같은 인간 하나 땜에 내가 왜!
시목	(기다리면)
창준妻	... 김우균. 땀범벅이 돼선 제대로 서 있지도 못했어요. 그럴 거 거긴 왜 와서, 어차피 끝내지도 못할 인간이!
시목	용산서장 김우균. 왜 땀범벅이 됐고 뭘 끝내지 못했습니까.
창준妻	나도 다 본 건 아녜요, 커튼이 가려져 있어서.. 여자애 얼굴을 누르는 거 같았는데, 혼자 허옇게 질려선 중간에 도망쳐버렸어, 그게 다예요.
시목	감사합니다. (현관으로 가는)
창준妻	그이한텐 안 돼요.
시목	참고하죠. (나가는)
창준妻	(노려보다 입술 깨문다. 이걸 어떻게 할지..)

16. 한남동 집 대문 앞 + 시목 차 안 - 낮

대문에서 나온 시목, 차에 올라탄다. 시동 켜지며 나오는 라디오 뉴스. 차 출발한다.

앵커 E	... 다음은 국방부 소식입니다. 국방부는 유크레인공화국의 L디펜스사에서 제작한 탐지 레이더 시스템을 수입하기로 최종 발표했습니다. 한조그룹과 더반그룹이 참여한 컨소시엄을 통해 중개된 이번 수입은 올 한 해 국방예산의 20%....

17. 중앙지검/복도 - 밤

시목, 승강기에서 내려서 오는데 문자 온다. 동재다. 보면.

동재 E 홍콩. 크레인!

시목 ?... (전화한다)

동재 F (받자마자) 내가 너 도와준다고 했지? 녹음 땄어, 내가.
  수석님하고 이회장 밀담.

시목 홍콩, 크레인이요?

동재 F 홍콩에서 크레인을 수입한다고. 구중궁궐 5자회담이 이거였네.

시목 국방부가 낄 자리는요, 크레인 수입에.

동재 F 군부대에 납품하겠단 거지. 대대적으로.

시목 마츠야마는요?

18. 수석비서실/참모실 – 밤

아무도 없는 참모실에서 왔다 갔다 하며 전화하는 동재.

동재 마츠야마가 홍콩에 공장이 있는 거지.

시목 F 중장비는 한조에서도 만드는데 왜 수입하죠?

동재 그럼 차는 왜 수입하고 옷은 왜 들여와? 우리나라에 없어서?

시목 F 지금 이 말씀만 사실이죠?

동재 싫음 마. 도청 방지까지 해놓고 둘이 나눈 밀담인데, 니가 싫담
  어쩔 수 없지. (더 뭐라 하기 전에 끊는) 씨도 안 먹히네..

동재, 녹취에 쓰였던 핸드폰에 눈길 준다. 본인도 갸웃한다.

19. 중앙지검/복도 – 밤

전화 끊고 다시 가려던 시목, 멈춘다. 뭔가 떠오른 얼굴이다.

앵커 E .. 유크레인공화국의 L디펜스사에서 제작한..

동재 E	크레인!
앵커 E	레이더 시스템을 수입하기로...
동재 E	크레인 수입!
앵커 E	국방부는 유크레인공화국의
동재 E	국방장관. 한조랑 국방장관이야.
시목	... .. 유크레인. 마츠야마까지 5자회담...

20. 동/특임 사무실 – 밤

시목, 파일 펼쳐놓고는 있지만 머릿속엔 방금 들은 얘기가 맴돈다. 생각에 잠긴...

시목	(마음의 소리) 한조와 더반이 중개, 국방부가 유럽에서 사 오는 무기..
여진	(일하다) 한남동 간 거 어떻게 됐어요?
시목	(마음의 소리) 일본 회사가 낄 데가 없는데 왜.
여진	검사님?
시목	(여진 보지만. 마음의 소리) 그 큰 계약을 앞두고 이윤범은 왜,
	유럽 회사 사람이 아니라 일본 군수업체와 국방장관을 한자리에
여진	뭐 고민 있어요?
시목	불렀을까요?
여진	네?
시목	(생각하고)
팀원들	? (쳐다보는)

21. 동네 병원/2층 복도 – 밤

동재, 꽃과 과일바구니 들고 오는데 앞에 은수가 가고 있다. 어? 하는 동재.

은수	(병실 이름표, 안에 있는 사람 등 확인하며 가고 있는데)

동재	(옆에 오는) 뭐해?
은수	(놀라는)
동재	자주 보네?
은수	(놀라움은 지우고) 검사님은 웬일이세요?
동재	보시다시피. (과일 들어 보인다) 넌 누가 아파?
은수	(대답 대신, 과일바구니로 손 뻗는) 제가 들게요. 몇 호실 가세요?
동재	됐어, 내 짐 내가 들어.
은수	남자후배한텐 시키시잖아요? 저도 할 수 있어요.
동재	니가 들고 튈까 봐 그런다. 병문안 오면서 쥬스 한 병 안 사 오냐?
은수	(빈손을 뒤로 돌리는)
동재	생각도 못했지? 머릿속이 온통 딴생각이라서?
은수	(시치미) 무슨 생각이요?
동재	(웃는) 어차피 서로 아닌 척하긴 늦은 거 아닌가.
	우리 둘 다 같은 사람 보러 온 거 같은데.
은수	(굳어서 선)
동재	걱정 마. 가서 안 일러.
은수	... 검사님하고 전 목적이 다르잖아요.
동재	(보는) .. 다르지. 넌 이창준이란 사람이 범인인지 묻고 싶어서 왔고
은수	검사님은 아니란 걸 알고 싶어서 왔죠? 그쪽 라인이니까?
동재	많이 컸네?
은수	죄송합니다..
동재	확인해보자!

동재, 꽃 든 손으로 병실 가리킨다. 노크하고 바로 들어간다.
은수가 보면, 환자 이름은 안 붙은 병실. 은수도 들어간다.

22. 동/2인실 - 밤

가영母, 긴장해서 일어선다. 동재와 은수, 들어선다.
실무관과 교대해서 환자복 입고 있는 경찰(여자), 두 사람 제지하려고 하는데.

동재	(청와대 직원증 보여준다)
경찰	?!
동재	(가영母에게 과일바구니부터 안기며) 고생 많으십니다.
	진작 찾아뵀어야 했는데. (가영 보며) 좀 어떤가 안부차 들렀습니다.
가영母	(의심스런 눈으로 두 사람 보는) 누구신지?
동재	따님 사건 맡았던 검삽니다. 지금은 청와대로 갔지만요.
가영母	에? (청와대 말에 놀라 은수도 보는데)
은수	(깍듯이 인사) 서부지검 영은수 검사입니다. 황시목 검사님 동료요.
가영母	(그제야 안심하는) 아, 네에.
동재	(미소) 어머님껜 청와대보다 황검사가 잘 통하네요. 예, 그러셔야죠.
	잘 하시고 계십니다.
가영母	(동재의 환한 미소에 마음이 좀 풀리는 듯)
은수	(미리 사진 꺼내 쥐고) 따님께 사진 한 장만 보여드려도 될까요?
가영母	.. 예..
은수	김가영씨, 잠깐 여기 좀 봐주실래요? (프린트해 온 사진 내미는)
가영	(보긴 보는데...)
가영母	(누군가 해서 같이 사진 보면, 창준 사진이다)
은수	이 사람 본 적 있어요? 알겠어요?
동재	(가영을 들여다보느라 얼굴을 가까이 들이대는데)
가영	(사진 바로 옆에서 내려다보는 동재에게로 서서히 옮겨지는 시선..)

Flashback〉- 4회 S#34. 택시 안
가영(당시 민아), 유흥가에서 도망쳐 급하게 탄 택시에서 돌아보면 동재가 쫓아
오는 게 보인다.

cut to. 4회 S#40. 집 앞 골목
모자에 운동화 차림 가영, 급히 가는데, 작지만 축축한 숨소리도 들리는 듯하고.
가영도 뭔가 느꼈는지 돌연 돌아보는데, 아무도 없는 골목.
그리고, 검은 장갑 낀 손이 가영 입을 콱 틀어막던 그 순간!

가영	.. 으... 으으윽! (이불 머리까지 뒤집어쓰고 비명 지르는)
가영母	가영아! 가영아, 왜 이래? 여기요!! (밖을 향해 소리친다)
경찰	(뛰어나가며) 선생님!!!

은수와 동재, 당황해서 물러난다. 서로 쳐다보는.
곧 의사와 간호사 몰려 들어오고 동재와 은수는 더 밀려나게 된다.

23. 동/복도 - 밤

복도 의자에 혼자 앉은 은수, 심각하게 생각에 잠겼다가 창준 사진 다시 꺼내본다.

Flashback〉- 방금 전. 은수 손에 들린 사진. 이불 속에서 비명 지르던 가영.

동재 오는 기척에 사진 넣는 은수 앞에 내밀어지는 캔음료.
캔음료 내밀고 선 동재, 은수가 받으면 옆에 앉는다.
음료만 마시는 것 같지만 실은 은수를 곁눈으로 살피는 동재...

Flashback〉- 방금 전. 가영의 눈동자가 사진에서 동재에게로 옮겨진다.
가까이 들여다보던 동재와 눈 마주치자 시작된 가영의 비명.

동재	(은수도 느꼈을까 싶은... 툭 던지는) 너 다신 그러지 마.
은수	네?
동재	수석님은 이젠 너 같은 피라미는 스치기만 해도 다치는 존재야.
	나한테 했듯이 그러면 진짜 일 치르는 수가 있어.
은수	검사님께 하듯이요?
동재	기억도 못해? 내가 진짜 범인이면 어쩌려고 그랬니? 내가 니 목 조른 날,
	나 그날 한숨도 못 잤어, 내가 진짜 빡쳐서 널 어떻게 했으면 어쩔 뻔했어?
	내 소중한 인생은 뭐가 되고?
은수	.. 그땐 죄송했어요.

동재	사과 든잔 게 아니잖아. 나도 연수원 나왔어, S대 출신들만큼은 아녀도 나도 영일재 교수님한테 배웠어. 너 잘됐음 하는 마음 나한테도 있다고.
은수	.. 그렇게 생각하시는지 몰랐는데.
동재	내가 원래 겉으로 티내는 스타일이 아니니까.
은수	에에?
동재	슛! (장난으로 치는 시늉)
은수	(살짝 웃는)
동재	.. 황시목인 뭐래? 공식 브리핑까지 했으면 그다음에 뭔 얘기가 있을 거 아냐? 뭐가 또 밝혀졌다든가. 너랑 얘기 잘 하잖아?
은수	요즘 얼굴도 잘 못 봬서요.
동재	으응... (훌쩍 일어난다) 가자. 난 청와대 물 먹는 몸이라 바쁘시거든.
은수	(같이 일어나며) 혹시 그래서 노하우도 가르쳐주시고 그런 거예요?
동재	응?
은수	저 잘됐음 하는 그런 마음으로요?
동재	어, 어어..
은수	이제야 알았네요. 못 뵙게 된 다음에야.
동재	못 뵙긴, 나 뼛속까지 검사야. 반드시 돌아가서 검사장까지 해먹을 거니까 넌 내 밑에서 삥이 칠 각오나 해.
은수	네.

함께 가는 동재, 은수.

24. 동/2인실 - 밤

이제 많이 진정된 가영. 그 옆에서 겨우 안심한 가영母, 그런데 갸웃한다.

Flashback〉 - 방금 전 은수가 보여준 창준 사진.
Flashback〉 - 11회 S#39. 시목이 보여준 창준 사진.

가영母   같은 사람인데, 왜 방금 전만 놀랬지?... (가영 보는)

25. 성문일보/사옥 – 낮

사옥 상층부에 붙은 성문일보 로고와 기업명.

26. 성문일보/사장실 – 낮

소파에 앉은 성문일보 사장과 시목. 사장이 상석이다.

사장   (시목 명함을 손가락에 끼고 돌리며) 한창 바쁘신 분이시네요?

시목   덕분입니다.

사장   그쵸, 우리가 터뜨려서 특임도 됐으니까. 그래 어쩐 일로요?

시목   서부지검 뇌물 의혹 제보자, 알고 계시죠?

사장   메시지를 던졌으면 그걸 밝히셔야지 왜 메신저에 목매시나? 특임 검사까지 고발자 색출에만 혈안이면 어쩝니까?

시목   타겟이 서부지검이었습니까 한조였습니까. 스폰서 설이 보도되면 지검을 넘어서 한조에도 파장이 미친단 걸 분명 아셨을 텐데요.

사장   세게 나오시는 거 보니까 뭘 쥐셨는데? 뭔지 펴봅시다?

시목   먼저 질문에 답해주시죠. 어째서 별 내용도 없이 달랑 뇌물 의혹만 담긴 제보를 바로 터뜨리셨죠?

사장   .... (웃는) 개인적인 이유라 우리 검사님 김샐 수도 있는데.

시목   공적인 거였다면 여기 오기 전에 알아냈습니다.

사장   (웃지 않는) 재미있는 분이네. ... . 한조그룹에 딸 하나 있죠?

시목   이연재 님. 수석비서관 배우자 되시죠.

사장   그게 아니지, 내 사람 될 여자였죠, 연재는.

시목   벌써 10년도 훨씬 전에 헤어진 여자 때문이라고요?

사장   한조에 사위가 된다는 게 어떤 건지 몰라요? 근본도 없는 놈이 연재만 안 채갔어도 성문 본사가 내 거였다고, 이런 계열사가 아니라!

시목	그걸 아는 사람은요?
사장	.. 가족들이야 사귀는 거 알았고
시목	아니요, 제보자는 사장님이 그 옛날 일에 아직도 분통 터뜨린단 걸 아는 사람입니다. 아니까 일부러 성문을 골라 제보한 겁니다.
사장	... 제보 편지 보낸 사람, 여고생입디다.
시목	여고생이요?
사장	걔 말이 길에서 누가 10만 원을 주면서 부탁했다고. 편지를 우리 신문사에 보내달라고. 편지 한 통이니 테러는 아니겠다 싶었다나.
시목	돈 쥐어준 사람은요?
사장	아저씨란 거밖에 기억 못해요. 그런데.. 분통이란 표현은 그렇지만, 내 부모님도 모르는 내 마음을 누가 알아서?...
시목	여고생 신원이 필요합니다.
사장	공짜로 너무 많이 바라시네. 뭘 쥐고 계신데 세게 나오시나? 뭐 우리 약점 찾아냈어요?
시목	국방부에서 무기 수입을 발표했습니다.
사장	?.. 그랬죠?
시목	제조사로 알려진 L디펜스란 회사하고 일본 군수업체인 마츠야마의 관계를 파헤쳐보시죠.
사장	거기서 일본이 왜 나옵니까?
시목	진짜 무기를 만든 게 어딘지 궁금해지실 겁니다.
사장	!... (시목 명함 챙겨 일어나 자리로 가며) 여고생 신원은 보내드리죠.
시목	(일어나 나간다)
사장	아시겠지만 아까 혼담 얘긴 머릿속에서 지워주시고! (시목 나가면 바로 인터폰 누른다) 데스크 전부.

27. 동/복도 – 낮

시목 오는데, 중년기자들 몰려간다. 시목은 그냥 오고, 기자들이 그를 에둘러 간다.

시목   (마음의 소리) 제보자는 세 가지를 모두 알아야 돼, 이창준과 박무성의
관계, 오래전 깨져버린 성문과 한조의 혼담, 무엇보다 성문 사장의
해묵은 앙심까지. 이걸 다 알 수 있는 사람은....

시목, 걸음 멈춘다. 손가락 하나, 둘, 셋까지 꼽는다.
접은 제 손가락을 보는데 혼돈이 오는...

28. 성문일보 인쇄소 - 낮

이윤범과 더반 조회장, 마츠야마 사진으로 1면이 장식되는 신문들.
〈10조 국방비, 일본 방위사업체로〉, 〈무기중개상으로 전락한 국내 굴지 그룹
들〉

29. 수석검사실/참모실 - 낮

〈원산지 속여 판 무기, 알고 보니 일본산?〉 헤드라인의 성문일보를 쥐고 읽는
동재, 기사 내용에 놀라는 게 아니라 매우 곤혹스러운 얼굴.

30. 용산서/강력팀 사무실 - 낮

형사들 여럿 TV 앞에 모여 있다.
한조그룹과 마츠야마 스캔들 다루는 화면. 채널 상단에 TV성문 로고.

〈TV 화면〉

패널   터지면 없어지는 수류탄도 아니고 레이더 시스템이란 말이죠,
완전 컴퓨터로 조종하는 건데 이게 일본 거면 거기다 뭘 심어놓을 줄
알고요?

장형사	(들어오며 보는데)
서형사	왜 자꾸 일루 와, 특임서 짤렸어? 못생겨서 싫대?
장형사	(서형사 얼굴 손으로 훑는) 이 얼굴로 그 말 하고 싶냐? (TV 보는)

31. 중앙지검/특임 사무실 – 낮

특임팀도 경찰서와 같은 성문TV 본다.

패널	유크레인공화국 기업으로 알려졌던 L기업이 마츠야마사의 자회사로 판명난 이상, 인제 포커스는 한조와 더반그룹 그리고 국방부가 이 사실을 알고서도 제조업체를 위조하고 공모했느냐 이거죠, 인제.
TV	('60초 후 계속됩니다.' 자막 나오고 광고 나온다)
정본	(TV 끄는) 우리가 조사했던 내용이랑 비슷한데?
	(실무관 보고) 그쵸?
실무관	(끄덕이면서 시목 보는)
시목	(업무에만 집중하는)
계장	(노트북 앞에서) 야, 인터넷 반응이 장난 아닌데요?
정본	(계장 노트북에 얼굴 기울이는) 어유 무슨 쌍욕을 이렇게..
계장	매국 기업이네, 국방장관 목을 쳐라, 이게 나라냐?
	이 정도면 한조나 더반도 꽤 타격이 크겠는데요?
정본	시목아 니가 성문에다 정보 준 거야?
시목	음.
모두	(시선, 시목에게 쏠리고)
정본	왜? 우리가 터뜨려도 되잖아. 특임 이름으로.
시목	유럽에 작은 나라에, 처음 듣는 회사에 정체를 우리가 밝힐 때쯤엔 벌써 수입 끝났어. 후폭풍도 상당할 테고.
윤과장	그쵸 성문이니까 대놓고 한조에 칼 든 거지, 우리였음 단칼에 끝이죠.
여진	근데 성문 사장이 검사님 제보를 입 다물어줄까요?
	수석 쪽에서 성문 꼬투리 잡는 것 정돈 누워서 떡 먹길 텐데?
시목	(여진 보지만 답을 않는)

여진   (느낌이 좋지가 않다)

32. 한조그룹/회장실 - 낮

핸드폰 들고 선 윤범. 심기 불편하고 격양된 얼굴이다.

윤범   문화재 반환으로 포장해놔서 마츠야마 이미지 최곱니다. 의원들이
          쌍수 들고 환영했다니까요? 금방 잠잠해진다고요 여론은. 한두 번인가?
          (자리에서 일어나) 국제적 신용도가 달린 문제예요. 다 된 밥에 장관님
          숟가락 얹게 해드렸으면 떠먹을 것이지 혼자 몸 사릴 겁니까!
          (감정 가라앉히고) 알겠습니다, 회의하시죠. 다시 통화합시다. (끊는)

윤범, 마음 같아선 핸드폰이라도 집어 던지고 싶지만 꾹 참고 다시 앉는.

윤범   (미간에 주름 잔뜩 선) 어떤 쌔끼가..

33. 수석비서실 - 낮

성문일보 사장 한껏 여유롭게 앉았고 팔짱 낀 창준, 천천히 거닌다.
한동안 서로 말 없는 두 사람, 기 싸움 한다.

창준   어느 거부터 말씀드릴까요, 사장님 취향이 여가수 쪽이시더란 것부터
          할까요, 방송사가 부동산 장살 꽤 잘하더란 얘기가 더 흥미로울까요.
사장   난 수석이 그런 쪽에 관심 있다는 게 더 흥미로운데요?
          (안주머니에서 툭 뽑아 놓는 것, 시목의 명함이다)
창준   (보는) 지체 없으시네요?
사장   화제 될 만큼 됐는데? 그냥 알려달라고 해도 됐을 걸 번잡스럽게.
창준   ... 배웅은 서로 생략하죠.
사장   어렵게 올라오셨는데 모시는 분 남은 임기가 짧아서 어쩝니까?

(일어난다)

창준   손님 머무시는 동안 접대에 최선 다하면 되는 거지요.
       재벌들께선 그러신다면서요? 대통령도 한때 손님이다.

사장   백년손님께서도 오래 계시다 보니 주인인 줄 아시나 봅니다?
       (인사하고 바로 나간다)

창준   ... (손안에서 시목의 명함이 구겨진다. 그 느낌에 명함 보는)

열린 문에 노크하는 비서. 창준이 쳐다보면 들어와 찻잔 치운다.

창준   (책상으로 가는데)

윤범 E **30년 철통같던 나한테서 샜겠어? 자네 주변에 쥐새끼가 있어.**

창준   (.. 비서 보는) 서동재 사무관은.

비서   별관 갔습니다.

창준   다른 사람한텐 말하지 말고 내일 유크레인에서 손님이 오니까 트리플
       호텔에 예약해줘요. 서사무관한테도 함구.

비서   예.

창준   서사무관 오면 들여보내고.

비서   예. (찻잔 챙겨 나간다. 문 닫는)

창준   (윤범에게 전화) 찾았습니다. (시목 명함 보는) 예 장인어른 짐작이
       맞으십니다. 어떻게 할까요? (사이) 알겠습니다. (끊는데)

동재   (노크하고 들어온다) 부르셨습니까? (태블릿에 메모할 준비)

창준   ... 내일 유크레인에서 손님이 오니까 명동호텔에 예약해.

동재   예!

창준   양사무관은 몰라도 돼. 다른 사람도.

동재   네. (목례하고 나가는)

창준   (나가는 것 보는)

Flashback⟩ - S#11. 수석비서실. 소파 밑에 손 넣고 더듬던 동재.

창준   ... (전화한다) 총장 바꿔.

34. 한조그룹/회장실 - 낮

곰곰이 생각하는 윤범. 우실장 들어와 윤범 옆에 일정 거리 두고 두 손 모아
선다.

윤범 ... 요즘 애들은 겁이 없어? (고개 틀어 우실장 올려다보자)
우실장 (목례. 뭐든 말하시란 동작)

35. 중앙지검/특임 사무실 - 낮

윤과장 (시목에게 노트북 보여주며) 단순히 밥하고 술 얻어먹은 사람들도
소환해야 하나요? 단순히란 표현은 좀 그렇지만 그런 사람들 다
소환하면 지검이 남아나질 않을 텐데요?
시목 대가성을 중점으로 보조. 받은 만큼 해줬는지.
윤과장 근데 그 대가성이란 게 참 입증하기가... 예 알겠습니다.

윤과장과 시목 제외한 특임팀 사람들, 서로 눈으로 신호 주고받더니.
윤과장이 자리로 오자,

정본 밥 먹고 합시다!
계장 또 뭘 시켜 먹나? 맨날?...
모두 (여진을 본다. 어서 말하란 눈짓)
여진 우리 회식합시다! 한 번도 못했는데.
실무관 찬성!
시목 (노트북에서 시선 드는)
여진 비리 검사도 체포했고
계장 비리 경찰도 체포했고
정본 비리 기업도 체... 제보했고!
실무관 옳소!

모두	(기대 가득한 눈으로 시목 보면)
시목	(한 사람 한 사람 보다가 파일 잡는다)
모두	(실망)
시목	(파일 쌓아서 정리한다. 일어난다. 재킷 집는)
모두	(쳐다보는데)
시목	회식 안 갑니까?

모두 좋아한다. 주섬주섬 짐 챙겨 나가느라 어수선하다.

계장	우리 뭐하는 사람들이냐면 뭐라 그러지?
여진	빵공장서 빵 만들다 왔어요! 그럼 되죠?
모두	(웃는다)
시목	(한 발 내딛는 순간 진동 울린다. 받는) 예.

모두, 문으로 몰려가는데,

시목	예, 총장님.
모두	? (돌아보는)
시목	.... 예. (마침내 전화 끊는다)
계장	총장님이 왜요?..
시목	...
모두	(얼굴에서 웃음이 지워진다. 조용해지는...)
시목	사무실 지키세요. 아무도 들이지 말고.
여진	무슨 일이에요? 총장이 뭐라고 했는데요?
시목	.. 본청은 금일 현 시간부로 특임 검사팀 해체와 특임에서 진행됐던 수사 자료들을 모두 중수부로 이관할 것을 명하는 바입니다.
일동	!!
시목	기다리세요. (바로 나간다)

어안이 벙벙한 사람들. 여진이 가장 먼저 문으로 가 도어락을 강제잠금으로 바꾼다.

계장	바리케이드라도 칠까요?..

서로 쳐다만 보는 사람들.

36. 대검찰청/1층 로비 - 낮

시목이 들어와 곧장 검색대 통과한다.

37. 동/검찰총장실 - 낮

검찰총장, 무겁게 앉았다. 곧 닥칠 폭풍을 기다리는 사람 같다.
노크소리와 동시에 들어오는 시목.

총장	..... (일어선다)
시목	(깊이 목례하지만 허리 펴자마자) 이유가 무엇입니까.
총장	할 만큼 했어.
시목	더 해야 합니다. 안 끝났습니다.
총장	끝내.
시목	누구 명령입니까.
총장	건방진 소리. 내 명령, 내 판단이야.
시목	방향을 제시해주는 사람, 선봉에서 기준이 돼주는 사람
총장	(O.L) 조용히 해!
시목	그게 우리 본모습이란 걸 보여주라던 분은 어디 가셨습니까?
총장	동료 잡고 경찰서장까지 잡아넣었음 됐지 전부 벌집 만들 셈이야?
	서부지검에서도 반발하고 있어, 본인 소속에서도 그 모양인데
	조직 전첸 어떻겠어? 어디서 항명이야!
시목	지검 반발이 문제라면

그때 노크소리. 한 번, 두 번, 묵직하고도 명징하게 울린다.

총장과 시목, 모두 문을 돌아보게 되는데,

총장실 문 열린다. 열리는 문 사이로 모습을 드러내는 부장검사들,

3부장을 선두로 한 서부지검 부장검사들이다.

총장실로 들어와 서는 부장검사들. 시목과 총장 사이에 횡으로 선다.

부장검사들을 쳐다보다 마지막으로 3부장에게 시선 돌리는 시목.

시목에겐 눈길도 안 주고 총장을 바라보는 3부장, 그를 보는 총장.

정말 총장 말대로 서부지검에서도 특임 해체에 동조하는 건가 싶은데,

3부장　감히 부탁드립니다. 특임 해체, 철회해주십쇼.

부장검사 일동　철회해주십쇼.

총장　!... 단체로 몰려와서 날 겁박하겠단 건가.
　　　난 우리 존재를 지켜야 할 의무와 책임이 있는 사람이야.

3부장　저희 존재가 아니라 존재의 이유를 지켜주십쇼, 총장님.
　　　죽은 듯이 숨만 쉰다면 무슨 의미가 있습니까?

총장　실력 행사해서 될 일이 아냐.

2부장　이건 자긍심의 문젭니다, 굴복하셔선 안 됩니다, 총장님.

총장　누구한테 굴복한단 거야! 이건 내 판단이야, 내 결단이라고!

3부장　대한민국 검찰은 총장님의 것도 저희 검사들의 것도 아닙니다.
　　　더욱이나, 어느 한 개인의 것이 되어선 절대 안 되고요.

총장　..

시목　20일입니다, 저희가 확보한 수사 시간만 지키게 해주십시오.

총장　(선뜻 대답 못하는)

3부장　언제부터 저희가 수사기간을 구걸하게 됐습니까, 총장님?

총장　... (어깨에서 힘 빠지는 게 보인다)

38. 중앙지검/특임 사무실 - 밤

실무관, 머리만 문밖에 내밀고 밖을 살피다 문 걸어 잠근다.

실무관	(자리로 오며) 개미 새끼 한 마리 없는데요?
계장	아무도 모르나 봐요, 우리 해체된지?
여진	소리 소문 없이 처리되는 게 제일 무서운 건데?
정본	우리가 무슨 장기 말도 아니고, 지들 맘대로 이랬다저랬다!..
계장	아무래도 한조를 건드려서 그런 거 같은데..
정본	터뜨린 건 성문인데요?
윤과장	정보 출처 알아내는 정도야 한조한테 일도 아니겠죠.
계장	중요한 임무 맡겨놓고 이러면 대부분 끝이 안 좋던데..
실무관	.. 한직으로 밀려나거나,
윤과장	내몰리거나.. ...

모두, 마음 무거워진다. 조용...

39. 대검찰청/복도 - 밤

총장실에서 나오는 부장검사들과 시목.

시목	감사합니다. 부장님. (부장들에게 인사)
3부장	너 이뻐서 그런 거 아냐, 하늘을 우러러 쪽 팔릴까 봐 그랬지.
2부장	(돌아선다. 나가면서) 옷 벗으라고 할까 봐 어찌나 쫄리던지.
3부장	그러니까 이런 건 검사장이 나서야 되는데.

부장들, '우리 검사장 누가 올까?' '왜 인선이 늦어지지?' 등의 얘기 나누며 가면, 시목, 전화 꺼낸다. '검사장'에게 전화하는데 없는 번호라는 안내 나온다.

시목	(곧바로 '서동재 검사'에게 전화. 나가며) 수석님께 말씀 전해주세요.

40. 수석비서실/참모실 - 밤

전화 쥔 동재... ... 수석실 문 쳐다본다. 어떻게 할까 하다, 문으로 간다. 노크.

동재   수석님?

41. 서부지방법원/법정 – 밤

모두 떠난 한밤의 법정. 불이 환하다.
창준, 방청석 사이 통로를 따라 뒤에서부터 앞으로 온다. 한 발 한 발 울리는
발소리.
방청석을 지나고 피고석을 지나 재판관석 바로 앞에 멈추는 창준,
몸 돌린다. 재판관이 법정을 바라보는 것처럼 법정이 한눈에 들어오는데,

소리 E〉   (문 열리는 소리. 창준 뒤에서 들린다)

창준, 고개 돌리면 법관이 드나드는 문이 열렸고 여기 시목이 섰다.
두 사람의 시선 부딪힌다. 아직 아무 말 없다. 움직이지도 않는다.
팔짱 끼는 창준, 몸을 시목 쪽으로 돌리면 시목, 법정으로 들어선다.
창준에게 오는 게 아니라 검사석으로 향하더니 검사석 앞에 선다.

시목   (인사하지 않는다) 수고 많으셨습니다, 먼 길 오시느라.
창준   너도 수고 많았다고.
시목   저야 늘 여기 있었는데요, 이창준 수석비서관님의 현역 검사 시절을
　　　　처음 본 곳도 그러고 보니 바로 여기네요.
창준   황시목도 나이 드나 봐? 옛날 얘길 하는 걸 보니.
시목   국가를 상대로 한 소송이었습니다. 검찰은 볼 것도 없이 정부 편이다,
　　　　누구나 이미 결론 내린 재판에서 완전히 반대의 행보를 보이셨죠.
　　　　제가 어떤 검사가 돼야 할지, 이정표를 세운 날이기도 합니다.
창준   이정표가 나를 따라서 세워졌다는 걸로 들려?
시목   네.
창준   권력이 좋긴 좋네? 황시목이 입에서 가시를 다 빼내고.

아침이 술술 나와?

시목　수석님을 향해서 다시 세웠습니다.

창준　....

시목　3년 전엔 무엇이 두려워서 아버지처럼 따르던 분을 끝장내셨을까요.
　　　이번엔 또 뭐가 겁이 나서 저희를 종결시키셨나요.

창준　겁이라니, 내가 널 왜 특임에 보냈는데? 자꾸 걸리적대서.
　　　이번에도 그래. 걸리적대서.

시목　제가 가는 방향이 맞단 뜻으로 새기겠습니다. 걸리적댔단 건.

창준　그래서, 날 향해서 다시 세웠다고 말해주려고 이리 오라 했니?
　　　다음엔 너하고 나, 여기서 정식으로 본다고? 검사와 피고로?

시목　그건 수석님만 알죠, 제가 쫓는 끝에 계신지 아닌지.

창준　넌 못해. 넌 나를 여기 세울 수 없어, 죽어도.

시목　고백하신 건가요, 끝에 계시다고.

창준　내 생전에, 니 앞에 내가 피고로 서는 일은 없어.

시목　더 노력하겠습니다.

창준　(문으로 간다) 법복도 걸치고 오지 그랬어? 폼 났을 텐데. (나간다)

창준이 나가자 돌아서는 시목, 검사석을 바라본다. 팔을 벌려 책상 끝을 꽉
잡아본다. 다짐하듯 잠시 그렇게 섰던 시목, 몸을 펴고 걸음 뗀다. 들어왔던
곳으로 나간다.

42. 중앙지검/특임 사무실 - 밤

계장　어떻게 된 거야, 답다배죽겠네?

정본　우리 만약 진짜 해체면 한경위님 괜찮겠어요?

여진　왜요?

정본　당장 내일부터 경찰서 복귀잖아요. 서장님 직접 체포한 게 엊그젠데.

그 말에 모두 여진 본다. 아 많이 곤란하겠구나, 하는 면면들.
굳은 얼굴의 여진도 말을 않는다.

계장	장형사가 기가 막히게 튀었네. 짱구가 좋은가 봐요?
여진	튄 거 아닙니다. 쉽게 말하지 마세요.
계장	(여진의 정색에 민망해지는데)

문 덜컹거린다. 모두 깜짝 놀라고 여진과 윤과장은 여차하면 막을 태세 취하는데,
시목 들어온다. '어떻게 됐어요?' '어디 갔다 오셨어요?' '해체해요?' 질문 쏟아진다.

시목	(물끄러미 보는)
모두	(안 좋은 소식인가...)
시목	해체 안 합니다.
정본	야 깜짝 놀랐잖아, 또 백수 된 줄 알고!
윤과장	그럼 아까부터 본인 백수 될 거 걱정한 거예요?
실무관	그러게, 난 또?
계장	자자, 이런 날 가만있음 안 되죠, 아까 하려던 거 합시다!
시목	오늘은 곤란합니다. 해체 명령이 있었던 건 사실이니까요.
여진	하긴 그런 날 먹고 노는 거 누가 보기라도 하면..
모두	(수긍은 다들 하는데 실망...)
여진	... 남들 절대 안 보는 데서 하면 되죠?
시목	?
실무관	그런 데가 있어요?
여진	가든파퉈!

43. 시목의 아파트/외경 - 밤

44. 동/복도 - 밤

쪽지에 '세금 경정 청구 이번 주까지래요, 꼭 제출하세요.' 라고 적는 은수.
현관 앞에 놓은 우편물 담은 백에 쪽지 넣고 돌아선다.

45. 동/승강기 안 - 밤

승강기 타는 은수. 1층 누르고 제일 안쪽에 선다. 승강기 문 거의 닫히는데,
현관문 열리는 기척. 분명 시목 집 쪽이다. 어? 열림 버튼에 손 뻗는 은수.
하지만 늦었다, 내려가는 승강기.

은수   잘못 들었나.. ..

46. 동/공동현관 앞 - 밤

아파트에서 나오는 은수, 아무래도 이상하다. 시목에게 전화한다.
신호음만 가고 받지 않는다. 은수, 천천히 현관 앞 계단 내려간다.

47. 여진의 옥탑방/옥상 - 밤

불판은 지글지글, 평상엔 고기, 쌈채소 한가득 깔려 있는.
계장, 고기 올리고 실무관, 나무젓가락 늘어놓고 있다.
여진, 집 안에서 가져나온 반찬들 놓기 시작하는데.
평상에 놓인 시목 재킷 위에 핸드폰 울린다. 실무관이 보면 발신자 '영은수
검사'다.

실무관   (집 쪽에다 대고) 검사님! 영검사님이요!
여진   영검사요? 그때 울고 나간?
정본   아 그 탕웨이 닮은 분? 시목이랑 그렇고 그런?
여진   에에?

정본	닮았잖아요?
여진	아니 그거 말고!

48. 시목의 아파트/공동현관 앞 - 밤

은수, 안 받자 전화 끊는데 그녀 뒤로 공동현관에서 우산 쓴 남자(우실장)가
나온다.
은수, 그냥 갈까? 하다가 다시 한 번 거는.
신호음 가는 전화를 귀에 대고서 사람 나오는 기척에 돌아보는데,
우산으로 얼굴을 완전히 가린 남자, 은수가 쳐다보자 방향을 바꿔 등을 보
이며 간다.

은수	(자기도 모르게 하늘 향해 손 벌려보는데 비 안 온다) ?
여진 F	여보세요?
은수	? 황시목 검사님 핸드폰 아닌가요?

그 소리에 우산 쓰고 걸어가던 남자 멈춘다. 스윽 은수 돌아본다.
은수도 이를 느끼고 돌아보자 남자, 다시 간다.

49. 여진의 옥탑방/마루 - 밤

화장실에서 나오는 시목.
만화책 가득한 책장과 곳곳에 붙인 만화 포스터 등 짧게 훑다가 바로 나가
는.

50. 동/옥상 - 밤

시목 핸드폰 내려놓는 여진. 평상에 사람들, 시목이 나오자 아무 일 없던 양

한다.

cut to. 고기 많이 익었다. 다들 둘러앉았거나 서서 바로 불판에서 집어먹거나
하는데,

계장	아니 근데 젤 중요한 게 없네, 이러면 괴기가 안 넘어가지 이게.
정본	그쵸? 나도 아까부터 칼칼하더라, 내려가서 사 올게요.
여진	(잡아 앉히는) 기둘려봐요.
실무관	배달시켰어요?

51. 동/대문 앞 - 밤

양손에 술이 잔뜩 든 봉투 든 장형사, 들어가진 않고 망설인다.
위에서 웃고 떠드는 소리 간간이 들리고. 장형사, 올라가고는 싶은데 쑥스럽고.

장형사	에이 침 뱉고 나오는 게 아니었는데..

인기척. 장형사, 골목 보면 역시 술을 든 은수가 다가오다 장형사 보고 멈춘다.

장형사	(어디서 봤는데?) 어 그때..
은수	에?
장형사	(봉투 때문에 손은 못 쓰고 위에로 턱짓) 검사님도 저기요?
은수	.. 특임팀 분이세요?
장형사	예. 주세요 (은수 손의 봉투 받으려 하지만)
은수	괜찮아요, 지금도 무거우신데.

위에서 뭐가 좋은지 와하하! 하는 소리. 정본이 웃음소리가 제일 크다.

장형사	으이그 김정본이지 저거, 가시죠!

동지가 생긴 장형사, 호기롭게 집으로 들어가고 은수도 혼자보다 낫다. 들어
간다.

52. 동/옥상 - 밤

장형사 (술 봉투 번쩍 들고) 저희 왔습니다!
팀원들 (어? 해서 보는)
정본 이야! (얼른 가서 봉투 받으며) 술이다, 술!
장형사 사람이 왔는데, (뒤에 대고) 얼른 오세요.
은수 (올라와) 안녕하세요.
시목 (보는)

사람들, 은수 반기고 어서 앉으라 하고.

장형사 아니 같이 왔구만!
계장 (장형사님에게) 절루 좀 가요, 여기 앉으세요 영검사님.
은수 감사합니다. (시목 옆에 앉는) 저 불청객 아니죠?
시목 집주인은 따로 있는데 나한테 왜.
여진 거, 남의 손님한테 까칠하게 굴 거예요?
장형사 이 사람들 정말 성차별 쩌네, 나 갑니다?
윤과장 이리 와서 고기나 구워요.
장형사 괜히 왔어 씨.
윤과장 (집게로 고기 한 점 집어 장형사 입에 넣어준다)
장형사 음 목살!
계장 거 비싼 항정살을 사 왔더니 목살이래? 다시 먹어봐요!
장형사 (집게 뺏어서 여러 점 입에 넣느라 대답 대신 오케이 표시)
정본 자자, 술이 왔습니다, 돌리고 돌리고.

술 나누는 사람들. 시목도 받아만 놓는다.

여진	거국적으로 한 잔씩 합시다! 건배!
모두	(건배! 하고 마시려는데)
장형사	잠깐! (물 컵으로 바꿔 들고) 제가 요즘 한약을 먹느라,
모두	(에이, 뭐야, 둘째 가지려고? 등등의 놀림)
장형사	그땐 죄송했습니다! (꾸벅 사과. 물 컵 들어 올리며) 건배!
모두	건배!

53. 동/마루 - 밤

싱크대 위에 주스 담긴 컵들과 과일들. 여진, 은수, 둘이 씻고 깎는다.

은수	깎는 건 제가 할게요.
여진	안 그래도 되는데.
은수	(칼 이미 잡은) 이거 쓸게요.
여진	(과일 씻으며 은수 살피다가) 저기 혹시요..
은수	네?
여진	황검사랑.. 아네요! (씻던 딸기 쑥 베어 먹는) 아 맛있다.
은수	감사합니다.
여진	뭐가요?
은수	(과일 깎으며) 오늘 불러주신 거요.
여진	와주셔서 감사합니다.

두 여자, 서로 보며 웃는데 윤과장(재킷 벗고 셔츠 차림) 들어온다.

윤과장	화장실 좀,
여진	저기요.
윤과장	예. (들어가고)
여진	(과일 들고 나가며) 주스 잔만 들고 나와요.
은수	네. (하면서 여진이 갖고 나가는 접시 보는데 포크 없다. 여진 나가면) 포크 없나?....

은수, 남의 살림이지만 서랍 열어보는.
뒤에선 윤과장이 화장실에서 나와 이리 오는데,
은수, 포크 챙기다가 하나 떨어뜨린다.

윤과장   (주워주고)
은수   감사합니다. (받아 쟁반에 올린다)
윤과장   (바닥에 딸기 하나 떨어진 게 또 보인다. 다시 몸 숙이는데)

주스 들고 돌아서는 은수, 허리 숙인 윤과장에 걸리며
윤과장 어깨에 주스 와락 쏟아지고 만다.

은수   어머! (쟁반 싱크대에 얼른 놓고 키친타월 뜯어서 등 닦아준다)
         어떡해, 죄송해요 진짜.
윤과장   아이, 서운한 거 있으면 말로 (하다 말 멈추는)
은수   (말 멈춘 것 모르고) 어떡해 셔츠 다 젖었네.

은수, 윤과장 오른쪽 어깨 닦아주는데,
젖은 윤과장 셔츠가 러닝(팔 없는)에 달라붙으면서 그림인지 뭔지 검은 게
보인다.

은수   뭐예요 이거? 문신이에요?
윤과장   (일어나 은수 손에서 키친타월 가져간다)
여진   (문 열고) 아직 안 (하다) 어머 (주스 쏟은 거 보고 얼른 들어오는)
은수   (어쩔 줄 몰라 닦으며) 죄송해요, 과장님도 죄송해요.

여진, 행주 꺼내 닦으며 윤과장 올려보지만, 윤과장 앞머리와 어깨가 조금
젖었어도 많이 젖은 데는 등 뒤라 윤과장의 앞만 보는 여진 눈엔 괜찮아 보
인다.

여진   (그냥 시선 거두는) 놔두세요, 제가 치우게요.

서로 놔둬라, 미안하다 하며 두 여자가 치우는 사이,
윤과장, 화장실로 들어간다. 두 여자는 바닥 치우고 과일 줍느라 신경 안 쓴다.

54. 동/화장실 – 밤

윤과장, 수돗물로 수건 적셔 어느 정도 짠다.
거울을 정면으로 바라본 상태에서 왼손에 수건 쥐고 오른쪽 어깨 닦는데,
그러다 멈추는 손. 오른쪽 어깨를 거울 쪽으로 돌리면,
젖은 셔츠가 달라붙은 탓에 어깨에 검은 문양이 거울에 비친다.
윤과장, 자기 어깨를 보다가 몸 바로 한다.
셔츠 단추를 하나하나 풀기 시작...
윤과장 셔츠 벗으면, 팔 없는 러닝셔츠 차림.

윤과장   (거울 속 자기 모습 보는...)

카메라, 윤과장의 등 뒤로 돌아간다. 윤과장 등 C.U.
왼쪽 어깨에서부터 천천히 돌아가는 화면, 오른쪽 어깨에서 멈추면,
오른쪽 어깨에 드러나는 문신 – $U\ D\ T$. (*UDT는 펜흘림체로 인쇄 부탁드
립니다)
앞에 U는 완전히 러닝에 가려지고 D의 위쪽 일부와 T만 드러나 있다.
마치 숫자 0, 7처럼 보이는 $D\ T$...

Flashback〉– 11회 S#39. 동네 병원/2인실 – 밤

가영   **... 공.. 칠...**
여진   **공, 칠?.. 공칠이요? 숫자?**

윤과장, 등 돌려서 오른쪽 어깨 거울에 비춘다. 0, 7처럼 보이는 문신 확인한다.
거울 속 자기 모습을 마치 다른 사람인 양 보다가,

셔츠 입는다. 단추 하나하나 잠근다. 화장실 문 열고 마루로 발을 내민다.

55. 동/마루 - 밤

마루를 가로질러 현관으로 가는 윤과장, 서두르지도 느리지도 않은 발.
쏟았던 과일 등은 깨끗이 치워졌고 여진과 은수도 없다.
밖에서 들리는 사람들 웃음소리.
윤과장, 현관 앞에 선다. 앞을 보면 열린 문으로 보이는 사람들.
시목, 은수, 여진이 얘기 중이다. 은수와 여진은 웃는데 시목은 여전하다.
윤과장, 그 자리에서 시목 한 번 보고, 여진에게 시선 옮기다..
마지막으로 은수를 보는데...

은수 E   뭐예요 이거? 문신이에요?
윤과장   .....,

시선 느끼고 이쪽 보는 시목, 여진, 은수.
여진, 어서 나오라, 웃으면서 손 흔든다. 은수도 웃는 얼굴인데.
윤과장, 희미하게 웃어 보인다. 현관으로 나가는 윤과장.
그의 뒤로 현관문이 닫히고 문에 가려 사라지는 사람들. 엔딩.

13 회

법관에게 정의란 영원한 짝사랑이다, 궁극의 이데아이다,

장관님 아니 교수님께서 연수원 첫날 첫 시간에 하신 말씀입니다.

그 가르침을 따르게 해주십쇼.

1. 여진의 옥탑방/옥상 - 밤

실무관, 계장, 정본, 장형사 모여 셀카 찍고 있다.

실무관   (시목 쪽 보고) 같이 찍어요!

시목   괜찮습니다.

여진   (시목 잡고 가는) 사진 찍는다고 얼굴 안 닳아요.

시목   (됐다고 하려는데)

여진과 은수, 시목을 밀어서 실무관 쪽으로 간다. 그들 뒤로,
집에서 나온 윤과장, 문 바로 옆 의자에 걸쳐놨던 재킷부터 입는 게 보인다.

계장   과장님 얼른요!

윤과장   ... (사람들에게 가면)

평상 앞에 옹기종기 모인 특임팀 사람들. 실무관, 셀카봉으로 하나 둘 셋! 찍는다.
시목 바로 옆에서 사진 찍으며 환히 웃는 은수. 다른 이들도 다들 밝게 웃는데 무덤덤한 시목, 입은 억지로 웃으려는데 눈은 슬퍼 보이는 윤과장.

사진 들여다보며 한마디씩 하는 사람들, 모두 자기 얼굴 얘기만 한다.
시목, 난간으로 가 기댄다. 야경을 담담히 바라보는데,
시목과 여진을 번갈아 보는 장형사, 말할 게 있는 기색이다

계장   술이 남았네, 우리 할아부지가 밥은 남겨도 술은 남기는 거 아니랬어.
윤과장   (손으로 잔 막는) 술이 약해서.
계장   뭔 해병대 출신이 술을 못해요?
은수   (윤과장 본다)
정본   해병대 아니라 특수부대라고 하지 않았나?
윤과장   아닙니다..
계장   아님 말고요. 그럼 같은 방위 출신끼리 한 잔? (정본과 건배)
정본   전 공익이라니까요!

사람들에게서 떨어진 장형사, 조용히 시목 옆으로 와 선다.

장형사   (야경 바라보다...) 저 봤어요 영상.
시목   (보는)
장형사   리조트 CCTV요. 서장님이랑 가영이랑 찍힌 거. (몸 돌려 난간 등진다.
앞에 있는 여진에게도 고백하듯) 서장님한테 그거 카피해드렸어요.
여진   이게 무슨 소리예요? 그걸 어떻게?
장형사   .. 경위님 컴퓨터에서요. 죄송합니다.
여진   내 컴퓨털 몰래 뒤졌다고요?.. 이게 지금 죄송하다고 될 일 (열 받는)
아... (믿었던 사람에게 발등 찍힌 이 느낌.. 장형사한테서 등 돌리는)

다른 이들 모두 이쪽 주목한다. 조용해졌다.

장형사   .. 원본을 지워달란 것도 아니고 아무도 피해 안 볼 거라길래..
솔직히 저 그렇게 생각했어요. 서장님이 사람을 죽인 것도 아니고
여자문제로 꼭 이렇게까지 한순간에 무너져야 되나..
여진   여자문제로? 장형사님도 그거예요? 남자가 한 번 그럴 수도 있지?
정본   그게 아니라 장형사님이 마음이 여려서

여진   (쳐다보자)

정본   (작아지는) 그랬겠죠...

시목   그쪽으로 써먹은 건가..

장형사   네?

시목   ...

**Flashback〉- 10회 S#66. 뚜껑이 대충 얹힌 상자에 시선이 가는 시목.
자연스레 몸을 움직여 상자와 시목 사이를 가리던 창준.**

장형사   죄송합니다. 검사님이나 경위님이나 이걸로 절 징계하신대도 할 말
       없어요. 근데 저 꼭 알아야겠는 게 있어요.

여진   (보면)

장형사   서장님이 범인일 수 있나요? 내가 살인범을 도와준 거예요?

시목   .. 김가영이 관계를 미끼로 협박한 사람은 서장이 맞을 겁니다.

실무관   저를 가영이로 알고 끌고 갈 때요, 너가 달란 돈 다 줄게, 서장이
       그 말은 했어요. 근데 말투라든가... 누굴 죽일 사람으로는..

계장   본인이 더 막 벌벌 떨었다면서요? 도와달라고 막 빌고?

장형사   아니죠, 그럼? 서장님은 0, 7 뭐 그런 거하곤 상관없는 거 맞죠?

은수   0, 7이요? 그게 뭔데요?

여진   가영이가 말한 거요, 납치될 때 본 건지 범인하고 관계된 건지,

은수   숫자를 봤다고요? 0, 7을?

정본   그게 뭐려나, 진짜?

계장   좀 기다리면 본인이 말해주지 않을까요? 그것도 생각해낸 거 보면
       인제 곧 범인도 생각나겠죠, 시간문제네.

윤과장   .. 시간문제네요.. (은수를 곁눈으로 보면)

은수   (생각에 잠기긴 했는데 윤과장을 딱히 보진 않는다)

시목, 말없이 장형사 보다가 다시 난간 밖으로 시선 돌린다.
밤하늘 아래, 조명들로 번쩍이는 야경 끝없이 펼쳐진.

2. 길거리 - 밤

여진의 집 근처, 다들 인사 나누고 헤어지는 분위기. 여진도 배웅 나왔다.
덕분에 재미있었다, 혼자 치워야 돼서 어떡하냐, 또 놀러 와라 등의 인사 나
누고.

계장　　정본씨는 나랑 택시 타고 가면 되고, 영검사님은요?
여진　　황검사님이 데려다주면 되겠네요, 술도 안 마셨는데.
시목　　(은수 본다) 그래.
은수　　감사합니다.
여진　　(장형사한텐 아직 부루퉁한. 쓱 쳐다보고 만다)
장형사　　(알고 미안한, 계면쩍은)

손 흔들고 또 보자 인사하고 가는 사람들. 좀 바라보다 집으로 향하는 여진.

3. 시목 차 안 - 밤

두 사람 함께 타고 가는데 어색한 침묵 흐른다.

은수　　(그러다 생각난 듯) 아참 중앙지검에서 바로 그 집으로 가신 거예요?
시목　　음.
은수　　내가 잘못 들었나? 선배 방에 우편물이 너무 쌓여서 아까 선배 댁에
　　　　들렀었거든요. 근데 누가 집 문을 여는 거 같았는데?
시목　　우리 집에 누가 들어갔다고?
은수　　그렇다기보단, 엘리베이터 안에서 들어서 확실하진 않은데,
　　　　근데 내려오니까 어떤 남자가 비도 안 오는데 우산을 쓰고 있어서..
　　　　그것도 좀 이상하고..
시목　　그 남자가 어떻게 했는데?
은수　　어떻게 한 건 아니고요, 그냥.. 갔어요. 잘못 들었나?...
시목　　(지하철 입구 보고) 지하철 타면 되지?

은수	여기서요? (내심 집까지 가고 싶지만) 지기시 내려주세요 그럼.
	(가방에서 교통카드 꺼내며 벨트 푼다. 내릴 준비)
시목	(차선을 넘겨다보느라 은수가 카드 꺼낼 때 힐끗 보는. 차 세우면)
은수	안녕히 가세요.
시목	음. (바로 출발한다)
은수	(잠깐 보다 총총, 지하철 입구로 들어가는)

4. 시목의 아파트/외경 - 밤

5. 동/아파트 복도 - 밤

승강기에서 내린 시목, 현관으로 와 은수가 놓고 간 종이백 집고 들어간다.

6. 동/거실 - 밤

띠리릭. 현관문 열리고 시목 들어오면서 현관 센서등 켜진다.
신발 벗고 어두운 거실로 들어와 부엌 식탁에 백을 놓은 시목,
우편물 꺼내 훑으면서 안방으로 가 문을 열고 한 발 들이는 순간,
천장에 목을 매달고 흔들리는 양복 차림의 형상! 시체처럼 몸뚱이가 축 늘어져 있다!
시목, 즉시 안방 불 켜면,
사람이 아니라 옷걸이에 걸어서 셔츠에 넥타이, 재킷, 바지까지 사람처럼 만들어놓은 시목의 양복이다. 난도질당한 양복.. 넥타이를 옷걸이에 묶어 천장에 매달아 놨다.
밟고 올라간 듯한 의자는 그 밑에 쓰러져 있고.
시목, 뒤를 살피지만 집 안에 다른 인기척은 없다.
목을 맨 양복을 바라보는 시목.... 핸드폰 꺼낸다.

7. 여진의 옥탑방/옥상 - 밤

윗도리에 팔 꿰 넣으며 집 안에서 나오는 여진, 계단으로 뛰어간다.

8. 시목의 아파트/단지 마당 - 밤

장형사, 아파트 야외주차장에 차 주차시키고 황급히 배낭 들고 내리면, 근처에 택시 하나 멈춘다. 거기서 여진도 내린다. 여진에게 가는 장형사.

9. 동/시목의 집 안 - 밤

시목이 현관문 열어주면 여진과 장형사 들어온다.

여진   (시목부터 살피는) 괜찮아요?
시목   예.
장형사 이쪽이요? (곧장 안방으로 간다)

여진도 안방으로 가면 여전히 매달려 있는 시목의 너덜너덜한 양복.

여진   전화로 들은 거보다 훨씬 더..
장형사 기분 나쁘네.. (가까이서 보는) 보통 정성이 아닌데?...
여진   (걱정돼서 시목 한 번 더 살피는) 다른 덴요? (안방 밖을 돌아보는)
시목   여기 빼곤 (고개 흔드는)
장형사 (배낭에서 전자기기 탐색 장비 꺼낸다) 그래도 확인해야죠, 요즘 변태 새끼들이 하도 많아서. (양복 다시 보는) 근데 이건 (하다 입 다문다)
여진   (장형사에게서 장비 받고) 도청장치 같은 건 내가 볼게요.
장형사 네. (카메라 꺼낸다)

장형사, 매달린 양복 사진 찍더니 징갑 끼고 방 밖으로 나가 의사를 가져온다.
탐색 장비로 안방 곳곳 훑던 여진, 붙박이장에서 시목에게 그려준 그림들 발견하고.
그림을 본 여진, 시목 돌아보면,
시목, 장갑 낀 장형사가 (쓰러진 의자 아닌) 방 밖에서 가져온 의자에 올라가 조심스럽게 양복 내리는 걸 지켜보고 있다.

10. 동/시목의 집 안 곳곳 - 밤

장형사, 쓰러진 의자에서 지문과 족적 채취 작업하고
여진, 집 안 곳곳을 탐색 장비로 훑는데 전화 온다.

여진   (받는) 네.
시목 F   CCTV 찾았습니다.
여진   지금 갈게요. (끊고) 장형사님!

11. 동/방재실 - 밤

**〈공동현관 CCTV 영상〉 - 주민들 왔다 갔다 하는 영상 빠르게 플레이되다가,
검은색 장우산을 쓴 남자가 나타나자 정상 속도로 플레이된다.
계단 통로로 나온 우산 쓴 남자, 유유히 밖으로 빠져나간다.**

영상을 들여다보고 있는 여진, 장형사, 시목.

장형사   얼굴만 가렸지 완전 대놓고 다니네? 뭐 이런 싸이코 같은 놈이..

Flashback〉 - S#3. 시목의 차 안 - 밤

은수 E   **어떤 남자가 비도 안 오는데 우산을 쓰고 있어서..**

시목	...
장형사	특별히 위해를 가한 것도 아니고... 경고 같은 건가..
여진	옛날 영화에서 본 그 얘기 같네요.
시목	무슨 영화요?
여진	어떤 장군이었나, 왕이 장군을 죽이려고 하니까 왕이 잠든 새에 장군이 와서 왕의 머리카락만 싹둑 잘라 가요. 그담부턴 왕이 오금이 저려서 장군을 무서워하게 됐어요.
장형사	둘 중 하난데.. 검사님이 감옥 보낸 놈이 앙심 품은 거 아님 특임. 전과자면 이렇게 대놓고 하진 않을 거 같고.. 특임 때문이면 다른 사람들도 위험한 거 아닌가요?..
시목	(화면에 멈춰진 우산 쓴 남자 본다)
여진	(관리인에게) 여기 단지 안에 감시카메라 전부 복사해 가겠습니다.

12. 동/단지 안 – 밤

세 사람, 함께 걸어온다.

장형사	방금 전까지 웃고 떠들었는데 사람 일 참 알 수가 없네...
여진	땅으로 꺼진 게 아닌 이상 근처 어디서든 찍힌 게 있을 거예요. 내가 반드시 찾아낼게요.
시목	부탁드립니다. (자기 동 앞에 온) 두 분 수고하셨습니다. (가려는데)
여진	혼자 괜찮겠어요?
시목	또 오진 않겠죠. (목례하고 아파트 동으로 들어가는)
장형사	께름칙해서 잠이 오나 저 집에서?.. (차 쪽으로 가는데)
여진	(반대로 가는)
장형사	경위님 타요. 태워다 드릴게.
여진	(뒷모습 보이고 가면서 제 뒤통수 감싸 가린다)
장형사	진짜 다신 뒤통수 안 쳐요, 인제! 네?.. 에?!
여진	(말 대신 가는 채로 크게 손 흔든다)

그녀 뒤로 장형사, 한숨 쉬며 머리 긁는다. 제 차 타고 떠나고.
가던 여진, 아무래도 시목이 신경 쓰여 아파트 올려다보게 되는.

13. 동/안방 - 밤

시목, 침대에 걸터앉아 옷이 묶였던 곳 바라본다. 그러다 일어나서 그 밑을 거니는.

시목　왜 머리카락만 잘라 갔어, 목을 치지. .. 목을 치는 건 네 수법이 아냐?
소리 E)　(현관 벨소리)

14. 동/현관 + 거실 - 밤

시목, 문 열고 섰다. 테이크아웃 컵을 내민 여진, 다른 손엔 자기 커피도 들었다.

여진　캐모마일이 잠이 잘 온대요,
시목　... (받으면)
여진　아무 생각 말고 그냥 자요. (가려는데)
시목　잠깐 들어오세요.
여진　... (들어오며 시목 외엔 없는 집인데도) 실례하겠습니다.

시목, 소파 가리켜 보이고 끝에 앉으면 여진도 끄트머리에 털썩 앉는다.

여진　(안방 쪽 보며) 살인범 짓이라고 하기엔..
시목　수법이 많이 다르죠, 목격자도 안 남겼을 테고.
여진　목격자가 있어요??
시목　영은수 검사요. 아파트에 왔다가 우연히. 얼굴까진 못 봤겠지만.
여진　살인범이 아니면 그놈들뿐인데. 한조. 더반그룹도 있긴 하지만요.

시목	날 오금 저리게 하고 싶었나 보죠.
여진	… 검사님 사실 이렇게 될 줄 알았죠?
시목	알았으면 회식 대신 집에 있었겠죠.
여진	그거 말고 특임 해체요.
시목	(여진 본다)
여진	성문한테 정보 찔러준 게 검사님이란 거 이창준 쪽에서 어떡해든 알아냈을 거고 그럼 그 불똥이 어디로 튈진 뻔하잖아요.
시목	그렇다고 묻어둘 순 없었어요. 세금 10조가 들어간 사업인데 사기 치는 건 막아야 했고 이왕 그럴 거, 우리도 얻는 게 있어야죠.
여진	그래서 성문에 가져가서 뭘 얻었는데요?
시목	제보자 정보랑 바꿨습니다.
여진	알아냈어요? 누군데요?
시목	(휴대폰 켜서 문자 보내며) 여학생이 지나가던 사람한테서 부탁받고 보낸 거래요, 학생 신상 갔습니다.
여진	(문자 확인) 내가 이 학생 만나서 몽타주 따 올게요. 부탁한 사람.
시목	몽타주 프로그램 가져가세요.
여진	내가 똑같이 그릴 수 있어요.
시목	프로그램 꼭 가져가세요.
여진	(살짝 흘기는) 이거 말고 더 있어요?
시목	제보자는 세 가지 조건을 충족하는 사람입니다. 이창준과 박무성의 관계를 알고, 10여 년 전에 한조와 성문 사이에 혼담이 오갔다는 사실, 그때 혼담이 깨진 걸로 성문 사장이 여전히 앙금이 남아 있다는 것도 알고 있는 사람.
여진	되게 쪼잔하네? 10년도 넘은 일로 아직도 그런다고요, 성문 사장이?
시목	겉보기엔 전혀 안 그래요, 자존심 때문에 여기저기 티를 내고 다녔을 거 같지도 않고.
여진	그런데 누군간 눈치챈 거잖아요?
시목	현재로선 세 가지 조건을 모두 충족하는 사람은 세 명입니다.
여진	조건도 셋, 사람도 셋, 누군데요 셋?
시목	이윤범, 이창준, 이연재.
여진	네? 그 사람들이 왜 제보를 해요? 자기 몸에 칼 꽂긴데?

시목	(역시 이 부분이 납득 안 되는) ..
여진	제보자가 진범이라면서요? (생각하는) 그 셋이 다 동기를 갖고 있긴
	한데.. 이윤범도 자기 딸 내외가 걸린 일이니까, 근데 그 사람들은
	가영일 애써 살려줄 인물들이 아니잖아요?
시목	.... (차 마신다)

여진과 시목, 제보자에 대한 생각에 각각 빠져 있다가,

여진	늦었네. (일어나는) 꿈자리 뒤숭숭하면 전화해요.
시목	(일어나는) 꿈 잘 안 꿉니다.
여진	이럴 땐 그런 것도 괜찮네요, 갑니다.

여진 가면 혼자 남은 시목, 거실 불 끄는데 그러고도 잠시 가만있는다.

여진 E	10년도 넘은 일로 아직도 그런다고요, 성문 사장이?
시목	혼담 당사자면서 이창준하고 가까운 사람. .. 아직 셋뿐이다.
여진 E	그 사람들이 왜 제보를 해요? 자기 몸에 칼 꽂긴데?
시목	...

그대로 서서 생각하던 시목, 안방으로 간다. 환했던 안방도 잠시 후 불이 툭
꺼진다.
어둠에 휩싸이는 실내.

15. 은수의 집/은수 방 - 밤

편한 옷차림에 씻느라 머리에 둘렀던 수건 빼며 들어오는 은수,
얼굴은 이미 생각에 깊이 빠져 아무 데나 스르르 앉는다.

**Flashback〉- 여진의 집 주방. 주스에 젖은 윤과장 어깨 키친타월로 닦는 은수.
젖은 옷 아래로 확실하게 보이는 문신 자국, *D.T.***

여진 E 가영이가 말한 거요, 납치될 때 본 건지 범인하고 관계된 건지,

은수 .. 말이 안 되잖아..

은수, 아무래도 이상하다. 노트에 손 뻗어 빈 페이지 펼친다.
연필통에서 볼펜들 사이 꽂힌 연필을 집어드는 은수...

16. 수석비서관실/참모실 – 아침

제일 먼저 출근한 동재, 자리에 가방 놓고 창문 블라인드 올리면 햇살 들어온다.
동재, 여유롭게 업무 파일 읽으면서 라디오 켜는데,

라디오 E 지난밤 전 국민을 들썩이게 했던 한조그룹과 마츠야마그룹의
무기 수입 스캔들에 대해 정부가 공식 입장을 발표했습니다.

동재, 읽던 파일 제쳐두고 라디오 볼륨 키운다.

17. 한남동 집/거실 – 아침

소파에 앉은 윤범, 창준, TV를 심각하게 보고 있다.

〈TV 뉴스 화면〉 – 자료화면으로 L기업 로고와 마츠야마기업 사진 나오고,
훈련하는 대한민국 육군 영상 나온다.

앵커 E 정부는 L디펜스사로부터의 레이더 방어 시스템 도입을 전면 철회하기로
했으며

윤범, 철회 소식에 이마에 핏줄 선다. TV 꺼버린다.

창준, 말없이 윤범 기색 살피는데.

윤범   (화 억누르며) 뭐해? 초상났어? 가 식사해.
창준   어떻게 하실 겁니까.
윤범   고개 한 번 숙여주면 돼. 뭐 대수라고.

그러나 일어나 안방으로 가는 윤범의 뒷모습이 노엽다.

창준   (전화한다) ... 총장님 접니다. 도대체 몇 번을 전화하게 하는 겁니까.
윤범   (멈춰서 쳐다본다)
창준   고작 부장들에서 막힌 걸 변명이라고 해요? 물을 막아서 안 되면
       물을 터주면 되잖습니까, 물길 내주세요, 흘러가게 하라고!
윤범   ...
창준   지금 불러다 말씀하세요. 나도 인내심에 한계가 있는 사람입니다.
       (바로 끊는. 일어나 윤범에게 가는) 아버님 식사하시죠.
윤범   (밥 먹을 맛 아닌)
창준   가시죠, 하루를 기운차게 시작하셔야죠. (공손히 데려가는)

18. 중앙지검/특임 사무실 – 아침

마찬가지로 TV를 통해 뉴스 보도를 보고 있던 특임 팀원들.
〈TV 뉴스 화면〉 자료화면 – 레이더 돌아가는 장면.

앵커 E   현 사태에 대해 육군본부와 중앙지검 수사부가 공조하여 사건의
         진상을 파헤칠 것을 약속했습니다.

계장   그렇지, 그래야지.
정본   와 이런 일이 다 있네, 막으면 막아지는구나..
여진   (말없이 시목에게 하이파이브 하자고 손 내밀면)
시목   (여진 손 보다가 가볍게 치는데)

실무관   저거 우리 아니에요??

시목과 여진, TV 보면,
〈TV 뉴스 화면〉 – 특임팀 사진과 함께 '유종의 미 거둔 특임'이란 제목이 떴다.

여진   유종의 미?

19. 대검찰청/총장실 앞 – 아침

3부장, '검찰총장실' 푯말 보면서 심란한 표정으로 대기하고 있다.

앵커 E   다음 뉴스입니다. 김우균 용산서장을 청소년보호법 위반 혐의로
구속시켰던 특임 수사팀이 수사 종료 전날까지 서부지검 1부장
공준식 검사의 뇌물수수 혐의를 추가하며 유종의 미를 거뒀습니다.

3부장, 시계가 정확히 10시가 되자 일어난다. 크게 호흡 한 번.. 총장실로 들
어간다.

20. 중앙지검/특임 사무실 – 아침

모두 그 자리에 굳어 TV 보는 특임팀 사람들.

앵커 E   수사 효율을 위해 경찰서장은 청문감사실로 이관하고, 공준식 검사는
해당 중앙수사부로 인계해 조사를 계속하기로 했다고 전했습니다.
검경을 모두 심판했다는 평을 들은 이번 특임은 앞으로도 공정하고
투명했던 특임팀으로 국민들에게 기억될 것입니다.

장형사   아니 뭐 이렇게 해산을 시켜?
계장   이것들이 웃으면서 따귀를 날리네?

시목   (팔짱 낀 채 TV 보다 돌아선다) … ..

21. 수석비서관실/참모실 – 아침

동재   (통화 중) 그러니까 황프로 다시 올 거 아녜요, 이걸로 수사종결인지
지금까지 나온 건 다 털겠다고 하는지. (사이) 그러니까 그걸 계장이
알아내라고! (끊는) 아 이거 나까짓 구속시킨다고 하면 어떡하지?

22. 대검찰청/총장실 앞 – 아침

총장실 문 열리고 3부장 나온다. 고민 가득한 얼굴로 몇 걸음 걷다가 다시
총장실 쳐다보는 3부장, 헛웃음만 짓는다. 자리 뜬다.

23. 한조그룹/브리핑룸 – 낮

기자회견장으로 꾸며져 있는 브리핑룸. 윤범과 임직원들이 입장한다.
윤범, 너무나 침통해 보인다. 카메라 셔터 세례.
단상 앞에 죄인처럼 선 윤범, 무조건 고개부터 푹 숙인다.
다시 한 번 카메라 셔터음 쏟아지고. 고개 드는 윤범, 사과문을 읽기 시작한다.

윤범   먼저, 이런 불명예스러운 일로 여러분 앞에 서게 된 점 너무나 유감스럽게
생각하고 있습니다. 한 사람의 기업인이기 전에 대한민국의 국민으로서
맹세코, 유크레인공화국의 L디펜스사가 마츠야마기업의 것이라는
사실을 알지 못했습니다. 저희 한조는 국방부로부터 L기업의 중개를
부탁받고 국가안보를 위해 반드시 계약을 성사시키고자 했습니다만,
일본 기업과 관련돼 있다는 정보를 입수하자마자 계약을 파기하는
방향으로 선회 중이었습니다. 하지만, 미리 사실관계를 파악하지 못하고
심려 끼쳐드린 점은 모두 저의 불찰입니다. 하여 한조그룹을 대표해서

제가, 국민 여러분에게 사죄드립니다, 송구합니다.

윤범, 단상 앞으로 나오더니 90도로 숙인다.
윤범의 뒤에 도열했던 임직원들 역시 90도로 절한다.
카메라 세례가 끝날 때까지 일어날 기미가 없는 윤범.

24. 중앙지검/특임 사무실 복도 - 낮

중앙지검 직원 셋, 특임 사무실 앞에서 이러지도 저러지도 못하고 있다.
서로 눈치 보다가 결국 한 명이 마지못해 사무실 문 노크하는.

정본   (문 열고 얼굴만 내민다) 네?..

25. 동/특임 사무실 - 낮

시목을 비롯한 팀원들, 각각 자기 자리에서 묵묵히 짐 싸고 있다.

정본   (문 닫고 들어온다)
계장   누구예요?
정본   정리하게 방 좀 빼달라네요.
장형사   야박하네. 발표 나기 기다리고 있었나? (하다) 알고 있었나?
실무관   (짐 다 싼) 인제 진짜 이별이네요?...

시목, 화이트보드 뒤집는다. 그 뒤에 붙어 있던 사건 인물 관계도를 처음 보
는 사람들, 저런 게 있었어? 하며 보는데 사진 떼고 내용 지우는 시목, 보드
를 다시 돌려놓는다.
시목, 떼어낸 사진들까지 넣으면 이제 짐 다 챙겼다. 팀원들 얼굴 한 번씩 보
면, 팀원들도 시목을 바라보게 된다.

시목   짧은 기간이었지만 최선을 다해주셔서 감사합니다. 덕분에 여기까지
        올 수 있었습니다. 고생 많으셨습니다. (팀원들 향해 90도 인사)

        팀원들, 얼결에 90도 절받고 어, 하는 사이 허리 편 시목, 짐 들고 나간다.
        계장과 실무관 '수고하셨습니다. 안녕히 가세요' 인사 나누면서 나가고,
        그 뒤로 윤과장과 정본, 인사하면서 캐리어 끌고 나간다.
        마지막으로 장형사와 여진도 나가는데,
        여진, 문 닫기 전에 다시 한 번 특임 사무실 바라본다.

장형사   가요 경위님.
여진   네... (문 닫고 간다)

26. 동/주차장 – 아침

        시목, 차에 짐 싣는다. 조금 떨어진 데 계장과 실무관도 트렁크에 짐 싣는 것
        보인다.
        시목, 차에 타려다 건물 돌아본다. 계장과 실무관도 시목 시선 느끼고 돌아
        보는데,
        정본, 여진, 차례로 짐 들고 나오다 시목 등의 시선 느끼고 건물 돌아본다.
        짧지만 소명을 가지고 함께했던 곳. 잠시 보던 이들, 각자의 길로 헤어진다.

27. 용산서/외경 – 낮

28. 동/강력팀 – 낮

        여진과 장형사 들어온다. 사무실 끝자락에 있는 3팀 자리로 가는데,
        업무 보던 형사들의 시선 모두 여진과 장형사에게 쏠린다.
        '수고했다' '잘 왔다' 같은 위로나 격려의 말 일체 없고,

마치 낯선 이들을 보는 듯한 시선들..
3팀 자리에 있던 서형사나 박순경 정도만이 여진과 장형사를 아는 척한다.

박순경   (꾸벅 인사하고 짐 받는) 수고 많으셨습니다.
여진   (일부러 아무렇지 않은 듯) 고추장, 얼굴 좋아졌다? (짐 푸는데)
장형사   어? 아예 비운 거예요?
여진   (그 소리에 돌아보면 김경사 자리 완전히 깨끗이 비워져 있다)
서형사   (대답 대신 공고 게시판 달린 벽을 가리킨다)

공고 게시판에 붙은 공고,
〈공고 - 피의자에게 가혹 행위를 한 책임을 물어 강력3팀 김수찬 경사를 파
면 조치한다. 2017년 4월 27일. 용산경찰서 서장 대행 권혁기〉

장형사   어떻게 된 거야, 이거 아직 결론 안 났잖아?
박순경   팀장님이 인트라넷에 사죄문을 올리셔갖고, 본인이 김경살 말렸어야
         했는데 못 그랬다, 피해자한테 사죄는 했지만 너무나 큰 죄를
         저질렀다고 양심선언을 하셨어요.
서형사   양심선언인지 폭탄 돌리긴지.
장형사   아니 그래도 바로 파면을 시켜? 감찰 붙은 것도 아닌데?
서형사   지금 우리 코가 석 자잖아, 위에서 빨리 치운 거 같아.
여진   ..

Flashback〉- 12회 S#5. 무성 집 마루에서 경완에게 무릎 꿇던 팀장.

여진   그게 다 이러려고..
장형사   (한숨이...) 기러기 생활도 끝이네 이젠.
서형사   그게 걱정이야. 애를 괜히 외국으로 보낸 게 아닌 거 같던데.
         과잉행동장애랬나, 암튼 문제가 좀 있는 모양이더라고.
여진   (짐 풀던 손 느려진다. 텅 빈 김경사 책상 다시 보니 더 속상하다)
         그래서 팀장님은?
박순경   3개월 감봉 처분이요.

여진	(헛웃음 나오는데 전화 울린다. 발신자 보더니 얼른 받는)
	다 받았어? (사이) 지금 가! (뛰어나가는)
장형사	어디 가요?!

29. 용산서 교통계/모니터실 - 낮

여진, 들어오면서부터 윗도리 벗어 던져놓고 수첩 펼친다.

여진	4월 25일 밤 9시 38분. (모니터 보는) 단지 내 영상부터 보자.

오퍼레이터, 시간대 입력하자 여러 대 모니터에 일제히 뜨는 아파트 단지 내 영상.

〈영상〉 - 시목의 아파트 공동현관 앞, 주차장, 공원 옆, 지하주차장, 정문 앞 등 등이 펼쳐진다.
공동현관 영상에 모습 나타나는 은수, 아파트에서 나오고 있다.

여진, 상체 기울여 자세히 본다.

〈영상〉 - 전화하는 은수 옆으로 우산 쓴 남자(우실장. 이하 모두 우산 썼다. 하체 만 보인다) 지나간다.
돌아보는 은수, 하늘 향해 손 뻗어보는 모습.

여진, 우실장 나타나는 곳마다 테이블에 펼쳐놓은 아파트 단지도에 X 표시 한다.

〈영상〉 - 우실장, 주차장 길 걸어가면 다음, 공원 카메라에 잡힌다. 곧 사라진다.

여진	정문.

〈영상〉 - 정문 뜨면 잠시 후 나타난 우실장, 정문으로 나간다.

여진   (걸음걸이 유심히 보다가) 관제시스템 연결 됐지?
오퍼레이터   네. (기기 조작하면)

전체 모니터, 아파트 주변 도로 영상으로 일제히 바뀐다.

〈영상〉 - 아파트 앞 도로. 우실장, 차분히 걸어가는 뒷모습. 그런데 곧 없어진다.
영상은 인근 도로 구석구석으로 화면 계속 바뀐다. 우실장은 어디에도 안 보인다.

여진   (손만 뻗어 의자 끌어다 앉는, 눈은 계속 바뀌는 수많은 화면을 주시)
어디 갔어...

30. 서부지검/형사부 복도 - 낮

시목, 윤과장, 계장, 실무관, 함께 들어간다. 인사하고 지나가는 검찰 직원들.
은수가 맞은편에서 오는데 생각에 잠겨 있느라 이들이 오는 것도 모른다.

실무관   무슨 생각을 그렇게 하세요?
은수   어, 컴백하셨네요. (시목 보는데)

시목 뒤에 약간 겹치게 선 윤과장, 스르르 고개 든다.
은수의 눈동자, 시목에서 윤과장으로 옮겨진다.
두 사람, 아무렇지 않게 눈인사 교환하지만 은수의 커다란 눈동자가 흔들리
며 금방 딴 데를 향한다. 이를 느끼는 윤과장.
은수, 인사를 하는 둥 마는 둥 간다.

계장   왜 저러시지?
시목   (그냥 가는데)

시목 일행을 지나친 은수, 어느 정도 거리를 두고 나서 윤과장을 돌아보는데, 이때 윤과장도 돌아본다. 놀란 은수, 급히 제 방으로 들어간다.

시목 (계장에게 짐 맡긴다) 부장님 뵙고 올게요.
윤과장 저도 이쪽으로. (인사하고 간다)
실무관 예, 가세요.

시목, 3부장실로 가고 실무관과 계장은 시목 방으로 들어간다.
모두 사라지면 윤과장, 은수 간 쪽 다시 돌아본다..

31. 동/3부장실 – 낮

들어오는 시목, 인사하고 3부장은 자리에 앉아서 본다.

3부장 왔냐.
시목 죄송합니다. 힘을 실어주셨는데 지키지 못했습니다.
3부장 니가 죄송할 건 아니지. 내가 사과받을 것도 못 되고.
　　　　(어딘가 거북해 보이는 듯. 시선을 살짝 피하는 듯도 하고)
　　　　김우균 서장은 청문감사실에서 재조사하기로 했어, 알지?
시목 예, 어떻게 처리될 거 같으세요?
3부장 글쎄, 그쪽들도 다 한 식구라서.. 접대받은 거야 기정사실이고 관건은
　　　　그래서 여자애를 찌르라고 언놈한테 시켰는지, 박무성도 같은 이유로
　　　　처치한 건지 그걸 봐야 하는데 감사실에서 과연 거기까지 갈 것이냐..
　　　　근데 말야, 네 방 직원 진술만 읽어봐도 사람 죽일 배짱은 아니잖아?
시목 살인범은 아닐 수도 있습니다. 살인미수는 몰라도.
3부장 살인미수는 또 뭐야?
시목 목격자가 있습니다.
3부장 누구?
시목 이창준 수석 부인이요. 이연재 씨.
3부장 뭐?.. (일어나는) 야 거까진 가지 말자.

시목	서장은 이연재씨를 언급 안 하던가요? CCTV에서 봤을 텐데.
3부장	전혀.
시목	그 입장에서야 그날 일을 아예 없는 걸로 해야 하니까 그렇겠죠. 조서 다시 작성해서 올리겠습니다.
3부장	(막고 싶은 손짓) 지금 정도로도 충분해. 잡아넣을 수 있어.
시목	(3부장을 새삼 쳐다보는) .. 다시 올리겠습니다. (인사하고 나간다)
3부장	(골치 아프게 됐다. 찌푸리는)

32. 동/부장실 앞 - 낮

시목 나온다. 잠시 3부장실을 쳐다보는.. 간다.

33. 용산서 교통계/모니터실 - 낮

꼼짝도 않고 앉아서 화면 보는 여진, 오퍼레이터마저 지쳐갈 무렵,
다른 화면에 다시 나타나는 우실장! 여진, 몸을 바짝 당긴다.
우실장, 사라지지만 곧 인근 골목에서 다시 모습 드러낸다.

여진	(지도 가리키며) 이 큰길로 보자.

〈영상〉 - 대각선으로 멀리 찍힌 우실장 모습. 해상도 떨어진다. 택시 잡고 있다. 택시 한 대 와서 서면 우실장, 몸 기울여 택시에 올라타고 우산 접는다.

여진	멀어. 근처 다른 카메라는?

오퍼레이터, 기기 조작하면 버스 정류장, 사거리 교차로 등등 화면 뜬다.
그러나 어디에도 우실장과 택시는 없다.

여진	(고개 젓는) ... 아까 그거 확대해봐.

오퍼레이터, 우실장이 택시 타던 영상 최대한 확대하지만 화면이 깨지기만 할 뿐 더는 잘 안 보인다.

여진　원래 배율로 해서 인쇄해줘.
오퍼레이터　옛.

34. 서부지검/시목 검사실 - 낮

계장　(리스트 파일 들고 집무실 가다 멈춘다. 고민스런, 혼잣말) 하지 말까?
　　　(자리로 돌아오는. 하지만 생각하더니 다시 집무실로 총총 가는데)
　　　아니지, 특임도 끝났는데 뭘 또 싱숭생숭하시게... (다시 돌아오는)
실무관　(커피 마시며 일하면서) 뭔데 그러세요?
계장　이거.. 어떡할까요, 박무성이 브로커 노릇 한 업체들인데.
실무관　브로커 짓을 많이 했어요?
계장　말도 말아요, 이 중에 버스회사 하나는 쇠고랑 차야 마땅한 걸
　　　박무성이 살려놨어, 증차도 불법에 노선 연장도 불법, 그러고서
　　　지 식구들 임원자리에 앉혀놓고 국고 보조금 나눠먹기 한 건 또
　　　몇억인 회산데.
실무관　그걸 어떻게 살렸는데요?
계장　박무성이 버스 사장한테서 돈 받고 담당 공무원이랑 연결시켜줘서
　　　계속 버스 굴리게 해줬죠.
실무관　아주 안 해먹은 게 없네 그 인간.
계장　근데 박무성 하나 뒤진 거뿐인데 팔수록 다 이 모양이니 이건 박무성이
　　　나쁜 게 아니라 우리나라 전체가 이 수준인가 싶기도 하고.

시목 검사실로 들어온다. 계장과 실무관 '오셨어요' 등 인사하면,

시목　네. (집무실로)
계장　그래도 건별로 확인하라고 하신 거니까 (파일 들고 집무실로 가는데)

시목	(도로 나와서 나간다)
계장	나가세요?
시목	네. (나간다)
계장	... (풀 죽어 책상으로 오면)
실무관	(계장 파일 뺏어 파일 보관함에 팍 넣어버리곤 손 턴다) 특임이 괜히 좋았겠어요? 검사님한테나 우리한테나 더 파서 좋을 거 없어요.
계장	(빈손 내려다보다가 그래! 고개 *끄덕끄덕*)

35. 은수네 아파트 외경 - 낮

36. 은수네 집/거실 - 낮

시목, 현관에 섰다. 안방에서 다리를 좀 끌면서 나오는 일재.

시목	(인사한다)
일재	왜 거 서서 그래. 들어와 앉아.
시목	(들어오면)
일재	안사람이 나가서, 뭘 줄 게 없나.. (부엌 쪽으로 몸 돌리는)
시목	괜찮습니다. (이미 소파에 와 서서) 오래 걸리지 않습니다. 앉으시죠.
일재	... (앉으며) 이창준이 속이 많이 쓰리겠어, 자기가 봐둔 물건에 발등을 찍혔으니.
시목	(따라 앉는) 무슨 말씀이신지.
일재	전에 창준이가 그런 얘길 한 적 있어. 물건이 하나 나온 거 같은데 중간에 꺾일지 어떨지 지켜봐야겠다고. 여당 당원 명부였던가, 그게? 수원에서 유출돼서 문제가 됐던 게.
시목	...
일재	위에선 그냥 덮으려는 걸 갓 부임해온 새파란 신출내기가 명부 유출은 명백한 선거법 위반이라고 대드니 자네 부장이 뒷목 잡을 수밖에. (시목 보고) 그래 자네 얘기야. 막 수습딱지 뗐을 때지 아마?

시목	예, 제가 처음 배치됐던 수원지검에서였습니다.
일재	자기 밑에서 수습 떼고 나간 황시목이가 첫 부임지에서 부장이랑 맞장 뜬 걸 알고 창준이가 나한테 그랬지. 중간에 변절만 안 하면 황시목이 그놈아, 기대 걸어볼 만하다고.
시목	...
일재	근데 그 후배한테 발목을 잡혔네? 무기 수입 막은 거 자네지?
시목	아셨습니까?
일재	(웃는) 성문일보 사장은 여전히 그 모양인가 봐, 덥석 문 거 보면.
시목	(일재 본다) 성문 사장하고 한조 관계를 알고 계셨군요..
일재	(회상이라도 하듯) 그놈이 창준일 얼마나 괴롭혔는데.
시목	(일재 살피는 눈길...)
일재	날 찾아온 이유는? 설마 감사 인사라도 들으려고?
시목	장관님께서 알고 계신 거, 이젠 제게 주십시오.
일재	!
시목	이윤범이 장관님을 친 건 두려웠기 때문입니다. 무엇이 이윤범을 두렵게 했습니까?
일재	무슨 소린지 모르겠네.
시목	제가 하겠습니다. 주시죠.
일재	(갈등과 울화가 동시에 일렁이는 내면) ... 평생 소명이라고 생각한 일 때문에 가족을 힘들게 했어, 내 식구한테 해준 게 아무것도 없어. 일이고 소명이고 다 사라진 지금까지도.
시목	법관에게 정의란 영원한 짝사랑이다, 궁극의 이데아이다, 장관님 아니 교수님께서 연수원 첫날 첫 시간에 하신 말씀입니다. 그 가르침을 따르게 해주십쇼.
일재	정의가 뭘까?
시목	....
일재	나한테 있어서 정의란 나와 내 가족의 안전이야. 이 정도 살아보니까 그 이상의 정의는 없더라고. (일어난다) 병원 갈 시간이 돼서.
시목	(따라 일어나며) 다시 오겠습니다.
일재	(돌아보지 않고) 돌아가. (안방으로 들어간다)

37. 동/안방 - 낮

시목 E　다시 오겠습니다. (나가는 소리 들린다)
일재　(갈등된다. 장롱 서랍을 보는...)

38. 마포구/대로변 - 낮

손에 사진 한 장 든 여진. S#33에 택시 타는 우실장이 멀리서 잡힌 그 사진이다.
사진 들어서 주변과 비교하면, 사진 속 바로 그 장소에 와 있는 여진.
사방 살피던 여진, 편의점에 주목한다. 편의점 안에서 바깥 진열대 향해 달린 CCTV.

39. 편의점 - 낮

모니터 들여다보는 여진.

〈영상〉 - 우산 쓴 우실장 뒷모습 보이며 섰고 옆에 곧 와서 서는 택시.
우실장, 택시 타면서 우산 접는다. 이때 턱선에서 뺨 정도까지 살짝 얼굴 보이는데,
곧 올라타서 차 안으로 사라진다. 뒷문 닫힐 때 희미하게 보이는 택시회사 이름.

40. 택시회사 - 낮

여진, 택시회사에서 나와 자기 차에 탄다. 택시회사 빠져나가는 그 위로..

기사 E　기억나요, 비도 안 오는데 뭔 우산인가, 별 미친놈 다 보겠네 했는데.

41. 골목 – 낮

기사 E　　신창역 다음 골목에 내려줬던 거 같은데..

골목으로 들어서는 여진 눈앞에 먼지 날리는 공터가 나타난다.
아직 건물을 세우기 전인 공터에 차량이 여러 대 주차돼 있다.
손 허리에 대고 '여기였겠네' 생각으로 바라보는 여진. 둘러보면 어디에도
CCTV 없다.

42. 한조그룹/회장실 – 낮

윤범, 일하는 중. 핸드폰 울려 받는다.

윤범　　(기운차게) 수석께서 친히 전화를 다 주시고 왜?

43. 수석비서실 – 낮

전화 중인 창준, 생각보다 활기 있는 윤범 목소리에 순간 당황하는데.

창준　　... 괜찮으십니까?

44. 한조그룹/회장실 – 낮

윤범　　(쿨하게) 사업하다 보면 더한 손해도 있는 거지. 간 쓸개 다 빼놓고
하는 게 그게 장사야. 정치하는 인사들 조변석개야 어제 오늘인가?
자넨 신경 쓰지 말고 국정관리나 잘 하라고. (끊는다)

곰곰이 생각하는 얼굴이던 윤범, 인터폰 누른다. 바로 들어오는 우실장.

우실장	예 회장님.
윤범	W저축은행 송대표 좀 보자고 해. 한성일보랑 같이.
우실장	예, 회장님.
윤범	작전에 필요한 인물도 하나 수배하고. 박무성이 같은 거 말고.
우실장	알겠습니다. 저, 그런데...
윤범	왜?
우실장	황시목 검사가 영일재를 만난 것 같습니다.
윤범	... 자네 경고가 안 먹힐 때도 있네?
우실장	죄송합니다. 다시 한 번
윤범	아냐.. 영일재가 아무리 잠자코 숨만 쉬겠다고 맹세했어도 옆에서 황시목이 같은 게 자꾸 들쑤시면 헛바람 드는 게 인지상정이야. 더 놔두면 안 되겠어. 분명 집 안에 뒀을 테니 가서 가져와.
우실장	예. (바로 인사하고 나간다)
윤범	(생각할수록 패씸한..) 물길 터줘서 될 째끼가 아니네...

45. 서부지검/시목 검사실 – 낮

계장	저 외근 나갑니다. (문으로 가는데)

노크소리와 함께 문에 고개 드미는 여진.

여진	안녕하세요. (들어온다. 서류봉투 든)
계장	한경위님!
실무관	어머!!!
여진	(쑥스러운) 누가 보면 이산가족인 줄 알겠네. 어제 보고 또 보는데.
계장	(울상) 그러게요, 어제 보고 오늘 보는데 왜 이렇게 오랜만에 보는 것 같을까요?
실무관	맨날 얼굴 맞대고 있다 헤어지니까 허전해요.

여진   저도요. 방금 전에도 하마터면 중앙지검으로 갈 뻔했다니까요.

계장/실무관   (웃는)

시목   (뒤에 들어오며) 왔어요?

여진   네. (서류봉투 들어 보이는)

시목   (집무실로 가면)

계장   말씀하고 가세요 그럼 전, (나가는 길이란 손짓)

여진   네! (계장, 실무관에 웃어 보이고 따라 들어간다)

46. 동/시목 집무실 - 낮

테이블에 놓인 우실장 사진 두 장 들여다보는 시목.
한 장은 우산 접고 택시 타기 직전의 모습,
다른 한 장은 그걸 줌인 해서 옆모습을 확대한 사진인데 희미해서 알아보기
힘들다.
(S#39. 편의점 CCTV에 찍힌 택시 타는 모습)
시목이 사진 보는 동안 여진은 시목 집무실의 화이트보드 본다.
중앙지검 특임 사무실 화이트보드에서 떼 온 사진이 여기에 옮겨졌다.
(사진만 뭉쳐서 놔둔 상태. 관계도는 다시 그리지 않았다)

시목   (전화) … 영은수, 지금 내 방으로 올래?
          (끊고) 전 모르는 사람이네요.

여진   (서류봉투에서 다른 사진 꺼낸다) 이 사람은요? (몽타주 내미는)

시목   여고생 만났습니까? (모자에 안경, 마스크 쓴 몽타주 보는..)

여진   얼굴을 가렸단 것만 기억하지 다른 건 하나도 모르겠데요.
          이윤범이나 이창준 사진을 보여줬다 해도 기억 못할 눈치였어요.
          이연재야 여자니까 그건 구분하겠지만.

시목   제보자 후보가 한 명 더 늘었습니다.

여진   누구요?

시목   영일재 장관이요. 성문과 한조의 관계, 성문 사장이 느끼고 있는
          열등감, 다 꿰고 있던데요.

여진	조건은.. 제일 맞네요, 제보자일 가능성? 김가영이 일부러 살려뒀다는 가설도 맞죠. 영장관이라면 개인적 원한은 없으니까.
시목	(듣지만 어딘가 석연찮은)
여진	방법도 딱이잖아요? 이윤범 쪽을 직접 쳤다간 또 3년 전처럼 될 수 있으니까 박무성을 죽여서 이목을 집중시키고 그담에 제보하면.. 특임으로 제일 혜택 본 사람도 영장관이네?
시목	.. 실행력, 결단력.
여진	(보면)
시목	다른 조건은 다 맞지만 그 면에서 너무나 안 맞아요. 살인이란 게 보통의 결심으로 될까요? 그분은 이론가입니다. 행동하질 않아요, 영장관은 이윤범한테 위협이 될 걸 손에 쥐고도 3년을 앉아만 있었어요.
여진	뭘 쥐고 있는데요 영장관이?

노크소리. 은수 들어온다. 얼른 입 다문 여진, 인사한다. 은수도 인사.

시목	앉아. (우실장 사진 밀어준다) 어제 우리 집에서 봤단 사람, 기억나?
은수	(보는...)

Flashback〉 - 시목 아파트 공동현관에서 봤던 우산에 얼굴이 완전히 가려진 남자.

은수	옷은 비슷한데, 얼굴은 못 봤지만 이 우산 맞는 거 같아요. 맞아요, 이 우산. (옆모습 희미한 사진을 뚫어져라 보는) 근데 왜요? 이 사람 진짜 선배 집에서 나온 거 맞아요? 무슨 일 있었어요?
시목	아니 아무 일도. (여진에게) 이 사진 파일 지금 저한테 보내주세요.
여진	(시목 쳐다보지만 아무 말 안 하고 휴대폰에서 사진 전송해준다)
시목	(은수에게) 됐어. 수고했어.
은수	무슨 일이 있었으니까 이렇게까지 찾아낸 거잖아요? CCTV 같은데?
시목	아무 일 없었어. 수상한 사람 같아서 알아본 거뿐이야. 가봐. (방금 여진이 보낸 파일 도착한다. 열어서 확인하는)

은수	... (여진 힐끗) 왜 저한텐 아무 얘기 안 해주세요?
시목	할 얘기 없으니까.
은수	... (일어난다. 여진에게) 또 봬요. (두 사람에게 목례, 나간다)
시목	(문자 보내느라 제대로 쳐다보지도 않는)
여진	왜 그래요?
시목	뭘요.

47. 동/시목의 검사실 - 낮

집무실에서 나오는 은수, 일하던 실무관이 고개 들면 까딱 목례하고 나간다.

실무관   (유선전화 울려 받는다) 네, 황시목 검사실입니다. .. 에?!

48. 동/복도 - 낮

시목 방에서 나온 은수, 복도를 어느 정도 가다 멈춰서 돌아본다.

Insert〉 - 방금 전 시목의 집무실로 들어갈 때의 상황.
검사실로 들어온 은수, 집무실 문 노크하려는데 문 안에서 들리는 소리.

시목 E	**영장관은 이윤범한테 위협이 될 걸 손에 쥐고도 3년을 앉아만 있었어요.**
은수	**?!**

은수가 안 들어가고 문 앞에 서 있자 뒤에 실무관이 고개 빼고 쳐다본다.

여진 E	**뭘 쥐고 있는데요 영장관이?**
은수	**(실무관이 의식되는. 노크하고 들어간다)**

은수, 얼굴이 심각해진다. 잠시 생각하다 얼른 간다.

49. 동/시목의 집무실 - 낮

시목   한조 쪽 사람이 맞다면 서동재 검사가 봤을 수도 있어요,
　　　　파일 보냈으니까 얘기가 있겠죠.

여진   영검사님한테 좀 잘 해줘요, 쫌.

시목   잘해줍니다?

여진   (얼씨구?)

실무관   (노크하고 들어온다) 죄송한데요, 검사님 올라가 보셔야겠는데요?

시목   어딜요?

실무관   방금 저희 지검 검사장님 발표났대요.

시목   .. (일어선다)

여진   (사진 챙겨 일어선다) 가봐요, 얼른.

두 사람, 함께 나간다.

50. 동/승강기 복도 - 낮

시목 방에서 나오는 여진과 시목, 승강기로 온다.

여진   오늘 인사이동이 많네.

시목   정본이한테 문자 받았습니다. 그쪽 팀장님 얘기.

여진   (무겁게) 네에. (승강기 올라가는 방향과 내려가는 방향 둘 다 누르는)

시목   (여진 얼굴 어두워진 것 보고 더 이상 말 않는)

내려가는 승강기가 먼저 온다. 여진, 손 들어 보이고 타고 가볍게 목례하는
시목.
여진이 사라지면 곧 시목의 승강기가 온다. 시목, 탄다.

51. 동/승강기 안 - 낮

시목   (6층 누르는데 전화 온다. 동재다. 받는) 사진 보셨습니까?

52. 수석비서실/참모실 - 낮

문 열어 복도에 사람 없는 것 확인하는 동재. 뒤에 수석실 문도 열렸다. 아무도 없다.

동재   그런 걸 띡 보내면 어떡해? 내가 지금 어디 있는지 몰라?
시목 F   아는 사람인가요?
동재   몰라. 그보다 (소리 낮춰) 수석님이 눈치챈 거 같아.
시목 F   뭘요?
동재   내가 너랑, (잠깐 생각) 은밀하게 커뮤니케이션하는 거.
날 시험하더라고. 양비서랑 나한테 이중으로 말을 흘려서 뭐가
새나 보려고 한 거 같아. 니가 너무 대놓고 마츠야마를 터뜨리니까
그렇지, 그거 니가 한 거지?

53. 서부지검/6층 복도 - 낮

승강기에서 내리는 시목. 전화 받으며 복도 따라온다.

동재 F   근데 이 사진은 뭐야? 이 남잔 왜?
시목   저희 집에 침입한 사람입니다.
동재 F   너 있을 때? 직접 봤어??

시목, 전화 받으며 가는데 그 뒤 화장실에서 윤과장이 나온다.

시목	전 그때 없어서 못 봤고 영은수가 봤습니다.
윤과장	(시목 보는)
시목	영은수가 뒤에서 목격했는데 (하다 인기척 느끼고 돌아보는데)
동재 F	나중에! (뚝 끊기는 전화)
시목	(전화 내리고, 목례)
윤과장	검사장실이요?
시목	예. (가는)
윤과장	(함께 가는)

54. 수석비서실/참모실 – 낮

양비서 들어왔다. 침착하게 자리에 앉는 동재, 하지만 방금 시목이 보낸 사진 본다.

동재	(사진이 뺨 정도만 나온 옆모습이고 화질이 안 좋은) 이게 누군데...

55. 서부지검/검사장 비서실 – 낮

시목과 윤과장, 들어서면 축하 리본 달린 난 화분이 벌써 여러 개 도착했다.
화분 정리하던 비서 인사받으며 검사실로 향하는 두 사람.
검사장실 문 열린 안으로 이미 부장검사들 와 있는 것 보인다.

56. 동/검사장실 – 낮

시목과 윤과장, 책상 앞으로 가면 검사장 책상 자리에 선 3부장.

시목	축하드립니다, 검사장님.
3부장	고맙다.

윤과장	축하드립니다.
3부장	(웃으며 악수)

시목, 이미 바뀐 명패 - 〈서부지방검찰청 검사장 강원철〉 본다.
(3부장님 검사장 되셨으니 이하 지문의 호칭은 성함 '원철'로 바꾸겠습니다)

원철	(명패 보는 것 알고) 죽이지?
시목	.. 오늘은 뭐든 기습이네요, 아침부터.
원철	기습이라고 다 졸속은 아냐. 니 명패도 오고 있어. (책상에서 나오는)
시목	제 게요?
원철	부장들끼리 서로 인사하지. (시목 옆에 서서)
서부지검 형사 제3부, 황시목 신임 부장입니다.

부장들, 이게 무슨 소린가 하는 얼굴. 시목 자신도 원철 쳐다본다.

원철	(아무렇지 않게 먼저 악수하며) 축하해, 황부장.
윤과장	(다른 사람들이 움직이지 않자) 축하드립니다, 부장님.

윤과장이 인사하자 다른 부장들도 앞으로 오지만 인사하는 눈들이 우호적
이지 않다.

원철	이 정도 훈훈했으면 됐지? 일합시다. (윤과장, 시목에게) 둘은 남고.
시목/윤과장	네.

57. 동/검사장실 복도 - 낮

검사장실에서 나와서 가는 2, 4, 5부장들.

| 2부장 | 위는 차장 건너뛰고 바로 검사장, 아랜 부부장 건너뛰고 바로 부장,
뭘 죄다 건너뛰어? |
|---|---|

5부장	아까 좀 말씀하시죠, 족보가 너무 꼬였잖습니까.
4부장	일하는 데 족보가 어딨어, 자기 거나 열심히 하면 되지.

4부장은 그냥 가는데, 2, 5부장은 가면서 옆에 있는 차장실을 눈여겨본다.

5부장	근데 이렇게 되면 차장 자린 우리 셋 중에 하나네요?
2부장	셋 중에 하나라니? 우리가 너하고 몇 기수 차인데?

5부장, 왜 안 되냔 식으로 으쓱하고 2부장, 쌍심지 켜고 4부장, 먼저 가버린다.

58. 동/검사장실 – 낮

원철	둘 다 수고 많았어. 남에 지검 셋방살이 끝내고 집에 왔다 생각해.
윤과장/시목	예.
원철	(윤과장에게) 니 자리 딴사람 앉아 있어서 놀랬지?
시목	(윤과장 보는)
윤과장	예, 좀.
원철	넌 수사과로 옮기자. 수사과가 나랑 더 직통이잖아, 사건과보다.
윤과장	예...
원철	좋지? 됐지 그럼? (시목 잠깐 보더니 윤과장에게 됐다는 눈짓)
윤과장	(목례하는데)
시목	(전화 온다) 실례합니다. (받는) 예 경위님. (사이) 병원이 왜요?
윤과장	(나가려다 돌아보는)
여진 F	기자 하나가 병실까지 들어왔대요. 가영 엄마가 어떡하냐는데 전 지금 서장 일로 감사실 호출이 와서요, 장형사도. 검사님 바빠요?
시목	저도 지금은 좀 (원철 보는)
원철	왜?
윤과장	김가영이요? 제가 갈까요?
여진 F	기자는 하나만 알아도 다 아는 건데, 알았어요 내가 어떻게 해볼게요.

시목	잠깐만요, 윤과장님 가실 겁니다.
윤과장	(끄덕인다)
시목	예 연락드리죠. (끊는) 김가영 피해자 병실에 기자가 들어왔답니다.
윤과장	가서 상황 보고 옮기든가 할게요. (얼른 나가는) 전화할게요!
원철	지금껏 막은 게 용타. (일어나 파일 들고 소파로 오며)
	생판 모르는 사람도 어디서 뭐 먹었는지 아는 세상에. 와.

59. 동/검사장실 복도 - 낮

윤과장, 걸음은 빨리 하는데 눈동자에 생동감이 별로 없다. 좀 처져 보이기도 하고.

60. 동/검사장실 - 낮

원철	(소파에 앉으며 테이블 위로 파일 툭 던져준다)
시목	(와서 앉는. 펼쳐서 읽다 원철 쳐다본다)
원철	10개월, 텍사스 트라비스카운티 지방검찰청으로 시작해서 한 달에 한 지역씩 10개 주야. 각 연방검찰청, 연방수사국, 마약수사국을 돌게 될 거야. 각 지역 연수기는 매달 메일로 보내. 어마어마하지?
시목	왜 어마어마해야 하는데요?
원철	다 내려놔. 그냥 나가서 요건 갖춰 돌아와.
시목	무엇에 대한 요건을요?
원철	그냥 좀 넘어가는 게 없네. (하지만 똑바로 앉는) 총장이 나 검사장 시켜준다 했을 때 내가 뭔 생각이 들었게?.. 이 냥반 겁나 쫄았구나. 어젯밤엔 들이받았지 너넨 해체됐지, 총장실에서 날 오라는데 이번엔 진짜 모가지구나 했거든. 그런데, (검사장 자리 가리키는) 저걸 준대.
시목	독이 든 성배를 잡으셨네요. 전 안 마시겠습니다.
원철	무슨 소리야 이게? 승진을 거부하겠단 거야?
시목	지금 상황엔 맞지 않는 것 같아서요. 죄송합니다.

원철	싫다고 자리보전할 수 있는 상황이 아냐, 지금. 너 어차피 나가야 돼.
시목	.. 말미를 주시죠. 열흘이 필요합니다.
원철	왜 열흘이야?
시목	약속한 게 있어서요.
원철	무슨 약속.
시목	범인 잡기로 약속한 두 달에서 열흘 남았습니다.
원철	그걸 아직도, 야 그거 너나 기억하지.
시목	제가 기억하니까요. .. 범인도 기억할 겁니다.
원철	... 약속 지킬 수 있겠냐.
시목	지켜야죠. 열흘 후에 나가겠습니다.
원철	.. 가. 가서 지켜.
시목	(일어나 목례하고 나간다)
원철	... (왠지 바닥을 보게 되는)

원철, 검사장 자리로 간다. 그 자리를 잠시 막막히 보지만 책상 쓰다듬는 손
길엔 애착이 있다. 의자에 다이빙하듯 앉아보는데,
비서, A4 용지 상자 들고 들어오다 본다. 점잖은 척하는 원철.

61. 동/시목의 검사실 - 낮

시목	(들어오며) 실무관님 병원 ...

짐 꾸리느라 다 뒤집힌 방. 실무관과 계장. 이사 준비한다.

계장	아이고 우리 형사부장님 오시네!
실무관	축하드려요, 부장님!
시목	저희 방 안 옮깁니다.
계장	네? 3부장실로 가셔야죠?
시목	저 부장 아녜요. (여기저기 묶어놓은 보따리들) 푸세요.
계장	아니 저기, 게시판에 올라왔고

실무관	(어리둥절)
시목	(전화 온다) 예 과장님.
윤과장 F	저 지금 가면서 병원에 연락했는데요, 김가영씨가 없다는데요?
시목	없다뇨, 퇴원했어요?
윤과장 F	아뇨, 가영이 엄마가 전활 안 받아서 병원에다 체크해달라고 했더니
	간호사가 가영이 엄마랑 어떤 남자랑 같이 나가는 걸 봤답니다.
시목	어떤 남자요?
윤과장 F	그것까진 모르겠다네요, 어떡하죠?
	혹시 가영이 어머니 집 주소 아세요? 제가 거기로 가볼까요?
시목	(이미 나갈 준비) 일단 병원으로 가세요. (끊고. 파일 찾는)
	김가영 파일 어딨습니까?
실무관	그게,
계장	이게 어디로 들어갔나?
시목	(여기저기 뒤지는데 전화 온다. 영은수다. 받지만 손은 파일 찾느라
	바쁜, 하여 나오는 첫마디가) 왜.
은수 F	선배님 지금 시간 되세요?
시목	급한 거야? (파일 찾았다. 빨리 넘겨 김가영 집 전화번호 확인하는)
은수 F	잠깐 뵀으면 해서
시목	내가 다시 할게. (끊고 바로 나간다) 저 늦습니다.
계장	네.. (시목 나간 뒤로) 무슨 일이래? 취소됐나?
실무관	뭐가 다 줬다 뺏어?....

62. 동/복도 - 낮

방금 본 가영네 번호 누르며 가는 시목, 안 받는다. 계속되는 신호음. 빨라지는 걸음.

63. 동/지하주차장 - 낮

시목, 차에 타는데 문자 온다. 확인하면,

윤과장 E 병원 근처엔 없습니다. 갈 만한 데를 찾을게요.
시목 (벨트 매고 바로 시동 켠다)

64. 가영母의 집 골목/대문 앞 - 낮

시목 (대문 벨 누르다가 두드린다) 계십니까? 김가영씨 어머님 계세요?
(담 너머 집 안을 들여다봐도 아무 움직임 없다)

시목, 다시 대문 두드리는데 여진에게 전화 온다.

시목 (받는) 경위님 병원에서 어떤 남자가
여진 F (O.L) 검사님 저 지금.. 갈월동 가요.
시목 (갈월동 소리 듣는 순간 예감 안 좋은) 갈월동이요?

65. 용산서/복도 - 낮

여진 앞에 가는 강력팀 형사들.
팀장, 장형사, 서형사, 박순경 모두 가는데 전부 말 없다. 심상치 않은 분위기.

여진 (전화하느라 뒤에서 가는) 방금 변사체 신고가 들어왔어요.
시목 F 혹시 수월초등학교 뒤입니까.
여진 예 재원빌라요. 가영이 살던 집.

66. 가영母의 집 골목/대문 앞 - 낮

여진 F 그 집에서 젊은 여자 시신이 발견됐대요.

67. 가영의 집/다세대 주택 앞 - 낮

경찰차 여러 대 와 있다. 빌라 입구엔 동네 사람들 몇 명 몰려 있다.
'죽었나 봐. 어떡해..' '젊은 여자라며, 쯧쯧' '이게 무슨 일이야..'
혀를 차는 동네 사람들 뒤로 시목의 차가 와 선다.
시목 내려서 경찰들에게 신분증 보이며 안으로 들어가고..

68. 동/계단 - 낮

계단 내려가는 시목. 반지하방 문 열렸고 폴리스 라인 쳐졌다.
안에 경찰들 보인다. 시목, 안으로 들어간다.

69. 동/마루 - 낮

시목 들어서면, 감식반이 벌써 와서 사진 찍고 현장조사 중이다.
수첩 들고 있는 박순경 앞에서 놀라서 울고 있는 방 주인.
마루 한구석엔 손이며 옷에 피가 많이 묻은 윤과장이 넋을 놓고 앉았다.
윤과장은 장형사가 달래고 있는데, 정작 장형사 본인도 얼굴이 흙빛이다.
시목, 윤과장을 보지만 방으로 시선 돌리면,
방에 모인 팀장과 여진, 방바닥에 여자 시신이 그들 사이로 얼핏 보인다.
이미 많이 진행됐는지 감식반이 카메라를 거두고 흰 천으로 시신의 몸을 덮고 있다.

70. 동/방 - 낮

시목 들어온다. 돌아보는 여진, 장형사보다 훨씬 충격받은 얼굴이다.

시목, 시신을 보면 방바닥에 옆으로 누운 상태로 몸을 문 반대쪽으로 하고 있어 시목 쪽에선 아직 얼굴이 안 보이지만 검고 긴 머리의 여자라는 건 알 수 있다.

주위에 이미 피가 많이 고였다.

시목, 시신의 머리 쪽으로 삥 돌아 시신 얼굴이 향한 쪽으로 발길 옮기는데, 여진, 마치 말리려는 듯 손을 내밀지만 미약한.

시목이 아직 시신 쪽으로 완전히 돌아가기도 전에 눈에 띄는 건, 들어오면서 봤을 땐 시신에 가려져 안 보였던 장미 문양 칼이다.

장미 문양 칼이 시체에서 흘러나온 피 속에 들어 있다.

흉기 사진을 찍은 감식반이 조심스레 들어 증거품으로 확보하는 걸 지켜보던 시목,

시체로 눈길을 돌리는데,

은수다.

그대로 멈춰 서는 시목.

시체, 은수다.... .... ..

14회

왜 보고만 계셨습니까.

왜 싸우지 않으셨습니까, 어째서 외면하셨나요.

법을 무기로 싸우라던 장관님 가르침은

본인조차 설득시키지 못했는데 왜 남 탓만 하십니까.

정말 가족만을 위해서였나요, 두려우셨던 게 아니라?

1. 은수 집/거실 - 낮

장봐 온 것 주렁주렁 들고 들어오는 은수母와 일재, 무겁고 힘들지만 행복해
뵌다.

은수母 (식탁 위에 비닐봉지들 내려놓고) 고생했어요, 운 좋게 딱 만났네.

일재 고생은. (봉지에서 북어포 꺼내며) 은수가 또 강정 만들어달래?

은수母 그거 먹고 싶다고 며칠 전부터 그러는 걸 귓등으로만 들었네.
그 자식이라고 하나 있는 걸.

일재 꼭 손 많이 가는 것만. (하면서도 불편한 다리 움직여 바가지 꺼낸다)

은수母 올해 우리가 운수가 좋은가 봐요, 당신 일도 풀리고. 아이고..
(장보느라 지친 몸 의자에 앉히며) 인제 은수만 잘되면 되는데.

일재 (바가지에 물 받아 북어포를 물에 담근다) 걔야 잘 하잖아요.

은수母 짝을 만나야죠, 걔 좋은 짝만 지어주면 내 아무 여한이 없겠는데.

일재 ... 짝은 무슨, 요즘 세상에.

은수母 어머나 아까운가 보네? (웃는) 누가 딸바보 아니랄까 봐?

일재 그런 말도 알아요?

서로 보고 웃는 노부부. 딸 얘기에 행복해서 웃는 은수母, 선한 그 미소 환

해지는데,

2. 가영의 집/반지하방 - 밤

피 웅덩이에 머리를 누이고 싸늘하게 식은 은수 얼굴 C.U.
감식반, 마지막 사진 찍고 얼굴을 천으로 덮는다.
이 모습을 한쪽에서 지켜보던 시목, 시체에서 주변으로 시선 돌린다.
'지문 채취 끝났어?' '거기 혈흔 밟을라, 조심해!' 등등,
가뜩이나 좁은 집 안이 감식반과 경찰들로 북적이며 중구난방 정신없다.
문밖 마루에선 윤과장, 넋이 나간 채로 장형사에게 목격 상황 진술하는 게
보인다.

윤과장   혹시 가영이가 여기 있나 해서 왔는데,

윤과장 말에 마루 쪽 윤과장을 보는 시목.

cut to. 마루

윤과장   근데 집에 아무도 없는 것 같아서 가는데.. 방 주인이랑 마주쳤는데,
계단에서, 그땐 누군지 몰랐으니까 그냥 가는데 아래서, 비명이 들려서
들어와보니까..
장형사   (듣는 것도 힘들다)

화장실 문 앞엔 여진이 서서 안을 살피고 있다.
좁다란 화장실에 감식반들이 들어차 있어서 안이 잘 안 보인다.

cut to. 방. 팀장, 지퍼백에 장미 문양 칼 넣는다.

팀장   범행 도구를 봐선 동일범 같은데..
시목   (방바닥과 벽 아래쪽으로 많이 튄 핏자국 본다) ...

피해자 유류품은 없습니까?

팀장   (너무 침착하게 묻자 잠시 쳐다보지만) 없네요, 가방도 전화랑도 다.

방 안으로 응급대원 두 명 들어온다. 은수를 들것에 싣는다.
시목, 들것을 따라 나간다.

cut to. 마루로 나오는 들것과 시목.
바삐 움직이던 현장 사람들. 특히 윤과장, 여진, 장형사, 하던 일 멈추고
실려 나가는 은수에서 눈을 뗄 수가 없다.

시목   (여진에게) 영검사는 교통카드로 늘 대중교통을 이용했습니다.
카드 승하차 기록 조회해서 동선 체크해주세요.

여진   부검을 가게요?

응급대원들, 들것 들고 밖으로 나가면 시목도 곧바로 따라 나가면서,

시목   김가영씨 소재도 파악하셔야 됩니다.
(여진이 더 말 붙일 새도 없이 나가버린다)

장형사   어떻게 저러지, 나도 속이 이런데..

팀장   (나와서 보다) 동료 맞아? 단번에 피해자라고 부르는데?

여진   ... (윤과장 보면)

윤과장   (피를 묻히고 구겨져 앉은)

3. 동/계단 - 밤

박순경과 감식반 직원, 맨 아래 계단에 떨어진 혈흔 살피고 있다.
응급대원들, 들것 갖고 집에서 나오고 시목은 그 뒤를 따르는데,

박순경   혈흔 있으니까 밟지 마세요!

시목   (들것 따라가며 보면)

박순경   (감식반에게 묻는) 이건 물에 희석됐네요, 씻고 나서 흘린 걸까요?

시목   (잠시 계단 혈흔 돌아보지만 이내 응급대원들 따라간다)

4. 집 앞/골목 – 밤

시목, 응급차에 실리는 은수 시신 확인하고 근처에 주차된 자기 차에 탄다.
골목에선 덜덜 떨면서 우는 방 주인 아가씨를 서형사가 달래고 있다.

서형사   울지 말고 말해보세요, 집에 들어올 때 뭐 본 거 있어요?

5. 길 + 시목 차 안 – 밤

응급차가 가는 앞만 보고 가는 시목, 표정은 변화 없는 거 같지만...
시목 차의 바퀴, 차선을 점점 넘어간다. 뒤에서 빵! 경적 울린다.
시목 차량, 사이드 미러가 점등되고 비프음 울리면서 원래 차선으로 돌아온다.
그제야 차선 넘을 뻔한 걸 깨닫는 시목, 심호흡하고 간다.

6. 가영의 집/화장실 + 마루 + 방 – 밤

감식반1, 카메라에 혈흔 감식 렌즈 씌우면,
화장실 타일과 바닥이 푸른 형광색으로 빛나면서 세면대와 바닥에 하얀빛
나는 자국들이 흐르듯이 나타난다. 벽에 튄 자국도 있고.
감식반1의 시야(푸른 형광빛)로 화장실 밖으로 나가보는데,
은수가 쓰러졌던 바닥에는 하얀빛이 큰 점처럼 번져 있고,
현관문 쪽에는 점 형태로 하나씩 뚝뚝 떨어져 있다.
'아까 계단 쪽에도 있다던데' 팀장의 말에 문을 열고 나가보면,

7. 동/계단 - 밤

아주 희미한 하얀빛들이 미약하나마 아래쪽 계단 두어 개에서 빛나다가,
몇 계단 위로 올라가면 완전히 종적을 감춘다.
감식반1, 카메라에서 눈을 떼면 다시 원래 색으로 돌아오는 주변.

감식반, 입구 쪽부터 혈흔 촬영하기 시작하고 이를 보는 팀장과 여진.

여진   (신경 곤두선 것 잔뜩 누르고) 좀 이상하지 않아요?
팀장   되게 급했나 봐 이번엔. 아니면 (하는데)

반지하방에서 윤과장 나온다. 계단 난간 잡고 천천히 올라간다.

팀장   (난간에 손댄 윤과장 흘기는) 거 그만 좀 만져요!
장형사   (뒤에서 나와 하지 말라고 팀장을 팔꿈치로 찌르는)
        왜 그러세요, 가뜩이나 충격받은 사람.
여진   과장님 바래다드릴까요?
윤과장   아뇨. .. 죄송합니다. (난간에서 손 떼고 간다)
팀장   아주 충신들 났네. 니들은 이상하지도 않냐?
        검찰에서 일한단 사람이 시신에 손을 대고?
장형사   얼마나 놀랐겠어요, 팀장님은 내가 죽어 누웠음 안 그러겠어요?
팀장   (마땅찮아 보면)
장형사   김가영이 갈 만한 델 찾다가 여기 생각이 났대요, 없는 거 같아서
        가려다가 방 주인을 만났는데, 근데 방 주인이 집에 들어가고 바로
        비명소리가 나서 들어왔대요. 방 주인 진술하고도 일치해요.
여진   (아무래도 윤과장이 마음에 쓰여 올라가본다)
팀장   ... 현장 다 망쳐놓고 지랄이야, 씨. (상황이 답답하다)
        아 이 죽일 놈 어떻게 잡지..

8. 동/입구 - 밤

충격받은 윤과장, 골목길로 사라져가는.

빌라에서 나온 여진, 안타까운 마음에 윤과장 뒤를 길게 본다.

9. 국과수/복도 - 밤

복도 의자에 등을 굽히고 앉은 시목. 무거운 침묵 흐르는 복도에 부검실 열리는 소리.

부검의 E 준비됐습니다.
시목 ... (일어나는. 부검실로 간다)

10. 동/부검실 - 밤

하얀 천으로 가려진 은수의 시신, 딱딱한 부검대에 올려져 있다.

부검의 (장갑 끼며 오면서) 동료분이셨다면서 괜찮으시겠어요?
시목 시작하시죠.
부검의 예. (하얀 천 드는)

11. 동/화장실 - 밤

세면대에서 떨어지는 물. 시목, 물 잠근다. 고개 들다가 거울 속 자신을 본다. 젖은 손을 그대로 들고 섰다가... 종이 뽑아 손 닦고 종이를 던지듯 버리고 나간다.

12. 동/복도 - 밤

화장실에서 나오는 시목, 형광등 불빛마저 생기 없는 복도를 따라 나오는데
마치 전류 흐르는 소리처럼 지잉, 시작되는 소리. 시목, 멈춘다.
또다시 이명의 습격이다. 소리 커진다.
귀를, 머리를 움켜쥐고 괴로워하는 시목, 속수무책이다.

시목 E   안 돼..

하지만 더 커지는 소리, 철 조각으로 긁는 소리에다 치과 기계소리 같은 게
뒤섞여 관자놀이를 쪼갤 듯 울려댄다.

시목 E   (바닥에 내려앉는) 지금은.. 제발...

시목, 바닥에 주저앉는다. 차가운 복도 바닥에서 홀로 아파하는 시목.
복도 끝에서 그를 발견하고 달려오는 사람들의 발소리가 그 모습 위로 울린다.

13. 용산경찰서/수사본부 - 밤

팀장, 여진, 장형사 등 형사들, 중앙 테이블에 각종 자료 펼쳐놓고 둘러섰다.

팀장   현장 상황.
장형사   최초 발견자는 김가영이 살던 방에 새로 세든 방 주인이고,
        발견 당시 피해자는 이미 사망한 상태로 보이고요.

Insert〉 - 반지하방. 은수가 쓰러졌고 불 켜지면서 방 주인 들어오다 은수 보고
비명 지르며 튀어나가는 것이 은수 너머로 보인다.

장형사   피해자는 복부와 목을 칼에 찔려 사망한 것으로 추정되고 후두부에
        타박상이 있습니다. (사건현장의 벽 사진을 테이블에 놓으며)

Flashback) - 사건현장에 피가 튄 벽. 복부, 목, 찔린 자리.

팀장   후두부 상처는 김가영하고 비슷한데,
           머리를 때려서 기절시킨 상태에서 찔렀나?

장형사   후두부 함몰 정도로 봐서 찔릴 때 의식은 없었을 거 같습니다.
           의식이 있어서 반항을 했다면 피가 더 다양한 형태로 튀었을 거고요.
           이건 (은수 현장에 있던 칼 사진 든다)

Flashback) - 영은수 사건현장의 칼. 박무성 옆의 칼. 김가영 때 욕조 안의 칼.

장형사   앞선 박무성 살인사건, 김가영 상해사건과 동일한 문양의 식칼입니다.

팀장   연쇄성은?

장형사   흉기의 일관성, 그리고 장소 선택이요. 김가영을 먼저 죽은 박무성
           집에 됐고, 이번 영은수 검사도 직전 피해자인 김가영 집에서..

여진   그치만 먼젓번들하고 뒤처리가 너무 달라요. 피가 사방으로 지저분하게
           튀었고 화장실에서도 피해자 혈흔이 다수 검출됐어요.

**Flashback) - 혈흔 감식 렌즈로 본 현장 화장실. 푸른 형광색 타일, 세면대에
하얗게 빛나는 자국들.**

여진   화장실에서 계단으로 이어지는 혈흔은 물이랑 섞였어요.
           범인이 화장실에서 몸에 묻은 피를 씻고 나가다 흘린 거겠죠.

서형사   화장실 수건엔 혈흔이 안 나왔거든요? 그니까 핏자국을 물로 씻고서
           수건은 안 썼다면 몸에서 물이 떨어질 순 있었겠죠.

여진   연쇄로 하기엔 이번은 너무.. 다르지 않나요?

팀장   ... 부검은?

여진   (부검지 보며) 머리에 타박상은 결정적 사망원인은 아닌 걸로 보이고
           그 외 반항 흔적 없고요. 사인은 경동맥 절단에 의한 과다출혈,
           사망시간은 부검시간 기점으로 네다섯 시간 전으로 추정됩니다.

서형사   그럼 5시에서 7시쯤요?

여진   예.

문 열리는 소리. 모두 돌아보면 박순경, 복사한 서류 갖고 들어온다.

박순경   피해자 교통카드 조회 결괍니다. (중앙 테이블에 놓는)
　　　　　계속 지하철을 이용해서 출퇴근했습니다.
팀장   (복사 서류 보며) 특이사항은 사건 당일하고 그 전날뿐이네.
　　　　　나머지는 다 지검에서 집, 집에서 지검만 왔다 갔다.
여진   사건 하루 전날 동선은 황시목 검사 집에서 저희 집으로 왔다가
　　　　　귀가한 겁니다. 지검에서 황검사 집까진 걸어서 이동했을 거고요.
팀장   피해자가 왜 황검사네도 갔다가 너네 집에도 갔다가 했는데?
여진   영검사는 그날 황검사한테 우편물을 가져다주러 갔었고, 그날 저희
　　　　　집에서 특임팀 회식을 해서 제가 불렀어요. 그보다 여기서 주목할 건
　　　　　(화이트보드로 가서 편의점 CCTV에서 뽑은 우실장 사진 붙인다)
장형사   (옥탑방에서 모일 때 은수 생각이 나는)

Flashback〉- 12회 S#51. 장형사가 대문 앞에서 만났던 은수.
은수 손에 술 봉지를 들어주려던 장형사, 괜찮다고 하던 은수.

장형사   (속이 아리다)
여진   그날 영은수 검사는 황시목 검사 집에 몰래 침입했던 (사진 가리키며)
　　　　　이자를 목격했습니다.
팀장   누구야 저게?
여진   아직 모릅니다. 하지만 만약에 이 남자가 영검사를 해친 범인이라면
　　　　　어쩜 영검사가 자기 얼굴을 봤다고 오해할 수도 있겠죠.
팀장   검사 집에는 왜 침입을 해? 뭘 훔쳤나?
장형사   훔친 건 없었어요. 일종의 경고죠. (목 긋는 모션)
여진   무기 수입을 막은 게 황검사거든요.
모두   (응? 뭔 소리야? 등 술렁이는)
팀장   그럼 그 일을 특임에서 했다는 거야?
여진   네.
서형사   그럼 한조나 더반그룹, 아니면 뭐 국방부에서 경고했다는 거예요?

팀장	입 조심해, (다른 형사들에게도) 함부로 추측들 하지 마.
	(박순경이 가져온 복사본 보며) 사건 당일 마지막 동선에, 택시
	기록이 있네. 오후 4시 47분에 행당동에서 하차. 이게 마지막.
박순경	행당동이 피해자 집입니다.
서형사	집 근처서 사고당하고 유기됐나?
여진	집 근처에서 납치된 거겠죠.
모두	(잠깐의 정적)
팀장	현직 검사가 살해됐어. 모방이든 연쇄든 이 파장이 어떨진 내가 설명
	안 해도 알지들?... 동트기 전에 뭐든 가져와!
모두	옛! (서류 챙기거나 급히 나가거나, 검거를 위해 흩어진다)

14. 서부지검/은수 검사실 – 밤

문 열리면 복도 불빛이 긴 그림자와 함께 검사실 안으로 스며든다.
주인 잃은 썰렁한 검사실. 여진이 불 켠다. 남다른 눈길로 돌아보는.
그 뒤로 팀장과 박순경 들어온다.

cut to. 샅샅이 조사하는 형사들. 박순경, 은수 컴퓨터 보고 있고.
팀장, 여진 서류들 들쳐보고 있으면 노크소리 들린다. 고개 드는 경찰들.
열린 문에 완전히 굳은 표정으로 선 원철, 집에서 연락받고 와 사복 차림이다.
팀장, 얼른 자세 바로 하고 꾸벅 인사한다.
여진도 바로 서고. 누구지? 쳐다보던 박순경도 팀장 동작에 벌떡 일어난다.

원철	수고들 많으십니다.
팀장	검사장님 되시자마자 이런 일을 겪으셔서...
원철	.. 최선을 다해주십시오. 그럼. (목례하고 여진에게) 잠깐만요.
여진	(나간다)

15. 동/복도 – 밤

여진	(복도로 나오면)
원철	황시목 검사 못 봤어요?
여진	현장에서 부검실로 바로 갔는데요.
원철	부검 끝난 게 언젠데 왜 전화를 안 받지?
여진	제가 지금 해보겠습니다. (핸드폰 꺼내 전화 거는)
원철	(시목 검사실로 가 문 당겨보지만 잠겨 있다. 여진 돌아보는데)
여진	(통화 연결음만 계속되는)
원철	(안 받아요? 의미로 묻듯이 고개 흔들어 보이는)
여진	(끄고) 안 받는데요.
원철	(이상하네...) 알았어요. (간다)
여진	... (은수 검사실 안에 얼굴만 디밀고) 저 부검실 좀 갔다 올게요!

팀장, 뭐? 고개 들면 여진 이미 없다.

16. 종합병원/응급실 입구 - 밤

어수선한 응급실. 침상에 시목이 누웠는데,
여진이 뛰어 들어와 시목을 찾다가 침상 발견하고 다가온다.
여진, 밀랍인형처럼 누운 시목 모습에 가슴이 철렁한다.

여진	이런 모습은 제발 그만 봤으면... (응급실 둘러보다 의사에게 간다)
의사 E	뇌섬엽 수술 병력이 있던데 모르셨어요?

17. 동/응급실 내 진찰 코너 - 밤

보드에 꽂힌 시목의 뇌 CT 필름 보는 의사와 여진.

여진	뇌섬엽이요?

의사	감정을 활성화시키는 부원데 쉽게 말하면 사람을 사람답게 보이게
	하는 데죠. 뭘 원하게 된다거나 뭐가 좋고 싫고 이런 걸 관장하니까.
여진	그래서 뇌섬엽을 어떻게 한 건데요?
의사	일정 부분을 제거한 거 같은데 아마 통증 때문이었을 거예요.
	뇌섬엽이 지나치게 발달하면 외부 자극을 못 견디는 경우가 있거든요.
여진	그럼 지금 쓰러진 건 혹시 재발이나..
의사	아뇨. 그건 아니고 뇌섬엽 제거술은 음.. 사람이 매사 감동이 없어
	뵈거나 성격변화 같은 정서적 후유증이 나타나요. 반대급부로 통증에
	눌렸던 뇌섬엽이 제대로 활성화되면서 인지능력이 굉장히 뛰어나질
	수도 있지만. 지금 같은 경우도 일종의 후유증 같은데 최근에
	무슨 극심한 스트레스 받은 거 있어요?
여진	...

18. 동/응급실 - 밤

잠든 시목을 내려다보는 여진.

의사 E	사람이 감정이 없을 순 없죠, 다만 표출이 안 되니까 자기도 모르게
	계속 안에 쌓이기만 하다가 이런 식으로 한 번씩 터지는 거죠.
여진	(안쓰럽고 안타까운.. 시트 잘 덮어주고 자리 뜬다. 간호사에게)
	이분 깨어나시면 연락 좀 꼭 주세요. (돌아보며 자리 뜨는)

홀로 남은 시목. 점점 깊어가는 밤.

19. 주차장/동재 차 안 - 아침

동재, 말을 잃은 채 앉았다. 뒤로 기대는 동재, 가슴이 먹먹해 눈 감아버린다.

Flashback〉 - 8회 S#38. 가영의 집 인근 모퉁이 길에서 동재에게 목이 졸렸던

은수가 기침하고 괴로워하자 '괜찮아?' 묻던 동재.

동재　　바보 같은 게.. (미안하고 후회되고 괴로운... 이 와중에 문자 온다)
비서 E　수석님께서 찾으십니다.
동재　　... (문자 보면서 떠올리는 생각은..)

Flashback〉- 12회 S#22. 창준 사진을 가영에게 보여주던 은수. 그 위로,

시목 E　**전에 모시던 분을 살인범으로 의심하셨죠.**
　　　　그분을 다시 모시게 됐는데요, 궁금하지 않으십니까?

동재　　(결의에 차는 표정..) 이젠 궁금한 게 문제가 아니지. (차에서 내린다)

20. 서부지검/윤과장 사무실 - 낮

책상에 웅크리고 뭔가 쓰는 윤과장, 볼펜 내려놓고 쓴 것을 봉투에 넣는다.
봉투 윗부분 접고 뒤집으면 겉면에 쓰인 글자 - '사직서'.

21. 시목의 검사실 (시목의 꿈)

좀 약해졌지만 아직 이명 울린다. 검사실 벽에 원랜 없던 뻐꾸기시계가 뻐꾹!
하면서 카메라 앞까지 튀어나오는데, 뒤틀리고 눈도 이상하게 붙은 공포스
런 뻐꾸기다.
어린아이의 비명이 울리고 피아노 소리가 쿵쾅대더니
돌연 장소가 바뀌어 가영의 반지하방이다. 여기 어린 시목(프롤로그의 나이)
이 있다.
마루 한가운데 마스크로 얼굴 가린 환자복 차림의 여자가 휠체어에 놓여 있다.
어린 시목, 떨면서도 여자의 마스크 벗겨보면 피 흘리는 은수가 고개 푹 떨
어뜨린다.

어린 시목, 비명 지른다. 비명이 커졌다 점차 작아짐에 따라 이명도 사그라들면서...

22. 병원/응급실 - 낮

... 시목, 눈 뜬다. C.U. 아직 어지러운데.. 곧 병원 천장이 눈에 들어온다.
누운 채 고개 돌리면 주위의 침상들. 병원 응급실 풍경.
... .. 상체 일으킨다. 본인 상태를 보면 연결된 링거 줄, 구겨져버린 셔츠.
일어나려 다리를 침상 아래로 내리는데 잠시 눈앞이 어질하다.
하지만 일어선다. 링거 줄 떼버리고 침상 머리에 걸쳐놓은 재킷 잡아채 응급실 나간다.

23. 시목의 아파트/거실 - 낮

주인 없이 하룻밤이 지난 거실. 시목 들어선다.
육신은 피곤하고 헝클어졌는데 정신의 신경줄은 올올이 곤두선 상태.

24. 동/안방 - 낮

시목, 안방 들어서면서 넥타이부터 풀어 던져버린다. 구겨져버린 셔츠도 풀면서 장롱 열고 새 재킷에 손 뻗는데, 그 밑에 언제부턴가 쌓여 있던 스웨터.
스웨터에 시선이 떨어진 시목, 재킷을 향해 뻗은 손 내려지고...
스웨터 꺼내면 개어놓은 게 풀리면서 은수가 늘려놓은 한쪽 팔이 툭 떨어진다.
장롱 안엔 새 스웨터가 한 번도 손길 못 받은 증표처럼 여전히 태그를 달고 있고. (은수가 시목에게 선물했던 음악 - 김광진 '편지'가 가사 있는 노래로 흐른다. *더 좋은 음악으로 선곡하셨으면 그걸로 해주세요)
시목, 은수가 돌려준 스웨터를 멍하니 잡고 섰는데 눈앞이 부예진다.
눈물이 맺히면서 시야가 흐려진 것.

Flashback〉– 1회. 강진섭 재판에서 결정적 증거를 내놓고 기뻐하던 은수를 냉정히 돌아서던 시목.

Flashback〉– 10회. 트럭에 올라탔던 은수를 붙잡고 큰소리 지르던 시목.

눈물이 올라오는 시목, 그대로 스웨터를 잡고 선...

Flashback〉– 8회 S#40. 시목 앞에서, 동재에게 목 졸린 상처가 선명한 목을 마치 제 잘못인 양 가리던 은수.

Flashback〉– 3회 S#2. 손님 없는 뒷골목 밤의 포장마차에 혼자 앉아 있던 은수의 옆모습. 그리고 그걸 그냥 지나가버리던 시목.

Flashback〉– 여진의 옥탑방에서 시목을 보며 마지막으로 환히 웃던 은수.

스웨터를 잡은 손 위로 후드득 떨어지는 눈물.
눈물이 익숙지 않아 숨을 몰아쉬듯 토해내는 시목.
그렇게 그대로 선...

25. 서부지검 건물 입구 앞/계단 – 낮

십여 명의 검사들이 대화 한마디 없이 높다란 계단을 내려오고 있다.
선두 열에 있는 원철의 얼굴엔 분통함이 가득하다.

26. 장례식장/외경 – 낮

살해된 젊은 검사. 거기다 이젠 오명을 씻은 前장관의 유일 혈육이자 세 번째 희생자다.

엄숙함을 넘어 보이지 않는 긴장의 끈이 팽팽하게 당겨져 있다.
이러한 분위기와 더불어 쟁쟁한 법조인 조문객들의 따가운 시선에,
카메라 든 기자들, 평소와는 다르게 들었던 카메라를 스르르 내리기도...

27. 동/분향소 - 낮

은수의 영정 앞에서 여진, 실무관, 계장, 장형사, 정본 조문하고 있다.
특임 팀원들, 상주와 맞절하는데 은수母는 울고 넋 나간 일재는 반응이 없다.

cut to. 일재의 시선으로 본, 흔들리는 화면.
수없이 오가는 제자들, 옛 동료들, 은수의 지인 등등의 조문객이 향을 꽂고
헌화를 하는 모든 움직임이 한낮 바람처럼 멍하게 느껴진다.
자신에게 위로의 말을 걸어봤자 윙윙거릴 뿐 들리지도 않고 대꾸할 마음도
없는.
그렇게 어지러운 풍경에서 국화로 치장한 틈바구니 속 은수의 사진에 멈추
는 시선.
그 사진 위로 멀리서 부르는 것처럼 아득히, 일재가 '은수야..' 부르는 소리 울
린다.

28. 동/입구 인근 - 낮

벽 같은 데 나란히 기대서 캔음료 마시는 정본과 장형사.

정본	윤과장님은 언제 오시려나.. 연락도 안 되고.
장형사	(지나다니는 조문객들 보며) 회사 사람들이랑 오겠죠.
정본	.... 이런 일도 자주 겪으면.. 무뎌지고 그래요?
장형사	.. 그런 줄 알았네요. 나도 내가 그렇게 된 줄 알았어요.
정본	...
장형사	사실 김형도 그렇고 나도 영검사 잘은 모르잖아요.

근데 그저께만 해도 우리 다 같이 있었는데, 술 마시면서.

근데 어떻게 하루아침에.. 그것도 우리가 쫓던 놈, 못 잡은 놈한테..

부모들은 왜 저렇게 비쩍 꼬른 거야, 젠장..

정본   범인 잡아도 이 상처는 못 지우겠죠?...

착잡한 두 사람, 이젠 말없이 음료수만 마시는데 각종 차들이 줄줄이 들어선다.

보면, 그 안에서 원철을 포함한 서부지검 검사들이 대거 내린다.

29. 동/분향소 - 낮

원철이 대표로 향 피우면 뒤에서 동시에 절하는 검사들.

지팡이에 의지해 서 있는 일재나, 반 실신 상태의 은수母에겐 이들도 무의미 하다.

조문 마친 원철, 지팡이 짚은 일재가 맞절 못하도록 먼저 잡고 그냥 계시라 한 뒤, 서 있는 일재 앞에 엎드려 절한다.

30. 동/복도 - 밤

원철, 오랜만에 조우한 선후배 검사들과 간단히 인사하고 악수 나누는데,

복도 끝에서 시목이 온다. 매스컴에 올랐던 시목을 알아보는 몇몇 웅성대지만,

검은 양복, 검은 넥타이의 시목, 주위 아무것도 듣지도 보지도 않는다.

원철   어딨었냐.

시목   (목례만 할 뿐. 분향소로 들어간다)

원철   (마음 짐작하기에 뭐라 않는다. 검사들 이끌고 자리 뜨려는데)

일재 E   내가 우리 은수 지켜달라고 했지!!!!

복도에 있던 사람들 놀란다. 원철, 분향소로 얼른 들어가는.

시목이 왔다고 알아보던 특임팀 사람들과 여진도 놀란다.

31. 동/분향소 - 낮

영정 앞엔 가지도 못한 시목. 일재, 시목의 옷을 쥐어뜯듯 잡았다.

일재	지켜달라고 했잖아, (울부짖는) 이게 뭐야, 이게 뭐냐고!
원철	(일재 말리며) 장관님.
시목	(일재가 잡아 흔드는 대로 흔들리는)

그때 분향소 밖에서 조문객들이 동요하는 울렁임이 들려온다.
복도에 있던 사람들, 반으로 갈라지며 누군가에게 길을 터주는.
시목 뒤를 본 일재의 손도 파르르 떨린다.
시목, 일재 시선 따라 뒤를 보면 창준이다. 그 뒤엔 동재가 따르고 있다.
창준, 신발 벗고 분향소로 오르는 순간,
일재, 누가 말릴 틈도 없이 지팡이로 창준을 내리치는데,
뒤에 있던 동재가 번개처럼 창준 앞으로 나와 몸으로 막는다. 대신 얻어맞은.
동재, 짧은 신음과 함께 강타당한 어깨 감싸 쥐지만 참는다.

일재	(죽일 듯 창준 쏘아보는) 니놈이 여길, 감히 여길 와!!
창준	(깔아보듯 일재 보는)
일재	나가!
원철	(일재를 말리듯 부축하는, 어쩔 수 없이) 수석님, 지금은 좀...
창준	(내가 왜? 하듯이 영정 쪽으로 발 내미는데)
일재	니가 죽였어, 니가 내 딸 죽였어!
시목	.. 왜 보고만 계셨습니까.

일재, 시목 쪽으로 몸 돌린다. 창준도 원철도 이게 무슨 소린가? 해서 시목
보는데,

시목	왜 싸우지 않으셨습니까, 어째서 외면하셨나요.

원철	(놀라) 황시목 닥쳐!
시목	법을 무기로 싸우라던 장관님 가르침은 본인조차 설득시키지 못했는데
	왜 남 탓만 하십니까. (창준을 아주 잠깐 보지만)
	정말 가족만을 위해서였나요, 두려우셨던 게 아니라?
원철	조용히 해!
은수母	그만, 그만해요...

원철, 지척거리는 일재를 보필하고 시목을 을러보는데,
주위의 시선과 반응 아랑곳없이 은수 영정으로 가는 시목,
그대로 영정 앞에 서서 한참을 움직이지 않는다.
창준은 시목이 버티고 있으니 올라가서 조문을 하기도 이대로 퇴장하기도
애매한데,

| 동재 | 수석님, 지금은 일단 돌아가시죠. |
| 창준 | ... (분향소 밖으로 나가버린다) |

올 때처럼 창준이 사람들을 가르고 나가자,
은수 영정을 뚫어져라 응시하던 시목이 인사조차 없이 분향소를 나가버린다.
한차례 폭풍이 일고 지나간 분향소. 기력이 다한 일재, 주저앉는다.
이 광경을 처음부터 끝까지 지켜본 여진, 시목이 간 쪽으로 간다.

32. 창준의 차 안 - 낮

창준, 이마에 핏줄이 불거져서 뒷좌석에 파묻혔고 옆에 동재는 되도록 가만
있는데..

창준	다신 나서지 마.
동재	죄송합니다, 수석님.
창준	니 어깨는 쇠로 만들었어? 다신 그러지 마.

동재, 놀라 창준 보지만 창준, 다른 곳만 응시하는.

33. 용산경찰서/수사본부 - 낮

사건 자료가 펼쳐진 중앙 테이블 앞에 선 시목, CCTV 사진 보고 있다.
아파트 입구 수위실 CCTV에 찍힌 은수, 가방 메고 집에 들어가는 중이라
뒷모습이다.

여진 E   어제 오후 4시 48분이에요.

시목 뒤에 와 선 여진. 시목, 돌아보지 않는다.

여진   영은수 검산 어제 오후 4시 06분에 서부지검 앞에서 택시를 타서,
(지도 가리키면, 서부지검 앞에 X 표시돼 있고 4:06이라 갈겨썼다)
4시 47분 집 앞에서 (다음 지도 - 행당동아파트 앞에 X 표시. 4:47이라
썼고 그 일대가 크게 동그라미 쳐져 있다) 내렸어요. 4시 48분에
집으로 들어가는 게 찍혔고 (시목이 보고 있는 사진) 다시 나온 건
(이번엔 은수가 아파트에서 나오면서 찍힌 사진을 시목에게 주는)
4시 55분, 집에 들어간 지 7분 후에 나왔어요.
시목   …

Flashback〉- 13회 S#61. 발신자 '영은수'가 뜬 시목의 전화 액정. C.U.
그 위로 흐르는 소리. (액정의 시간 4시 53분이다)

은수 E   **선배님 지금 시간 되세요? 잠깐 뵀으면 해서**

여진   그때가 마지막이었어요, 검사님 방에서 영검사한테 그 남자 사진
보여줬던 그때가, 마지막.. 우리랑 헤어지고 바로 집으로 갔어요.
시목   …
여진   4시 55분에 집에서 나온 뒤에 사라졌어요. 지금 이 일대를

(행당동 지도에 동그라미 쳐놓은 곳) 탐문하고 있는데 가족들은 그 시간에 영검사가 왜 집에 왔는지 짐작도 못해요. 이날을 빼곤 근무 시간에 집에 들른 적도 없고 옥탑방에 왔을 때를 빼면 며칠 전후론 어디 다른 데 간 날도 없어요. 늘 집에서 검찰청만 오갔어요.

시목 ...

여진 이번에 나온 칼은 현장에 원래 있던 게 아니라 새로 산 거예요. 범인이 흉기 산 델 찾고 있습니다.

시목 (흉기 사진 보는)

여진 어떻게 생각해요, 같은 놈 짓 같아요?

시목 (벽에 피가 튄 사진을 끌어서 보는) ... (고개 젓는다)

여진 .. 머린 괜찮아요?

시목 (그 말에 여진 보는. 하지만 대답 없이 수사본부를 나간다)

여진 가영인 연락됐어요, 가영 엄마가 피신시킨 거였대요.

말없이 나가는 시목을 가게 놔두는 여진, 자료 추리는데 그러다 확 놔버린다. 그녀도 누구 못지않게 속상하고 괴롭다. 감정 가라앉히려고 노력한다.

34. 동/복도 - 낮

시목, 전화에서 최근 통화목록 연다. 병원에 있는 동안 3부장님, 한경위님, 계 장님의 부재 중 통화 여러 통 밑에 어제 리스트에 영은수한테 전화 온 시간 4:53 C.U.

여진 E **4시 55분에 집에서 나온 뒤에 사라졌어요.**

Flashback〉- 13회 S#61. 시목의 검사실 - 낮
김가영 파일 찾으며 전화 받는 시목.

시목 **왜. 급한 거야? 내가 다시 할게. (끊어버리는)**

시목, 복도를 걸어간다...

35. 수석비서실/참모실 - 낮

비서   (결재판 문지르며 통화 중) 네, ... 알겠습니다, 네..

        창준과 동재가 갑자기 들어온다. 비서, 바로 전화 끊지만,
        창준, 비서 쪽 보지도 않고 수석실로 바로 들어가버린다.

비서   (결재판 들고 수석실로 가는데)
동재   지금 안 좋으셔. 내가 나중에 (하며 결재판 가져가려 하는데)
비서   (못 가져가게 치우는) 이건 안 돼요. (노크하고 들어가는)
동재   ... 이건 안 돼요?

36. 한남동 집/서재 - 낮

        창준 서재를 뒤지는 창준妻.

남자 E   사모님 자산을 조회하려는 시도가 있었습니다. 보유하고 계신 주식,
         부동산, 미술품 전부요. 세금 문제인 줄 알고 추적해봤는데 의뢰인이,

         자기도 뭘 찾아야 하는지 몰라 멈추는 창준妻.

남자 E   부군이십니다. 이창준 수석이요.

         창준妻, 당장 전화 걸려다 멈춘다. 서재를 나간다.

37. 한남동 집/2층 거실 - 낮

외투 걸치며 나가는 창준妻.

38. 서부지검/회의실 - 낮

회의 테이블 끝에 시목이, 다른 끝엔 실무관이 앉았다.
같은 공간이지만 양 사이드가 어둠과 빛으로 절단된 듯,
햇빛 안 드는 어둠 속에 들어앉은 시목.
반면, 환한 햇빛에 허공에 떠도는 먼지도 보이는 창가 쪽에 앉은 실무관.

실무관　마지막으로 봤을 때 이상한 점이요? 이상한 거까진 아니지만
　　　　　사실 그때, 검사님 방으로 들어가기 전에 영검사님이

Flashback〉- 13회 S#48. 시목의 집무실 문 앞에 선 은수.
은수가 안 들어가고 집무실 문 앞에 서 있자 뒤에 실무관이 고개 빼고 쳐다본다.
실무관 의식한 은수, 노크하고 들어간다.

실무관　문 앞에 잠깐 좀 서 있었어요. .. 안에서 하는 얘기를 듣는 것처럼.
시목　　!

Flashback〉- 13회 S#46. 시목의 집무실에서 얘기하는 시목과 여진.
'뭘 쥐고 있는데요 영장관이?' 라고 여진이 말한 직후에 들어오는 은수.

여진 E　그 얘길 들었단 말이에요 그럼?

실무관이 앉았던 자리에 이번엔 여진이 앉았다.

여진　　(아 이런..) 그래서 집엘 갔나.. 그 시간에 갑자기 집엘 간 게 그럼 나
　　　　　때문인가? (마음에 걸려 하다가...) 우리 집에서 나랑 잠깐 둘이만 있긴
　　　　　했지만 그때 영검사가 특별한 말을 했다거나 그런 거 없었어요.

영검사가 쥬스를 엎질러서 윤과장한테 좀 튀는 바람에 길게 얘기할
틈도 없었고 (그러다 다시 마음에 걸리는) 뭘 쥐고 있냐고 했으니
그걸 듣고 집에 갔다가 범인을 만난 거면... (생각만 해도 괴로운)

시목   ... (다음 파일 집으면서 고개 들면)

방 주인   (여진 자리에 앉은) 알바 갔다 오는데..

Insert〉- 가영의 반지하방이 있는 빌라 입구 - 낮
방 주인이 들어오는데 계단 아래서 문 두드리는 소리,
김가영씨 계십니까? 하는 소리 들린다.
방 주인, 내려가진 않고 위에서 몰래 살피면 윤과장이 문 앞에 섰다.

방 주인 E **날 찾는 것도 아니고, 굳이 대꾸할 필요 없을 거 같아서 그냥..**

Insert〉- 윤과장, 계단 올라오고 방 주인은 우편물 꺼내는 척.
윤과장, 방 주인 돌아보지만 그냥 스쳐 나가고 골목에서 전화 꺼내는 사이,
계단 내려가는 방 주인. 그 직후, 계단 아래서 올라오는 여자 비명!

시목   (맞은편의 사람 바라본다. 이번엔 윤과장이다)

윤과장   (굳은 얼굴. 테이블에 떨군 시선) .. 혹시나 해서 가봤어요, 제가 아는
데 거기뿐이라. 근데.. (깍지 끼는 손)

Insert〉- 반지하방. 은수 시체 앞에 넘어지듯 내려앉은 윤과장, 바닥에 떨어진
장미 문양 칼을 봤다가.. 믿지 않는다. 은수를 흔들어본다. 영검사님.. 하는.

윤과장   믿어지지가 않아서... (담담히 말하려 해도 목소리 흔들린다)
영검사 부모님... 딸 시신 못 보게 하세요. 보시면 남은 평생...

더 이상은 말을 않는 윤과장. 시목.... 파일 덮는다.

39. 용산경찰서/강력반 - 낮

여진, 장형사, 서형사 등 각각 자기 자리에서 전화하느라 시끄럽다.
혼자 조용한 박순경은 컴퓨터로 전과자 사진과 CCTV 우실장 사진을 비교
하고 있다.

여진   (시끄러워 한쪽 귀 막고) 장미칼 여러 가진 거 아는데요. 지금 사진
        보낸 걸로 그쪽 사이트에 이거 만든 회사가 있는지 봐달라고요.
        (사이) 아뇨, 제조사요, 제조사를 알려고요. 네. (끊는)
장형사   (거의 동시에) 네 장미요, 일반 가정용 식칼. 아 만드신다고요?
서형사   손잡이는 그냥 검은색인데요?
장형사   장미가 이렇게 크지 않은데요, 딱 이 디자인만 만드세요?
여진   (다시 전화 건다) 예 수고하십니다, 아까 사진 보내드린 용산경찰선데요..
        예 맞습니까?! (찾았다는 의미로 손 쳐들고 손가락 튕기는)

형사들, 일제히 여진 본다.

40. 동/입구 - 낮

용산서에서 몰려나오는 형사들.

장형사   만에 하나 칼을 미리 준비한 거면 어쩌죠? 우리가 잡아놓은
        바운더리가 아닐 수도 있잖아요.
여진   그럼 바운더리를 넓혀야죠. 서울 바닥 다 뒤져야죠.

41. 은수네 집/아파트 인근 - 낮

아파트 주변 여기저기.
팀장, 경비아저씨와 주민들에게 은수 사진 보여주고 묻기를 반복한다.

42. 인근 찻길 - 낮

팀장의 탐문수사는 여기서도 계속되는데, 여진이 차를 세우고 내린다.

팀장 (얼른 여진에게 간다) 제조사 찾았다며?
여진 예, 근데 여기 아파트에서 사건현장까지 납품점만 백 군데가 넘어요.
지금 다들 가게마다 들러서 요 며칠 사이에 칼 사 간 사람 있는지
보고 있어요.
팀장 성동구에서 용산구까지니 오죽 많겠어.

하루 종일 밖에서 뻉뻉이 도느라 입이 바짝 마른 팀장, 생수 마신다.
여진, 그 모습 애증을 담아서 보다가 팀장 손에서 은수 사진을 말없이 가져
간다.
사람들에게 은수 본 적 있냐고 묻기 시작하고, 팀장도 다시 시작하는데,
그들 옆으로 지나가는 택시 한 대. 안에는 일재가 탔다.
서로 못 보고 스치는 일재와 형사들.

43. 수석비서관실 - 낮

전화를 만지작대는 창준, 노크소리에 좀 서둘러 전화를 넣는다.

동재 (들어와 책상으로 와서) 나가실 시간입니다. 차 대기해뒀습니다.
창준 음. (일어나는)

동재, 옷걸이에서 창준이 걸어놓은 재킷 가져와 들고 선다. 재킷 입는 창준.
그사이 동재, S#35에서 비서가 갖고 들어간 결재판이 책상에 있는 게 보이는데,

비서 E (열어놓은 문밖에서 들리는) 사모님?

창준과 동재, 동시에 문을 보는데 창준妻가 벌써 들어온다.

창준妻, 매끈한 얼굴이지만 자기 남편만 쳐다보며 한가운데로 와 선다.

심상치 않은 분위기에 동재, 창준妻에게 목례만 하고 재빨리 나간다. 문 닫는.

44. 동/참모실 - 낮

동재, 문을 꼭 닫는 척하면서 마지막까지 귀 기울이면 안에서 들리는 소리.

창준妻 E 당신 이혼 준비해?

동재 (비서가 의심하지 않게 문에서 물러난다)

45. 수석비서실 - 낮

창준 ...

창준妻 나랑 이혼하고 얼마 가져갈 수 있나 따져보는 중이야?

창준 .... (아내에게 온다. 어깨를 잡지만)

창준妻 (간단히 쳐내는. 목소리 높지 않고 낭랑하지만) 여자애 깨어났다니까
다른 마음 생기니? 바로 움직이네?

창준 ...

창준妻 말해. 나한테 뭐가 미안한지.

창준 ... 미안해.

창준妻 !.. 그러니까, 뭐가.

창준 연재야, 다른 사람은 없어.

창준妻 나 질투해서 이러는 거 아냐, 우리가 남들처럼 사네 못 사네 하면서
헤어질 사람들은 아니잖아? 서로 추잡한 꼴은 보이지 말아야지.

창준 다른 여자는 한 명도 없었어.

창준妻 (말은 강하게 했지만 흔들린다. 믿어야 할까 아닐까) 근데 왜 미안해!

창준 (깊게 보는 눈에 고통이 들었다) 그때 당신이 오지 말았어야 했어.

창준妻 (무슨..)

창준	당신 오빠 재판. 당신이 날 처음 봤을 때. 아니면 내가 한조 회장님
	말을 들을걸. 회장님 시키는 대로 망나니든 뭐든 재벌 아들을 순순히
	봐줬으면, 당신한테 나도 그저 시시한 사람으로 끝났을 텐데.
창준妻	처음부터 잘못됐단 거야, 우리가?
창준	(가만히 쳐다본다)
창준妻	왜 그래, 당신 도대체 무슨 생각을 하면서 사는 거야?
창준	... 늦겠다.
창준妻	(쳐다보는...)
창준	아버님 만나야 돼. 늦으면 어떠신지 알잖아. 집에서 얘기하자.
	(나간다. 문을 잡고 쳐다보는)
창준妻	(아직 듣고 싶은 말이 산더미지만... 나간다)

46. 동/참모실 – 낮

창준은 앞만 보고 나가고, 연재는 남편을 보면서 나간다.
비서, 연재를 따라 나간다.
문가에서 인사하는 동재, 잠시 그대로 섰다가 날렵하게 수석실로 들어간다.

47. 수석비서관실 – 낮

동재, 곧장 책상으로 가 결재판 여는데 한눈에 들어오는 항공사 로고. C.U.

동재	비행기표?
창준妻 E	당신 이혼 준비해?
동재	! (내용 확인하려는데)

비서, 풀이 죽어 참모실로 돌아온다. 결재판 덮고 책상 정리 정돈하는 척하
는 동재.

48. 호텔/스위트룸 - 낮

윤범 혼자 앉아 서류 검토하고 있고, 비서1이 도청 검색기로 방 안을 샅샅이
훑는다.
노크소리와 함께 창준 들어온다.

창준   (윤범에게 인사하는데)

비서1   실례합니다. (도청 검색기로 창준의 몸 위아래로 훑는)

창준   (끝나면 앉는) 우실장이 안 보이네요?

윤범   출장 보냈어.

창준   .. (가볍게) 출장도 갑니까?

윤범   우실장한테 볼일 있어?

창준   아닙니다. 다른 분들은요?

윤범   올 거야. (보던 서류 주는) 저축은행에 투자 시작했어. 내일이면
시장에 소문 돌 거야, 홍콩에 외국펀드에서 하는 투자로 해놨으니까
은행 주가 오르기만 기다리면 돼.

창준   투자금은 언제 빼실 겁니까?

윤범   최대한 단기간으로 가야지. 정신들 못 차릴 때 매각해버려야 돼.

창준   외국 자본에 팔린다고 하면 나중에 또 앓는 소리들 안 할까요.
지난번에도

윤범   (손을 들어 더 이상의 소리 막는) 비즈니스는 내가 할 테니까
자네는 얼굴만 보여줘.

창준   예. 저, 화장실 좀. (가는)

윤범   (순간 뭔가 살짝 불편해 보이는데)

비서1   (다가와) 올라왔답니다. (문으로 가는)

잠시 후, 비서1이 문 열면 금감원장과 W저축은행장 들어온다.
두 사람, 문가에서부터 윤범에게 거의 90도로 인사.

윤범   (이제야 일어나지만 다가가 친근하게 손도 잡고) 잘 오셨습니다.

금감원장과 은행장, 인사 마치고 고개 드는데 창준이 나타나자 흠칫한다.

금감원장 수석님까지 계신 줄은..
창준 (웃고) 좋은 모임이 있다고 해서 왔습니다.
윤범 (창준 가리키는) 뫼시는 분들도 이쪽에 관심이 많은가 봅니다.
        (하며 자연스럽게 비서1에게 손짓)
금감원장 아 그러십니까? (하는데)
비서1 실례합니다.

창준에게 했던 것과 마찬가지로 금감원장과 은행장 몸을 비서1이 기기로 훑
는다.
두 사람, 좀 어색해도 순순히 점검받는다.
검색 마친 비서1, 인사하고 물러난다.

은행장 인사가 늦어 죄송합니다. (명함 주는) W저축은행장 최홍기입니다.
창준 (받고 가볍게 보기만 하는)
윤범 앉읍시다. (창준에게) 금감원장은 뵜나?
창준 예, 취임하고 자리 한 번 했습니다.
윤범 음. 우리 은행장님, 간담 키우셔야 될 겁니다. 이제 곧 부실은행이다,
        인수합병이 코앞이다, 언론에서 판 깔아줄 건데 놀라지 마셔야죠.
은행장 예 말씀대로 해야죠.
윤범 은행이 흔들릴 때 JR홀딩스가 구세주처럼 등장해서 마지못해 인수하는
        그림으로 갈 거니까 금감원장님은 그때 눈만 감고 계시면 됩니다.
금감원장 (눈 질끈 감고) 이렇게요?

윤범에 이어 창준까지 웃자 그제야 마음 놓고 웃기 시작하는 은행장과 금감
원장.

49. 은수 집/거실 - 낮

시목이 들어온다. 곧장 안방으로 간다.

50. 동/안방 - 낮

시목, 들어오면 장롱 서랍 열어놓은 채 거의 초죽음이 돼서 앉은 일재.

시목   없어졌다는 게 뭡니까. (앉아서 장롱 보지만 알 수 없는)

일재   ... 가져갔어, 그놈들이. 창준이가, 이윤범이.

시목   언제요.

일재   .. (고개 젓는) 정신이 없어서 아간, 근데 장례식장에서 자네 얘기 듣고 다시 와서 보니까 (장롱 보는) 어제만도 있었는데.

시목   (기다리는)

일재   이윤범이 탈세 증거. 지 자식들한테 십 년 넘게 주식으로 돌리게 하고 불법 증여한 거.

시목   ...

일재   제대로 걸었으면 2천억이야, 세금만.

시목   3년 전에 모함당하신 거 이것 때문입니까?

일재   자네가 어제 왔다 가고서도 봤어, 자네한테 달라는 말 듣고 열어봤을 때도 있었어.

시목   그 이후에 댁을 비우신 적은요, 가족 모두가.

일재   ... 어제 낮에만 잠깐.

시목   4시 40분경에요?

일재   (끄덕이다가 멍해지는) 경찰이, 은수가 그 시간에 집에 들렀다고..

시목   모두 비우신 시간에 CCTV에 출입이 찍힌 건 영검사뿐입니다.

일재   (그럼...) 우리 은수가..

시목   가져갔을 겁니다.

일재   그래서, 그걸 갖고 있어서 놈들이.. 그거 때문에?..

시목   ...

일재   내가.. 내가 내 딸을 죽였어..

시목	.. 저 때문입니다. (일어나 나가는)
일재	(쳐다보지만 이젠 물을 힘조차 없는)

51. 동/거실 - 낮

안방과 은수 방 사이 좁은 쪽마루에서 여진에게 전화하는 시목.

Flashback〉- 13회 S#46. 시목의 집무실. 여진과 얘기 중인 시목.

시목	**장관은 이윤범한테 위협이 될 걸 손에 쥐고도 3년을 앉아만 있었어요.**
실무관 E	**영검사님이 문 앞에 잠깐 좀 서 있었어요. 안에서 하는 얘기를 듣는 것처럼.**

Flashback〉- 은수가 아파트를 나서던 CCTV 사진. 어깨에 멘 커다란 가방.

시목	(전화) 한경위님, 도난 신고요.

52. 찻길 - 낮

여진	(통화 중. 시목 얘기 듣다가) 팀장님!!

53. 은수 집/거실 - 낮

시목, 전화 끊는다. 문 열린 은수 방을 본다.

54. 동/은수 방 - 낮

방에 들어오는 시목, 천천히 은수의 소지품들 훑는다.

특별히 눈에 띄는 것 없이 대부분 은수 나이 또래의 옷가지와 물품들인데,
시목, 책상에 책 정도 건드려보다가.. 방을 뒤지기 시작한다.
은수의 외투 주머니 속부터 책상 서랍, 책장, 침대 안이며 화장대까지
단순히 살펴보는 수준을 넘어 무언가라도 꼭 발견하겠다는 심정으로 샅샅
이 뒤진다.

일재	(안방에서 나오다 들여다본) 뭘 찾는 거야? .. 뭘 찾냐고!
시목	모릅니다. (하지만 계속 찾는)
일재	경찰이 벌써 다 뒤졌어. .. 그만해!

시목, 그대로 멈춘다. 일재, 망연히 섰는데 현관 벨소리.

시목	경찰입니다.
일재	(시목을 보지만... 나가는)
시목	(일재가 나가자 다시 찾는다. 이번엔 책상 위에 것들을 살피는데)

시목이 책, 노트 등 펼치다가 손이 멈춰진다. 노트 한 권에 시선 가는 시목.
노트 페이지를 손으로 찢은 흔적이 남았고 다음 장에 펜에 꾹꾹 눌린 자국
이 있다.
밖에선 문 여는 소리, 팀장과 여진이 들어와 뭐 없어졌냐, 어디냐 묻는 소리
나는데,
의자에 앉는 시목, 스탠드 켜서 노트 비추면 필기구에 눌린 음각 자국이 보
인다.
연필통에 꽂힌 연필을 꺼내 눌린 자국 위에 칠을 하는 시목.

55. 동/거실 - 낮

팀장, 일재 따라서 안방으로 들어가고 여진도 들어가려는데,
은수 방 책상에 앉은 시목 보인다. 여진, 안방 대신 은수 방으로 들어간다.

56. 동/은수 방 – 낮

여진, 어질러진 은수 방 안으로 들어오면 시목이 열심히 노트를 칠하고 있다.
여진, 들여다보면 노트에 점점 형태를 드러내는 𝒟 𝒥.
언뜻 보면 숫자 0, 7로 보이기도 하지만 뭔가 미묘하게 다른..

여진   이거!.. 공 칠...
시목   (대답 없이 노트만 보는)
여진   (노트 가져가서 본다) 이거 한 번에 그린 거 아네요,
　　　　이렇게 비슷한 선들이 반복되는 건 여러 번 고쳐가면서 그린 거예요.
시목   ...

**Insert⟩ – 은수의 손, 노트에 0, 7(최대한 문신 모양과 가깝게)을 연필로 그리고
지우고 그리고 지우고를 반복하는..**

시목, 돌연 휴지통을 뒤엎는다. 휴지 같은 건 헤치고 집어 드는 건 지우개 가
루인데, 가루가 적지 않다. 이를 본 여진, 노트를 앞 페이지까지 빨리 넘겨본
다.

여진   앞엔 다 볼펜이에요, 찢어 간 데만 일부러 연필로 지우면서 그렸어요.
시목   .. 원하는 형태가 있으니까.
여진   원하는 모양을 만들려고.. 그냥 상상해서 그린 게 아니라 뭔가를..
　　　　봤단 얘기네요, 자기가 봤던 게 있으니까 그 모양을 그리려고 계속
　　　　지우고 한 거죠.. 근데 이게 숫자 맞나요? 왜 이렇게 생겼지?
팀장 E   한경위!
여진   (소리 나는 데 보지만) 영검사가 어디서 봤을까요? 어떻게?
팀장 E   한경위!
여진   네! (일단 노트 놓고 나간다)
시목   ... ...

57. 동/거실 – 낮

팀장, 베란다에 방범창 흔들고 있고 일재가 보고 있다. 여진이 나오면,

팀장 나가서 아파트 화단에서 곧장 복도로 점프해서 들어올 수 있는지 봐. 도난 추정 시각에 찍힌 건 따님뿐이니까 도둑이 입구에 수위실 통과 안 하고 들어오려면 여 베란다 창문 아니면 곧장 복도로 뛰어드는 거밖에 없어.

여진 예. (밖으로 나간다)

58. 동/1층 복도 – 낮

여진, 복도 창문 살핀다. 뭔가를 매거나 할 데도 없다.
복도 따라 나가는.

59. 동/화단 – 낮

아파트에서 나와 화단에 나와 선 여진, 위를 보면 도저히 그냥 올라갈 높이 가 아니다.

여진 맨몸으론 절대 못 올라가겠는데.. 뭐 묶을 데도 없었고..

60. 동/은수 방 – 낮

생각 중인 시목.

여진 E **집에 들어간 지 7분 후에 나왔어요.**

시목   (마음의 소리. 노트 그림 본다) 7분 동안 그릴 수 있었을까.

Flashback〉 - 13회 S#3. 시목 차에서 내려 지하철로 총총 가던 은수.

여진 E   **영검사가 어디서 봤을까요? 어떻게?**
시목   (마음의 소리) 집, 검찰청, 내 집, 옥탑방..
은수 E   **옷은 비슷한데, 얼굴은 못 봤지만 이 우산 맞는 거 같아요.**

Flashback〉 - 편의점 CCTV에 찍힌 우실장 사진. 우산 C.U하면 아무 글씨 없다.

시목   (마음의 소리) 우산.. (고개 젓는) 어디서 (하다 고개 젓는. 소리 내서)
             어떻게 봤을까.

여진 E   **옥탑방에 왔을 때를 빼면 며칠 전후론 어디 다른 데 간 날도 없어요.**
             늘 집에서 검찰청만 오갔어요.

시목   (마음의 소리) 전혀 겹치지 않는데...

Flashback〉 - 13회 S#1. 여진의 옥탑방 - 밤

은수   0, 7이요? 그게 뭔데요?
여진   가영이가 말한 거요, 납치될 때 본 건지 범인하고 관계된 건지,
은수   숫자를 봤다고요? 0, 7을?

시목   (노트 보는) 0, 7...

노트에 나타난 문양, 0, 7로 볼 수도 있지만 완전히 숫자 같지도 않다.

시목   0.. 7..

여진 E   **근데 이게 숫자 맞나요? 왜 이렇게 생겼지?**

시목   .. .. T. D T.

Flashback〉- 12회 S#52. 여진 옥탑방. 뒤늦게 나타난 장형사가 계단 뒤에다 대고 '얼른 오세요.' 하면 계단 올라와 모습 드러내던 은수.

여진 E   **영검사가 쥬스를 엎질러서 윤과장한테 좀 튀는 바람에 길게 얘기할 틈도 없었고**

Insert〉- 12회 옥탑방에서 다른 사람들은 다 옥상에 있고 은수와 여진이 둘이 서만 집 안으로 들어가는 걸 시목이 무심히 본다.

여진 E   **우리 집에서 나랑 잠깐 둘이만 있긴 했지만 그때 영검사가 특별한 말을 했다거나 그런 거 없었어요.**

시목, 전화 꺼낸다. 사진 파일에서 13회 S#1. 옥탑방에서 다 같이 찍은 사진 연다.

시목이 보는 시선에 따라 사진 속 여진, 장형사, 계장, 실무관, 윤과장, 정본이 차례로 클로즈업되는데 윤과장에서 도로 돌아와 멈춘다.

계장 E   **뭔 해병대 출신이 술을 못해요?**

정본 E   **해병대 아니라 특수부대라고 하지 않았나?**

여진   (들어와 시목에게 온다) 도둑이 딴 데로 들어온 거 같진 않아요.

시목   내내 옆에서...

여진   뭐라고요?

시목   (일어나는) 범인 찾았어요. (나가는)

여진   네? (쫓아 나가는. 밖에서 들리는 소리) 누군데요!

61. 길 - 낮

장형사, 슈퍼에서 뛰어나와 차에 올라탄다. 사이렌 켜고 급히 출발.

62. 다른 길 + 차 안 - 낮

박순경과 서형사도 사이렌 울리며 달린다.

63. 다른 길 + 차 안 - 낮

여진이 운전하고 팀장, 사이렌보다 더 크게 소리 지르며 전화한다.

팀장　지금 당장 위치 추적해!

64. 영종대교 - 낮

위에서 바라본 영종대교, 윤과장의 차가 빠르게 달리고 있다.

65. 윤과장 차 안 - 낮

윤과장, 시간 확인한다. 눈빛이 단단하다. 운전대를 꽉 잡은 손.

시목 E　영검사는 그제 밤 옥탑방에서 0, 7에 대해 처음 들었고 어젯밤 살해 됐어요. 그 하루 사이에 자기 방 책상에 앉아서 그림을 그릴 시간은, 그제 밤 옥탑방에서 돌아온 후뿐입니다. 어제 죽기 직전 낮에 집에 들렀을 땐 7분의 시간만 있었으니까.

66. 시목 차 안 - 낮

시목, 운전하면서 블루투스로 통화 중인. 앞에 여진 차량 보인다.

여진 E 영종대교예요, 공항으로 가나 봐요!
시목 (속력 올리는)
시목 E 그제 밤 옥탑방에서 영검사는 곧장 집으로 갔어요. 김가영씨가 0, 7을
지하실에서 봤거나 어디 끌려가다 봤다면, 가영씨와 동선이 전혀
겹치지 않는 영검사는 같은 숫자를 볼 수가 없습니다.

67. 여진 차 안 - 낮

여진, 이리저리 차선 바꿔가며 빨리 달린다. 옆에 팀장, 손잡이 꽉 잡는다.

시목 E 특정 장소에서 본 게 아니라면 사람입니다. 사람한테서 본 겁니다.
김가영처럼 영검사도, 살인범을 본 겁니다.

68. 한조그룹/회장실 - 낮

윤범 (통화 중) 들어갔어? 이륙만 하면 되겠네. (사이) 내 따로 연락할
때까지 앞으로 전화하지 마. (끊는) ....

시목 E 어떻게 사람한테서 숫자를 봤을까요, 옷? 소지품? 숫자 아니라 무엇
이든 어떻게 사람 몸에 그려져 있을까요... 문신입니다.

69. 인천공항/입구 - 낮

급히 와 서는 여진 차와 시목의 차. 그 뒤로 장형사 차도 들어오고 있다.

공항 건물로 달려가는 시목과 형사들.

70. 동/3층 - 낮

공항 내부로 들어온 형사들. 여진과 장형사는 출국장 쪽으로,
시목, 데스크 쪽으로 팀장은 주변 살피며 화장실 쪽으로 뛰어간다.
서형사와 박순경도 뛰어 들어오자마자 사방으로 흩어진다.

시목 E   0, 7에 대해 처음 듣고 나서 집에 와서 문신을 그리기까지 영검사가
만난 사람들은 옥탑방에서뿐이에요. 그때 그 장소에 있었던 사람
중에 살인범이 있습니다.

71. 동/CCTV실 - 낮

공항 전체를 비추는 수많은 CCTV.
한 손엔 검사 신분증, 다른 손엔 휴대폰을 든 시목. 전체 직원들에게 휴대폰을
들어서 옥탑방에서 단체로 찍은 사진 중 윤과장 얼굴을 확대해서 보여준다.
직원들, 바삐 움직이기 시작.

시목 E   나랑 같이 있을 때 영검사가 문신을 봤다면 나 역시 못 봤을 리
없습니다. 그날 옥탑방에서 내가 없을 때 영검사와 따로 있었던
사람은 전부 셋. 한여진 경위, 장건 형사, 윤세원 과장.

72. 동/3층 - 낮

공항 직원에게 여권 보여주며 출국장으로 들어가는 남자(윤과장과 뒷모습이
비슷한).
여진, 재빨리 남자 어깨 돌려 세우지만 다른 사람이다.

여진 사과하고 다른 사람들 살핀다.

시목 E   한경위와 장형사는 문신이 있을 수가 없죠.
         문신이 있으면 경찰공무원 자격이 박탈되니까. 영검사가 본 사람은,

         cut to. 다른 출국장. 사람들 사이를 빠르게 걷는 윤과장, 모자 눌러썼다.

시목 E   윤과장입니다.

         윤과장, 누군가와 부딪히는. 박순경이다.

박순경   죄송합니다.. (하고 보는데 뭔가 수상한)
윤과장   (가는)
박순경   저기요!

         윤과장, 박순경의 부름에도 무시하고 오히려 빠른 걸음으로 걷자,

박순경   저기요!
윤과장   (뛰기 시작한다)
박순경   찾았어요! (호루라기 부는)

         cut to. 다른 데 있던 팀장, 호루라기 소리 듣는다. 그쪽으로 뛴다.
         cut to. 주변에 있던 경찰들, 전부 뛰어가는 윤과장 쫓기 시작한다.

73. 동/CCTV실 - 낮

         시목의 눈에 CCTV 속 경찰들 뛰는 게 보이고, 그 앞에 모자 쓴 윤과장이
         2층으로 내달리는 것 보인다. 시목, 전화하며 달려 나간다.

74. 동/3층 - 낮

뛰면서 전화 받는 여진, 2층! 소리 지르며 에스컬레이터로 달린다.

75. 동/2층 - 낮

이미 2층에 있던 장형사도 소리 들었다. 마구 주변 살피는데 2층으로 뛰어내려온 윤과장 보인다.
장형사, 사람들과 부딪히면서 윤과장 쫓다가 드디어 옷깃을 잡는데,
윤과장 그 결대로 재킷을 벗어 장형사 얼굴에 덮어버리고 그 상태로 밀어버린다.
장형사, 안내판과 부딪히면서 나뒹굴고,
재킷을 집어 던져버리고 앞을 보지만 이미 저 앞에 뛰는 윤과장.
윤과장, 전속력으로 뛰는데 느닷없이 옆에서 몸으로 부딪쳐오는 여진.
두 사람 다 나가떨어지지만 둘 다 동작이 빠르다.
윤과장, 재빨리 일어서고 그 순간,
여진, 윤과장을 덮친다. 악착같이 물고 늘어지는 여진.
형사들이 쫓아오는 소리에 윤과장, 여진을 바닥에 깐 다음 주먹 쳐들고,
여진 눈앞에 윤과장의 주먹이 커다란데.

윤과장	(주먹을 뻗지 못하는)
여진	(바닥에 깔린 채 그런 윤과장을 보는데)
윤과장	(여진을 내려다보는 눈이 너무 슬프다...)

그때 윤과장을 덮치는 형사들. 결국 잡히는 윤과장.
그리고 그의 셔츠를 뒤에서 확 잡아당기는 손, 달려온 시목이다.
단추가 뜯어져나가고 윤과장 어깨에(러닝셔츠 안 입은) 선명히 드러나는 문신, U D T.
범인을 잡은 이 순간에도 윤과장이 범인이란 게 믿어지지 않는 장형사, 여진.
이제 반항도 하지 않고 조용히 숨만 몰아쉬는 윤과장.

역시 숨 몰아쉬며 그런 윤과장을 보는 시목.
주위 사람들 모두 멈춰서 이들을 바라보고...
범인을 잡고도 그대로 멈춰 선 형사들, 시목.
이들 모두를 멀리서 본 모습에서 엔딩.

15회

- 사람들, 다 거기서 거기예요.

그냥 흐르는 대로 사는 거지 우리 같은 보통 사람이야.

- 그렇게 흐르기만 하다가 자기도 모르는 곳에 닿아버리면요?

1. 공항/건물 앞 - 낮

공항 건물에서 잡혀 나오는 윤과장. 경찰이며 공항 경비대가 몇 겹이나 둘러
쌌다.
구경하는 시민들, 여기저기서 찍어대는 핸드폰들.
윤과장 얼굴이 그대로 노출되자 윗도리로 윤과장 덮어주는 손길은 여진이다.
경찰차에 실리는 윤과장, 그 뒤로 속속 현장을 떠나는 시목과 경찰들.

2. 서부지검/검사장실 - 낮

급히 들어오는 원철. 책상에서 대신 유선전화 받던 비서, 당황한 얼굴로 전
화 내민다.
원철, 전화 건네받는데 네, 한마디 후에 말을 잃는다.

3. 동/로비 - 밤

시목, 들어온다. 그 뒤로 수갑 찬 윤과장이 검찰 직원들에 잡힌 상태로 들어

온다.
소식 듣고 나와 있던 실무관 계장 등 지검 사람들,
잡은 시목과 잡혀오는 윤과장을 눈앞에서 봐도 믿을 수 없다. 침묵이 지배하는 로비.
동료들 시선 받으며 로비를 가로지르는 시목, 저항도 않고 끌려오는 윤과장.

4. 경찰 봉고차 안 - 밤

봉고차 타고 몰려가는 형사들. 팀장과 서형사 등은 드디어 잡았다,
근데 어떻게 검찰 쪽 사람이냐, 등잔 밑이 어두웠다, 등등 소회들을 풀지만,
떨어져 앉은 여진과 장형사는 묵묵히 차에 흔들리며 간다.

5. 윤과장 집 - 밤

원룸 오피스텔. 어두워서 대충의 윤곽만 보이는 실내.
강제로 잠금 해제하고 열리는 문. 형사들 들이닥치고 불 켜지는데...
여진, 실내로 올라서면 한 번도 사용하지 않은 듯한 주방, 먼지 쌓였고,
빨래건조대엔 말라붙은 양말 두어 짝, 아무것도 없는 방. 이렇게 살았던 건가...
그 뒤로 들리는 팀장의 혼잣말 같은 소리, 사람 살던 집 맞아?...

6. 서부지검/복도 - 밤

아무도 없는 긴 복도를 천천히 오는 시목..

Flashback〉 - 9회 S#57. 특임팀 시절 빵 봉지를 들고 '출출하다고들 해서요', 하면서 웃을 때의 윤과장의 그 미소. C.U.

시목   ...

Flashback〉- 10회 S#22. 김태균의 진술을 받고 기뻐하던 은수를 쳐다보던 윤과장.

시목   ...

7. 동/조사실 - 밤

무장한 검찰 직원이 지키는 조사실. 수갑 찬 윤과장, 홀로 앉았다.

Flashcut〉- 검거 사진 찍히는 윤과장 C.U. 먼저 얼굴 - 앞, 옆.

윤과장, 고요하다. 무표정이 아닌 변명이나 저항을 벗어난 상태다.

Flashcut〉- 어깨 사진. 먼저 어깨 전체. 다음 오른쪽 어깨만, UDT 문신 다 보이게. 다음 - U와 D 일부는 종이로 가리고 D T만 따로 찍는 사진.

Flashcut〉- 무성 집/지하실 - 밤. 이민가방을 여는 순간 튀어나오는 김가영. 손에 걸리는 아무 거나(윤과장 옷) 잡아당기면 순간 보이는 어깨 문신. 얼굴 안 보이게 최대한 고개 돌린 윤과장, 그 상태로 가영 머리를 잡아 시멘트 바닥에 짓찧는다.

가영 머리를 잡아챘던 그 손을 쭉 폈다가 깍지를 끼는 윤과장, 길게 숨 들이쉰다.
그 모습 따라 돌면서 비추던 화면, 윤과장이 반사되는 양면경에서 멈추면...

8. 동/모니터실 - 밤

양면경 너머에서 윤과장을 지켜보는 원철. 배신감과 믿을 수 없음의 중간에서, 꽉 다문 입가.

9. 동/조사실 – 밤

시목, 들어온다.

윤과장　(자기 손끝만 쳐다보며 눈을 들지 않는다)
시목　　(맞은편에 앉는. 윤과장이 눈 들 때까지 소리도 내지 않는다)
윤과장　… (천천히 고개 든다. 시목을 보는 눈동자)
시목　　…

10. 윤과장의 집 – 밤

침대 밑. 침대 밑 검은 물체에 손 뻗은 여진이 침대와 바닥 사이 좁은 틈으로 보이고. 검은 물체가 확 끌어내진다.

cut to. 여진이 침대 밑에 손을 넣어 끌어낸 것, 커다란 검은색 이민가방이다.
팀장과 형사들, 이민가방에 집중되는 시선.
여진, 가방 지퍼를 사정없이 잡아 연다.

11. 서부지검/조사실 – 밤

창백하게 가라앉은 윤과장, 눈만 위로 들어 시목을 응시하고 있고,
윤과장보다 더 움직임 없는 시목. 침묵이 지배하는 공간.
윤과장의 목젖이 꿈틀대며 침이 삼켜지는데,

시목　　(마침내 입 여는. 높낮이 없는 톤) 왜 죽였습니까.

윤과장	...

다시 침묵이 흐른다.

시목	...
윤과장	죽어야 되는
시목	...
윤과장	놈이니까요. ... 죽여야 되는 놈이니까. 내 손으로.
시목	(강하게 깍지 낀 윤과장 손에 짧게 내려 닿는 시선)
윤과장	매일매일 생각했어요,
	그놈을 어떻게 죽일까, 어떻게 숨통을 끊어놔야 그 고통을 알까.
시목	무슨 고통.
윤과장	.. 불에 타는 고통. 왜 지옥불이라고 하는지 아세요? .. 이 세상 모든
	아픔 중에 불에 타는 게 가장 아프대요, 그걸 그 작은 몸이 그 어린
	살이... 새까맣게 탄.. 덩어리가 돼서 돌아왔어요.
시목	....
윤과장	(눈물이 후드득 떨어진다) 내 아들...

12. 윤과장의 집 - 밤

검은 이민가방에서 나오는 것들, 나일론 소재의 노끈(가영을 묶은 끈), 마스크, 박무성과 가영 범행 때 착용했던 검은색 오버올, 그리고 전자충격기.

윤과장 E	여섯 살이었어요.. 손이 얼마나 말랑말랑했는지 몰라요..
	그 손을 잡고 유치원에 데려갔어요, 그날 아침에, 내가.

장형사, 루미놀을 꺼내 오버올에 뿌리면 박순경, 불 끈다.
불을 끄자 푸른 형광색 빛을 발하는 피의 흔적. 오버올 전체가 피다.
강력계 형사들 입에서조차 새어나오는 낮은 탄식이 울린다.

13. 서부지검/조사실 - 밤

윤과장   내 손으로 차에 태웠어요. 친구들도 다 탄다고, 어서 타라고..

14. 유치원 앞 - 낮 (윤과장의 회상. 2년 전)

유치원 아이들, 관광버스에 탄다. 어린 아들을 태운 윤과장, 아들이 버스 뒤쪽 자리로 꼬물꼬물 들어가는 걸 창문 너머로 내내 지켜본다.
창가 자리에 앉은 윤과장 아들, 고사리 손과 얼굴을 창문에 댄다. 창밖 아빠를 보는.
그 모습이 너무나 사랑스러운 윤과장, 같이 유리창에 손 대려고 손 뻗는데 전화 온다.
전화 받는 사이 출발하는 버스. 뒤늦게 안녕! 하는 윤과장. 끝까지 아빠를 보는 아들.

윤과장 E   저녁에 데리러 오겠다고 했는데..

15. 찻길 + 윤과장의 차 안 - 저녁 무렵 (윤과장의 회상. 2년 전)

차가 끝도 없이 밀린 길. 지친 운전자들이 아예 길로 나와 서성이고 앞을 살핀다.
이 중 한 차에 탄 윤과장, 초조함과 걱정을 넘어 이젠 멍해진 상태다.

라디오 E   (윤과장 Effect 대사 아래 배경음으로 들리는) 오후 4시 10분경 영종 나들목에서 인천 방면으로 달리던 관광버스의 타이어가 폭발하면서
윤과장 E   사고가 아니에요.
라디오 E   가드레일에 충돌 후 발생한 화재로 버스에 타고 있던 유치원생들과 지도교사 등 수십 명의 사상자를 내는 사고가...

윤과장 E 사고가 아냐....

　　　윤과장, 차에서 내린다. 차문도 열어놓고 달린다.
　　　차로 꽉 막힌 그 긴 도로를 뛰어가는 윤과장, 제발 제발... ...

윤과장 E 스태빌라이저란 장치가 있어요. 차량 균형을 잡아주는 건데 버스
　　　회사가 이걸 떼버렸어요. 경비 아끼려고.

16. 서부지검/조사실 - 밤 (현재)

윤과장 고무 땜질한 재생 타이어였어요, 운전기사는 주행 중에 휴대폰을
　　　자꾸 봐서 전에 직장에서 잘린 사람이었고.
시목 제가 여기 지검에 오기 전 일입니다만 그때, 기억합니다.
　　　가드레일 부실시공으로 판결
윤과장 (O.L) 가드레일 아녜요, 회사 휴직하고 1년을 매달렸어요,
　　　왜 내 애가 죽었나, 왜 내 아들이 기록이 없어서 누가 시공했는지도
　　　모른다는 가드레일에 받혀서 죽었나... (고개 젓는다) 버스회사 것들,
　　　살인죄예요, 살인죄. 그것들이 죽였어요. 그런데 운전기사만 3년!
　　　나머진, 거기 사장! 그 전부터 부실업첸 거 알면서 눈감아준 공무원!
　　　다섯여섯 살짜리 애들 열넷이 죽었는데 그것들은 감옥에서 1년도
　　　안 살았어요.
시목 뒤를 봐준 사람이 있었나요.
윤과장 .. 브로커가 있었어요. 버스회사에서 돈 받고 고위급 인사한테 사건을
　　　축소시켜달라고 청탁한 브로커. 원래 영업정지를 받을 회사였는데
　　　그걸 무마시켜서 내 아들이 소풍 가던 그날까지도 버스를 굴리게
　　　한 것도 그 브로커예요.
시목 브로커, 박무성입니까.
윤과장 (끄덕여지는 고개) ... . 소원이 하나 있어요.
시목 말씀하세요.
윤과장 (먹먹히 시목 보는...) 내 아들이, 그 자리에서 죽었으면.

시목	(부탁하는 소원이 있다는 게 아니란 걸 깨닫는)
윤과장	사고가 났을 때, 버스가 뒤집혔을 때 (뚝뚝 떨어지는 눈물) 그때,
	불이 번지기 전에 .. 아무 고통 못 느끼고 내 애기가.. 즉사한 거였으면
	(목소리가 끓는 듯이 나온다) 몸이 탄 건 그다음이었으면..
	하루도 기도 안 한 날이 없어요, 하루도.. 잊은 적 없어요...
시목	...

17. 동/모니터실 - 밤

원철, 고개 떨구고 있다.

18. 동/3부장실 - 낮 (원철의 회상. 1년 전)

회사 복귀한 윤과장 어깨를 두드려주는 원철.

원철	잘 돌아왔어, 산 사람은 살아야지, 가슴에 묻고.. 잊어.
윤과장	(들릴 듯 말 듯 대답)

19. 동/모니터실 - 밤 (현재)

원철	(너무나 쉽게 말했던 스스로가 죄스럽다)
시목 E	박무성 청탁을 받고 사건을 축소시켜준 고위급 인사, 누굽니까.
윤과장 E	.. 여기, 검사장이요.
원철	(놀라서 고개 드는)

20. 동/조사실 - 밤

윤과장   서부지검 검사장.

시목   2년 전, 당시에, 배상욱 검사장?

윤과장   (희미하게 끄덕인다) 인천지검에 압력을 행사해줬어요.

시목   (만연한 부패, 두드러지게 드러내진 않아도 역하다. 그러나)
          범행 동기 인정했습니다. 살해 경위. (사진 내민다)

사진, 택시 블랙박스에 찍힌 무성 집 창가에 남자다. 흰 셔츠 파란 트레이닝
복 바지.
사진을 봤다가 시목 보는 윤과장, 눈빛, 물러서지 않는다. 서로 응시하는 두
남자.

**Flashcut〉- 박무성 집/마루. 무성의 시신 옆에서 검은 오버올을 벗는 윤과장,
그 안에서 드러나는 무성과 똑같은 옷. 대문 벨 한 번 울린다.
윤과장, 커튼 젖히고 창가에 선다. 담 너머로 보이는 용산케이블 차.**

윤과장   접니다.

21. 용산경찰서/수사본부 - 밤

윤과장 집에서 가져온 증거들이 중앙 테이블에 가득하다.
오버올에서 혈흔 시료 채취하는 여진, 면봉 한 통 다 쓸 정도로 많다. 그 사
이사이,

Flashcut〉- 무성 집/부엌. 싱크대에서 장미칼을 집어드는 윤과장.

**Flashcut〉- 무성 집/작은방. 책장에서 책 뽑아가는 무성, 문 닫고 나가면 문 뒤
에 서 있던 윤과장. 열린 문 경첩 사이로 밖을 보는 윤과장의 눈.**

여진, 오래된 검붉은 피 묻은 면봉을 모두 봉투에 넣고 겉면에 분석실이라
갈겨쓴다.

Flashcut〉- 박무성을 찌르는 윤과장.

장형사, 이민가방을 커다란 밀봉비닐에 넣다가 멈춘다. 가까이 보며 핀셋 집어 드는.
가방 지퍼에 낀 머리카락을 핀셋으로 집어낸다. 염색한 머리카락, 길다.

Flashcut〉- 윤과장의 차 안. 밤. 실신한 가영을 이민가방에 욱여넣는 윤과장.

머리카락 따로, 가방 따로 비닐에 밀봉하고 꼬리표에 분석실이라 쓰는 장형사.

Flashcut〉- 무성 집/지하실. 차가운 바닥에 가방 내려놓는 윤과장, 숨 몰아쉰다.

장갑, 마스크, 족적방지용 덧신, 모두 증거봉투에 넣어져 쌓인다. 마지막으로 노끈도.

Flashcut〉- 가영 집/골목. 가영 목에 전자충격기로 충격을 가하는 윤과장.

팀장, 공항에서 윤과장이 장형사한테 뒤집어 씌웠던 재킷 주머니에서 지갑과 여권 꺼낸다. 여권 들추면 윤과장 여권 맞다. 테이블에 던지듯 놓여지는 여권.

22. 무성의 집/마루 - 낮 (범행 당시. 회상)

- TV 셋톱박스에서 카드를 빼는 윤과장.
- 소파에 누운 무성 앞에 선 윤과장. 손에 들린 칼. 무성을 내려다보는 자비 없는 눈빛.
- 이미 쓰러진 무성 시체에서 번져 나오는 피. 그 피를 보는 윤과장.

윤과장 E   오랫동안 머릿속에서 짜고 또 짰습니다.
시목 E   강진섭은.
윤과장 E   계획에 있었어요.
시목 E   나는.
윤과장 E   계획에 있었어요.

- 피를 면봉에 묻혀 케이스에 넣는 윤과장.
- 미친놈처럼 집 안을 엉망으로 만드는 윤과장.
- 금붙이를 무성 시신 근처에 던지는 윤과장.

시목 E   강진섭의 죽음은.
윤과장 E   그건 예상 못했어요.

- 해피네 집 쇠 장식에 피를 묻히는 윤과장.

시목 E   전부 혼자 생각해낸 거라고요?
윤과장 E   안 되나요?

23. 서부지검/조사실 – 밤

윤과장   오랫동안 머릿속에 그렸어요. 브로커가 끼었다는 거, 그게 박무성이란
        걸 알았을 때부터.
시목   배상욱 검사장은 왜 놔뒀습니까.
윤과장   그런 짓을 하고도 국회의원이 되겠다고 나서는 걸 보면서 다짐했어요.
        저 인간을 반드시 법정에 세우자. 자기가 유린한 법정에 끌어다놓고
        그 면상 앞에서 내가 낱낱이 까발려주자.
시목   김가영은 왜 해쳤습니까.
윤과장   사람들이 알라고요. 사회 지도층이란 인간들이 뭘 주고받는지.
        걔가 깨어나서 입을 열면 접대받은 남자들이 전부 나올 테니까.
        그 애가 상대한 게 용산서장 하나라고 생각하세요?

Insert〉- 가영, 유흥가 길을 가며 통화 중이다.

가영   **아저씨, 여잘 만났으면 돈 깨지는 거야 당연하지. 어떻게, 교복 입고**
                  사모님 한 번 뵈러 가줘요?

윤과장   .. 그 나이에 벌써 박무성하고 다를 게 없어요. 박무성은 돈이,
              그앤 몸이 매개체일 뿐.

시목   브로커 짓을 하든 몸을 매개체로 쓰든 윤세원씨는 그걸 처벌할
              권한이 없습니다. 착각 마세요.

윤과장   권한 가진 사람들은 뭘 했는데요.

시목   그래서 영검사도 죽였습니까?

윤과장   (똑바로 쳐다본다) 영검산 아니에요. 내가 안 죽였어요.

시목   영은수 왜 죽였습니까.

윤과장   난 이제 어떻게 되든 상관없어요, 행동하기로 결심했을 때
              미래 같은 건 버렸습니다. 하지만 영검사는 내가, 아녜요.

시목   입으론 어떻게 되든 상관없다면서 공항으로 달려갔습니까?
              문신 들키고 잡히게 생겼으니까 외국으로 내뺄 생각부터 했잖아.

윤과장   ... 더 할 말 없습니다. (수갑 찬 손 움켜쥐고 눈 내리깐다)

시목   영은수 검사, 왜 죽였습니까.

윤과장   ....

시목   왜 죽였어.

윤과장   (눈 감는)

시목   (손이 꽉 쥐어지지만.. 일어난다. 문으로 가는)

무장 직원 (윤과장에게 온다. 잡아 일으키는)

시목   (나가기 전 멈추고 쳐다보는) 죽이니까 가슴속이 나아지던가요?

윤과장   ... 아무것도 없었어요. 자식이 죽고 나니까, 아무것도.
              그 텅 빈 데를, 공포가 채워줬어요. 날 보던 눈, 죽어가던 몸짓..
              사람 몸에서 나오던, 피가..

시목   ... (나간다)

24. 동/조사실 복도 - 밤

시목, 나오면 바로 옆 모니터실에서 천천히 나오는 원철. 시목은 원철에게 오고 그 뒤로 무장 직원에게 잡힌 윤과장이 등을 보이며 반대편으로 간다.

원철	(윤과장 보는..) 아들 부검을 못했어 저 녀석, 그때..
시목	(원철 보는)
원철	애기 폐에서 검댕이가 나올까 봐. .. 타죽었을까 봐.
시목	... (고개 떨구고 멀어져가는 윤과장 바라본다)

25. 차고 - 밤

윤과장 차가 견인차에 끌려 옮겨진다. 그만 세우라고 수신호 보내는 여진, 차가 세워지면 플래시를 들고 뒷좌석부터 살피는데, 다 쓴 방향제가 뒷좌석 창에 덩그마니 있다.
먼지 앉은 방향제 들어 냄새 맡아보는 여진.

Flashback〉- 11회 S#39. 동네 병원/2인실 - 밤

가영母	**이분 (윤과장 보는) 차에서 애가 경기를 심하게 해서..**
윤과장	**지하주차장에 숨어 있을 때, 병실 밖은 첨이라 그랬는지**

여진, 생각하는 얼굴이다가 방향제 내려놓는다. 다시 차량 살피며 한숨처럼 중얼대는, '진작 알았어야 했는데'..

26. 서부지검/검사장실 - 밤

원철, 전화 중이고 시목은 그 앞에 섰다.

원철	(전화) 강원철입니다. 밤늦게 미안한데 (하다 듣는) 예 그렇게 됐네요.
	그래서 말인데 우리 쪽에서 수색영장이 두 개 들어갈 거예요,
	즉시 발부 부탁해요. ... (시목 보는) 배상욱 의원이요.
시목	...
원철	예 前검사장, 그 배상욱 맞고 또 하나는 관련업체 압수용이니까,
	주말인 거 아는데 내일 아침 첫 번째로 처리합시다.
	(끊는. 시목에게) 배상욱 증거 100%여야 돼. 아님 우리가 물먹어.
시목	윤과장 주장일 뿐입니다. 100%가 나올진 해봐야 알죠.
원철	이 판국에 헛소리했겠어?
시목	혹시 아셨습니까? 당시에 검사장이 버스 화재 재판에 관련된 것.
원철	알았으면 두고만 봤겠어?
시목	그런데 윤과장은 어떻게 알았을까요, 부장급들도 몰랐던 걸.
원철	내사 전문이잖아. 그보다 영은수는 자기 짓 아니란 건.
시목	.. 어떻게 생각하십니까.
원철	... 모르겠어 이젠. 그치만 아니었으면 좋겠어. 그거까진.
시목	.. 더 조사하겠습니다.
원철	오늘은 그만 쉬어. 이만도 잘한 거야, 검거... 축하한다.
시목	(목례하고 나가는)
원철	... ..

27. 수석비서관실 - 밤

벽시계의 초침소리만이 작게 들려온다. 불도 안 켜고 응접 소파 상석에 앉은
창준, 두 손 그러모은 채 깊은 상념에 젖은...

28. 한남동 집/1층 거실 - 밤

창준, 들어서면 윤범, TV 시청 중인데 상당히 심각하다.

인천공항에서 시민들이 찍은 동영상 제보로 화면 채워졌다.

기자 E   오늘 오후 인천공항에서 용산구 연쇄살인범이 격투 끝에 검거되는
        장면입니다. 용산구 주민들을 공포에 떨게 했던 연쇄살인범은
        서부지방검찰청 직원인 것으로 밝혀져 더욱 충격을 주고 있습니다.

창준   (윤범 곁으로 오며 TV 바라보는)

윤범   (인기척에 돌아보고 TV 끈다) 왔나? (리모컨 쥔 손으로 앉으란 손짓)

창준   다녀왔습니다. (앉는)

윤범   범인, 아는 놈이야?

창준   (표정 담담) 그럼요.

윤범   그놈도 박무성한테 원한이 있었나?

창준   글쎄요. 그것까진.

윤범   박무성이 그 친구가 욕심이 좀 과했지.

창준   ..

윤범   (돌연) 쥐새끼들은 찾았나?

창준   사무관 둘한테 각각 다른 정보를 흘렸지만 어느 쪽도 움직임이 없었습니다.

윤범   각각 다른 정보?

창준   서로 다른 호텔에 유크레인에서 사람이 올 거라고 해뒀습니다.
        실제로 각각의 호텔에 외국인을 묵게 했는데 접촉 시도라든가,
        어디서도 리액션이 없었습니다.

윤범   ... (끄덕인다) 올라가봐.

창준   (일어난다) 주무십시오. (올라간다)

윤범   ... (다시 TV 켜면)

TV   (가영의 집 골목이 자료화면으로 나온다)

윤범   하필 공항에서.. 우연인가...

창준   (그 소리에 계단에서 돌아보는.. 올라간다)

29. 동/2층 서재 – 밤

창준, 발을 끌듯이 들어와 불 켜면 책상 의자에 그린 듯 앉아 기다리는 창준妻.

창준	!
창준妻	(보기만)
창준	자는 줄 알았지.
창준妻	우리 마저 하기로 한 얘기가 있잖아.
창준	(책상에 기대듯 걸터앉고 안주머니에서 뭔가 꺼내 내민다)
창준妻	(받아보면 비행기 e-티켓이다, 묻듯이 보는)
창준	수정이한테 가 있어. 아무리 자립심 강해도 아직 엄마 손 필요한 애야.
	당신이라도 다녀와.
창준妻	전개 참 이상하네. 내 재산 뒷조사하더니 이젠 나더러 나가래?
	수정이 미국에 없었음 무슨 핑계 댈 거였어?
창준	나 이제 곧 공직자 재산 공개해야 돼. 당신 거뿐 아니라 수정이 소유
	부동산 동산 다. 그래서 알아봤어.
창준妻	그런 거였음 미리 의논했음 됐잖아. 거기다 미국은 또 뭐고?
창준	재산 공개 시작되면 당신 한국에 없는 게 나을 거야.
	또 얼마나 배 아파들 하겠어. 좀 잠잠해지면 그때 들어와.
창준妻	....
창준	딸 얼굴 보는 재미에 나 완전히 잊지 말고.
창준妻	... 나 후회 안 해.
창준	음?
창준妻	그날 거기 간 거. 오빠 재판. 당신 나보고 거기 오지 말았어야 했다고
	했잖아, 난 아냐. 덕분에 지금 당신 내 앞에 있잖아. 후회를 왜 해?
창준	... (옆에 앉은 아내 머리에 아이에게 하듯 커다란 손을 올린다)
	당신 그때 참 예뻤어. 방청석에 앉아 있는데 빛이 반짝반짝했어.
창준妻	지금은?
창준	(웃는) 지금도.

창준, 아내 머리 쓰다듬는데 얼굴이 슬퍼 보인다. 그래도 웃어 보이는.

30. 옥탑방/마루 - 밤

여기저기 흩어진 만화책. 아끼느라 안 뜯었던 비닐 커버도 적잖이 벗겨져 있고. 마루 가운데 맨바닥에 누운 여진, 만화책 펼쳐 얼굴 덮었다.

전화 오면 손만 더듬더듬 뻗는. 만화책 덮은 채로 발신자 확인도 안 하고 받는다.

여진 네.

시목 F 내일 제보 편지 보낸 여고생 좀 만나볼래요.

여진 만나서.

시목 F 어디서 무슨 옷을 입고 몇 시쯤이었는지.

여진 디테일 알아봐달라고요, 알았어요. (끊으려는)

시목 F 집입니까?

여진 (한숨. 만화책 치워버리고 일어나 앉는다) 네 집입니다.
오지랖 떨어서 애먼 여자 죽게 한 내 집이요.

31. 마포서 뒷골목 + 포장마차 - 밤

밤의 골목을 따라 귀가하며 전화 중인 시목.

여진 F 내가 왜 영검사 전화를 받았을까요?

시목 … (손님 없는 포장마차로 발 꺾는)

여진 F 나한테 온 것도 아닌데 왜 그걸 받아서 여길 오라고 했을까요,
뭐가 씌었길래?

포장마차에 앉는 시목, 주인에게 입모양으로만 소주 하면서 손가락 하나 들어 보인다.

시목 난 뭐가 씌었던 걸까요.

여진 F 검사님이 왜요.

시목 (주인이 소주 갖다 주면 한 번에 비우고 내려놓는 잔)

애초에 윤과장을 팀에 부른 건 납니다.

32. 옥탑방/마루 - 밤

시목 F 살인범도 잡고 박무성 스캔들도 캐잔 특임에 범인을 불러다 놨어요.

여진 ... 왜 죽였대요.

시목 F 우리 지검 전 검사장 중에 배상욱이라고 있습니다.

여진 그런데요.

시목 F 박무성하고 합작해서 자기 아들 죽은 교통사고를 왜곡시켰답니다.

여진 그렇다고, 자기 자식 때문에 한이 맺혔으면 남에 자식이라도 귀하게
여겨야지, 본인은 그 모양으로 살았어도!

시목 F 어떻게 살았는데요.

여진 집이, 집을 보니까.. 이혼도 했더라고요, 교통사고 얼마 후에.

33. 포장마차 + 마포서 뒷골목 - 밤

시목 (소주 반 병 정도 비운) 아이가 문제가 있으면 부모는 서로를
미워하게 되죠. (천 원짜리 몇 장 놓고 일어난다)

여진 F 더 똘똘 뭉쳐야 하는 거 아닌가요. 더 보듬어주고.

시목 (밤길을 가는) 그런 가족도 있겠죠. 어딘가엔.

여진 F ... .. 검사님 부모님은요?

시목 ...

여진 F 머리 수술한 거, 왜 말 안 했어요.

시목 그게 뭐라고요.

여진 F ... 지금은 안 아파요?

시목 네.

여진 F 됐어요, 그럼, 또 아프면 말해요.

시목 ...

여진 F 하긴.. 말해도 해줄 게 없네.

시목   ...

34. 옥탑방/옥상 - 밤

여진   (출입문 열어놓고 문가에 기대서서 평상 쪽 바라보며) 그래도 말해요,
             병원에 옮기기라도 하게.
시목 F   ...
여진   (대답 없어서 끊어졌나? 전화 보는데)
시목 F   영은수는 안 죽었답니다.
여진   윤과장님이요? (하다) 님은 무슨, 윤과장이 지 입으로 그래요?
시목 F   더 봐야겠지만 한경위님이 거기로 영검사를 부른 거하곤 무관할 수
             있어요.
여진   ...
시목 F   자요.
여진   .. 검사님도요. (끊는. 옥상 보는..) 하루 되게 기네. (문 닫고 들어간다)

             잠시 후, 창문의 불빛도 사라진다.

35. 한남동 집/대문 앞 - 아침

             기사, 보스턴백(캐리어와 세트인 보조가방) 없은 캐리어 1개를 싣고 트렁크
             닫는다.
             곧 창준 내외 나오고 편한 차림의 윤범도 대문간에 모습 드러낸다.

윤범   어제도 아무 소리 안 하더니.
창준妻   내가 가고 싶어졌어요, 어젯밤에 갑자기.
윤범   오래 참는다 했지, 바람 쐬기 좋아하는 애가.
창준妻   (가볍게 포옹) 다녀올게요.
창준   다녀오겠습니다. (인사하고 돌아서면)

기사   (대기하고 있다가 뒷문 열어주는데)

창준   (됐다는 손짓. 보조석 문 열고 아내 본다)

창준妻   당신이 직접 가게?

창준   날씨도 좋잖아.

창준妻   (방긋 웃으며 타는. 윤범에게) 저 가요.

윤범   그게 뭐라고 입이 귀에 걸려?

창준妻   아빠는 한 번도 안 해본 거잖아요? (손 흔든다)

        창준, 인사하고 운전석에 오르고 윤범, 실소하고 들어가는.
        기사, 떠나는 차에 대고 인사.

36. 인근 길/창준의 차 안 - 아침

창준妻   (이웃집 높다란 담벼락에 고개 내민 꽃나무들 보며)
        아, 오랜만에 하늘 참 깨끗하다. 이게 우리나라 하늘인데.

창준   떠나기 좋은 계절이지.. …
        (운전하면서 글러브 박스 열어 서류 꺼낸다. 아내에게 주는)

창준妻   뭐야? (읽는)

창준   당신 현금 정도만, 당분간 당신이 하는 장학재단으로 옮겨놓자.

창준妻   (신중히 읽으며) 내 재단에 800억을 기부하는 걸로 돼 있네, 내가?

창준   음, 거기로 옮겨야 재산 공개 끝나고 원상 복구시키지.
        (안주머니에서 펜 꺼내 내미는) 재단엔 입 다물라고 할게.

창준妻   (더 읽는… 그러다 펜 받아서 싸인하는데)

창준   (운전만 하는 것 같지만 싸인하는 걸 놓치지 않고 보는)

37. 인천공항/주차장 - 아침

        트렁크 여는 창준, 창준妻는 이제야 차에서 내리고.
        창준, 캐리어만 꺼내고(보조가방 없이) 트렁크 닫는다. 아내와 함께 공항 건물로 간다.

38. 동/출국장 앞 - 아침

창준妻, 출국장 줄에 서서 여권과 비행기표 보여주고 있다.
창준, 지켜보는. 순서 끝난 창준妻, 손 흔들고 출국장 안으로 들어간다.
창준, 발걸음 떼지만.. 돌아본다. 이미 아내는 사라졌지만 간 곳을 오래 보
는...

창준   .. 잘 가.

창준, 핸드폰 꺼낸다. 돌아서 가며 전화. 아내를 보낼 때완 달리 굳어진 표정.

창준   (낮고 느리지만 강하게 주지시키려는 어투) 예, 사장님, 이창준입니다.
다름 아니라 전에 그 공준식 검사 말입니다. ... 예, 1부장으로 있었던.
곧 재판에 넘겨질 텐데 귀사에 법무팀으로 가기로 했던 거 어느 누구
입에서도 나와선 안 됩니다. 알고 있죠? (끊고 다시 전화)
은행장님? 쉬시는 날 죄송합니다. 오늘 좀 봬야겠는데요.
... 예. 한 시간 뒤에 제 방으로 오시죠. (끊는. 결심으로 다부진 눈빛)

39. 용산서/강력팀 - 낮

휴일에도 모두 나온 강력팀. 다들 팀장 자리에 모여 혈흔분석 결과 들여다보
고 있다.

박순경   어떻게 진짜 영은수 검사 혈흔만 안 나오죠? 작업복이 피투성이던데.
팀장   (골치 아픈) 그날만 다른 걸 입었겠지. (보던 서류 놔버리는)
범인이라고 맨날 같은 거 입어?
형사들   (아무도 호응 안 하는)

팀장	아 지도 꿉꿉할 거 아냐? (하지만 아니란 것 스스로 아는)
여진	.. (형사들에게) 장미칼 사 간 사람부터 다시 찾읍시다.
서형사	아아 다 끝난 줄 알았더니!..
장형사	(고개 들다) 어?

여진, 장형사 따라 고개 돌리면 입구에 정본이 들어와 서성인다.

40. 동/회의실 - 낮

정본	진짜.. 윤과장님이 그랬어요?
여진	진짜지 가짜겠어요, 본인 입으로 시인도 했는데.
장형사	물증도 한두 개가 아니고요.
정본	그럼 영검사도 진짜 윤과장님 손에..
여진	그건 아니라고 본인은 주장하는데
장형사	아니긴 빌어먹을 씨, 들통나니까 사람 죽이고 토끼다 잡힌 주제에 지나가는 개도 안 믿지. (말은 퉁명스러운데 표정은 착잡한)
정본	.. 저는 이게요, (전화에서 옥탑방 단체사진 찾아서 본다) 불과 며칠 전이란 게 믿어지지가 않아요.
장형사	(넘겨다보는..) 이 안에 연쇄살인범이 있었는데.
정본	그 손에 희생당할 사람도요.
여진	그걸 왜 그렇게 몰랐을까, 바로 옆에서.
정본	에이, (부질없다. 휴대폰 꺼버린다) 이마에 좋은 사람 무서운 사람 써 붙여놨으면 좋겠어요.
장형사	그렇게만 된다면야.
여진	그럼 여기도 애매한 사람 많을걸요.
장형사	? (보는데)
소리 E>	(노크)
박순경	(얼굴 디밀고) 저기 지금 버스회사 압수 나간다는데요?

형사들, 바로 일어나고 정본도 일어난다.

여진	미안하게 오자마자 가셔야 되네요.
정본	바쁘신데 제가 시간 뺏었죠. 나중에 봬요. (인사하고 나가면)
장형사	여기도 애매한 사람 많단 소린 뭘까나?
여진	(돌아보는) 있습니다, 그런 사람. 범인 잡겠다고 먼지 뒤집어써가며 애쓰는 거 보면 좋은 사람 같은데, 남한테 몽땅 뒤집어씌우는 거 보면 이건 또 뭔가 싶은 사람.
장형사	누구 얘기예요?
여진	팀장. 양심선언하기 전날 경완이 찾아가서 무릎 꿇었어요. 요지는 자긴 잘못 없다 그거고. 그나마 우연히 마주쳤으니까 나도 안 거지.
장형사	...
여진	(나가려는데)
장형사	사람들, 다 거기서 거기예요. 막 죽일 새끼도 아니고 천사도 아니고. 그냥 흐르는 대로 사는 거지 우리 같은 보통 사람이야.
여진	그렇게 흐르기만 하다가 자기도 모르는 곳에 닿아버리면요? (나간다)
장형사	... (나간다)

41. 동/강력계 - 낮

회의실에서 나오는 세 사람. 팀장과 다른 형사들은 이미 나가는 중.
여진, 장형사, 얼른 합류한다.

| 팀장 | 압수는 검찰 몫이니까 그건 너무 나서지들 말고, 어린애들 죽이고도 이름 바꿔서 계속 장사하는 것들이니까 버스회사 놈들은 봐주지 마. |
| 형사들 | 넵! |

여진, 뒤에서 팀장 보는. 참 사람 알 수 없다. 장형사, 여진 눈길 느끼지만 외면.
몰려 나가는 형사들.

42. 서부지검/시목 검사실 - 낮

그동안 밀렸던 업무 파일이 책상 위에 잔뜩 쌓였다.
시목, 파일 넘겨가며 체크하고 있는데 노크도 없이 문 열리는.

동재	(마치 제 방처럼 자연스럽게 들어와) 야.. 여긴 시간이 멈춘 거 같다.
	(계장 책상에 걸치고 앉아 파일도 건드려보는)
시목	무슨 일이십니까?
동재	... 등잔 밑이 어두웠던 거냐 우리?
시목	...
동재	난 영은수 죽고 일 틀어지니까 저 양반이 냅다 도망가나 했는데.
시목	누구 말씀이십니까?
동재	이창준.
시목	그분이 어딜 갔나요?
동재	수석실로 사모님이 찾아왔어. 이혼 얘길 하더라고.
	그러더니 아무도 모르게 출국 준비까지 하고.
시목	이혼에 출국이요? 언제 어디로요?
동재	몰라. 나도 비행기 티켓만 얼핏 본 거라. 뭐 어쨌든 범인 아니면
	됐잖아, 어딜 가든? (안도하는 듯한) 그래, 사람 죽일 위인은 아니지.
	그냥 와이프 이용해먹는 속물인 거야.
시목	윤과장은 영은수는 자기 짓이 아니라고 하고 있습니다.
동재	!... 왜 그 말을 믿는다는 투로 들려?
시목	전에 부장님실에서 얘기했던 거 기억하세요?
	영장관이 모함을 당한 건 뭔가를 쥐고 있기 때문이라고 한 거.
동재	(끄덕이는)
시목	영은수가 죽은 당일에 파일이 없어졌어요. 영장관이 집에 보관하던
	한조 관련 파일이. 가져간 사람 자체는 영은수로 보이지만
동재	갖고 있다 죽었다면, 갖고 있어서 죽었다면 이건.. 이윤범 짓인데.
시목	또 한 명 있죠.
동재	.. 이창준. .. 그분은 왜 매번 혐의점에서 벗어나질 못할까..
시목	윤과장이 영은수까지 살해하고 조금에 감형이라도 받으려고 술수를

쓰는 걸 수도 있죠. 하지만 한조 짓일 가능성도 배제할 수 없습니다.
그래서 말인데 전에 말씀드린 사진

책상 위 전화 울린다.

시목	잠시만요. (받는) 예. .. 예.. 아닙니다. 제가 내려가겠습니다. (끊고)
동재	왜?
시목	(일어나 재킷 걸치는) 영장관님이요.
동재	그분이 왜?

43. 동/1층 로비 - 낮

일재, 로비에서 가만히 있지 못하고 계속 움직이는.
시목과 동재가 함께 온다.

일재	(인사도 안 받고 다짜고짜) 왜 범인을 못 보게 해!
시목	윤과장이 일체의 면회를 거부하고 있습니다.
일재	얼굴만 보자는 건데 그것도 안 되나?
시목	정말 그럴 생각으로만 오신 겁니까?
일재	내가 꼭 물어볼 게 있어서 그래!
시목	저도 장관님께 여쭐 게 있습니다.
동재	자자 일단 좀 앉으시죠, 오시느라 힘드셨을 텐데. (로비 의자에 일재 앉히고 옆에 자판기에서 음료수 뽑는다) (*로비에 자판기 없으면 정수기에서 물이라도)
시목	(앉자마자) 없어진 게 뭡니까, 정확히 무엇에 관한 거였습니까.
일재	.. 그게
동재	(음료수 따서 두 손으로 주며 옆에 앉는)
일재	(정신없는 와중에도) 고마우이.. (한 입 마시고) 이윤범은 지 자식들이 어릴 때부터 재산을 매년 조금씩 나눠서 자회사 주식을 매입시켰어. 지주회사로 전환하면 자회사에서 받는 배당은 세금이 면제되는 걸

	악용해서 수천억을 탈세해온 거야. 한조물류가 상장됐을 때 뭔가
	이상하단 걸 내가 깨달았지.
동재	한조물류면 죽은 박무성이 전 재산을 올인한 덴데요?
일재	그땐 박무성의 존잰 몰랐지만 이윤범 자식들이 얽힌 건 확실했어.
시목	만약 장관님께서 그 조사를 강행했다면 수석님 사모님은 그럼..
일재	이창준이 안사람? 구속됐겠지, 탈세 혐의로. 지 아버지가 했든
	본인이 나서서 했든.
동재	그럼 수석님 입장에선 장관님을 배신하거나 아니면 자기 아내를
	감옥에 보내거나, 둘 중 하나뿐이네요?
일재	.. 그러니 울었지, 날 찾아와서.
동재	예에?
시목	(역시 의외다) .. 조사를 멈춰달라고 했습니까?
일재	(고개 젓는다)

Insert) - 은수의 집 안방 - 낮 (3년 전). 지금과 같은 집. 소품만 조금 다른. 일재, 너무나 힘든 얼굴로 앉았고 그 앞에 무릎 꿇은 창준, 얼굴 못 든다. 울고 있다.

일재	아무 말 안 했어. 아마 그때가 이윤범이 날 몰아내려고 한창 일을
	꾸미던 때 같아.
동재	그럼 다른 여자문제나 그런 게 아니라 사모님을 구하려고
일재	여자문제라니?
동재	.. 아닙니다.. 박무성 이 새끼 죽을 때까지 나한테 거짓말했어..
일재	살인범이 이윤범하고 닿아 있을 가능성은?
시목	아직 확인된 바 없습니다.
일재	(동재에게) 자네도 몰라?
동재	죄송합니다.
일재	내가 직접 물어야겠어. 배후가 누군지 살인범한테 직접 물어야겠어.
	만나게 해줘, 어떤 놈이 우리 은수를...
동재	(일재 잡고) 장관님.. 황시목이잖습니까. 대한민국에서 제일 믿을 만한
	검사요. 황검사가 다 밝혀낼 거니까 믿어주시고 오늘은 저랑 가세요.

제가 뫼셔다드릴게요.

일재   (고개만 젓는..)

동재, 이러지도 저러지도 못하는 일재 일으켜 세워 데려간다.
시목, 가는 두 사람 바라본다.

44. 동/계단 - 낮

동재   (일재 보필해 계단 내려가며) ... 10년을 넘게 밑에 있었는데 저는
        아직도 모르겠네요. 이창준이란 사람을.

일재   ...

동재   옛날에 비해 많이 변하긴 했죠..

일재   (바닥만 보고 가는) 미안하네.

동재   네?

일재   어깨.

동재   (믿어지지 않아 보는) 지금 제 어깨가 대숩니까, 그렇게 남 생각 다
        해주시니까 이회장 같은 늑대한테 (... 속상하지만 입 다무는)
        없어졌단 파일은 어떻게 생겼나요?

일재   (멍하니 보다가) 연수원서 쓰던 거.

동재   연수원 마크 있겠네요?

일재   (끄덕... 왜냐고 묻지도 않는다. 힘없이 갈 뿐)

동재   (안됐어서 일재를 보지만 해줄 말도 없다)

45. 수석비서실/참모실 - 낮

휴일이라 비어 있던 비서실. 동재 들어온다.
동재, 다시 한 번 밖에 누가 없는지 확인하고 곧장 수석실로 간다.

46. 수석비서실 – 낮

동재, 창준의 노트북부터 켜고 책상 서랍 뒤진다.

동재   연수원 마크 있는 거가...
    (부팅된 컴퓨터에 로그인 비밀번호 이것저것 쳐보는데)

문 열리는 소리. 창준이 나타난다. (캐리어 위에 얹었던 보조가방 들었다)
동재, 미처 서랍도 못 닫고 노트북 앞에 앉은 채로 창준과 눈 마주치는.

창준   (천천히 오는)
동재   (자리에서 튕기듯 일어난다. 너무 정통으로 들켜서 머릿속이 하얀데)
창준   (책장에 보조가방 넣는) 휴일인데 나왔네.
동재   (창준이 돌아선 사이 서랍과 노트북 닫으며) 예.. 수석님은 어떻게?..
창준   집에 가.
동재   예? 아닙니다, 수석님께서도 나오셨는데 제가 어떻게
창준   (O.L) 퇴근해.
동재   예.. 그럼. (인사하고 얼른 나가는)
창준   (소파로 오는)

47. 동/참모실 – 낮

수석실에서 나온 동재, 문 닫는데 창준이 소파에 조용히 앉는 것 보인다.

동재   왜, 왜 아무 말 안 해? 정통으로 들켰는데?..

문소리에 돌아보면 W은행장이 들어온다.

은행장   수석님 계십니까?
동재   누구십니까?

기다렸다는 듯 수석실 문 열리고 창준이 나타난다.

창준   들어오시죠.
은행장   (들어가고)
동재   차라도 (하는데)
창준   지금 갖다 줘. (봉투 주는) 다시 들어올 필요 없어. (문 닫는)
동재   (봉투에 주소 보는) 장학재단..

동재, 궁금하고 의아하지만 어쩔 수 없다. 비서실을 나간다.

48. 수석비서실 - 낮

은행장과 마주 앉은 창준.

창준   은행 매각 협상을 준비해주시죠.
은행장   벌써요?
창준   뜸 들일 거 있습니까. 홍콩에서 거액의 투자금을 유치한 걸로 은행장님이
           홍보 잘 해주셨으니 이제 주가 오를 일만 남았잖아요?
은행장   그렇죠.
창준   이 상태에서 저희가 투자금 회수하면 주가 폭락할 거고 개미투자자들
           우는소리 하면 외부에서 바로 간섭 들어옵니다. 그 전에 빨리 매각해야
           되는데, 한 가지 우려되는 부분이..
은행장   어떤?...
창준   매각 대금이 곧바로 저희 아버님께 들어오면 추적을 받지 않을까요?
           해서 그걸 좀 돌리고 싶은데.
은행장   저희 대주주가 이윤범 회장님에서 이성재 사장님으로 바뀐 거 모르십니까?
창준   제 처남이요? 처남으로 명의가 바뀌었던가요? 그럼 은행이 JR홀딩스로
           넘어가면 수익금은
은행장   이성재 사장님께 갑니다. 스위스 계좌니까 추적 걱정은 안 하셔도 됩니다.

창준　　　그랬군요...
은행장　（이상하다... 하지만 웃어 보이는）

49. 동/참모실 - 낮

은행장, 수석실에서 나와 서둘러 참모실을 나간다.

50. 수석비서실 - 낮

창준　　　（전화하는）.. 접니다. 방금 이연재 이사장이 싸인한 카피 보냈으니까,
　　　　　받는 대로 바로 처리해요. 이사장이 자의로 본인 자산을 넘긴 겁니다.
　　　　　그 점 확실히 하고. ... 예 그럼. （끊는）

통화 마친 창준, 잠시 생각하다 다시 전화한다.

창준　　　.. 배의원님, 오랜만입니다. ... 들으셨군요, 예, 세풍운수 한창 압수 중일
　　　　　겁니다. 후암동 사건 불똥이 결국 의원님한테까지 튀네요. ... 지금 저한테
　　　　　체면 세우실 때가 아닐 텐데요? 범인이 이미 다 불지 않았겠습니까?
　　　　　의원님 이름 거론되는 건 시간문제예요. ... 그러셔야죠, 제가 해드릴 게
　　　　　있을 겁니다. .. 예 내일 뵙죠.

전화 끊고 툭 놓는 창준. 리모컨으로 음악 켠다.
클래식 음악 흐르고... 볼륨 더 키우고 눈 감는 창준, 소파에 푹 기댄다.

51. 한남동 집/1층 거실 - 낮

윤범　　　（얼굴에 불편한 기색이 그득하다）
은행장 F　매각을 서두르는 게 회장님 의중이신가 했는데 대주주가 바뀐 걸

모르는 게 좀 이상해서요..

윤범   알았어요. 내 다시 연락드리죠. (끊는. 바로 창준에게 전화하는데)

신호만 울리고 안 받는다. 음성으로 넘어간다.

윤범   (끊는) 무슨 짓을 하는 거지..

윤범, 아무래도 느낌 안 좋다. 소파를 톡톡 치다가 전화에서 동재 번호 찾는다.

윤범   (전화하는) ... 지금 회사로 와.

52. 서부지검/시목 검사실 - 낮

시목, 일하고 있는데 계장, 상기된 얼굴로 들어온다.

계장   다녀왔습니다.

시목   죄송합니다. 쉬시는데 부탁드려서.

계장   별말씀을요. 속이 뒤숭숭해서 쉬어지지도 않네요.
       (외장하드 꺼내준다) 공항이 하도 넓고 카메라도 많아서요,
       전문인력들이 윤과장 나온 부분만 뽑아서 밤새 편집했다네요.

시목   (노트북에 연결하며 짧게) 예.

계장   (이젠 이런 반응에 웃는) 그리고 저기, 거 뭐냐, 윤과장 통화기록은
       건건이 조사했는데 특임에서 조사하느라고 통화한 거 외엔 없어요,
       평소에 사람들하고 전화도 한 통 안 하고 살았나 봐요.

시목   대포폰이나 다른 명의에 전화가 있는지 봐주세요. (영상 클릭하면)

〈영상〉 - 모니터를 가득 채운 공항 CCTV 영상.
청사 앞, 많은 군중. 모니터 위로 쭉 들어오는 계장 손가락.

계장 E   어 여기 여기요, 여깄네요 윤과장.

〈영상〉 - 다른 카메라에서 찍힌 장면으로 금방 바뀐다.

계장 E 잉? 그새 늙어졌네?

시목 E 오른쪽 아래요.

계장 E .. 예 그러네요!... 여기 몇 층인가?..

〈영상〉 - 윤과장, 에스컬레이터에 타는 뒷모습 보인다. 그런데 주변을 두리번 댄다.
다른 카메라에 찍힌 장면으로 바뀌고. 에스컬레이터에서 내리는 윤과장.

cut to. 뚫어질 듯 모니터 보는 시목. 그 옆에서 바짝 보는 계장.

계장 3층 올라갔네요, 그쵸? 국제선 출국장?

〈영상〉 - 에스컬레이터가 끄트머리에 보인다. 윤과장이 내려서 카메라 쪽으로 오는데, 여전히 사방을 둘러본다.

계장 E 자기 쫓아오는 거 알았나? 되게 경계하네요?

〈영상〉 - 이리저리 보다 행인과 부딪히는 윤과장, 먼저 사과한다.
〈영상〉 - 항공사 데스크를 지나는 윤과장, 짐 부치는 줄이 긴데 줄에 서지는 않고 데스크 쪽을 향해 한참 서 있는 윤과장 뒷모습.

계장 E 어디 갈지 생각하는 건가? 급히 내빼느라 비행기표도 안 끊고 무작정 공항부터 왔나 봐요? 어 그냥 가네요?

〈영상〉 - 윤과장, 데스크 앞을 떠난다.
〈영상〉 - 이미그레이션으로 들어가기 전 티켓과 여권 검표하는 곳 화면으로 바뀐다. 이쪽으로 오는 윤과장이 이 화면에선 비교적 선명하게 보이는데, 검표받는 줄을 살피고 그 주변을 살피더니 돌아서서 간다.

cut to. 갸우뚱하는 계장.

계장	왜 바로 안 떠날까?
시목	(모니터만 보는)
계장	1분 1초가 급할 텐데? ... 어, 티켓팅 하는 데로 도로 가네요.
시목	...

〈영상〉 - 윤과장, 데스크 쪽으로 가는데 박순경과 부딪힌다.
이때부터 경찰에게 쫓기기 시작하는 장면이 시작된다.

cut to. 검거 장면 못 본 계장, 눈을 커다랗고 뜨고 지켜보는데,
시목, 화면 이전으로 돌려버린다.
쩝, 입맛 다시는 계장.
시목이 다시 보는 영상은,

〈영상〉 - 에스컬레이터가 끄트머리에 보인 영상. 윤과장 내려서 카메라 쪽으로 오고. 사방을 둘러보며 가는 모습.

cut to. 시목, 스크롤을 뒤로 돌려 이 모습을 다시 본다.

계장	왜 저렇게 두리번거리지? 저럴 시간에 나 같으면 빨리 튀겠다.
시목	찾는 겁니다. 경계하는 게 아니라.
계장	예? 누굴요?
시목	누군가를, 찾고 있어요.
계장	... (혼자 놀라) 공범 만나기로 했나??!
시목	....
윤과장 E	난 이제 어떻게 되든 상관없어요.

Flashback〉 - S#23. 서부지검/조사실 - 밤

윤과장	행동하기로 결심했을 때 미래 같은 건 버렸습니다.
	하지만 영검사는 내가, 아녜요.
시목	입으론 어떻게 되든 상관없다면서 공항으로 달려갔습니까?
	문신 들키고 잡히게 생겼으니까 외국으로 내뺄 생각부터 했잖아.
윤과장	... 더 할 말 없습니다. (수갑 찬 손 깍지 끼고 눈 내리깐다)

시목	(파일 하나 집어서 나가는) 조사실로 윤과장 데려오라고 해주세요.
계장	예! (유선전화 집는)

53. 동/조사실 - 낮

시목이 먼저 와 있으면 윤과장, 직원에게 붙들려 온다.

시목	(윤과장 앉혀지자마자) 성문일보에 제보한 편지, 어떻게 전달했죠.
윤과장	(보는) .. 지나가는 여학생한테 부탁했습니다.
여진 E	**여고생 만났는데요,**
시목	어디에서 뭐라고 부탁했습니까.
여진 E	**신촌 골목이었고 남자가 말한 대로 우체국에 가서 편지를 부쳤대요.**
윤과장	신촌 근처에서 성문일보로 편지를 부쳐달라고 했어요.
시목	어떤 차림이었습니까, 여학생.
여진 E	**교복을 입고 있었으니까 자기가 학생인 걸 남자도 알았을 거래요.**
윤과장	교복 차림이었던 걸로 기억합니다.
시목	무슨 색 교복.
여진 E	**갈색이요.**
윤과장	.. 갈색이요.
시목	윤세원씨가 제보했다고요? 성문일보에?
윤과장	알고 물으신 거잖아요.
시목	성문일보에 보내라고 한 이유는?
윤과장	...
시목	성문일보에 보내라고 한 이유.

윤과장	.. 검사님이 성문에 마츠야마 정보를 넘긴 거랑 같은 이유요.
	성문 사장이라면 뇌물 제보를 대서특필해줄 테니까.
시목	어떻게 알았습니까. 성문 사장이 어떻게 나올지.
윤과장	저는 7년 동안 내사를 담당했습니다. 성문 사장이 아직도 그때 일을
	고깝게 여기는 걸 알고 있었어요.
시목	내사 담당이라 당사자들 외엔 모를 것도 알고, 배상욱 검사장이 재판에
	관여했다는 것도 안다고요? 여기 사람들 아무도 몰랐던 걸?
윤과장	내사가 그런 거니까요.
시목	그런 게 어떤 건지 들어봅시다. 배검사장이 인천지검을 압박한 거,
	어떻게 알았습니까.
윤과장	1년 넘게 매달려서 알아낸 거라
시목	그러니까 1년 동안 뭘 어떻게 매달려서 알아낸 건지 구체적으로.
	검사장이 대놓고 움직였을 리도 없고 그 압박을 받은 사람들이
	윤세원씨한테 털어놨을 리도 없는데 어떻게 알았는지.
윤과장	(말 못하는)
시목	본인이 알아낸 게 아니면 누가 가르쳐줬나요?
윤과장	(당황...)
시목	공범 감춰주느라 애쓰네요?
윤과장	(쳐다보는데)
시목	공항에서 공범이랑 만나려고 했지? 만나서 같이 튀려고 했지?
윤과장	.. (고개 돌리는)
시목	그래서 애타게 찾아다녔지? 엄마 찾는 아이보다 더 간절하던데?
	그런데 널 놔두고 먼저 출발했어? 비행기표는 그자가 갖고 있었어?
윤과장	(안 쳐다보지만 뭔가 거슬리는 듯, 나타났다 사라지는 이마 주름)
시목	그놈이 죽였지, 영은수. 그래서 넌 아니라고 주장하는 거야,
	둘이 합작했어. 그래봤자 배반당했지만. 너 놔두고 튀었잖아, 혼자.
	아니면 아직도 여기 있나? 그래서 감싸주는 거야? 형제 같은 사인가?
윤과장	(굳건히 딴 데 보지만 눈빛에 저항의 빛이 스친다. 하지만 대답하지 않는)
시목	(윤과장 살피는)

윤과장, 이마에 핏줄 불거졌고 수갑 찬 손 꽉 쥐었고 입 꽉 다물어 턱이 긴장

됐다.

시목   네가 공항에서 찾은 건 공범이 아냐.

윤과장   !

시목   넌 국제선 출국장으로 곧장 갔어. 여권까지 챙겨서. 그런데도 출국엔
관심이 없었지. 범행을 저지르고 이 나라를 뜨는 게 목적이었다면
아무 노선이나 일단 비행기를 타는 게 우선이어야 했는데,
넌 계속 누군갈 찾았어. 공범이었다면 전화를 했거나 만날 약속을
미리 했겠지. 이리저리 헤맬 필요 없이.

윤과장   공범 같은 건 없습니다. 나 혼자 했어요.

시목   네가 체포된 그날 그 시각, 공항에 누군가 또 있었어. 그놈을 찾으러
간 거야, 도망치려고가 아니라. 출국장 입구까지 갔다가 다시 돌아와서
그제서야 티켓을 끊으려고 한 것도 이미 그놈이 안으로 들어갔다고
판단했으니까. 너도 들어가서 그놈을 찾으려고. 누군데?

윤과장   (고개 완전히 돌린다) 더 할 말 없습니다.

시목   미래도 버리고 어떻게 되든 상관없다는 사람을 공항까지 달려가게
만든 사람이 누구였을까.

윤과장   ...

시목   기분이 어땠을까, 영검사 시신 옆에서 장미 무늬 흉기를 봤을 때.
누군가 영검사를 죽이고 네 흉내를 낸 걸 알았을 때.
살인을 감추려고 연쇄의 일환인 척, 계략을 꾸민 걸 알았을 때.

윤과장   ...

시목   찾았겠지. 어느 놈인지 눈에 불을 켜고 잡으려고 했을 거야.
넌 이유 없이 사람 죽이는 싸이코하곤 스스로를 다르다고 여기니까.
죄지은 사람은 죽여도 된다는 과대망상에 빠져 있으니까.
내사과라서 범인도 금방 알아냈나?

윤과장   ...

시목   (파일에서 사진 꺼내 밀어놓는다, 편의점 CCTV에 찍힌 우실장이다)

윤과장   (보는)

시목   (윤과장 반응만 살피는)

윤과장   (사진 보는 눈동자, 미세하게 떨리는)

시목	범인을 쫓았지? 공항에 그놈을 잡으러 간 거지?
윤과장	더 할 말 없습니다.
시목	왜 감싸주지? 도망치려다 잡혔다는 비난까지 들으면서 왜 입 다물지? 여기서 시간낭비하는 사이에 범인은 더 멀리 가고 있어!
윤과장	할 말 없어요! 변호사 안 불러줘도 되니까 묵비권 행사하겠습니다.
시목	.. 윤세원씨가 말 안 해도 찾아냅니다. (나간다)
윤과장	(고개 떨구는..)

54. 동/복도 - 낮

조사실에서 나온 시목, 전화한다.

55. 한조그룹/회장실 - 낮

윤범과 동재, 소파에 앉았다.

윤범	법복 걸치다가 남 받쳐주려니까 많이 힘들겠어?
동재	아닙니다. 똑같은 공무원인데요.
윤범	옛 직장에 아직 미련 많은 거 같던데?
동재	무슨 말씀이신지요 회장님?
윤범	마츠야마 자네가 흘렸지?
동재	마츠야마요? 아 TV에 나온 그거 말씀이십니까?
윤범	(말없이 보는)
동재	회장님께서 절 과대평가해주신 건 감사드리는데요. 흘리려도 뭘 알아야 흘리죠, 회장님. 저 진짜 TV에서 떠들기 전까지 새까맣게 몰랐습니다.
윤범	... 오늘 수석실로 은행장 왔었드나?
동재	(전화 온다) 죄송합니다. (끄려는데 발신자 '황시목'이다. 재빨리 끄고) 손님이 한 명 오긴 했는데 제가 얼굴은 모르는 분이라서요.

은행장이었습니까?

윤범   다른 사람은? 다른 일이 있었거나?

동재   죄송합니다, 손님 오자마자 수석께서 절 심부름을 보내서 다른 일은
모릅니다, 죄송합니다.

윤범   무슨 심부름?

동재   장학재단에요, 무슨 편지 한 장을 전하라고 했는데,

아, 가보니까 거기가 사모님께서 하시는 재단이던데요?

윤범   (이건 또 무슨?...)

동재   ..

56. 동/비서실 - 낮

동재, 회장실에서 나오는데 우실장 자리에 비서1이 앉았다.
동재, 자연스럽게 인사하고 나가면, 인터폰 울린다.

비서1   (받는) 예 회장님.

윤범 F   청솔장학재단 문이사 전화 연결해.

비서1   알겠습니다. (끊고 명함 찾는다)

57. 동/회장실 - 낮

윤범   ... (전화 울리자 바로 받는다) 응, 문이사, 내 물을 게 있는데 오늘
내 사위가 그쪽에 뭘 보냈나?.. .. 누가 무슨 돈을 옮겨!! 누구 맘대로!

58. 동/회장실 앞 복도 - 낮

동재, 복도로 나오는데 시목에게서 다시 오는 전화.

동재   (받는) 전화하는 타이밍하고 참, 이회장이랑 있는데.

시목 F   전에 제가 보내드린 사진 기억하시죠? 제 집에 무단침입했다고 한
        남자요.

동재   기억하지, 왜?

시목 F   혹시 이윤범이나 이창준 주변 사람 아닙니까?

동재   그 사진으로 어떻게 알아? 얼굴도 안 나온 거.

59. 서부지검/복도 - 낮

시목   전에 3부장님실에 모였을 때 이회장 비서를 언급하셨죠.

동재 F   우실장?

시목   사진에 남자, 우실장일 가능성 있습니까?

60. 한조그룹/회장실 앞 복도 - 낮

동재   우실장이 너네 집을 들어갔다고? (방금 나온 문 돌아보게 되는) 왜?

시목 F   아파트에 침입했던 시점이 무기 수입을 저지시킨 직후였어요.
        그때 얼굴을 본 영은수는 살해당했고, 한조 관련 파일까지 없어졌습니다.

동재   ... 잠깐만. (휴대폰에 저장된 사진 보는데)

〈액정〉 - 편의점 CCTV에 찍힌 우실장 모습.

Flashback〉 - 11회 S#54. 수석실 문 앞에 똑바로 서 있는 우실장.

동재   (아직 모르겠다. 다시 떠올려보는)

**Flashback〉 - 10회 S#10. 한조그룹 회장실 문가에 서 있다가 나가는 우실장.
나가느라 몸을 옆으로 튼 각도에서 화면 멈추면.**

동재, 사진 다시 보면 방금 떠올린 우실장의 옆모습과 사진 속 모습이 겹친다.

동재   !... (전화) 영은수가 이 남자를 봤다고?
시목 F 예.
동재   우연인가?
시목 F 뭐가요, 왜요?
동재   우실장이랑 비슷해, 이 남자, 우병준 실장. 근데 지금 없어.
시목 F 방금 이윤범 만났다고 하셨죠, 우실장이 없단 겁니까?
동재   없어. (비서실 돌아보는)

61. 서부지검/복도 - 낮

동재 F 이회장 옆에 없는 거 처음 봤어. 완전 그림자였는데.
시목   (걸음 멈춘다)
동재 F 황시목, 이거 우연이야?
시목   ....

62. 동/시목의 검사실 - 낮

시목   (들어오자마자 곧장 집무실로 들어가며) 어제 인천공항 출국자
        명단에서 우병준이란 사람 있나 찾아보세요.
계장   우병,
시목   (벌써 들어간)
계장   .. 준이요?

63. 동/시목의 집무실 - 낮

시목, 화이트보드 아래에 놓아둔 사진들 집어 든다.

(중앙지검 특임 사무실 화이트보드에 붙여놨던 사진들)
맨 윗장이 박경완 사진인데 그냥 떨어뜨린다. 다음 김경사 사진도 버린다.

시목   (마음의 소리) 우병준을 아는 사람.

화이트보드에 윤범, 창준妻 사진이(사진 나오는 순서대로) 붙는다.

시목   (마음의 소리) 성문 사장의 질투심을 아는 사람.

화이트보드에 창준, 일재 사진이 붙는다.
다른 사진은 넘겨질 때마다 하나씩 다 버려지는.
결국 시목 손에 사진은 안 남고 화이트보드엔 일재, 창준妻, 창준, 윤범 사진
만 있다.

시목   (네 명 바라보는. 마음의 소리) 배상욱 검사장이 교통사고 재판에
압력을 행사한 걸 알 수 있는 사람.

시목, 창준妻 사진 떼어낸다.

시목   (마음의 소리) 어제 낮에 우실장이 출국한다는 걸 알았던 사람.

시목, 일재 사진 떼어낸다. 이제 윤범과 창준만 남았다.

시목   (마음의 소리) 윤과장을 움직여서.. 우실장을 쫓게 만들 사람.

시목... ... . 윤범 떼어낸다.
화이트보드에 창준만 남는다. 이를 보는 시목.

64. 수석비서실 - 낮

창준, 여전히 클래식 음악 들으며 깊숙이 앉았다. 아득한 눈빛...

65. 고급주택가/골목길 - 밤 (창준의 회상. 1년 전)

담벼락에 숨듯이 붙어선 윤과장, 골목 건너 고급주택을 노려보고 있다.
오른손을 재킷 안쪽에 넣은 윤과장, 현재와 많이 다른 모습.
머리도 옷차림도 후줄근하고 다크서클 진한 가운데 눈빛만 번뜩인다.
차 한 대가 그 앞으로 오자 경계하는데, 앞에 서는 차. 창준이 그 차에서 내린다.

윤과장	(놀라는)
창준	(윤과장이 노려보던 집 돌아보는) 박사장이 아직 집에 안 왔나?
윤과장	차장님....
창준	(윤과장에게 온다. 갑자기 윤과장 오른팔을 쳐 내리면)

바닥에 소리 내며 떨어지는 칼. 칼을 둘둘 말았던 신문지도 뒹굴고.

창준	... 개 한 마리 죽여봤자 도살업자밖에 더 될까.
	꼭 피를 봐야겠다면.. 내 얘길 먼저 들어보는 게 어때.

윤과장을 바라보는 창준. 창준의 안경에 반사되는 윤과장..

66. 수석비서실 - 낮 (현재)

창준, 눈 감는다. 피곤한 듯 머리를 손에 받치는데 전화 온다.
탁자에 놔둔 전화 보면, 발신자 '장인어른'이다
창준, 리모컨으로 음악 끄고 전화 천천히 받는.

창준	... (전화 귀에 대는)

67. 동/시목의 집무실 - 낮

계장　　(문 벌컥 열고) 검사님 우병준이란 사람 어제 출국자 명단에 있다는데요?

　　　　시목, 창준 사진만 보는.
　　　　계장, 바닥에 버려진 사진들 보고 뭐하는 건가, 시목 쳐다보는.
　　　　사진을 뚫어질 듯 보는 시목과 화이트보드에 유일하게 남은 창준의 사진에
　　　　서 엔딩.

16회

헌법이 있는 한 우린 싸울 수 있습니다.

다시 싸우겠습니다. 기소권을 적확한 곳에 쓰겠습니다.

(…) 마지막 기회가 될 거란 걸 압니다.

다신 우리 안에서 괴물이 나오지 않도록 최선을 다하겠습니다.

1. 서부지검/시목 집무실 - 낮

화이트보드에 유일하게 남은 창준 사진. 그 사진을 응시하는 시목.

창준 E   **나는 믿음이 있어. 이 건물엔 두 부류의 인간이 있다는 믿음.**

        Flashback〉 - 5회 S#59. 서부지검/시목의 집무실 - 낮

창준   **수호자와 범죄자, 법복과 수인복, 우린 그 어떤 경우에도 우리가**
        단죄 내려야 할 부류들과는 다르다는 믿음!

계장   (밖에서 들리는 소리) 검사님! (문 벌컥 열고) 우병준이란 사람 어제
        출국했답니다, 타이베이요, 대만!

시목   (화이트보드만 바라보는)

계장   (바닥에 떨어진 사진들 보는.. 조용히 문 닫으려는데)

시목   인터폴에 적색수배 요청하세요, 대만 한국대표부에도 통보하고.
        현지로 수사관 파견합니다.

계장   예 알겠습니다. (나가면)

시목   (핸드폰 집어 들어 전화하는데)

2. 수석비서실 - 낮

윤범 F　내 딸 보내놓고 돈 빼돌린 것도 모자라서 은행장 불러다 놓고
　　　　내 수익금에 눈독을 들여? 모를 줄 알았어?

창준　(전화 중인) 모르실 리가 있겠습니까.

윤범 F　... 무슨 꿍꿍이야.

창준　(통화 중 대기 신호음 울리지만 확인 않는다) 영은수, 아버님 짓이죠?

3. 한조그룹/회장실 - 낮

윤범　(예상치 못한 얘기!!) 헛소리도 정도껏 해.

창준 F　아버님이 우실장한테 지시하셨고 외국으로 보내셨죠?

윤범　아, 이거였나? 날 살인교사로 협박해서 왕창 뜯어내려고?
　　　　범인 잡힌 지가 언젠데? 난 그놈하곤 일면식도 없어!

창준 F　영은수는 그 범인 짓이 아니에요.

윤범　무슨 근거로

창준 F　(O.L) 접니다.

윤범　뭐?

창준 F　박무성, 김가영, 제가 했습니다.

윤범　(얼어붙는다)

4. 수석비서실 - 낮

창준　체포된 범인은 칼날일 뿐 손잡이는 제가 잡았습니다.

윤범 F　왜..

창준　곧 알려드리죠. 자, 전 다 말씀드렸으니 장인어른도 솔직해지시죠.

윤범 F　난 모르는 일이야. 니가 살인범이라고 나까지 동급 취급하지 마.

창준   ... (통화 중 대기 다시 울린다. 보면, 황시목이다) 그만 가야겠네요.
안녕히 계시죠. (바로 전화 끊는데.. 녹음 중지 버튼도 누른다)

5. 한조그룹/회장실 - 낮

너무나 기막힌 상황에 윤범도 전화를 든 채 잠시 굳었다. 하지만 곧 움직이는.

윤범   (인터폰 누르고) 이창준 명의로 된 계좌 전부 동결시키고 인출 막으라고 해,
당장. (끊는. 핏줄이 불거진 이마, 더 강해지는 눈빛..)

6. 서부지검/시목의 집무실 - 낮

시목   (신호음 울리는 전화 들고 있는데)
창준 F   (받자마자) 양반은 못 되겠어.
시목   제 얘길 하고 계셨나요?
창준 F   아니, 생각을 했지.
시목   생각 말고 직접 뵙죠? ...

7. 동/시목의 검사실 - 낮

계장, 유선전화 붙들고 있는데 시목, 집무실에서 나와 바로 문으로 간다.

계장   (전화에 대고) 잠깐만요! (시목에게) 검사님 수사관 누가 가요?!
시목   한여진 경위요. (나가려다) 장건 형사도. (나가는)

8. 용산서/주차장 + 여진의 차 안 - 낮

여진	(경찰서 건물에서 뛰어나와 차로 간다)
시목 E	우병준 어제 대만으로 갔어요. 현지에 공조 요청했으니까
	장형사랑 두 분이 직접 가서 잡아주세요.
여진	(차에 올라 시동 켜고 벨트 매는 사이)
시목 E	윤과장 배후에 공범은 이창준 수석입니다.
	지금 대면하러 가니까 장소 보내드릴게요.
여진	(출발하는데 정문 차단 바 앞에서 멈춘 사이 문자 온다. 확인하는)
	홍제동.. (차단 바 올려지고 입구 통과한다)

9. 용산서 앞 길/여진의 차 안 - 낮

여진	(미심쩍은 표정. 찌푸리고 생각하다 속력 올리며 핸드폰에 대고)
	장형사한테 문자 보내, 이창준 위치 추적 요청!

10. 청와대/계단 - 낮

손에 보스턴백을 든 창준, 빨간 카펫 깔린 계단 내려온다.

창준	(나가는 걸음 그대로 안 멈추고, 계단 아래 경호원에게)
	한조그룹 사람들 오면 내 방에 절대 들이지 말아요.
동재	(계단 아래 뒤쪽에서 막 들어서다가 듣는)
경호원	예!
창준	(계단 앞 정문으로 나가는)
동재	?... (왔던 길로 얼른 돌아가는)

11. 동/전각 앞 - 낮

창준의 차가 전각 앞을 지나쳐가면, 좀 후에 동재 차가 쫓아간다.

12. 한조그룹/회장실 - 낮

심각한 얼굴로 생각에 잠긴 윤범.

Insert〉- 동/회장실 - 낮. 분노한 윤범, 책상 위 물건 잡아채 우실장에게 던진다.

우실장 죄송합니다, 집 앞에서 정면으로 마주쳐서, 가뜩이나 황검사 집 앞에서도
　　　　영일재 딸이 절 본 데다, 그렇게까지 하려고 했던 건 아닌데..
윤범　　(분노로 가슴 들썩인다. 책상에 펼쳐진 상자를 원수처럼 노려보면)

상자 안에 연수원 마크 찍힌 파일과 USB가 들었고 그 옆엔 은수 가방이 있다.
은수가 마지막으로 집에서 찍힌 CCTV 속에서 들고 있던 가방이다.

윤범　　.. 당장 어디든 나가. 내가 다시 부를 때까지 오지 마.
우실장 감사합니다, 회장님. (나가려는데)
윤범　　이것도! 없애버려.
우실장 (상자와 은수 가방 가져가는데)

열린 은수 가방 안에서 떨어지는 종이 한 장. 은수가 그려서 노트에서 찢은
DT 다. 그게 뭔지 알 리 없는 윤범, 우실장 노려보고 우실장, 얼른 집어 모두
들고 나간다.

윤범　　(노크소리 들린다. 현실로 돌아오는..) 들어와.
비서1　(들어와) 한일은행에 이창준 수석 개인금고가 있다는데 어떡할까요?
윤범　　... 은행장한테 보잔다고 하고 당장 이창준이 내 앞에 데려와.

13. 길 + 동재 차 안 - 낮

창준의 차에서 조금 떨어져 따라가는 동재, 창준 차를 주시하며 주행 중인데,
신호가 주황색에서 빨간색으로 바뀌는 찰나에 속력을 내고 나가는 창준의 차.
동재는 신호에 걸리고 만다. 어디로 가는지 고개 빼고 보는 동재.
어서 신호가 바뀌기만 기다리는 운전대에 손가락이 조바심 내고 있다.

14. 여진의 차 안 - 낮

장형사 F 이창준 지금 무악재 쪽으로 이동 중인데요?
여진 (블루투스 통화 중인) 그럼 홍제동 가는 게 맞네?
장형사 F 가면서 계속 추적할게요! (끊는)
여진 (블루투스 빼는) 공범인 거 들통난 사람이 왜 순순히 자기 위칠
      알려주지?.. 무슨 생각을 하는 거야..

15. 은행/앞 - 낮

휴일이라 셔터 내려진 은행 앞. 그 앞에 선 검은 차에서 윤범 내린다.
머리 조아리는 은행장, 윤범을 안내해 안으로 들어간다.

16. 동/VIP실 - 낮

윤범 앞에 개인 금고함을 가져와 내려놓고 키도 건네는 은행장, 인사하고 나
가면,
윤범, 금고함 열어보는데... 아무것도 안 써진 종이 한 장 들었다.
혹시나 뭘까 싶어 형광등에 비춰도 보고 이리저리 보지만 그냥 종이다.
억누르고 있던 화가 터진 윤범, 빈 금고함을 던져버린다.

윤범 (전화하는데 이 악물어서 뺨이 울퉁불퉁하다) .. 어떻게 됐어!
비서1 F 청와대 정문 통과가 안 됩니다, 회장님 존함을 댔는데도

윤범   차량 추적을 하든 뭘 하든 어떻게든 끌고 와!!

17. 공사장 앞/외벽 길 – 낮

공사장 주위를 삥 둘러싼 외벽이 쳐진 길에 서는 시목의 차. 차에서 내리는 시목.

18. 공사장 – 낮

아직 창문도 없이 철골 구조만 있는 3층 정도의 건물. 휴일이라 인적 없이 고요한데, 현장에 들어오는 시목, 주변 둘러보지만 인기척 없다. 시목... 위를 본다.

19. 동/옥상 – 낮

빈 옥상에 리프트 올라오는 소리만 울린다. 안에 탄 시목 모습도 머리부터 나타나고.
공사장용 리프트 멈추며 덜컹!.. 문 열린다. 시목 내려서면,
리프트에서 제일 떨어진 옥상 끝 즈음에 창준, 너른 하늘을 등지고 시목 향해 섰다.
시목, 창준을 향해 몇 걸음 오다가 멈춘다.

시목   (두 사람 사이 중간에 놓인 보스턴백 발견한다. 가방 보다 창준 보는)
창준   생각보다 빨리 왔네. 아직 갈 길이 많이 남았는데.
시목   .. (창준 뒤의 옥상 끝을 보게 되는 눈동자)
창준   묻고 싶은 게 많을 텐데.
시목   ... 윤과장을 사주해서 박무성을 죽였습니까.
창준   그래.

시목	김가영을 상해했습니까.
창준	그래.
시목	영은수는요.
창준	(고개 젓는) 여기까지 온 건 그게 누구 짓인지 알아서 아닌가.
시목	(천천히 다가가기 시작.) 뭘 위해서였나요.
창준	니가 그랬지, 내가 박사장한테 협박받고 여자 입도 막으려 했다고.
시목	아니란 거 이제 압니다.
창준	뿌리쳤어야 했는데.
	하청 한 번만 받게 해달라고 매달리는 박사장을 내쳤어야 했는데.
시목	한조물류에 박무성을 소개시켜주셨나요, 수석님께서 직접?
창준	사업 일으키려고 애쓰는 사람 굳이 박대할 이유가 없었어.
	한조물류 계열사 중에 가장 주목받지 못한 데였으니까
	소개시켜줘도 큰 여파 없을 거라 생각했지.
시목	불법 증여에 이용될 회사란 걸 모르셨으니까요.
창준	몰랐어. 주목 못 받은 게 아니라 주목 안 받도록 작업 중이었단 걸.
	후회돼, 그 딱 한 가지가, 단 한 번의 판단착오가.
시목	그것 때문에 (이제 보스턴백 옆을 지나는데)
창준	너였다면 (그만 오라, 손을 들어 저지하는) 후회할 일을 만들었을까.
시목	(멈추는) ...

20. 동/외벽 길 - 낮 (시목이 차 세운 곳 아닌 다른 쪽 길)

동재 (차 세우고 내리는) .. 분명히 이쪽으로 오셨는데?..

또 다른 차가 와서 선다. 동재, 보면 여진이 내린다.
동재와 여진, 서로 예상치 못한 인물의 등장에 뜨악하다.

21. 동/옥상 - 낮

시목	왜 .. 여기로 오라 하신 겁니까.
창준	(파란 하늘 한 번 본다) 날이 좋아?
시목	(다시 발을 떼는데)
창준	수갑을 차고 수형번호를 가슴에 달고.. 이리저리 끌려다니겠지,
	후배 검사들한테 추궁당하면서. .. 그런 거 많이 봤어.
시목	(천천히 신중히 다가간다)
창준	이상하지, 내 앞에서 조사받던 사내들, 정수리가 많이들 휑했어.
	지금 왜 그게 생각날까..
시목	저하고 같이 가시죠. 내려가서 말씀하시죠.
창준	(돌연 옥상 끝으로 올라선다)
시목	!
창준	패잔병이 돼서 포로로 끌려다니느냐, 전장에서 사라지느냐.
시목	선배님.
창준	(흐리게 스치는 미소, 혹은 슬픔) 좀 천천히 오지.

말이 끝남과 동시에 뒤로 몸을 젖히는 창준. 시목, 옷 끝이라도 잡으려 달려
가지만,
창준, 그대로 아래로 사라진다.

22. 동/건물 아래 - 낮

여진	(건물 아래까지 다 온)
동재	정말 우리 수석님이 범인이라고 황시

동재 말이 채 끝나기도 전에 두 사람 앞에 쌓인 자재더미 위로 쾅! 떨어지는
창준.
쌓여 있던 합판들 박살나고 그 옆에 파이프들은 와르르 무너져 굴러간다.
파이프, 동재와 여진 발치까지 굴러가 멈추지만 두 사람, 움직이지 못한다.
먼지 흩어지는 자재더미 위에 널브러진 창준, 머리에서 흐르는 피..
먼저 정신 차리는 여진, 그 즉시 고개 꺾어 위를 보면, 누군가 내려다보고 있다.

눈부신 파란 하늘과 대비돼 어둡고 머리끝만 보이지만 분명 사람이 저 위에 있다.

여진   (리프트 버튼 치고 아직 멍한 동재 잡고 흔든다) 정신 차려요!..
위에 누가 있어요, 내가 갈 테니까 여길 지켜요, 할 수 있죠?

동재   .. (끄덕인다. 천천히 창준에게 간다)

리프트 문 열린다. 여진, 올라탄다. 바로 닫히는 문. 덜컹이며 올라가는 리프트.

23. 동/리프트 안 - 낮

여진, 전화에 119 눌러 어깨와 얼굴 사이에 낀 채 권총주머니에서 권총 꺼낸다.

여진   (실탄 장전하며) 홍제동 재개발 3구역, 인왕초등학교 뒤에 응급차
빨리 보내주세요, 사람 떨어졌어요.
(전화 주머니에 넣고 장전한 권총 두 손으로 잡는다. 심호흡)

24. 동/건물 아래 - 낮

동재, 정신없이 합판에 올라가 '수석님!' 하며 창준을 안지만, 창준은 반응 없다.

25. 동/옥상 - 낮

리프트 문 열린다. 여진, 권총 겨눈 채 내리는데, 옥상 끝에 등을 보이고 선 시목..

여진   (거리가 있지만 시목이란 게 단번에 보이는) 황검사님?

시목   (등을 보인 채 움직이지 않는....)

26. 동/건물 아래 – 낮

동재, 창준을 안고 망연자실한데 천천히 움직이는 창준의 손, 동재의 옷 끝을 잡는다.

동재   (잡는 느낌에 아래를 봤다가 놀라) 수석님 정신 차리세요!

창준   (겨우 눈만 뜨는. 단어 하나하나 힘들여 말하는) 너는.. 기회가 있어..

동재   !

창준   넌 이 길로.. 오지.. 마. (눈 감는. 절명한다)

동재   (짧은 탄식인지 외마디 비명인지, 소리가 새어나오고 그대로 멈춘...)

27. 동/옥상 – 낮

여진   (총을 겨누고 몇 발자국 더 앞으로 간다) 두 손 다 들어요.

시목   (두 손 든다)

여진   (바닥에 보스턴백 아주 짧게 보고 계속 시목 응시) 천천히 돌아서요.

시목   (천천히 돌아선다)

여진   (스스로도 믿지 않지만..) ... 밀었습니까?

시목, 여진 바라본다. 두 사람의 시선이 허공에서 부딪친다. 멀리서 들리는 응급차 소리...

28. 서부지검/시목 집무실 – 낮

화이트보드에 딱 하나 붙은 창준의 사진, 툭 미끄러지더니 낙엽처럼 스르륵 떨어진다.

바람도 없는 실내에서 이리저리 흩날리며 허공에 잠시 머물다 바닥에 떨어지는 사진.

그 위로 문밖에서 희미하게 들리는, 이제 막 울려대기 시작하는 유선전화 벨소리.

29. 공사장/건물 아래 - 저녁

공사장 안에 들어찬 경찰 차량들과 형사들.

창준의 주검 위에 하얀 천 씌워지고 구급차에 실린다.

보스턴백 쥔 시목, 창백한 동재, 입 굳게 다문 여진이 작별인사하듯 이를 지켜본다.

장형사   저지할 새도 없이 뛰어내렸대요, 그 전에 공범 혐의 인정했고요.

팀장   자살 확실해? 위에서 몸싸움이 있었거나 그런 거 아냐?

장형사   떨어질 때 한경위님이 봤대요.

팀장   아래서 봤지, 위에는 둘만 있었다며. 황검사가 일부러 밀었단 게 아니라 잡으러 쫓아와서 엎치락뒤치락하다 실수로라도.

박순경   저기 서검사도 봤다는데요?

팀장   (동재 쪽 돌아본다)

창준 실은 구급차 문이 이제 닫히는데, 닫히는 문 사이로 끝까지 보는 시목, 동재.

구급차에 빨간 불 들어오고 사이렌 울린다. 창준의 주검을 싣고 공사장을 떠난다.

30. 한조그룹/회장실 - 밤

비서1	스스로.. 목숨을 끊으신 듯합니다.
윤범	.... 회사에 누구누구 나와 있어.
비서1	의전팀에선 장례 준비 들어갔고 기획조정실하고 홍보실 전원
	비상대기 상탭니다. 임원들 부를까요?
윤범	언론부터 잡아. 이창준은 검찰 내에 심복을 심어두고 검사 시절에
	저지른 비리를 덮으려고 심복을 시켜서 스폰서 박무성 죽였어.
비서1	예??
윤범	그놈이 양심의 가책 때문에 자살했다고! 보도자료 돌려!
	기자들 소설 쓰기 전에!
비서1	알겠습니다, 회장님. (목례. 나간다)

혼자 남은 윤범, 여전히 냉철한.. 하지만 한순간 풀어지며 표정 무너져 내린다.

윤범	지 팔짜가 거기까진 걸 어쩌겠어. (눈가 빨개지는, 허나 거기까지다)

31. 서부지검/로비 - 밤

몰려들어오는 5명의 부장검사들, 굳은 얼굴로 빠르게 로비 가로지른다.

32. 동/검사장실 - 밤

검사장 책상에 놓인 보스턴백, 입구 활짝 열렸고 그 옆에 각종 서류와 USB가 많다.
양팔로 책상 짚고 서서 자료들 내려다보는 원철, 고뇌에 빠졌다.

원철	검사로선 당연히 하고 싶지, 그치만..
시목	...
원철	이 자리 힘들게 올라왔어, 놓치기 싫다, 시목아.

시목과 원철, 서로 쳐다보는데 밖에 웅성대는 소리 들린다.
곧 노크와 함께 들어오는 부장들.

시목	(돌아서서 목례)
2부장	진짜입니까? 우리 검사장님 아니 저기 이창준 수석 뉴스?
시목	사망하셨습니다.
2부장	그럼 다른 것도, 윤과장이랑 같이 그러다 자살했단 것도?
시목	예.
부장들	!....
시목	(원철 보는) 시작합니까?
원철	... .. 해, 하자.
시목	(부장들에게) 지금부터 한조그룹이 저지른 불법 행위를 일자별로 정리한 파일을 나눠드릴 겁니다. 약 2년 전부터 발췌한 것들이고 같이 드리는 USB는 해당 행위를 위해 가졌던 비밀모임을 녹취한 음성 파일입니다.

시목, 서류뭉치들 부장들에게 돌리는데 마구잡이가 아니라 분류해놓은 차례
대로 준다.

4부장	(훑다가 표정 변하는) 어디서 난 거야?
5부장	(O.L) 내 껀!... 한조그룹이 아닌데?
원철	각 지검 인사 청탁이나 총장님 관련된 것도 있어. 한조랑 상관없이.

방금 전까지 종이 넘기는 소리 부산했던 검사장실, 갑자기 조용해진다.

2부장	이거.. 어느 선까지 보고된 겁니까?
시목	여기 계신 분들까지요. 지금 처음 공개되는 겁니다. 지식재산권 침해, 부동산 불법 매각, 편법 증여, 세금탈루, 외환관리법 위반, 저희 형사 1부에서 5부까지 관할 업무가 총망라돼 있습니다.
원철	한조를 도와서 법망을 피하게 한 공무원, 정치인들도 있어. 죽갔지?

부장들	(대답 없는데)
4부장	.. (가장 먼저 입 여는) 왜 죽습니까, 애네들이(파일) 죽어야지.
원철	... 그래, 모 아니면 도야, 완전히 쳐서 압살시키느냐,
	섣불리 찔렀다가 우리가 죽느냐.
부장들	(여기저기서 큰 숨들 들이키는)
시목	.. 잘 부탁드립니다. (목례하는데)

부장들도 목례로 답한다. 부장들의 목례에 모두를 보는 시목. 이들을 보는 원철.

33. 구치소/면회실 - 밤

윤과장, 들어오는데 여진이 앉아 있다.

윤과장	(아크릴판 앞에 앉지만 고개 조금 돌리며 외면한다)
여진	... 공범 이창준, 다 자백하고 투신했어요.
윤과장	!! (충격받지만 곧 고개 떨구고 묵묵히 받아들인다)
여진	별로 안 놀라네요. 둘이 벌써 오간 얘기가 있었나 보죠?
윤과장	...
여진	이창준이 알려줬어요? 우병준이 영검사 범인이라고? 그래서 입 다물었어요? 우병준을 밝혔다간 이창준이 알려준 거까지 들통날까 봐?
윤과장	.. (작게 끄덕인다)
여진	이창준이 우병준에 대해서 또 알려준 건? 대만 어디에 있다든가.
윤과장	거기로 갔단 거밖에 몰라요.
여진	... 특임 동안 우리 참 바보 천치 같았죠? 범인 잡겠다고 돌아다니다 와선 윤과장님 윤과장님 했으니, 한심했겠다, 특히 나랑 장형산.
윤과장	.. 특임하면서 처음이었어요, 2년 만에 첨으로.. 숨 쉬는 거 같았어요..
여진	당신 자식 난도질한 인간이 숨 쉬는 거 같다고 하더라고 박무성씨 어머니한테 전해드릴까요? 아님 김가영 엄마? .. 우리나라에 억울하게 자식 잃은 부모, 너무 많아, 그 사람들이 다 칼부림하나?

넌 그 사람들도 같이 찌른 거야. 어떡해든 제대로 극복하려고 애쓰는
사람들 니가 다 도매급으로 넘겼어! 숨을 쉬는 거 같아?!... ...

여진, 박차고 일어난다. 뒤도 안 돌아보고 나간다.
검찰 직원, 다가와 윤과장 일으켜 세운다. 끄는 대로 끌려 나가는 윤과장.

34. 서부지검/건물 앞 계단 – 아침

방송국 기자들 여럿, 서부지검을 배경으로 각자 자리 잡고 보도 중이다.

기자1 살인행각을 벌이던 고 이창준 수석비서관이 체포 직전 자살한 충격이
채 가시기도 전에 이수석이 남긴 녹취 파일이 누출돼 큰 충격을 주고
있습니다.

기자2 밀실 거래에 참여한 관계자들의 배신을 막기 위해 백업용으로 만든
것으로 알려진 이 비밀 파일은 검경의 추적을 피해 도망치던 이수석이
자살한 후에 검찰이 압수한 것으로 알려졌습니다.

35. 동/회의실 – 아침

커다란 회의실 한쪽엔 한조라고 매직으로 쓴 검찰 압수상자가 계속 쌓인다.

기자2 E 이 파일을 근거로 검찰은 오늘 새벽 한조와 더반그룹에 대한 압수
수색에 들어갔습니다. 뿐만 아니라 불법행위에 연루된 고위 정치인
명단도 함께 공개되면서 사회적으로 큰 파장이 예상되고 있습니다.

36. 용산서/강력팀 – 낮

팀장 서형사는 2팀 애들이랑 합류해서 저축은행, 장형사랑 한경위는 버스

회사, 고추장은 나랑 금감원으로 간다. 수사 전에 매스컴부터 탔어.
시간, 우리 편 아니니까 빨리들 움직여.

형사들　네! (즉시 나가고)

여진　(출동하려는데 전화 온다) 예... 외교부요? 공문 떨어졌어요? .. 네!
(끊고 먼저 간 장형사에게 달려가는) 장형사님 살인범 잡으러 갑시다!

37. 서부지검/검사장 비서실 - 낮

배상욱 E　난 모른다니까!

비서　(시간 재고 있다가 전화한다) .. 검사장실인데요, 지금 틀어주세요.

38. 동/검사장실 - 낮

소파 상석에 금배지 달고 앉은 배상욱, 시목과 원철이 옆에 앉았다.

원철　인천지검에 세풍운수 재판 관련해서 지시한 적도 없으시다고요?

배상욱　야 강원철이, 너 검사장 달자마자 변호사 개업하고 싶어?
(시목에게) 윤과장이란 놈 데려와, 나랑 대면하자고.

시목　다른 대면을 들어보시죠?

배상욱　??

그때 천장 스피커 켜지는 소리 작게 나더니.

창준 F　**배의원님, 오랜만입니다.**

배상욱 F　**범인 잡혔다며?**

배상욱, 놀라서 천장만 본다.

창준 F　**예, 후암동 사건 불똥이 결국 의원님한테까지 튀네요.**

배상욱 F 무슨 소리야? 나랑 무관해.

Flashcut〉 - 15회 S#50. 수석비서실 - 낮

창준   (통화 중) 지금 저한테 체면 세우실 때가 아닐 텐데요? 범인이 이미
           다 불지 않았겠습니까? 의원님 이름 거론되는 건 시간문제예요.
배상욱 F 그래서? 방책이 있으니까 나한테 연락했을 것 아냐?

           검사장실 스피커에서 여전히 흘러나오는 전화 녹음 내용.

창준 F   **제가 해드릴 게 있을 겁니다.**
배상욱 F **시간 되나 지금?**

           스피커 꺼진다. 말을 잃은 배상욱, 그를 쳐다보는 시목과 원철.

39. 동/검사장실 복도 - 낮

시목   (검사장실에서 나오며 문자 남겨진 것을 본다)
여진 E   외교부에서 방금 연락 왔어요. 우병준이 짜식 꼭 국산 콩밥 먹게
           할 테니까 우리만 믿고 기둘려요. 검사님도 퐈이팅!
시목   ... 부탁합니다.

40. 동/건물 앞 계단 - 낮 (자막 - 2주일 후)

           계단 맨 위에 당당히 선 윤범, 수행원들이 삥 둘러섰고.
           감히 접근 못 한 기자들, 팔만 쭉 뻗어서 휴대폰 내밀었다.

윤범   저는 대한민국 GDP의 30%를 책임져온 사람입니다. 30%.
           평생을 대한민국을 먹여 살리는 데 헌신했고 이 땅의 수백만 젊은이를

일자리로 불러 모았습니다. 그것을 죄라 하고 지탄의 사유로 삼는
오늘날 반기업 정서에 저 같은 기업인들은 설 자리를 잃고 있습니다.
저는 그 결과가 무엇이 될지 두렵습니다. 사랑하는 나의 조국이
집단 한풀이에 취해 21세기 선진국 대열에서 추락할까 두렵습니다.
저 이윤범은, (당당히 말하다, 돌연 멈칫)

기자들 사이 몇 계단 아래, 지팡이 짚은 일재가 윤범을 바라보고 있다.
카메라들도 곧 일재의 존재를 알아채고 그쪽으로 돌아간다.

일재　(더 말랐지만 눈빛만은 형형하다. 기둥처럼 서서 윤범 응시한다)
윤범　.. 저 이윤범, 분명하게 말씀드립니다. 검사들이 날 법리 해석상
　　　　옭아맬 수 있을진 몰라도 나는 대한민국의 거대한 역사 앞에서,
　　　　무죕니다. (말 마치고 고개 쳐드는데)
일재　젖먹이 아이도 부끄러움을 아는데
윤범　!
일재　사람을 죽이고도 너는 사람이 되지 못했구나.
윤범　우리 전 장관님께서 온정신이 아니실 만하지만 따님 죽음은 나와 절대
일재　네 사위 말이다, 이창준이. 니가 죽였어.
　　　　(더 이상 볼 것도 없다는 듯 돌아선다)

천천히 계단 내려가는 일재를 쫓는 카메라들.

윤범　(화가 치밀어 오르는데)
기자1　(아래에서 들리는) 생전에 이창준 수석한테 비밀 녹취를 지시하셨나요?
윤범　(천하에 버르장머리 없는 것 보듯 기자 쪽 깔아보는데)
기자2　영검사 살해 용의자가 한조그룹 직원인 건 어떻게 생각하세요?

윤범, 욕 나올 걸 간신히 참고 돌아선다. 수행원에 둘러싸여 서부지검으로
들어간다.
그 뒷모습 열심히 찍는 기자들.
윤범 뒷모습에서 낮이 밤으로 바뀌며 같은 배경의 TV 뉴스 화면으로 바뀐

다.

〈TV 화면〉
자막 - 이윤범 회장 서부지검 출두. 7시간째 조사 이어져.

아나운서 E 한조그룹 이윤범 회장에 대한 강도 높은 조사가 예상보다 길어지면서
구속영장이 청구될 수도 있다는 전망이 나오고 있습니다.

화면 - 창준妻 자료사진으로 바뀐다. 창준 내외가 함께 찍은 사진도 보인다.

아나운서 E 한편 이윤범 회장의 장녀이자 고 이창준 수석비서관의 부인인 이연재씨가
불법 증여된 재산을 장학재단에 기부한 것에 대해 검찰은 세금 탈루의
법망을 피해가려는 편법인지 여부에 대해 조사 중이라고 밝혔습니다.
다음 실시간 속보입니다.

화면 바뀐다. 여진과 장형사, 수갑 찬 우실장을 용산서로 데리고 들어가는
장면. C.U.
점퍼로 얼굴 가린 우실장, 걷는 동작에 점퍼가 내려가 얼굴이 드러난다.

아나운서 E 2주 전 서부지검 영은수 검사를 살해하고 대만으로 도주한 용의자가
현지로 파견된 우리나라 경찰에 체포돼 현재 이송 중입니다

41. 용산경찰서/강력팀 - 밤

여진   옆에 타고 오면서 내내 물었는데 절대 한조 회장은 아니래요,
끝까지 저 혼자 한 짓이래요.
팀장   아이씨, 계속 부인하면 입증하기 되게 애매해지는데.
장형사 저 새끼 보통 아니에요. 지네 회장 얘긴 찍소리도 안 해요.
팀장   고생들 많았을 텐데 일단 가서들 좀 쉬어라.
여진   아이고! 눈 딱 뜨니까 집이었음 좋겠다. (책상에 그대로 엎드리는)

장형사	아 애는 되게 보고 싶은데 집에 가면 놀아달라 그럴 거고.
	(의자에 풀썩 널브러지는)
팀장	야 니들 집 가서 발 닦고 자!

42. 서부지검/조사실 - 밤

탁자에 흐트러진 각종 서류. 그 탁자에 원철과 윤범, 마주 앉았다.
오랜 조사로 지쳤고 셔츠들도 구겨졌지만 윤범, 여전히 기세당당하다.

윤범	마지막으로 한 번만 더 말하겠는데, 부하 시켜서 사람 죽인 놈이
	제정신인가? 정신 나간 놈 말만 믿고 이게 무슨 헛소동인지, 참.
원철	그래서 사위께서 이걸 다 조작한 거라고요? 다 거짓이라고요?
윤범	물론 하나같이 전부 다.
원철	… 저희 집사람이 드라마를 좋아합니다, 요즘 드라마에선 부모가
	결혼을 반대하면 자식들이 그러더군요, 우린 허락이 필요한 게
	아니라 축복을 원했다고.
윤범	그러면서 집 사달래고 결혼식 시켜달래지, 물론 니들 승인 필요 없다지만
	결국 예스! 그 한마디가 필요한 거야, 증거 확실하니 내가 혐의 인정
	안 해도 상관없는 척하지만 이렇게 날 오래 붙잡아둔다는 건 결국
	내 입에서 잘못했소, 그 말이 나와야 댁들이 움직일 수 있는 거처럼.
	그런데 어쩌나, 암만 생각해도 난 잘한 것만 있는데.
원철	(티 안 내려 해도 난감하다)
윤범	(일어선다) 이 정도면 검찰 체면 세워줬고 (재킷 입는) 부실수사니
	특혜니 소리 안 나올 거고. (서류며 원철 쪽 보고는) 애썼어. (나가는)
원철	(막지 않는…)

43. 동/통로 - 밤

윤범, 걸음걸이 당당하지만 실은 부아가 치밀어 쌍심지 켜고 간다.

통로 끝 유리문 밖에서 대기하던 수행원들, 윤범 보고 일제히 정자세 한다.
이제 조금만 더 가면 수행원들이 대기하는 통제구역 밖인데,

시목   (갑자기 나타나 윤범 앞 막는다. 오던 방향 다시 가리키는) 가시죠.
윤범   ?
원철   (어느새 뒤에 나와 선) 나왔어?
시목   지금 나왔습니다, 구속영장.
윤범   !!

시목과 함께 온 검찰 직원들이 윤범을 양쪽에서 가볍게 잡으려는데,

윤범   손만 대봐.
직원들 (주춤하는)
윤범   (시목 보는데, 그 너머로 유리문 밖 수행원들이 당황하는 것 보인다)
        멍청한 것도 정도가 있어야지, 우리가 무너지면 대한민국이 무너져.
시목   안 무너집니다. (직원들에게 데려가라는 눈짓)
윤범   놔! .. .. (어쩔 수 없다. 돌아서 간다)

원철, 윤범이 앞을 지날 때 가벼이 목례, 원철을 죽어라 째려보며 가는 윤범.

44. 동/시목의 검사실 – 밤

모두 퇴근한 빈방. 시목, 들어와 자리에 내려앉는다. 긴 하루 끝에 토해지는 숨.
잠시 머리 누르다가 전화 꺼내서 한경위 누르려는데, 유선전화 울린다.

시목   (받는) 네. .. 누가요? .. 들여보내세요. (끊는. 재킷 바로 하고 있으면)

사람 없는 복도에서 또각또각 울리는 구두소리 점점 가까워져온다.
시목, 문으로 간다. 문 열면, 문밖에 선 창준妻, 그동안 많이 창백해졌다.
시목이 목례하고 비켜서면 창준妻, 들어온다.

시목   (중앙 탁자에) 앉으시죠.

창준妻   네가 이겼다고 생각하니?

시목   (보는)

창준妻   내가 가진 모든 걸 쏟아서 널 망가뜨릴 거야.
        너는 평생 후회하게 될 거야. 우릴 건드린 걸 가슴 치면서.

시목   우리가 누굽니까. 사모님과 이회장인가요, 사모님, 남편분인가요.

창준妻   (손톱이 파고들도록 손 꽉 쥐는) 니가 죽였어..

시목   ... (책상으로 가 서랍에서 잘 접힌 종이 하나를 꺼내 가져온다)

        창준妻에게 종이 내미는 시목. 창준妻... .. 종이 받는다. 펴보면,
        손 글씨가 가득 펼쳐진다. 글씨체만으로도 표정 변하는 창준妻.

시목   제게 주신 가방 안에 있었습니다.

창준妻   그이가 직접.. 줬다고?

시목   (짧게 끄덕이는)

창준妻   ... (읽는다)

창준 E   대한민국이 무너지고 있다. 지금 현실은 대다수의 보통사람은 그래도
        안전할 거란 심리적 마지노선마저 붕괴된 후다. 사회 해체의 단계다.

        편지를 읽는 창준妻 모습 위에 편지 쓰는 창준 모습이 겹쳐지면서.

Insert〉- 수석비서실 책상에 앉아 편지 쓰는 창준. 낮.

창준 E   19년. 검사로서 19년을 이 붕괴의 구멍이 바로 내 앞에서 무섭게
        커가는 걸 지켜만 봤다.

**Insert〉- 서부지검 복도. 약 3~4년 전. 법복 입은 창준에게 두 손 모아 빌면서
우는 할아버지, 입성만 봐도 너무 초라하고 생계가 곤란한 게 느껴진다.
Insert〉- 고급 룸. 더반 조회장, 윤범 외 두어 명의 사내와 술파티 벌이는 창준.**

창준 E   설탕물밖에 먹은 게 없다는 할머니가 내 앞에 끌려온 적이 있다.
　　　　　고물을 팔아 만든 3천 원이 전 재산인 사람을 절도죄로 구속한 날도
　　　　　있다. 낮엔 그들을 구속하고 밤엔 밀실에 갔다. 그곳엔 말 몇 마디로
　　　　　수천억을 빨아들이는 사람들이 있었고 난 그들이 법망에 걸리지 않게
　　　　　지켜봤다.

**Insert〉 - 검사장실. 1년 전. 검사장 자리에 앉은 배상욱 검사장. 윗선의 지시다,
풀어줘라, 하고 창준에게 지시하는 말이 창준 Effect 대사 아래 들린다.**

창준 E   그들을 지켜보지 않을 땐 정권마다 던져주는 가이드라인을
　　　　　충실히 받아 적고 이행했다.

**Insert〉 - 한남동 집/안방. 깊은 밤. 홀로 깨어 창가에 선 창준. 가라앉은 얼굴.
돌아보면 창준妻가 새근새근 자고 있다.
자는 아내를 한참을 보던 창준, 다시 고개 돌린다.**

창준 E   우리 사회가 적당히 오염됐다면 난 외면했을 것이다. 모른 척할 정도
　　　　　로만 썩었다면 내 가진 걸 누리며 살았을 것이다. 하지만 언제부턴가
　　　　　내 몸에서 삐걱 소리가 난다. 더 이상은 오래 묵은 책처럼 먼지만
　　　　　먹고 있을 수 없다.

**Insert〉 - 한옥 레스토랑. 마츠야마와의 술자리. 창준 인근에 놓인 핸드폰.
Insert〉 - 15회 S#48. 수석비서실. 은행장과 얘기 중인 창준.
은행장이 앉은 소파 아래를 비추면, 그 아래에 놓인 소형녹음기.**

창준 E   이 가방 안에 든 건 전부 내가 갖고 도망치다 빼앗긴 것이 돼야 한다.
　　　　　장인의 등에 칼 꽂은 배신자의 유품이 아니라 끝까지 재벌회장 그늘
　　　　　아래 호의호식한 충직한 개한테서 검찰이 뺏은 거여야 한다.
　　　　　그래야 강력한 물증으로써 효력과 신빙성이 부여된다.

Insert〉 - 한남동 집 서재 - 밤. 핸드폰 녹취 파일을 USB에 옮기는 창준.

옮기고 들어보면 윤범, 은행장, 금감원장을 만난 호텔에서의 대화가 들린다.

창준 E   부정부패가 해악의 단계를 넘어 사람을 죽이고 있다. 기본이 수십
          수백의 목숨이다.

          Insert〉– 한조그룹/회장실. 밤. 창준, 방을 흐트러뜨리지 않은 채 서류 뒤진다.
          Insert〉– 깊은 밤의 인적 없는 공원. 으슥한 곳에 세워진 차 한 대. 운전석에
          혼자 앉은 창준이 보인다.
          Insert〉– 창준의 차 안. 창준, 뭔가 말하는 중이다. 뒷좌석 어둠 속에서 얘기 듣
          는 이, 윤과장이다. 밀담을 나누는 두 사람.

창준 E   처음부터 칼을 뺏어야 했다, 첫 시작부터. 하지만 마지막 순간에조차
          칼을 들지 않으면 시스템 자체가 무너진다. 무너진 시스템을 복구시키는
          건 시간도 아니요, 돈도 아니다. 파괴된 시스템을 복구시키는 건
          사람의 피다. 수많은 사람의 피. 역사가 증명해준다고 하고 싶지만
          피의 제물은 현재진행형이다. 바꿔야 한다. 내가 할 수 있는 무엇이든
          찾아 판을 뒤엎어야 한다. 정상적인 방법으론 이미 치유시기를 놓쳤다.

          Insert〉– 공사장 옥상. 낮. 바닥에 놓인 보스턴백을 함께 열어보는 시목과 여진.
          열자마자 맨 위에 보이는 편지.
          Insert〉– 공사장. 건물 아래. 낮. 창준의 주검 옆에서 이젠 조용해져버린 동재.
          그리로 오는 시목과 여진. 동재, 두 사람 보지만 아무 말 없다.
          보스턴백을 든 시목, 창준의 주검 옆에 내려앉는다.

창준 E   더 이상 침묵해선 안 된다, 누군가 날 대신해 오물을 치워줄 것이라
          기다려선 안 된다. 기다리고 침묵하면 온 사방이 곧 발 하나 디딜 수
          없는 지경이 될 것이다. 이제 입을 벌려 말하고 손을 들어 가리키고

          Insert〉– 수석비서실. 편지 쓰던 창준, 펜을 놓는다. 편지 잘 접어 일어난다.
          탁자로 가면 보스턴백이 입 벌리고 있다. 안에 서류와 USB 등이 보인다.
          그 위에 편지를 놓고 가방 닫는 창준, 가방 들고 문으로 간다. 나가기 전,

자기가 머물렀던 공간을 둘러보는.. 잠시 그렇게 섰다가 나간다.

45. 동/시목의 검사실 – 밤

창준 E   장막을 치워 비밀을 드러내야 한다. 나의 이것이 시작이길 바란다.

창준妻... ... ... 편지 접어서 내려놓는다. 잠시 그대로 있다가 나간다.
들어올 때처럼 또각또각 소리를 내며 사라지는 창준妻.
편지를 집어 손가락 사이에 든 시목, 그대로 가만히 있다.

46. 서부지방법원/외경 – 낮

뜨거운 햇살. 매미소리. 법원 앞을 지나다니는 사람들, 대부분 반팔이다.

47. 동/법정 – 낮

피고인석에 변호사 없이 혼자 서 있는 용산서장, 방청석 보면 팀장 보인다.
그리고 저 구석에 숨듯이 앉은 김경사.

판사   모든 혐의를 인정하고 어떤 변론도 않겠다고 했는데 사실입니까?
서장   예.
판사   이유가 뭡니까?
서장   사과드리고 싶습니다.
판사   누구한테요?
서장   .. 우리는 정의의 이름으로 진실을 추구하며 어떠한 불의나 불법과도
          타협하지 않는 의로운 경찰이다.. 경찰 윤리헌장을 가슴에 품고 지금
          이 순간도 땀 흘리고 있을 모든 경찰 여러분께 사과드리고 싶습니다.
          진심으로 미안합니다. 저는 저의 모든 혐의를 인정하고 반성합니다.

부디 여러분은 저처럼, 초심을 잃지 않기 바랍니다.. (자리에 앉는)

눈시울 뜨거워지는 김경사, 착잡한 팀장.

판사   ... 선고하겠습니다. 피고 김우균은 본이 되어야 할 공직자 신분으로
       뇌물수수 및 청소년의 성을 사는 등 그 죄질이 좋지 않으나 진심으로
       뉘우치고 반성하고 있는 바, 징역 3년 6개월을 선고한다.

       폐정되는 법정. 판사들 방청객들 나가고 서장, 이송되는데

김경사 E 서장님!
서장   (왔는지 몰랐다가 돌아보고)
팀장   (나가려다가 놀라서 보는)
김경사   (울먹울먹) 서장님...
서장   (끄덕이는. 웃으려 하지만 그것까진 안 된다) 고맙다, 김경사, 수찬아...

       김경사, 서장이 법정을 나갈 때까지 바라보고 팀장, 왠지 다가가질 못하겠다.

48. 동/복도 - 낮

       김경사, 고개 숙이고 가는데 뒤에서 나타나는 팀장, 부를까 말까 하다 에잇,
       관둔다.

팀장   새끼 끝까지 미련하게, 썩은 동아줄을 왜 안 놔 씨...

       금감원장과 저축은행장, 포승줄에 묶여 죄수복 입고 온다. 다른 재판정으로
       들어가는.
       이들을 지나치며 돌아보는 팀장.

49. 용산서/조사실 – 낮

여진, 가영 조사 중인데 회복된 걸 넘어 화장 짙은 가영, 사건 전 모습으로
돌아갔다.

여진   다시 묻습니다? 김우균 서장 외에 만났던 남자들 또 누구예요?
가영   (팔짱 딱 끼고 딴 데 보는)
여진   제대로 대답 안 해요? 김가영씨 이제 피해자가 아니고 피의자예요.
    성매매로 경찰 조사받고 있는 거라고요. 자꾸 이럼 벌금형으로
    안 끝나는 수가 있어요?
가영   나 아직 아프단 말예요! 하나도 기억 안 나요!
여진   (확 그냥... 겨우 참는...)

50. 동/복도 – 낮

입 댓 발 나와서 조사실에서 나오는 가영, 복도에선 가영母가 기다리고 있다.
여진도 조사실에서 나와 가영母에게 가볍게 목례만 하고 가는데,

가영   (엄마한테 퍼붓는) 나 아직 암것도 기억 못한다고 했어야지! 무늬야?
여진   (쳐다보지만 돌아서는데)
가영   아 쪽팔리게 왜 자꾸 따라와! 절루 좀 가!
가영母   왜 나한테 자꾸 지랄이야, 얘가?
여진   (벼락같이 다가오는. 경찰수첩을 확 쳐든다)
가영   악! (비명 지르며 머리 감싸는)
가영母   (본능적으로 딸 머리 감싸는) 형사님 왜 그러세요!
여진   봐, 니 엄마 팔 어딨는지 보라고, 자식한테 쪽팔리단 소리 들으면서
    니 엄마 뭐하고 있는지 보라고!
가영   (신경질 부리며 엄마 팔 치우는)
여진   너 그러고 누워 있는 동안 엄마가 얼마나 고생하셨는지 알아?
    너 살려주려고 범인이 얼마나 애썼는지 알아?

가영	에?
여진	그나마 그런 범인 아니었음 너 남에 집 화장실에서 죽었어.
	그렇게 해서 다시 얻은 생명이야, 이렇게 쓰고 싶어?
	얼마나 많은 여자들이 성매매 하다가 죽는지 아니?
	뉴스에도 안 나와, 너무 많아서.
가영	...
여진	너 하늘이 살려준 거야. 그거 잊지 마. (돌아서서 가버린다)
가영	!...

51. 동/강력반 – 밤

여진	(들어와 책상에 수첩 던지면)
팀장	(뒤에서 오다) 아 깜짝이야!.. 내가 뿌셔줘 책상?
여진	오셨네요. 서장님 어떻게 되셨어요?
팀장	실형 받았지 뭐. 3년 6개월. 에이..
장형사	왜요?
팀장	말 마.. 변호사도 없이 변론 안 한다, 혐의 다 인정하고 사과까지
	하는데 에휴!...
여진	.. 적어도 서장님은 뉘우치셨네요.
팀장	적어도 서장님은?
여진	김경사는 뭐하고 지내려나.
장형사	(무슨 말 하려는지 알고 딴청하는)
팀장	(제 발 저려) 뭔 소리야? 알아듣게 말을 해!
여진	스스로한테 물어보세요. 무슨 말인지. (가방 메고 간다) 저 퇴근이요.
소리 E)	(여진, 장형사 동시에 전화 문자 알림음 소리)
장형사	(문자 보면)
정본 E	저 취직했습니다! 어제의 용사들 다시 모여 축하해주세요!
팀장	(여진 뒷모습 째리며 구시렁) 저게 진짜 나한테 왜 저래?
장형사	(얼른 일어나) 저도 가보겠습니다. (뛰어가는) 한경위님!!
팀장	(혼자 남자 급 시무룩해진다. 핸드폰 꺼내는데 잠시 고민... 전화한다)

.. 어 김경사! 잘 지내? .. 아니 뭐.. 소주 한잔할까?

52. 식당 - 밤

불판에 삼겹살 이미 지글지글하고 바닥과 상 위에 빈 소주, 맥주병들 제법 있는. 계장, 실무관, 여진, 정본, 장형사 모여 브라보! 건배한다.

계장	쬐만한 로펌도 아니고 아주 큰 델 가셨네?
정본	저 스카웃된 거예요, 특임에서 일한 게 완전 효과 직빵이더라고요.
여진	축하드립니다.
정본	경위님 대만에서 고생 많으셨죠?
여진	거기 썰 풀려면 4박 5일 밤새야 돼요.
계장	그래도 그 덕에 승진도 하고 좋죠. 장형사님도 그렇고.
실무관	축하할 거 투성이네요! (장형사에게 소주 따라주려는데)
장형사	전 그만요.
계장	아직도 한약 먹어요? 거 약발 디게 안 받네. 어째 더 안 좋아지셨대?
장형사	아뇨! 지금부터라도 얼굴 관리해야죠. 간만에 정복 입고 쎄레모니할 건데. (일어나서 정수기 쪽으로 가는) 커피나 마셔야겠다.
계장	쎄레모니는 뭘. (웃는)

정수기 위에 믹스 커피통 있다. 장형사, 자기 잔에 커피 타면서,

장형사	커피 드실 분?
실무관	난 라떼!
정본	나도요!
계장	나도!
장형사	(괜히 물어봤다는 얼굴이지만 열심히 커피 타는데)
여진	(계장 보고) 근데 황검사님은 무슨 일 있어요? 연락이 안 되던데?
계장	그러게요? (아는 거 있냐는 듯 실무관 보면)
실무관	오늘 웬일로 정시에 퇴근하시던데.

정본	짜식, 취직 축하한단 문자 하나 딱 보내고 내 전화 받지도 않고.
장형사	(커피 잔 쟁반에 받쳐서 들고 온다. 다들 하나씩 가져가고)
계장	(마시고) 아이고 맞다. (식당 TV 리모컨 잡는) 야구 봐야 되는데.
	(빠르게 채널 돌려보는데 잠깐 시목 얼굴이 스친다)
실무관	어? 방금 검사님 아니었어요?
계장	예? (다시 채널 내려보면)

시목, 진짜 TV에 나왔다. 3회 S#7에 나왔던 진행자 프로그램에 나와 있다. 놀라서 보는 사람들.

〈TV 화면〉

진행자	(카메라 보고) 지난 몇 달간 전국을 뒤흔든 정경 유착 스캔들에 국민 여러분 얼마나 놀라고 또 개탄하셨습니까. 오늘은 후암동 살인사건에서 시작해 대한민국을 뒤흔든 정재계 부패 척결 수사의 최일선에 계신 서부지검 황시목 검사를 모시고 함께 얘기 나눠보도록 하겠습니다. (시목 보고) 안녕하십니까?
시목	(인사한다)

53. 방송국/뉴스 스튜디오 - 밤

긴 데스크에 좀 사이를 두고 떨어져 앉은 진행자와 시목.

진행자	저랑은 두 번째 뵙죠?
시목	그렇습니다.
진행자	구속하신 정재계 인사들의 재판은 어떻게 돼가고 있나요? 오늘까지 재판이 꽤 진행된 걸로 아는데요.
시목	저는 수사 검사라서 재판에 직접 참여하고 있진 않습니다.
진행자	제가 기억하는 모습에서 하나도 안 변하셨네요. (웃는) 기억나는 게 또 하나 있는데요, 그때 방송에서 범인을 두 달 안에 잡겠다 하셨죠?
시목	네.

진행자	살인범인 윤세원씨, 그리고 배후인, 이 점이 매우 충격적이었습니다만, 고 이창준씨까지 밝혀낸 게 약속한 두 달에서 딱 며칠 전이었습니다.
시목	예.
진행자	약속을 지키셨네요, 그때 제가 범인을 잡으면 다시 한 번 나와주십사 요청드렸는데 그 약속도 지켜주셔서 감사합니다.
시목	말씀드릴 게 있어서 나왔습니다.
진행자	.. 말씀하시죠.
시목	고인이신 이창준씨는 함께 부정부패를 도모한 사람들이 배반할 경우를 대비해서 협박용으로 몰래 녹취 파일을 만든 게 아닙니다.
진행자	그 내용은 애초에 서부지검에서 발표한 게 아닙니까?
시목	그렇습니다.
진행자	그런데 이제 와서 아니라고요?
시목	포항 유전자 연구소 일을 기억하십니까? 연구소 직원이 퇴사하면서 내부 비리문건을 갖고 나와 공개했죠. 내용이 꽤 구체적이었지만 문건에 등장한 연구소 임원 어느 누구도 처벌받지 않았습니다.
진행자	공개한 직원만 배신자에 사기꾼이라고 비난받던 게 기억나네요.
시목	연구소 측에서 그 직원이 연구비를 횡령했다, 그걸 감추려고 거짓말을 하고 있다, 이렇게 몰아갔기 때문입니다.
진행자	갑자기 그 말을 꺼내신 건 그럼, 이창준씨도 같은 이유라는 건가요?
시목	그분의 유언입니다.

54. 식당 - 밤

〈TV 화면〉

시목 　**끝까지 재벌의 충실한 앞잡이로 남게 하라.**
　　그래야 본인이 남긴 것이 더 힘을 얻을 수 있다고.

보던 사람들, 여진을 제외하고 모두 놀란다.

〈TV 화면〉

진행자	아.. 그런.. 그럼 본인이 보고 들은 부정부패를 증명하기 위해서 일부러 오명을 뒤집어쓴 거라고요?
시목	예.
진행자	사람이 자기 인생에서 마지막으로 기대할 수 있는 게 나 죽은 다음엔 내 진심을 알아주겠지, 하는 건데 그것마저 포기하고요?
시목	예.

계장	그럼 그렇지, 우리 검사장님이 어떤 분인데..
실무관	어 난 그런 줄도 모르고...
장형사	우리도 욕을 바가지로 했는데..

〈TV 화면〉

| 진행자 | 말씀을 들어보니.. 어느 면이 부각되느냐에 따라 이창준씨가 범죄자인가, 자기희생을 한 의인인가, 양극단으로 갈릴 수도 있겠는데요, 황검사께선 어떻게 생각하시나요. |
| 시목 | .. 괴물입니다. |

보던 사람들, 다른 의미로 놀란다. 이번엔 여진도 놀란다.

55. 방송국/스튜디오 - 밤

시목	사람을 죽였습니다. 본인은 대를 위해 소를 희생한다 생각했겠지만 전 더 큰 목숨 더 작은 목숨을 본 적이 없습니다. 죄인을 단죄할 권리가 본인 손에 있다고 착각한, 시대가 낳은 괴물입니다.
진행자	우리 시대가 고인을 괴물로 만들었다는 겁니까?
시목	.. 한 경찰분이 제게 하신 말이 있습니다.

Flashback〉- 8회 S#17. 용산경찰서 회의실 - 밤

여진이 '되니까 하는 거예요, 눈감아주고 침묵하니까.'

라고 말하는 입모양 위로, (여진 대사는 묵음 처리)

시목   눈감아주고 침묵하니까, 부정을 저지르는 거다.

56. 식당 – 밤

〈TV 화면〉

시목   제대로 부릅뜨고 짖어대면 바꿀 수 있다.

여진   (집중해서 TV 보는)

〈TV 화면〉

진행자   사실, 그 눈 부릅뜬 역할을 검찰이 해야 되는데 어떻게 됐다고
            생각하시나요?

시목   .. 실패했습니다. (이제 화면을 정면으로 바라본다) 우리 검찰은
            그릇된 것을 바로잡는 사정기관으로서, 실패했습니다.

57. 방송국/스튜디오 – 밤

시목   (화면 향해 말하는 얼굴 C.U.) 우리는 무죄추정의 원칙을 부와 권력에
            맞춰서 적용했고, 시민이 아닌 범죄자를 비호했습니다.

58. 서부지검/검사장실 – 밤

카메라를 향해 말하는 시목을 지켜보는 원철.

시목   검찰의 가장 본질적 임무에 실패했습니다. 이 실패의 누적물이
            이창준 전 검사장이며 우리 모두는 공범입니다. 제가 제 동료 모두를

대표할 수는 없습니다만, 사과드려야 한다고 생각합니다.

검찰이 국민 여러분을 실망시켜드렸습니다,

원철   .. (고개를 떨구게 되는데)

시목   아직 기회는 있습니다.

원철   (다시 보는)

59. 은수의 집/거실 – 밤

〈TV 화면〉

시목   **헌법은 법 집행관의 가장 강력한 무기다, 라고 가르쳐주신 분이 있습니다. 헌법이 있는 한 우린 싸울 수 있습니다.**

TV 보던 일재, 깊게 숨 들이쉰다. 늘 웅크려 있던 가슴이 조금은 펴지는 듯하다.

60. 방송국/스튜디오 – 밤

시목   다시 싸우겠습니다. 기소권을 적확한 곳에 쓰겠습니다.

검찰의 진정한 임명권자는 국민이며, 임명장에 이름을 새긴 대통령은 국민의 대리임을 잊지 않겠습니다. 헌신하고 책임지겠습니다.

공정하고 정직할 것입니다. .. 마지막 기회가 될 거란 걸 압니다.

다신 우리 안에서 괴물이 나오지 않도록 최선을 다하겠습니다.

(진심의 목례를 한다)

진행자   .. (화면 보고) 늘 어지러운 뉴스만 전해드려 시청자분들께 많이 송구했습니다, 오늘은 조금이라도 마음 놓이는 저녁이 되지 않을까 하며 시사보도 60을 마치겠습니다. (시목에게) 감사합니다. (인사한다)

61. 식당 – 밤

이젠 광고 나오는 TV. 한동안 말이 없는 사람들.

정본　(술 마시고) 난 그래도 윤과장님 이해 가요..

장형사　??? 이해는 무슨, 사람 죽였으면 다 살인범이지.

정본　아들이.. 열 살도 안 된 자기 자식이 죽었잖아요.
　　　나쁜 놈들은 버젓이 떵떵거리고 살고.

장형사　그렇다고 지 손으로 해결해요? 그럼 법이 왜 있어요?
　　　아무리 검경이 쌍으로 썩었대도 저기 검사님이나 우리 경위님 같은
　　　사람도 있잖아요. 나도 있고.

계장　그럼요 그럼요, 어차피 끝난 일인데 서로들 그러지 마시고..

하지만 가라앉은 분위기. 영 썰렁하고.

계장　(일부러 밝게) 야 근데 우리 검사님 저렇게 또 전팔 타셨으니 진짜
　　　부장 자리 오르시겠는데?

실무관　미국 가신다면서요?

정본　시목이 미국 가요?

계장　원래 애저녁에 갈 거였는데 그 저기 일 터지고 그래서요,
　　　인제 뭐 재판받을 사람들 얼추 받고 그랬으니까 가시겠죠?

실무관　더반 회장은 벌써 항소 준비한다던데요?

장형사　하겠죠. 순순히 가겠어요, 그런 양반들이?

여진　미국 가는구나..

정본　.. 윤과장님은 어쩌고 계시려나?

장형사　에이, (술 마신다) 어쩌고 있긴 죗값받고 있겠죠!..

모두, 각자 술 마신다. 사람들, 서글프다.

62. 시목의 아파트 단지 - 밤

시목	(아파트 현관 입구 쪽으로 들어가려는데)
동재 E	방송 잘 봤다.
시목	(돌아보면)
동재	(기다리다 다가온다) ... 시목아, 나 한 번만 믿어주라.

선배님 유언, 마지막으로 나한테 당부했던 거, 꼭 지키고 싶어.

Flashcut〉 - 공사장. 동재 옷깃을 잡고 온 힘을 짜내 '넌 아직 기회가 있어..' 하던 창준.

동재	내가 또 허튼짓하면 내 이름이 서동재가 아냐.
	(시목 손 잡고) 부탁이다 시목아. 마지막으로 한 번만 기회를 줘.
시목	(동재가 잡은 손 보고 다시 동재 보는) ...

63. 서부지방법원/입구 - 낮

비서1, 휠체어 타고 마스크까지 한 윤범 보필하며 오는데,
기다리고 있던 기자들, 카메라 플래시 터뜨리며 휠체어 둘러싼다.
이리저리 밀리다 육중한 남자기자 한 명이 윤범의 휠체어에 살짝 넘어지는데,

윤범	(기자 확 밀치며) 나 진짜 아프단 말이야!

그 모습도 고스란히 찍힌다. 비서1, 허둥지둥 윤범 데려간다.

64. 구치소/면회실 - 낮

아크릴판을 경계로 마주 앉아 있는 정본과 윤과장.
윤과장, 아무 말 없이 정본을 보다가 옆으로 시선을 옮기면.. 경완이 앉아 있다.
윤과장, 경완 알아보고 다시 시선을 정본에게로 옮기는.

정본	윤과장님 재판, 저희 로펌에서 맡기로 했어요.
윤과장	...
정본	꼭 한 번 (경완이 보는) 봬야겠다고 해서
경완	(O.L) 저희 아버지 죽이고 후련하셨어요?
윤과장	(경완을 보지 못하는)
경완	사고로 아드님을 잃으셨다고요? 전 아저씨 손에 아버질 잃었네요. 만족하세요? 바라던 대로 됐어요?!

조용하던 윤과장, 거의 오열하며 울기 시작하는.
오열하는 윤과장을 보란 듯이 똑바로 응시하는 경완, 하지만 그도 눈물이 차오른다.
이 남자 앞에선 절대 눈물 보일 수 없는 경완, 자리를 박차고 나가려는데,

윤과장	(오열하며) 죄송합니다..
경완	(돌아보지 않고..)
정본	(둘 다의 마음을 다 알겠어서 너무나 힘들고..)

65. 구치소 밖 거리 - 낮

구치소 밖으로 나온 정본과 경완. 경완은 아직도 눈시울이 붉은데..
안쓰러운 마음에 정본이 경완의 등이라도 토닥여주면,

경완	괜찮아요... 그동안 고마웠습니다. 저 할머니 모시고 진짜 열심히 살게요, 골프장 취직했어요 저.
정본	진짜? 나도 그렇고 너도 뭔가 되려나 보다 이제. 축하해. (손 내밀면)
경완	(잡고 힘차게 악수)
정본	다행이다... 다들 잘 돼서... (하지만 끝을 흐리는)

66. 서부지검/검사장실 - 낮

원철과 시목, 소파에 앉았다.

시목 우병준이 끝까지 단독범행을 주장해서 살인교사를 입증하려면 시간이
더 필요합니다.

원철 녹취 파일에서도 이윤범이 교사 혐의는 부정하고 있으니..
일단 한조 비리 게이트부터 단독으로 넘기자.

시목 예.

원철 어쨌든 어지간히 마무리돼가네. 파일에 있던 건 거의 털어낸 거지?

시목 예.

원철 (... 입이 안 떨어진다. 그러다 돌연 툭) 미국 연수 취소됐다.

시목 .. 저 자리 옮깁니까?

원철 ... 남해.

시목 .. 알겠습니다. (일어나려는데)

원철 우리 여기로 부른 거, 이창준 수석이었어. 총장님이 그러시더라,
청주에서 적격심사 대상자로 찍혔던 너, 형사부에서 밀려났던 나,
서부지검으로 불러들인 게 이창준이었다고.
처음부터 너한테 맡기려고 했었나 봐. 자기 간 뒤를.

시목 ...

Insert〉- S#19. 공사장/옥상 - 낮

창준 **과연 누가 이 짐을 떠맡아줄 것인가 오랫동안 고민했어.**

원철 날 검사장에 앉힌 게 회유책인 줄 알았는데 너한테 힘이 될 사람을
찾은 거였어. 그런데 너한테 표창을 줘도 모자랄 판에.. 미안하다.

시목 힘, 돼주셨습니다. (일어나 목례) 감사했습니다. (나가는 얼굴 위로..)

Insert〉- S#19. 공사장/옥상 - 낮

창준 **너였다면 (그만 오라, 손을 들어 저지하는) 후회할 일을 만들었을까.**

시목   (멈추는) ...

창준   너는 할 수 있어. 너라면 흔들리지 않고 굽히지 않고 밀어칠 거야.
　　　　과연 누가 이 짐을 떠맡아줄 것인가 오랫동안 고민했어.
　　　　황시목, 너밖엔 답이 없었다.

67. 동/검사장실 복도 - 낮

복도를 따라 걷다가 발걸음이 느려지는 시목,

Flashback〉- 슬픈 얼굴로 '좀 천천히 오지.' 하고는 아래로 몸을 날리던 창준.

시목   ... .. (다시 간다)

68. 용산서/강력팀 - 낮

여진, 자리로 오는데 주변 형사들 의미심장한 눈빛으로 여진 쳐다본다.

여진   왜요?

서형사   오올, 남친 생기셨나 봐요?

여진   에?

박순경   축하드립니다.

장형사   델꾸 와봐요, 오빠들이 먼저 선을 봐야지.

여진   뭔 소리야. (하는데 책상에 꽃바구니와 요란하게 포장된 선물 있다)

여진, 선물에 꽂힌 카드 펼쳐 읽으면 '승진 축하드려요. 정본'이라고 쓰여 있다.

장형사   (옆에서 넘겨본) 와 김형, 이런 식으로 작업 들어오네?

여진   작업은 무슨, 그냥 친구로 준 거지. 저스트 프렌드. 오케이?

장형사	나도 승진하는데 왜 내 건 읎어? 사이즈 딱 나오는구만 뭘.
서형사	선물부터 까보시죠?
여진	(포장지 뜯어보면 립스틱 나온다)
장형사	가만있어봐 이게 바르라는 건가, 먹겠다는 건가?
여진	별! (립스틱 서랍에 집어넣고) 바를 일도 없는 사람한테 뭐 이런 걸.

69. 동/화장실 - 낮

여진, 거울 앞에서 정본에게 받은 립스틱 발라본다.

여진	(이리저리 얼굴 돌려보며) 오오 이쁜데? 괜찮어?

핸드폰 문자 알림음 소리. 여진 핸드폰 보면, 실무관에게서 온 문자다.

여진	(읽다가) 에에??
실무관 E	저희 검사님, 남해로 가신대요...

70. 포장마차 - 밤

먼저 도착한 시목에게 주인, 소주와 소주잔 2개 갖다 준다.

시목	(잔 채우는데)
여진	이야, 인제 혼자 술도 다 마실 줄 알고, 마이 컸네?
시목	(고개 드는) 늦었네요.
여진	슷, 그렇게 빡빡하게 굴면 남해까지 가서 또 나 홀로 산다 찍습니다?
시목	(무슨 말인지 모르는)
여진	갑자기 발령을 내버리면 집은 어떡하나.
시목	전세 내놨습니다.
여진	천에 80으로 나한테 줍시다! 오케이?

시목	3억 5천에 내놨습니다.
여진	(째리는) 안 그렇게 생겨갖고 돈 욕심 디게 많네.
	서울 와서 잘 데 없음 우리 집 와요. 내 평상 정돈 내드릴게.
시목	그러죠.
여진	입 삐뚤어지는 건 책임 안 집니다?
시목	(여진 잔 채워주는) 승진 축하합니다.
여진	(시목 상황 때문에 크게 반응 못하고) 뭘요.. (시목 보다가)
	근데 그게 승진식을 하필 내일 오전에 한다네요.
시목	그게 왜요?
여진	검사님 내일 오전에 출발한다면서요.
시목	그래서요?
여진	으이고, 됐어요! (소주잔 내밀면)
시목	(가볍게 건배. 잔 비운다)
여진	일은 다 처리한 거예요?
시목	예. 서동재는 검사장님 재량에 달렸지만.
여진	왜 서동재는 구속 안 해요? 죄목 충분하잖아요?
시목	.. 그렇게 믿어달라는데 안 믿어줬어요. 끝까지. .. 영은수.
여진	.. 그래서 한 번 믿어보려고요? 대신 서동재를?
시목	(고개 젓는) 두고 보려고요.
여진	훗!

서로 보는 여진과 시목.. 그러다 말없이 잔 부딪히더니
여진, 경찰수첩에 껴둔 종이 한 장을 자랑스레 들어 보이면,
시목이 웃는 얼굴이라고 그린 듯한데 울퉁불퉁 엉망이다.
그래도 색칠도 꼼꼼하게 했고 지금까지 중에 제일 정성 들여 그린 티가 난다.

시목	안 똑같습니다.
여진	좀 보고 웃는 연습하라고요, 선물!
시목	(무심히 주머니에 넣는)
여진	근데 남해는 왜 보낸대요?
시목	이윤범이나 고위급들이 지금은 구속됐지만 얼마나 가겠습니까.

특별사면이든 뭐든 금방 풀려나겠죠, 그걸 대비한 걸 겁니다.

여진 .. 잘 가요. 가는 건 못 보겠지만.

시목 승진 잘해요, 하는 건 못 보겠지만

주인, 우동 한 그릇 가져와 놓는다. 딸랑 한 그릇만 시켰나, 사람이 변하질 않
는다,
투닥대는 여진. 아랑곳없이 혼자 먹는 시목.

71. 용산서/강당 – 낮

강당에 모인 용산서 경찰들, 직원들.
단상에서 경위 한여진, 경사 장건 이름 호명되면,
정복 차림의 여진과 장형사 단상으로 올라가서 새 서장에게 경례하고 손 내
린다.

용산서장 (표창장 읽는) 경위 한여진은 후암동 살인사건 및 범죄자 인도 수행에
크게 기여한 바를 인정받고, 중요범인 검거 유공으로 이 표창과 함께
1계급 특진을 포상으로 수여받는다. (표창장 건넨다)

여진 (받고 악수)

용산서장 (장형사에게) 경사 장건. 이하 동문. (표창장 건넨다)

여진과 장형사, 뒤로 돌아!로 강당에 모인 이들을 향해 돌아선다.
단상 아래 사람들을 향해 경례하는 두 사람.
경찰 직원들, 큰 박수 보내는데 특히 강력3팀, 소리도 내며 요란하게 박수 치면,
각 잡고 선 장형사와 동료들을 보며 활짝 웃는 여진 C.U.

72. 서부지검/계단 앞 – 낮

계장, 시목의 짐을 트렁크에 싣고 아쉬운 얼굴로 시목 본다.

시목, 계장과 실무관과 악수한다.

계장　곧 다시 뵙겠죠. 돌고 도는 세상이잖습니까?

실무관　가서 몸 잘 챙기세요, 밥도 꼭꼭 드시고요, 네?

시목　네. 그동안 감사했습니다. (목례하고 차에 탄다)

시목의 차 출발하면, 계장과 실무관 허탈한 표정으로 멀어져가는 차 본다.

73. 서부지검/시목의 검사실 - 낮

실무관　또 누가 오려나?

계장　그러게요...

동재　(짐 갖고 들어오는) 황프로!

계장　?.. 황검사님 방금 나가셨는데요?

동재　벌써? 한발 늦었네? (하면서 자연스레 집무실로 가는)

계장　안 계시다니까요?

동재　알아, 이거 내 방이야, 인제.

계장/실무관　에에????

동재, 집무실로 들어가고 계장과 실무관, 너무나 황당한.

74. 동/시목의 집무실 - 낮

짐 내려놓고 시목 책상에 앉는 동재, 빙긋 웃는데 전화 온다.

동재　(받는. 당당히) 네, 서부지검 형사3부 서동잽니다.

남자 F　(굵고 낮은 목소리, 권위가 가득한) 서동재 검사?...

동재　.. 예?.. (상대 얘기 듣는데...) 저를요?..

동재, 천천히 의자에 앉아 긴 다리를 책상에 올린다. 묘한 미소 짓는...

75. 선산/묘소 앞 - 낮

녹음이 더 짙어진 여름날. 봉분 앞에 앉은 검은 옷의 창준妻.
비석엔 이창준의 이름이 새겨져 있다.

창준妻 (소주 뿌리는) .. 나 포장마차에서 소주 마신 거, 당신 따라서 처음이었는데..
말을 하지, 나한테 하지.. 당신이 얼마나 든든했는데 이게 뭐야 땅속에서..
거기선 편해? (그 누구 앞에서도 안 흘리던 눈물 흘리는)
미안해.. 미안해 여보...

76. 한조그룹/비서실 - 낮

비서(창준의 비서였던 양비서), 비서실 문 연다.
그 문으로 들어서는 사람의 시선대로 움직이는 화면.
얼른 회장실 문 여는 비서. 시선의 주인공, 회장실로 들어간다.

77. 동/회장실 - 낮

회장실에 들어온 이, 창준妻다. 비서, 밖에서 조용히 문 닫는다.
책상에 이미 대표이사 이연재 명패가 놓였다. 연재, 쭉 둘러보고는..
책상에 앉아 결재판을 펼치는 연재.

78. 동/비서실 - 낮

비서 (유선전화로 조용히) 구속 집행 정지로 논의 중이라고 회장님께

전해주세요. (끊는)

79. 바닷길 - 낮 (자막 - 10개월 후)

한쪽에 바다를 끼고 달리는 시목의 차. 멋진 풍광이 아닌 그냥 바다 옆길이다.

라디오 E (시목 차 라디오에서 나오는 소리) 김총리의 권한 남용에 대해 야당에서는 연일 강공을 펼치는 한편 김창식 총리 측은 표적수사라 비난하면서 의혹을 부인해 정치권 공방이 가열되고 있습니다.

80. 창원지방검찰청 통영지검/건물 앞 - 낮

시목, 차에서 내려 언덕에 있는 건물로 들어간다. 3층 규모의 아담한 흰색 건물이다.

81. 동/시목의 집무실 - 낮

시목, 일하고 있다. 창밖에서 들어오는 햇살이 밝고 창밖엔 저 멀리 바다도 보인다.

시목 (서류 읽는데 유선전화 울린다. 받는) 네 형사2부 302호.. 검사장님?
원철 F 벌써 너무 적응된 건 아니지? 그럼 곤란한데.
시목 무슨 일 있으십니까?
원철 F 김창식 총리 월권행위, 특검 시작한다. 국회에서 만장일치로 특검에 네가 결정됐어.
시목 네에.
원철 F 모레까진 와야 돼. 아 그리고 와서 서동재 좀 어떻게 해!

시목	왜요?
원철 F	똑같애! 하나도 안 변했어!
시목	알겠습니다.. 늦지 않게 가겠습니다. (끊는)

시목, 보던 파일 계속 본다. 그러다 일어나 삼단 서랍으로 가서 서랍 여는데,
삼단 서랍 위에 놓인 액자 보인다. 여진 옥탑방에서 찍은 특임팀 사진이다.
사진 속에서 활짝 웃는 그때 그 사람들 그리고 은수까지.
시목이 새 파일 꺼내고 서랍 닫으면 그 동작에 흔들리는 옥탑방 사진.
시목, 흔들리는 액자를 잡아서 세우다가 사진을 보게 된다.
눈길이 사진 속 은수에게 잠시 머물다가 창밖 너머로 시선 돌린다.
창밖 바다가 햇살에 반짝이는 걸 잠시 바라보던 시목, 도로 책상에 와 앉는데,
책상 옆에 클립으로 고정해둔 여진이 준 그림이 눈에 들어온다.
담담히 보던 시목, 돌연 여진이 그려준 그림처럼 싱긋! 웃는다.
그 미소를 조금 담은 채 새로 꺼낸 파일을 펼치는 시목,
원래 보던 파일과 새 파일을 비교하면서 정독하는 그의 모습에서.... 엔딩.

<비밀의 숲> 끝. 감사합니다.

Q. '비밀의 숲'이라는 제목에 많은 의미가 있을 것 같다.

그간 제목에 대한 질문을 종종 들었는데 대본집에 들어가는 글이니까 좀 다른 얘길 해도 될까요.

사실 이 드라마 제목은 '비밀의 숲'이다! 처음부터 결정한 것은 아닙니다. 원래 제가 처음에 정했던 제목은 'STRANGER : 스트레인저'였습니다. 주인공 황시목도 끝에 밝혀질 범인도 매우 낯선 사람, 이물감으로 점철된 인물들이기 때문입니다. 행위 자체도, 삶의 지향점도, 인간 자체도 낯선 이 사람들이 드라마가 끝날 즈음엔 더 이상 이방인이 아닌, 정말로 내 옆에 있었음 좋겠는 사람들이 되길 바랐습니다.

그런데 제목이 애매하고 한 번에 와 닿지 않는단 의견이 많아 '비밀의 숲'으로 바뀌었습니다. 내용하고는 어울리지만 좀 올드한 거 아닌가? 란 느낌이 들었던 이 제목이 지금은 매우 좋습니다. 캐릭터들이 다 성장하고 떠나버린 지금은 등장인물 한 명 한 명이 숲에서 각자의 자리를 잡고 있는 나무들로 느껴집니다.

나중에 영문이 공개됐을 때 'STRANGER'로 돼 있는 걸 보고 저렇게라도 저 제목이 살아남았구나, 란 생각조차 별로 안 들었던 거 보면 이 드라마는 비밀의 숲이란 타이틀을 달고 세상에 나올 운명이었나 봅니다.

Q 장르 드라마, 특히 이 작품처럼 특정 집단에 대한 이야기를 하려면 엄청난 자료 조사가 필요할 것 같다. 어떤 과정을 거쳤는지?

드라마에서 묘사된 검찰 내부는 자료 조사의 결과이기는 하지만 이런 분야의 드라마를 쓰는 사람들이라면 누구나 제가 하는 정도로 조사를 하실 겁니다. 법학도서관을 많이 이용했고 조언을 들을 기회를 찾았습니다. 하지만 간과한 점도 많고 용어라든가 하는 것은 조사를 해놓고도 돌아서면 까먹어서 틀린 것도 많습니다. 지금도 오류가 눈에 띄어서 혼자 부끄러워하고 있는 중입니다.

Q 주인공 황시목은 감정이 배제된 인물이다. 이유가 궁금하다. 이름에 담긴 뜻도 소개해달라.

주인공에게 감정을 배제시킨 건 두 가지 이유에서입니다.

하나는 '욕망하지 않는 자는 지배할 수 없다'란 문장에서 출발한 것이고, 또 하나는 개인적인 이유에서 움직이는 주인공도 흡입력이 있겠지만 열심히 묵묵히 제 할 일 하는 사람도 멋있지 않을까, 하는 이유에서였습니다.

첫 번째 인용한 문장이 어떻게 황시목의 무감정과 연결되는가는 일부러 대본집까지 찾아보시는 분이라면 굳이 설명드리지 않아도 다 알아주시리라 생각됩니다.

묵묵히 제 일 열심히 하는 주인공은 제가 보고 싶었던 인물이기도 합니다. 이 드라마에서도 주인공이 혐의 뒤집어쓰고 누명 벗으려고 고군분투하는 설정을 넣을 수 있었겠지만 개인적인 동기보다 업무를 받아들이고 결과를 책임지는 주인공이 보고 싶었습니다. 그러다 보니 왜 시목이 이 사건을 해결하려고 애쓰는가, 라는 질문을 받기도 했습니다.

직업이 검사이고 내 눈앞에서 살인사건이 벌어졌고 내가 잘못해서 억울한 사람이 생겼는데 그럼 안 뛰어다니나? 란 생각을 했지만 저 역시 이런 질문들이 제기될 수밖에 없다는 것 압니다. 몰입도의 문제가 발생하니까요.

주인공이 위기에 처하지 않으니 지켜보는 사람들은 응원하는 몰입도가 떨어질 수밖에 없을 겁니다. 이걸 메워준 게 조승우 배우분의 연기력이었습니다.

살아남으려 발버둥치는 주인공이 아닌데도 그에게 매혹되고 끝까지 잘 해내기를 응원하게 되는 마음은 조승우란 배우분 자체의 외모, 목소리, 움직임, 이 모든 것이 혼연일체됐기에 가능했습니다.

황시목 이름의 한자는 始木입니다. 처음 시에 나무 목 그대로 뜻풀이됩니다.

Q. '정의'가 화두로 떠오르는 작품에선 악역이 무엇보다 중요하다. 특별히 신경 쓴 인물이 있다면?

16회를 사건으로 채워야 하는 입장에선 매력적인 악역이란 활용도가 높은, 고마운 존재입니다. 하지만 이런 장르물에서 정말 중요한 건 돋보이는 악역이 아닌, 선의의 대변인이라고 생각합니다. 선의의 대변인은 가시처럼 뚫고 나오기가 힘들어서 간혹 평범해 보일 수 있지만, 평범함 속에서도 끝끝내 시청자들 마음에 남는 인물이 된다면 그것만큼 보람 있는 일도 없을 겁니다.

비밀의 숲에 사는 보통 사람들, 사회적으론 망나니 같은 아들도 다 품어줬던 박무성의 모친이라든가, 할머니랑 잘 살려고 애쓰는 청년 박경완이라든가, 일부러 초반에 의뭉스럽게 등장시킨 바람에 끝까지 의심받았지만 착한 친구 정본이라든가, 이런 인물들이 더 신경을 써야 했던 인물입니다. 놔두면 사라져버릴 인물이고 저절로 굴러가는 인물이 아니니까요.

반면에, 악역이 무엇보다 중요하다고 할 때 제일 먼저 이창준이 떠오르신다면, 그는 이미 갈 길이 확고한 인물이었습니다. 스스로 움직이는 면이 있어서 제가 따라가는 느낌이었습니다.

Q. 대본이 배우들의 연기로 되살아날 때 어떤 기분이었나?

머릿속으로 상상만 했던 장면이 실제로 눈앞에 펼쳐지는 걸 목도한다는 건, 정말로 보통의 경험이 아닙니다. 게다가 이것이 〈비밀의 숲〉에선 완벽히 구현됐습니다. 대본에 구멍이 있고 설정은 허술했지만 연기에 있어서는 100% 완벽했다고 자신할 수 있습니다.

영은수 모친 역의 남기애 님은 장례식에서 얼마나 아프게 우시던지,

남편의 진의를 알고 싶지만 그걸 정말 뒤집어 깠다가는 그 밑에 드러나는 걸 감당할 수 없을 거 같아 말을 삼키던 이연재 역 윤세아 님의 눈은 또 어찌나 서글프던지,

룸살롱에서 몇 마디 대사로도 그간 어떤 삶을 살아왔는지 고스란히 느껴지던 S클럽 매니저 역의 천민희 님 연기 역시 말할 것도 없고,

이 드라마에 출연해주신 모든 분들은 걸어가는 뒷모습까지 완벽했습니다.

정말 큰 행운입니다. 이건 제가 어찌할 수 있는 부분이 아니니까요.

완벽한 캐스팅을 해주신 캐스팅 디렉터와 감독님의 세밀한 디렉팅, 그리고 연기 장인들이 이 드라마에서 만났다는 건 제 큰 복입니다.

Q. 특별히 애착 가는 대사가 있다면?

대사⋯ 보다는 장면을 골라도 될까요?

여진이 시목을 향해 "등 좀 펴고 다녀요!" 외친 다음 보여지는 시목의 뒷모습 장면이 이상하게 기억에 남습니다. 주변에 흔히 보이는 골목으로 한 사람이 천천히 걸어가고 있을 뿐인데, 그 씬 색감이 매우 알록달록해서 마치 크리스마스 장식 같은 느낌이었고 이 알록달록함 속에 시목이만 유독 쓸쓸해 보였습니다. 손에 들린 분홍 보자기만 없었다면 그림자라고 해도 무방할 정도로.

크리스마스처럼 들뜬 날에도 사라지지 않는 서글픔 같은 뒷모습이었습니다.

Q. 이 작품으로 하고 싶은 이야기는 무엇인가?

저는 사실 사회 문제에 큰 관심이 있는 사람이 아닙니다. '헬조선'이란 말도 믿지 않았던 사람입니다. 어떻게든 잘해보려고 해야지 스스로 비하하고 좌절하고만 있으면 무

슨 소용이냐고 말하는 기성세대였습니다.

그런데 이 글을 완성시켜나가던 2016년 가을에서 올 초의 우리 사는 세상은 말로 형언할 수 없는 지경이었습니다. 그때는 정말 절망적이었습니다. 웬만하면 불평불만을 토할 텐데 어떻게 이렇게까지 무너졌을까, 탄식만 나왔습니다.

이 드라마의 직접적 메시지는 16부 창준과 시목에게서 나옵니다.

지금은 상황이 달라져서 이 부분이 너무 거창한 척하고 장황하다고 느끼실 분도 계실 겁니다. 정말로 많은 게 달라져서, 근본이 바뀌어서, 거창하게 느껴졌으면 좋겠습니다. 일개 드라마에서 무슨 대한민국이 어떻고, 왜 혼자 비장한 척 해? 라는 생각이 드는 세상이길 바랍니다.

🔲 개인적으로 좋아하는 장르와 쓰고자 하는 장르가 일치하는지?

장르물도 좋아하고 시대극도 쓰고 싶습니다. 기회가 돼서 하나하나 이뤄가면 좋겠습니다.

🔲 차기작에 대한 시청자들의 기대가 크다. 준비하고 있는 작품이 있다면?

다음 드라마를 준비하고는 있지만 아직은 구체적으로 말씀드릴 단계가 아닙니다.

기대가 부담이 되진 않습니다. 저는 좀 둔감하다고 해야 하나, 무심하다고 해야 하나, 민감한 편이 아니어서 주위 분들에게 말로는 부담이 된다고 하지만 실은 외부 상황에 크게 영향을 받지는 않고 있습니다. 자칫 '〈비밀의 숲〉 작가 부담 따위 전혀 안 느껴' 이런 식으로 보일까 죄송하기도 합니다만, 그래도 중요한 것은 제 안의 세계입니다.

제 안의 세계에서 저는 다음 드라마가 매우 중요하다는 것을 너무나 잘 알고 있습니다. 출발은 완벽한 배우분들과 제작팀을 만났지만 두 번째까지, 더 욕심 부리자면 세 번째까지는 제대로 된 게 나와야 그게 진짜 제 실력이란 걸 알기 때문입니다.

Q. 드라마 작가가 되고자 하는 이들에게 해주고픈 말이 있다면?

두 가지 정도가 생각납니다.

하나는 돌아갈 다리를 불태우지 말라는 것입니다. 창작에 최선을 다하되 아님 말고의 정신을 끌어안고 있어야 합니다. 작가 지망생은 너무나 많습니다. 저도 십여 년의 도전 끝에 이제 겨우 하나를 했습니다. 다음 번 드라마가 잘 안 나오면 금방 또 어찌 될지 모르는 운명이기도 합니다. 영화 〈라라랜드〉의 주인공이 오디션에서 부르는 노래처럼, 한 길에만 목숨 걸었다간 망가진 인생과 우리 스스로 만든 난장판만 남을 수도 있습니다.

너무 부정적으로 말씀드려 죄송합니다만, 드라마 쓰겠다고 제가 만난 수많은 사람 중에 지금 살아남은 사람은 정말 극소수입니다. 꿈을 꾸고 전력을 다하되 넘어져 다친 다음 다른 길로 가도 절대 실패가 아닙니다.

또 한 가지는, 드라마는 결국 사람이란 결론을 배웠습니다.

사람 좋아하는 분이라면, 나와 좀 다른 사람하고도 어울리기 좋아하는 분이라면 훨씬 유리할 것입니다. 그런 분이 쓰시는 극은 뭐가 달라도 다를 거라 믿습니다. 타고난 성격이 그러하지 않다면 열심히 관찰할 수밖에 없는데 관찰은 아무래도 애정보다는 훨씬 시간을 많이 잡아먹나 봅니다.